GOLDMANN

Buch

Palm Springs, Kalifornien. Der schwerreichen Rhonda Devon stellt sich eine delikate Frage: Was hat ihr 63jähriger Ehemann auf einer Samenbank zu suchen? Breda Burrows, Ex-Polizistin und Privatermittlerin, bekommt eine Menge Geld, um Mrs. Devons Neugier zu befriedigen. Ihr Kompagnon ist Detective Lynn Cutter, der sich Besseres vorstellen kann, als Kleinaufträge von einer Privatdetektivin zu übernehmen. Die Observierung von Clive Devon stellt ihn vor kniffelige Fragen, die seinen alten Jagdinstinkt wecken. Und als dann schließlich noch der übereifrige Nelson Hareem zu Breda und Lynn stößt, hat das ungleiche Trio gute Chancen, den auf abenteuerliche Weise unterschätzten Fall heillos zu vermasseln.

Flucht in die Nacht – raffinierter Thriller und zärtliche Liebesgeschichte in einem, elegant, pointiert, unvergleichlich.

Autor

Joseph Wambaugh war vierzehn Jahre lang Angehöriger des Los Angeles Police Department, bevor er 1974 seinen Dienst quittierte und freier Schriftsteller wurde. Heute gilt er als einer der wichtigsten Vertreter des modernen amerikanischen Realismus; seine zwischen Gewalt und grotesker Komik oszillierenden Polizeiromane wie *Die Chorknaben* und *Der Delta-Stern* haben ihn zum weltweit bekannten Bestsellerautor gemacht. Joseph Wambaugh lebt in Südkalifornien.

Joseph Wambaugh im Goldmann Verlag

Golden Orange · Roman (42530)

Joseph Wambaugh

FLUCHT IN DIE NACHT

Roman

GOLDMANN VERLAG

Die amerikanische Originalausgabe erschien 1992 unter dem Titel »Fugitive Nights« bei William Morrow and Company, New York

Umwelthinweis:
Alle bedruckten Materialien dieses Taschenbuches
sind chlorfrei und umweltschonend.
Das Papier enthält Recycling-Anteile.

Der Goldmann Verlag
ist ein Unternehmen der Verlagsgruppe Bertelsmann

Genehmigte Taschenbuchausgabe 3/95

Umschlaggestaltung: Design Team München
Druck: Elsnerdruck, Berlin
Verlagsnummer: 42816
SN · Herstellung: Stefan Hansen
Made in Germany
ISBN 3-442-42816-5

1 3 5 7 9 10 8 6 4 2

Für die hervorragende Lektorin Jeanne Bernkopf
mit Dank dafür, daß sie auf eine Rückkehr in die
kalifornische Wüste gedrängt hat.

Dank des Autors

Ein besonderer Dank für die Cop-Sprüche geht an die Männer und Frauen von der Polizei von Palm Springs und Cathedral City und vom Riverside County Sheriff's Department, Indio, vor allem an Sergeant D. T. Wright.

Ein herzlicher Dank geht an Dale »Bubba« Johnson und P. I. Bill McMullin für das Lokalkolorit von Palm Springs.

Und mil gracias an P. I. Manuel Smith von der Grenze zwischen den USA und Mexiko.

Prolog

Es war unerträglich spannend. Der Detective, der für die persönliche Sicherheit des Bürgermeisters zuständig war, hoffte, sein Schützling werde auf dem Rollfeld nicht ins Taumeln geraten. Und es war unbestreitbar ein historisches Ereignis: seit dreiundvierzig Jahren das erste Treffen der Regierungschefs von Japan und den USA an der Westküste. Sie nannten es den Gipfel in der Sonne.

Der Cop behielt seinen Bürgermeister im Auge. Alle anderen – Secret Service, der Sicherheitsdienst des Außenministeriums, FBI, japanische Sicherheitsbeamten –, alle anderen beobachteten die wachsende Menschenmenge und das ausrollende Flugzeug, während Greenpeace-Demonstranten japanfeindliche Aufkleber verteilten, auf denen stand: HUPEN, WENN SIE WALE LIEBEN UND VIDEORECORDER HASSEN. Als Präsident George Bush schließlich aus dem Flugzeug sprang, war der Detective fasziniert. Der Mann bestand nur aus Knien und rudernden Ellbogen, eine hüpfende Ansammlung kantiger Glieder. Er schlug wie üblich mit den Flügeln, schwenkte die Ellbogen erst nach rechts und dann nach links, im Versuch, sich bei Ministerpräsident Toshiki Kaifu einzuhaken, der in einem Gedränge aus Japanern in dunklen Anzügen unterging. Schließlich stürzte sich der Präsident auf einen jugendlichen Mann in einem blauen Nadelstreifenanzug, auf den einzigen, der kleiner als der Bürgermeister war, und wedelte mit geballten Fäusten in die Richtung des Ministerpräsidenten, wobei den japanischen Leibwächtern himmelangst wurde, aber das war nur George Bushs Ramba-zamba-Macho-Nummer aus seinen Studententagen in Yale, die nicht aggressiv gemeint war, nur zeigen sollte, daß er Pep hatte. Die Polizeieskorte des Bürgermeisters erinnerte sich später in jenem Jahr wieder an diese Bewegung von George Bush, als er sie dem syrischen Präsidenten Hafiz Al Assad vorführte, und etwa hundert Kameras fingen ein scharfes Bild des Syrers ein, der wie ein Schakal grinste und auf arabisch zu seinem Adjutanten sagte: »Wer trainiert eigentlich diesen Vollidioten?«

Als der Bürgermeister damit an der Reihe war, zwei der mächtigsten Männer der Welt zu begrüßen, hob der kleine Kerl förmlich ab. Der Polizist glaubte, Seine Ehren werde aus den Halbschuhen springen. Der Cop sah in ihm immer nur den Kneipier, an sechs Abenden pro Woche bis zum Schnurrbart in Spaghetti, während er sich anhörte, wie Touristen aus Minneapolis so taten, als wüßten sie den Unterschied zwischen Cacciatore und Calamari, und das nur, weil sie ihn nach seiner Exfrau ausfragen wollten! In der glühend heißen Küche jenes Eßlokals war er schier im Olivenöl ersoffen, aber er war ihr mit mehr Biß denn je entkommen und hatte die Kumpels des alten Cowboybürgermeisters geschlagen, der in Palm Springs wohl seit hundert Jahren die Politik bestimmt hatte.

Jetzt, wo Reagan dorthin verschwunden war, wo alte Stars dabei zuschauen, wie ihr oranges Haar die Farbe verändert, jetzt, wo Bürgermeister Clint Eastwood die Diskussionen satt hatte, ob ein Konzern für Tiefkühlkost die fragile Ökostruktur von Carmel stören könne, jetzt war er, der Bürgermeister von Palm Springs, die einzige Show-Business-Legende in der amerikanischen Politik. Und es wurde gemunkelt, er werde US-Senator. Heute Palm Springs. Morgen vielleicht schon...

Der Cop meinte, der Bürgermeister habe sich alles eingetrichtert, was er über Japan und die Vereinigten Staaten wissen müsse, nur für den Fall, daß ihn John Sununu, der Stabschef des Weißen Hauses, in ein tiefschürfendes Gespräch über die unausgeglichene Handelsbilanz zwischen Japan und den USA verwickelte.

Plötzlich war es zu spät für Eintrichterungen! Zu spät für japanisches BSP, IWF und GATT und die ganzen gottverfluchten Abkürzungen, die sowieso bloß ein Haufen Scheiße waren. Denn George Bush kam wie ein Windrad auf ihn zu, schlenkerte die schlaksigen Arme in alle Richtungen. Der Präsident *persönlich* gestikulierte in Richtung des Bürgermeisters! Dann wedelte Präsident Bush wieder in Richtung des japanischen Ministerpräsidenten, hätte ihn mit einem Rückhandreturn, der den kleinen Japs hätte bewußtlos schlagen können, fast am Mund getroffen. Dann schlingerte der Präsident nach vorn, ließ den rechten Arm in Richtung des Bürgermeisters kreisen und sagte: »Es ist herrlich, in Ihrer schönen Stadt zu sein, Herr Bürgermeister, und Sie dem Herrn Ministerpräsidenten Toshiki Kaifu vorstellen zu dürfen.«

Und nur die Polizeieskorte des Bürgermeisters war so nahe daran, daß sie die Antwort hörte. CNN hörte sie nicht. Und auch die keuchenden Lokalreporter hörten sie nicht. So nahe, daß er die Antwort hören konnte, war nur Detective Lynn Cutter von der Polizei von Palm Springs.

Der Detective sagte später, die Augen des Bürgermeisters hätten geglitzert, vielleicht, weil ihm der Kopf von Gedanken über seine Karriere schwirrte, die einem Bungee-Sprung ähnelte: Eben noch war er am Tiefpunkt angekommen gewesen, wärend sie, seine Exfrau, den Gipfel erreicht hatte. Sollte sie doch auf ihrem Oscar sitzen, denn er stand jetzt – vielmehr schwebte – an einem Ort, den sie niemals erreichen würde, schaute als politischer Bruder der Führer der Industriegiganten des Planeten in die Kameras von CNN!

Der Bürgermeister sagte, was er sagen mußte, das einzige, was er angesichts seiner Herkunft, Vorgeschichte und Erfahrung sagen konnte. Die einzige Antwort, die der Gefühlsexplosion nahekam, während er jetzt durch die Stratosphäre segelte, im äußersten Bungee-Sprung! Wie der Detective berichtete, streckte sein Chef dem Ministerpräsidenten von 125 Millionen Japanern und dem Präsidenten von 250 Millionen Amerikanern eine weißglühende Handfläche entgegen.

Und Seine Ehren, der Bürgermeister von Palm Springs, USA, sagte: »PHANTASTISCH!«

SPÄTER AN JENEM TAG, als der Bürgermeister wieder in seinem Restaurant war und Knoblauch hackte, versorgte der Detective ein stark angeschwollenes Knie. Während er rannte, um mit Seiner Ehren Schritt zu halten – der nach der Berührung mit dem Fleisch der Weltführer in höheren Sphären schwebte –, war der Detective gestolpert und hatte sich am Rinnstein vor dem Flughafen von Palm Springs sein eines heiles Knie angeschlagen.

Am Ende des Jahres war er bei der Polizeiuntersuchung durchgefallen, hatte sich zweimal einer Kniearthroskopie unterzogen und wartete geduldig auf eine Berufsunfähigkeitsrente, die es ihm gestattete, mit fünfzig Prozent seines Gehalts für den Rest seines Lebens in Pension zu gehen. Steuerfrei! Er meinte, einen Teil davon habe er George Bush zu verdanken, und er gelobte, in alle Ewigkeit die Republikaner zu wählen.

Und natürlich war der Bürgermeister auf alle Zeit sein Lieblingspolitiker. In all den Monaten, in denen die Ärzte vergeblich versuchten, seine geschädigten Knie wiederherzustellen, pfiff der Detective immerzu: »I Got You, Babe.«

1

Was fällt Ihnen dazu ein?« fragte Mrs. Rhonda Devon, als Burrows ein Gemälde über dem Kaminsims musterte: ruhende Gestalten am Seineufer, alle gemalt mit den auffälligen Pinseltupfern des Pointillismus von Georges Seurat.

»Eine Tasse Kaffee.«

»Kaffee? Warum?«

»Es erinnert mich an die Cafés und Raststätten hier in der Wüste.«

»Wie in aller Welt kommen Sie darauf?« fragte Rhonda Devon. Sie brachte Burrows' Glas zur Bar. Hinter ihr ging die Sonne im Westen des Mount San Jacinto unter und kühlte das für die Jahreszeit zu heiße Wüstental schnell ab.

»Dort steht in jeder Raststätte und in jedem Café eine Dot hinter der Theke. Mir müssen Dots über tausend Tassen Kaffee serviert haben, mehr Pünktchen als auf diesem Gemälde.«

Rhonda Devon gluckste und brachte Burrows noch eine Diätcola in einem Cocktailglas. »Und was fällt Ihnen dazu noch ein?«

»Daß ich kein Geld habe. Ich habe von diesem Künstler gehört. Das Bild ist mehr wert als jedes Haus, in dem ich je gewohnt habe.«

»Schon möglich«, sagte Rhonda Devon und gestikulierte mit erhobener Handfläche in Richtung eines Sofas neben dem Seurat.

Burrows gefiel der geblümte Sofabezug nicht, ebensowenig wie das Chippendale-Mobiliar und die lackierten Satztische. Das massive Haus im alten spanischen Kolonialstil schrie geradezu nach einer männlichen Note.

»Im allgemeinen bitte ich Klienten, zum ersten Gespräch in mein Büro zu kommen«, sagte Burrows und trank einen Schluck von dem Getränk.

»Warum haben Sie bei mir eine Ausnahme gemacht?«

»Sie sind reich.«

»Behandeln Sie reiche Klienten besser als arme?« fragte Rhonda Devon kokett.

»Aber ja. Ich meine, ich würde sie besser behandeln, bloß gehen arme Leute nicht zu Privatermittlern.«

»Sind Sie schon lange im Geschäft?«

»Gerade so lange, daß ich einen Eintrag in den Gelben Seiten unterbringen konnte.«

»So bin ich auf Ihren Namen gestoßen, in den Gelben Seiten. Mir hat Ihr Firmenname gefallen: Diskrete Nachforschungen. Klingt wie ein Massagesalon.«

»Was wissen Sie denn über Massagesalons, Mrs. Devon?«

»Ich hab' mal in einem gearbeitet.«

Es war das beste, diesen Schuß vorbeizischen zu lassen. Der Stoff der rosenfarbenen Wandbespannung aus Damast würde den Rückstoß auffangen. Der Damast war auch so eine Sache, dachte Burrows.

Rhonda Devon lächelte in ihren Cocktail, dann spießte sie die Zwiebel mit einem Plastikzahnstocher auf und sog provozierend daran, ehe sie sie wieder in den Gin fallen ließ, damit sie noch etwas länger darin badete.

Dann gluckste sie wieder, und Burrows fragte sich, wie solche Leute so etwas lernten. Normale Menschen lachten schallend, wieherten oder kicherten. Man traf sogar ein paar, die gluckerten, aber reiche Leute gluckster. Eine Bestnote im Glucksen. Vermutlich lernten sie es im Internat und brachten es ihresgleichen bei.

»Wir könnten den ganzen Abend hier sitzen, und Sie würden mich nicht danach fragen, nicht wahr? Als Studienanfängerin habe ich als Masseuse gejobbt, um für einen Aufsatz in Sozialwissenschaft zu recherchieren. Es hat Spaß gemacht. Ich habe ein paar Tricks gelernt.«

Während sie das sagte, sog sie wieder an der Zwiebel und lächelte. Diesmal lag mit ziemlicher Sicherheit etwas Sexuelles darin.

Wenn Rhonda Devon lächelte, war es leicht, sich die Studienanfängerin von damals vorzustellen. Die Jahre seither waren nicht hart zu ihr gewesen, aber warum hätten sie es auch sein sollen? Vermutlich hatte sie einen Privattrainer, damit der Bauch straff blieb, einen Friseur, der aus der honigfarbenen Mähne im Stil von Marilyn Quayle jede graue Strähne entfernte, und vermutlich kümmerte sich einmal pro Woche eine Maniküre um die langen, anmutigen Finger, von denen zwei Diamanten trugen, mit denen man Lincoln Savings aus der Bredouille hätte helfen können.

Burrows fragte sich, wie es sein mochte, so reich zu sein, als Rhonda Devon sagte: »Ihr Auftragsdienst hat mir gesagt, daß Sie mal bei der Polizei waren.«

»Hin und wieder hören die offenbar zu, wenn man ihnen etwas aufträgt. Ich war zwanzig Jahre lang bei der Polizei von Los Angeles. Hab' mir gedacht, das macht auf Anrufer Eindruck.«

»So alt können Sie doch noch gar nicht sein!« rief Rhonda Devon.

»Alt genug.« Dann, als Burrows merkte, daß sie damit nicht zufrieden war: »Ich werde dreiundvierzig.«

»Und jetzt befassen Sie sich wieder mit Polizeiarbeit.«

»Das kann man mit Polizeiarbeit überhaupt nicht vergleichen«, hätte Burrows am liebsten gesagt, bei dem Gedanken an die Drecksarbeit, zum Beispiel Gespräche mit Zeugen für Strafverteidiger; besonders widerlich für einen Ex-Cop. So gut wie alle Angeklagten, die vor Gericht gebracht wurden, waren etwa so unschuldig wie Josef Stalin, deshalb bestand die Hauptaufgabe der Verteidigung darin, sie dazu zu bewegen, daß sie um ein mildes Urteil baten. Das machte die hiesigen Strafverteidiger glücklicher als die Ankläger, weil die Pflichtverteidiger bezahlt wurden, ohne daß sie einen Finger rührten. Das hiesige Gericht war wie alle amerikanischen Gerichte überfüllter als eine Garderobe in den Folies-Bergères, deshalb ähnelte es auch in gewisser Hinsicht den Polizeirevieren von Los Angeles: Man bot Eintrittskarten für den Knast an und hoffte, daß die Angeklagten sie einem abkauften.

Aber Burrows sagte nur: »Bißchen ähnlich wie Polizeiarbeit ist es. Jedenfalls manchmal.«

»Warum tun Sie nicht was anderes?«

»Wenn ich tanzen könnte, würde ich es beim Ballett versuchen, aber ich versteh nur was von Verbrechen und Verbrechern. Deprimierend, was?«

»Ziemlich.«

Der ungeheure Wüstenhimmel wurde schwarz. Rhonda Devon schaltete hinter sich eine Lampe ein, und der zitronenfarbene Schimmer beleuchtete ihre Wangenknochen. Im Profil lag kein verräterisches Kontaktlinsenglitzern in ihren weit auseinanderstehenden Augen. Die waldgrüne Iris verdankte sie der DNS, nicht dem Optiker.

»So, Mrs. Devon«, sagte Burrows in der Meinung, das sei genug Konversation. »Was kann ich für Sie tun?«

»Es geht um meinen Mann, Clive«, sagte Rhonda Devon. »Ich möchte, daß Sie ihn beschatten.«

Das war ein schlechter Anfang. Burrows hatte noch nie

Glück mit Leuten namens Clive, Graham oder Montgomery gehabt und einmal bei der Kriminalpolizei von Hollywood unter einem Captain namens Clive Dienst getan, den Burrows bis aufs Blut gehaßt hatte.

»Handelt es sich um ein Frauenproblem?«

»Ja.«

»Mrs. Devon, das hier ist ein Staat, in dem die Schuldfrage bei einer Scheidung keine Rolle spielt. Das gilt für die meisten Staaten, vielleicht mit der Ausnahme von Monte Carlo. Fürst Rainier und Fürstin Gracia hätten es sich nicht leisten können, bei einem Techtelmechtel erwischt zu werden, aber hier ist das anders. Sie brauchen keinen Privatermittler.«

»Ich habe nicht vor, ihn bei einem Schäferstündchen zu erwischen. Mir ist gleich, *was* er treibt.«

»Jeder Anwalt könnte Ihnen sagen, daß Sie in Kalifornien in einem Scheidungsfall keine –«

»Ich *will* keine Scheidung. Ich will nur verstehen, warum.«

»Warum er fremdgeht?«

»Nein ... ja, das auch, aber das ist Nebensache.«

»Was ist die Hauptsache?«

»Ich glaube, er will Vater werden. Und ich begreife nicht, warum.«

»Sie haben gesagt, es ist Ihnen gleich, wenn er –«

»Es ist mir gleich, ob er eine Geliebte hat oder zehn! Aber er will ein *Kind*. Und ich muß der Sache auf den Grund gehen.«

»Okay, woher wissen Sie das?«

»Ich habe ganz zufällig etwas gefunden. Unser Geschäftsführer schreibt die wichtigen Schecks aus und kümmert sich um alles Geschäftliche, aber wir haben getrennte Privatkonten. Mir ist diese Monatsabrechnung in seiner Blazertasche aufgefallen. Sie ist herausgefallen, als ich das Jackett in den Schrank gehängt habe. Ich habe nur einen Blick darauf erhascht, ehe er hereinkam, aber als ich später wieder an den Schrank gegangen bin, war sie verschwunden. Es war eine

Monatsrechnung von einem gewissen Institut für Fruchtbarkeit in Beverly Hills.«

»Haben Sie dort angerufen?«

»Ich habe meinen Arzt ein paarmal dort anrufen lassen. Die Samenbanken in Los Angeles leitet ein medizinischer Direktor, der auf absoluter Vertraulichkeit besteht. Sie haben nur gesagt, daß ihnen der Name Clive Devon unbekannt ist.«

»Wie alt ist Ihr Mann?«

»Dreiundsechzig.«

»Und wie alt sind Sie, wenn ich fragen darf?«

»Vierundvierzig. Ich habe keine Kinder, und seit letztem Dezember kann ich auch keine mehr bekommen. Ich bin ziemlich früh in die Wechseljahre gekommen, genau wie meine Mutter und meine beiden Schwestern. Clive plant offenbar, von einer Leihmutter ein Kind zu bekommen! Vielleicht hat er vor, mich zu verlassen!«

»Macht Ihnen das etwas aus?«

»Ja, sehr viel.«

»Vielleicht gehört er zu den weltbewegenden Typen, die nicht von der Erde scheiden können, ohne ihren genetischen Code zu hinterlassen. Vielleicht hat er sein Sperma für eine Studie oder ein Experiment gespendet.«

»Er ist schrecklich schüchtern, eigentlich introvertiert, hat nicht viel Selbstachtung und nur wenige Freunde. Er hat nie etwas Weltbewegendes getan. Er hat immer von Fonds gelebt. Ich kann mir nicht vorstellen, daß er das Bedürfnis hat, einen Teil von sich zu hinterlassen. Und Clive als Versuchskaninchen? Das ist absurd.«

»Hat er von Ihnen verlangt, daß Sie einen Ehevertrag unterschreiben?«

»Nein.«

»Dann erben Sie, wenn er stirbt?«

»O ja. Wir sind seit dreizehn Jahren verheiratet. Juristisch ist ausgeschlossen, daß er sein Geld einer neuen Frau und einem Kind hinterläßt.«

»Haben Sie je Kinder gewollt?«

»Nein, er auch nicht. Wir hatten beide keine glückliche Kindheit, deshalb haben wir gedacht, wir behalten unsere Neurosen für uns und geben sie nicht weiter.«

»Mrs. Devon, warum fragen Sie ihn nicht einfach, warum er eine kleine Anlage bei dieser Bank gemacht hat, wenn Sie das Ganze zum Wahnsinn treibt?«

»Oh, ich würde ihn nie ausfragen. Er würde das auch nicht tun, wenn die Rollen vertauscht wären. Wir sind beide sehr unabhängig. Die meiste Zeit leben wir getrennt. Mir ist unser Haus in Beverly Hills lieber, ich komme nur an zwei Wochenenden im Monat hierher. Er wohnt ständig hier, auch im Sommer. Ich kann ihn selten dazu bewegen, achtundvierzig Stunden in unserem anderen Haus zu verbringen.«

»Haben Sie und Ihr Mann noch...«

»Er hat eine Bypass-Operation hinter sich. Die Arterieninsuffizienz läßt zwar eine Ejakulation zu, aber keine Erektion. Wir haben seit etwa fünf Jahren keinen Sex mehr gehabt.« Dann fügte sie hinzu: »Jedenfalls nicht miteinander.«

»Haben Sie mit sonst jemand darüber gesprochen? Ich meine, warum er vielleicht ein Kind will?«

»Wir haben einen gemeinsamen Anwalt in Los Angeles, einen guten Freund. Er hat nicht den geringsten Anhaltspunkt.«

»Natürlich käme auch er nicht im Traum auf die Idee, Mr. Devon einfach danach zu fragen?«

»Das würde ich nie zulassen. Wir führen ein getrenntes Privatleben, und wir...«

»Respektieren einander.«

»Völlig.«

»Wo ist Ihr Mann heute?«

»Ich habe keine Ahnung. Wenn ich herkomme, sehen wir

uns nur zum Essen oder zum Golfspielen. Am liebsten verbringt er seine Zeit mit Wanderungen in der Wüste. Sagt er jedenfalls.«

Burrows stellte das Cocktailglas auf einen Onyxcouchtisch, der größer als ein Squashplatz war, und sagte: »Sie wollen also, daß ich eine Observierung durchführe und herausfinde, wer, was, wo, wann und warum?«

»Nur wer und warum. Vor allem muß ich wissen, warum. Wenn er in all den Jahren auch nur einmal den leisesten Wunsch nach einem Kind geäußert hätte, hätten wir ... zumindest darüber gesprochen.«

»Eine Observierung ist sehr teuer. Sie kann Tage, vielleicht sogar Wochen dauern und nichts einbringen. Im übrigen zapfe ich grundsätzlich keine Telefone an.«

»Schon gut, finden Sie zunächst mal raus, wer die Leihmutter ist. Vielleicht führt das zum Warum.«

»Für eine Observierung bekomme ich sechzig Dollar pro Stunde, verrechenbar mit einem Vorschuß von tausend Dollar«, log Burrows, halb in der Hoffnung, Rhonda Devon werde es sich anders überlegen. Das konnte wahre Drecksarbeit werden. »Und wenn er ins Bett geht, gehe ich auch ins Bett. Ich sitze nicht vor dem Haus eines Klienten herum und lasse den Taxameter laufen. Wenn er mitten in der Nacht aufsteht und zu seinem gemieteten Backofen rennt, werden Sie nie etwas davon erfahren.«

»Sie sind ganz schön schnodderig«, sagte Rhonda Devon.

»Ich glaube, im Grunde bin ich nicht scharf auf den Auftrag.« Burrows zögerte einen Augenblick und sagte dann: »Ich muß Sie fragen, Mrs. Devon, ob er es nach der Herzoperation mit Ihnen versucht hat. Sind Sie sicher, daß er eine Gefäßinsuffizienz hat?«

»Es hat ein paar klägliche Versuche gegeben. Nein, ich glaube nicht, daß er zur Erektion fähig ist.«

Sie sah in dem zitronenfarbenen Licht noch dünner aus.

Unerklärlicherweise tat sie Burrows leid – seltsam, jemanden zu bemitleiden, der so reich war.

»Mrs. Devon« –, Burrows berührte ein urnenähnliches Gefäß auf dem Couchtisch –, »haben Sie Angst davor, er könnte jemanden gefunden haben, an dem ihm etwas liegt? Eine Frau, mit der er gern ein Kind großziehen möchte? Ganz gleich, wie die Empfängnis vonstatten geht?«

»Das ist eine etruskische Vase«, sagte Rhonda Devon, als hätte sie die Frage nicht gehört. »Seien Sie bitte vorsichtig. Ich habe ein Dossier vorbereitet, das alles enthält, was Sie über Clive wissen müssen, samt Foto. Das Dossier liegt auf dem Tisch an der Tür.«

Rhonda Devon erhob sich lässig, kam aber durch zuviel Alkohol vor dem Essen leicht ins Stolpern und schwankte durch die Marmorhalle, als sie zur Tür vorausging.

Vor dem Abschied sah Burrows die Klientin an und sagte: »Was werden Sie mit den Informationen machen, falls ich sie besorgen kann? Ich meine, den Namen der Leihmutter und den Grund, aus dem Ihr Mann das macht? Was würden Sie mit den Informationen anfangen?«

»Das ist nicht Ihre Sorge«, sagte Rhonda Devon.

»Oh, ich mache mir aber Sorgen. Offen gesagt, ich übernehme den Fall nicht, wenn Sie sich weigern, mir das zu sagen.«

Rhonda Devon musterte Burrows einen Augenblick lang, zeigte ein makelloses Gebiß und sagte: »Überhaupt nichts. Ich muß es nur einfach wissen.« Dann fügte sie hinzu: »Für Ergebnisse zahle ich gern einen Bonus. Sagen wir mal, fünftausend Dollar? Ich will gar nicht behaupten, daß mein Mann und ich eine enge Beziehung oder auch nur eine normale haben. Aber ich muß es wissen. Als Frau können Sie das doch bestimmt verstehen?«

2

Beim vierten Klingeln nahm er den Hörer ab, versuchte es jedenfalls. Er wollte ihn packen, aber das Telefon fiel vom Nachttisch. Jemand hatte ihn ausgepreßt wie eine Grapefruit. Er bestand nur aus Säure und Fruchtfleisch, ohne Saft. So trocken wie Steppengras.

Beim siebten Klingeln fand er es, ein Telefon in der Form eines Boxhandschuhs. Der Kerl, in dessen Haus er sich befand, hatte vermutlich mit zehn Jahren im Internat mal einen Kampf bestritten und war jetzt vernarrt in Profiboxer. Im Arbeitszimmer wimmelte es von Leroy Neimans hektischen Sportbildern und außerdem von jeder Menge Boxfotos. Das war zweifellos der Typ, der ohne Hanteln nicht auf Reisen ging.

»Hallo«, krächzte er in den Boxhandschuh. Er hörte eine gedämpfte Antwort und zog sich den Hörer ans rechte Ohr. »Ja?«

Eine Frauenstimme sagte: »Detective Cutter?«

»Ja, wer ist dran?« Er fühlte sich, als hätte ihm jemand Senfgas in den Schädel gepumpt.

»Rufe ich zur falschen Zeit an?«

»Nein, am falschen Tag. Welcher Tag ist heute?«

»Montag, der vierte Februar.«

»In welchem Jahr?«

»Störe ich Sie?«

»Nein, ich mußte sowieso zum Kotzen aufstehen. Wer, zum Teufel, ist denn dran?«

»Ich heiße Breda Burrows«, sagte sie. »Ich bin Privatermittlerin hier in Palm Springs, war früher mal bei der Polizei von Los Angeles.«

»Ja, und was... ach, Scheiße!«

Lynn Cutter kroch in der Pyjamahose aus grauer Seide (Eigentum des Kerls, der verrückt nach Boxern war) aus dem Bett und torkelte ins Bad wie jemand, der unter Wasser zu gehen versucht. Weil das Bad größer war als das Polizeirevier von Palm Springs, schaffte er es nicht ganz bis zum Klo, aber es gelang ihm, in eine Düsenwanne mit vergoldeten Wasserhähnen zu reihern.

Lynn legte sich einen Augenblick lang auf die kühlen Fliesen, musterte aus der Perspektive einer Schabe eine bröckelige Fuge. Er kam hoch, wischte sich an einem Handtuch mit Monogramm den Mund ab und griff nach dem Hörer des Nebenapparats: ein Telefon aus *Sports Illustrated*, geformt wie ein Turnschuh.

Er legte sich wieder auf den Rücken und sagte: »Ich sterbe.«

»Ich kann in einer halben Stunde noch mal anrufen.«

»Bis dahin haben die ein Tuch über mich gezogen«, stöhnte er. »Hören Sie, Lady, es ist nicht so einfach, in einen Tennisschuh zu sprechen. Was wollen Sie denn?«

»Folgendes, Detective Cutter«, fing sie an, dann meinte sie, das klinge zu steif und förmlich. Deshalb sagte sie: »Wie nennen Ihre Freunde Sie denn?«

»Ich habe keine.« Er spürte, daß noch mehr Galle in ihm hochkam. »Aber Mutter nennt mich Lynn. Geben Sie ihr einen Kuß von mir. Ich bin am Ende.«

»Lynn?«

»Ja, Lynn! Weiß schon! Marion Morrison ging sein Frauenname auch auf den Geist, deshalb hat er sich in John Wayne umgetauft! Ich weiß! Lynn ist kein üblicher Name, aber immer noch besser als Sue, oder? Lady, könnten Sie mir jetzt mal sagen, was zum Teufel Sie mitten in der Nacht von mir wollen?«

»Es ist ein Uhr mittags, Lynn.«

»Mitten in der Nacht, mittags! Haben Sie doch ein Herz!«

»Kann ich herüberkommen und mit Ihnen sprechen? Ich hab' da was, was für uns beide einträglich sein könnte.«

Er machte eine Pause, dann sagte er: »Sparen Sie sich das Benzin. Ich hab' nicht vor, meine Pension aufs Spiel zu setzen, weil ich Privatdetektiven einen Gefallen tue, okay?«

»Hey, ich würd doch niemals Ihre Pension aufs Spiel setzen«, sagte sie. »Wir sind im selben Club. Im Club der Hundemarke.«

»Waren wir mal. Sie tragen keine Hundemarke mehr. Für mich sind Sie bloß ein Exbulle. Wie so ungefähr jeder Privatschnüffler, den ich je getroffen hab. Exbulle.«

»Aber im Herzen werde ich immer ein Cop bleiben«, sagte sie. »Wie wär's mit einem kurzen Treffen?«

»Muß auflegen«, sagte er. Dann fiel ihm etwas ein. »Wie haben Sie meine Nummer rausgekriegt?« Er kam wacklig auf die Beine, wankte leicht und beschloß, in die Badewanne zu pinkeln.

»Das sage ich Ihnen«, sagte sie, »wenn wir uns zum Mittagessen treffen.«

»Mittagessen?« Er hatte die Stimme nur auf zwölf Dezibel gehoben, nicht viel lauter als das Geräusch menschlichen Atems, aber es klang wie die Explosion einer Granate. Als er den Wasserhahn aufdrehte, hörte er chinesische Neujahrsböller.

»Wie wär's mit einem Drink?« fragte sie. »Treffen wir uns doch in einer Stunde auf einen Drink. Was haben Sie schon zu verlieren?«

»Im Furnace Room«, sagte er, während ihm eine leere Cognacflasche auf der Ablage über einem der Waschbecken auffiel. Das einzige, woran er sich deutlich erinnern konnte, war, daß die Braut, wie sie auch heißen mochte, jeden Schluck Alkohol im Haus ausgesoffen hatte. »Die Kneipe wird Ihnen gefallen. Sie ist etwa so hell und fröhlich wie Gotham City. Können wir jetzt auflegen? Das Gespräch dauert ja schon länger als der Bürgerkrieg im Libanon.«

Als es Zeit zum Rasieren war, gab es Lynn Cutter auf, seinen Schnurrbart zu stutzen, sondern hielt den Elektrorasierer des Villenbesitzers in beiden zitternden Händen und drückte das Gesicht dagegen. Das leise Surren des Rasierers klang wie unterirdische Atomtests. Nachdem er etwa hundertmal das Gesicht an den Rasierer gepreßt hatte, war er rasiert. Gewissermaßen.

BREDA BURROWS GEHÖRTE zu den Menschen, die grinsen, wenn sie gereizt sind. Wenn sie wirklich wütend war, wurde das Grinsen breiter. Einmal, als sie auf dem Hollywood Boulevard auf Streife war, hatte sie die Gelegenheit, besonders breit zu grinsen, nachdem ein Lude namens der Aalglatte Rick, der in seinem Cadillac Eldorado saß, zu ihr gesagt hatte: »Ehrlich, ich zwing die Straßennutten nicht, für mich zu arbeiten. Ich würde Sie doch nicht anlügen, Officer. Hand aufs Herz. Beim Grab meiner Mutter.«

Und dann hielt der Aalglatte Rick es für richtig clever und richtig nett, die Hand aufs Herz zu legen. Nämlich auf ihres. Er langte aus dem Fenster des Zuhältermobils und legte ihr einen manikürten Zeigefinger – länger als ein Besenstiel und mit zwei Diamantringen bestückt – auf das Herz. Direkt unter ihre Polizeimarke. Direkt auf den Nippel der linken Titte.

Sie verbreiterte das Grinsen, bis es von der Ecke Hollywood Boulevard und Vine Street bis zum Chinese Theater reichte, und sagte: »Beim Grab deiner Mutter? Und hat deine Mami da unten noch Platz für einen Untermieter, Jungchen?«

Urplötzlich machte sie einen Bocksprung. Sie schnellte hoch und setzte sich auf seinen ausgestreckten Arm, so wie sich ein Stuntman über den Pferderücken in den Sattel schwingt.

Der Aalglatte Rick spielte Wippen, mit seinem Ellbogen als Angelpunkt. Sein Kopf schoß nach oben, drückte seinen lila Filzhut am Verdeck des Cadillac platt. Bredas Partner sagte, der Ellbogen habe ein Geräusch gemacht wie ein Schiffsrumpf aus Stahl, der durch das Polareis pflügt, nur lauter. Der Aalglatte Rick verprügelte ein paar Monate lang keines seiner Mädchen mehr, jedenfalls nicht mit dem linken Arm.

Und der Lude reichte keine offizielle Beschwerde gegen die junge Breda Burrows ein, deren Partner ihr sagte, wenn man einen Scheißkerl verstümmeln wolle, müsse man sich vergewissern, daß der Scheißkerl ein Scheißlude sei, denn die verpetzten einen selten bei den Scheißkopfjägern im Innenministerium.

ALS LYNN IN DIE Furnace Room Bar kam, waren die Stammgäste aus der Gegend schon ziemlich weggetreten. Es war eine jener typischen verrauchten Saloonkneipen mit dunklen Ecken, nußbaumgetäfelten Wänden und roten Vinylnischen. In erster Linie wurden Steaks und Knoblauchtoast serviert. Und neue Gäste hatten das Gefühl, sie seien zu Hause in Indiana, wenn sie zum erstenmal durch die Tür kamen.

Im allgemeinen waren drei bis vier ehemalige Schauspieler und Schauspielerinnen in der Bar, etwa ein Dutzend weitere Senioren in Golfklamotten, der eine oder andere Cop und ein paar Anwälte, weil die Bar nicht weit vom Gerichtsgebäude von Palm Springs entfernt war. Die Drinks wurden großzügig eingeschenkt und waren nicht teuer.

Die ehemaligen Schauspieler im Furnace Room bevorzugten Witze über Anwälte und Cops.

Frage: »Wenn du Küchenchef bei einem Bankett für Saddam Hussein, Muammar Gaddafi und einen Anwalt deiner Wahl wärst und nur zwei Zyankalikapseln hättest, wen würdest du als ersten und zweiten vergiften?«

Zu erwartende Antwort auf beide Fragen: »Immer den Anwalt.«

Antwort im Furnace Room: »Keinen. Ich würde das Gift dem Anwalt in die Tasche stecken, den Arabern erzählen, es sei für sie bestimmt, und dann zuschauen, wie sie ihn in Öl sieden und ihm den Knallkopf abhacken.«

Frage: »Wie viele Bullen braucht man, einen Häftling in Handschellen die Treppe hinunterzustoßen?«

Antwort: »Keinen. Das Arschloch stolpert und fällt.«

Um die alten Schauspieler auf Kosten von Cops wie Lynn Cutter darüber hinaus zu erheitern, klebte der Inhaber, ein siebenundsechzigjähriger ehemaliger Charakterdarsteller namens Wilfred Plimsoll – der behauptete, er habe in *Die Höllenhunde des Pazifiks* als Double von Ronald Reagan mitgewirkt –, makabre Sprüche auf den Barspiegel. Sein neuester bezog sich auf einen Zeitungsartikel aus Los Angeles, der aufgedeckt hatte, bei drei Polizeischießereien in letzter Zeit, wo die Cops behauptet hatten, Verdächtige hätten »einen glänzenden Gegenstand aus der Tasche gezogen«, worauf der Cop mit einem tödlichen Schuß reagierte, habe sich hinterher herausgestellt, daß es sich bei dem »glänzenden Gegenstand« nur um einen Plastikkamm gehandelt habe.

Auf einem Baraufkleber stand: »Himmelfahrt für Kammbenutzer.«

Auf einem anderen: »Kämme: 0. Cops: 3.«

Lynn Cutter warf nicht einmal einen flüchtigen Blick auf die Baraufkleber oder auf die anderen Gäste, als er eintrat. Er ging direkt zu Wilfred Plimsoll und sagte: »Scotch. Einen doppelten.«

Der ehemalige Schauspieler trug meistens einen seidenen Ascot und ein Buschhemd à la *Jenseits von Afrika*, selbst an glühend heißen Wüstentagen. Er goß den Schnaps ein, sah zu, wie der Cop ihn hinunterstürzte, schenkte dann einen zweiten ein und sagte: »Besser? Brauchst du noch einen?«

»Wie ein Ziegenbock einen Damensattel«, antwortete Lynn Cutter, trank ihn aber trotzdem.

Als Wilfred Plimsoll die Flasche wegstellte, sagte Lynn Cutter: »Noch einen. Aber diesmal einen Chivas. Deine Hausmarken schmecken wie das Zeug, mit dem man Pferde einreibt.«

Wilfred machte das Gemecker über sein Angebot oder seinen Service nichts aus. Er war nicht dünnhäutig, nicht, nachdem er sich neununddreißig Jahre lang in Filmstudios durchgeboxt hatte.

»Schlechte Nacht, Lynn?« fragte er und sprach dabei mit der Uhr oben an der Wand. Wilfred Plimsoll sprach immer mit der Wanduhr, die zehn Minuten vorging und die Barzeit anzeigte. Er machte das, um sein Profil zur Geltung zu bringen, und zwar von rechts, weil das seine Schokoladenseite war.

Außerdem richtete er die ständig zwischen seinen dritten Zähnen gehaltene Zigarettenspitze auf die Wanduhr. Das tat er, seit man ihm bei Probeaufnahmen gesagt hatte, er ähnele Franklin Delano Roosevelt mehr als Ralph Bellamy in *Sunrise at Campobello*. Und das trotz der Tatsache, daß Wilfred ein schwarzes Burt-Reynolds-Toupet trug, lange bevor sich Burt die erste Perücke gekauft hatte. Ohne das Toupet sah er Benjamin Franklin ähnlicher als Franklin Roosevelt; tatsächlich war er in dem Punkt seelenverwandt mit dem geilen Erfinder, daß keine Frau, die jünger als die Elektrizität war, sich seiner Annäherungsversuche erwehren konnte. Das erklärte, warum die koketteren Damen aus dem Seniorenzentrum ihre Nachmittagscocktails im Furnace Room tranken.

»Ja, eine schlechte Nacht«, erwiderte Lynn schließlich. »Unglaublich, was ich anstelle, damit ich eine Chance hab, mir AIDS zu holen. Bin ich gestern abend mit jemandem hier weggegangen?«

»Du hast mehr Blackouts als London im Blitzkrieg«, sagte Wilfred zur Wanduhr. »Kannst du dich nicht mehr daran erinnern?«

»Jemand mit Titten?«

»Titten? Ja, ich glaub schon, daß sie Titten hatte.«

»Gott sei Dank«, sagte Lynn. »Ich hab' so ein vages Bild von einem blonden Schnurrbart im Kopf.«

»Einen Schnurrbart hatte sie auch«, sagte Wilfred. »Gibt es in den Gesundheitsläden neuerdings Testosteron zum Mitnehmen? Sie war häßlicher als alle drei Hexen in *Macbeth*. Da hätt' ich lieber rote Ameisen im Bruchband. Hoffe, du hast einen Präser übergezogen.«

»Klar doch«, log Lynn, der sich nicht an die kleinste Kleinigkeit erinnern konnte, nachdem der Cognac ausgegangen war. »Ich trage aufgenähte Tarnkondome. Weiß gar nicht, daß sie da sind, und kann sie nicht abnehmen. Ich bin besser geschützt, als Pinkerton's einen schützen kann.«

»Es ist wirklich ein Fehler, deiner Schlange keinen Maulkorb zu verpassen«, riet Wilfred poetisch.

»Ja, ja, muß meinen Affen gut verpacken«, pflichtete Lynn ihm bei. Gott, tat ihm der Kopf weh!

»Hatte aber hübsches Haar«, sagte Wilfred Plimsoll zur Uhr. »Wie Rita Hayworth in *Gilda*. Hab ich dir je erzählt, daß ich in *Gilda* fast eine Sprechrolle bekommen hätte?«

»Ja«, sagte Lynn Cutter zu seinem Schnaps. »Das erzählst du, seit ein Erdnußfarmer Präsident war.«

»Ah, Rita!« sinnierte Wilfred Plimsoll, und jetzt war es zu spät. Er verfing sich in dem goldenen, hauchzarten Gespinst, wie es Schauspieler so an sich haben, vor allem gescheiterte. »Rita war ein tolles Weib. Hab gehört, die brachte bloß mit dem Mund ein Laubgebläse von null auf hundert und den Mexikaner, der's bediente, dazu!«

»Hast du ein Aspirin für mich, Wilfred?« fragte Lynn Cutter, und jetzt sprach er mit der Uhr. Es war ansteckend.

»Hab gehört, man hätte nach einem Rendezvous mit Rita angeschlagene Knochen und Knutschflecken an den Knien gehabt«, sagte Wilfred. »Ich könnte dir was erzählen, was sie mal beim Drehen zu mir gesagt hat, aber du würdest es nicht glauben.«

»Aber ich glaub dir doch immer, Wilfred. Wie ich Saigon Suzie geglaubt hab, als sie geschworen hat, daß sie nur mich liebt.«

Wilfred Plimsoll nahm die Zigarettenspitze aus dem Mund und sagte: »Ein Jammer, daß du noch zu jung bist, dich an die herrlichen Kinopaläste zu erinnern, Lynn. Das war wirklich das Goldene Zeitalter!«

»Ja, mit fünfundvierzig hab ich's grade geschafft, auf den Topf zu gehen«, ächzte der Cop, »aber meine Leber ist fünfundachtzig, also kann sich vielleicht meine Leber dran erinnern. Das Aspirin, Wilfred!«

Schließlich schien Wilfred Plimsoll zu begreifen, daß Lynn Cutter einen Brummschädel hatte. Er sagte: »Wir haben kein Aspirin. Trink noch was, dann geht's weg.« Er goß dem Cop, der nicht widersprach, einen Chivas ein.

Ein anderer alter Schauspieler namens Reginald Orlando – einer von denen, die es nie geschafft hatten, Gilbert Roland zu imitieren –, hörte zu und sagte: »Ah ja, die Kinopaläste. Wie gut ich mich an Lon Chaney in *Der Glöckner von Notre Dame* erinnere. Hat sich der Kunst zuliebe mit dem Buckelgestell den Körper ruiniert. Heutzutage bringt's Warren Beatty nicht mal über sich, Knete auf die schöne Nase zu pflastern, damit er wie Dick Tracy aussieht.«

In diesem Augenblick sagte eine Frauenstimme hinter Lynn Cutter zu Wilfred Plimsoll: »Ein Glas von Ihrem besten Chardonnay und noch mal dasselbe für Mr. Cutter. Drüben am Ecktisch, bitte.«

Lynn drehte sich um, und trotz der Kopfschmerzen spürte er einen leichten Ruck. Seine Lieblingskombination: glänzendes, volles erdbraunes Haar und so blaue Augen, daß das trübe Licht sie nicht verbergen konnte. Von einem Kobaltblau, das elektrisierend wirkte, sobald die Inhaberin sie einschaltete. Sie trug eine maßgeschneiderte Hahnentrittjacke und einen schmalen schwarzen Rock. Er hatte damit gerechnet, daß sie matronenhaft aussah. Er hatte von der neuen Privatermittlerin in der Stadt gehört, die nach ihrem Dienst bei der Polizei von Los Angeles in Pension gegangen war, und er wußte, daß Cops in Los Angeles nach zwanzig Jahren schon mit einundvierzig Pension beziehen konnten. Sie war seit ein paar Monaten in Palm Springs, also mußte sie mindestens zweiundvierzig sein, rechnete er aus.

Zwanzig Jahre Polizeiarbeit in der Großstadt hatten ihrem Äußeren nicht viel anhaben können, aber wer konnte bei einer Braut wie der hier schon etwas über das Innere sagen? »Ich hätte Sie für älter gehalten«, sagte er.

»Bin ich auch.« Wenn sie lächelte, sah sie noch jünger aus.

»Jemand muß Ihren Kilometerzähler zurückgestellt haben«, sagte Lynn. Heiland, sie hatte lange Beine und unglaubliche Waden! Ganz kräftig, als würde sie Fußball spielen. Er wußte, daß er keine Chance hatte, also konnte er sich ruhig so mies benehmen, wie er sich fühlte, wenn er erst einmal seinen Gratisdrink hatte.

Sie setzten sich an einen Ecktisch unter einer Reihe von Fotos ehemaliger und gegenwärtiger Einwohner von Palm Springs: Frank Sinatra, Bob Hope, Ginger Rogers, William Holden, Dinah Shore, Steve McQueen, Lucille Ball, Truman Capote, Kirk Douglas, Ruby Keeler, Red Skelton, Liberace. Eines hatten sie alle gemeinsam: Sie hätten nicht einmal dann, wenn man ihnen den Mount San Jacinto überschrieben hätte, der drei Kilometer hoch über der Stadt dräute und lange vor dem Sonnenuntergang einen blauen Schatten über Palm Springs warf, einen Fuß in den Furnace Room gesetzt.

»Wir können altersmäßig nicht weit auseinander sein, Lynn«, sagte sie, als er in den Stuhl sackte. »Ich fahre mindestens hundertfünfzig Kilometer pro Woche Rad, um fit zu bleiben.«

Lynn sagte jämmerlich: »Ja, ich hab grade eine Generaluntersuchung hinter mir, und die Stuhlprobe war wie die eines Zwanzigjährigen.«

Wilfred Plimsoll, eine neue Zigarette in der Spitze, stellte einen Drink vor Lynn ab und goß für Breda Burrows schwungvoll einen Schluck Chardonnay zum Probieren ein. Dann rückte er sich mit seinem elegantesten Hauptdarstellerschlenker den Ascot zurecht und sagte: »Wünscht die Dame, daß ich ihn noch etwas atmen lasse?«

»Schenk einfach ein, Wilfred!« sagte Lynn gereizt. »Die Pisse, die du servierst, könnten sie nicht mal auf der Intensivstation wiederbeleben!«

Als Wilfred murrend zum Bartresen zurückkehrte, sagte Lynn zu Breda: »Schön, Sie haben ihn dazu gebracht, daß er wie Queen Mum redet, also sind Sie im Furnace Room akzeptiert, nehm ich an. Vielleicht spendiert er Ihnen am Valentinstag ja sogar einen Drink.«

»Wie wär's mit Lunch?« fragte Breda. »Ist das Essen hier okay?«

»Den Küchenschaben bekommt es«, sagte Lynn. »Deshalb sind sie so groß, daß sie Hundehalsbänder tragen könnten, und nicht umzubringen, wenn man auf sie schießt. Sie könnten das Chili versuchen, aber ich würde lieber eine Kröte schlucken. Jetzt könnten Sie mir mal sagen, was Sie auf dem Herzen haben und wie Sie die Telefonnummer rausbekommen haben.«

»Klar«, sagte sie. »Die Nummer habe ich von Ihrem Lieutenant. Ich hab seinen Bruder gekannt, als der bei der Polizei von Los Angeles war. Ich wollte mich mit ihm treffen, weil ich Schwierigkeiten damit habe, mein Geschäft in Palm Springs in Gang zu bringen.«

»Da sind Sie an der richtigen Adresse«, sagte Lynn. »Von Geschäften verstehe ich soviel, daß ich George Bushs Sohn sein könnte. Hier kommt, was ich weiß: Die Touristensaison dauert von Neujahr bis zum Memorial Day. Das sind fünf Monate. Und manche Leute meinen, der Mai lohnt sich auch nicht recht, dann sind es nur noch vier. Aber weil es im Winter so schön ist, sagt sich jeder, der genug Kohle für vier Wände mit einem Dach darüber hat, er kann sich zwölf Monate im Jahr seinen Lebensunterhalt verdienen. Am schlimmsten sind die Restaurants. Dauernd machen Typen dort wieder Restaurants auf, wo zehn vor ihnen auf die Schnauze gefallen sind. Einer nach dem anderen springt über die Klippe, blöder als ein Schwarm Lemminge. Das ist alles, was ich über die hiesige Wirtschaft weiß. Was habe ich also mit Ihren geschäftlichen Problemen zu schaffen?«

Breda Burrows musterte Lynn Cutter einen Augenblick lang und sagte: »Fühlen Sie sich besser?«

»Na ja, ein Augenlid möchte ich im Moment lieber nicht operieren.« Lynn schaute auf seine Kalenderuhr und sagte: »Nur noch sieben Wochen bis Ostern, und dieses Jahr muß ich Eier färben. Meinen Sie, wir können bis dahin zur Sache kommen?«

Für einen zynischen Säufer sah er gar nicht schlecht aus, dachte Breda Burrows. Ihr gefiel sein Schnurrbart nicht, und er hatte mindestens zwanzig Pfund Übergewicht, aber er hatte noch relativ viel Haar: rötlichgrau und lockig. Er war nicht groß, aber er hatte gute Schultern und kräftige Handgelenke und Hände. Die braunen Augen waren intelligent, wenn er sich die Mühe machte, Breda Burrows anzuschauen.

Sie hatte den Verdacht, er sei kompetent, und hätte ihm am liebsten einen Schlag auf den Mund versetzt.

»Okay, ich komme zur Sache, Lynn«, sagte sie. »Ich brauche einen Berater.«

»Warum haben Sie das denn nicht gleich gesagt?« sagte er und machte den vierten Drink nieder, dankbar, daß er am nächsten Tag nicht arbeiten mußte. Überhaupt nie wieder! »In Cathedral City gibt es eine Zigeunerin, die aus Tarotkarten liest, aus Handlinien und sogar Teeblättern, wenn Sie den Tee mitbringen. Ich, ich dekoriere Weihnachtsbäume. Das ist natürlich keine regelmäßige Arbeit, aber ich hab trotzdem keine Zeit, als Berater zu fungieren, wenn ich auch zugeben muß, daß ich geschäftlich meiner Zeit weit voraus bin. Ich bin zwei Jahre vor der Rezession pleite gegangen. Mein Vater war genauso. Ist neunzehnhundertachtundzwanzig pleite gegangen.«

Mit einem Grinsen, das nur halb so breit war wie ihr Totschlägergrinsen für Zuhälter, sagte sie zu diesem Weltklasseklugscheißer: »Schauen Sie, Lynn, ich weiß, daß Sie sich heute nicht wohl fühlen, und Sie kennen mich nicht und haben keinen Grund, mir zu vertrauen, aber ich bin nicht hier, um Ihre Pension aufs Spiel zu setzen und Ihnen Ärger zu machen. Ich hab gelernt, daß Palm Springs und dieses ganze Wüstental ein ganz besonderes Pflaster ist, und ich bin hier die Neue. Ich brauche einfach Hilfe und Anleitung von jemandem von der hiesigen Polizei, und man hat mir gesagt, dieser Jemand könnten Sie sein.«

Daraufhin sah er ihr in die Augen – das elektrisierende Blau sprühte Funken. Trotz seines Katers brachte ihn ihr aufreizendes Grinsen ein bißchen in Fahrt. Aber er sagte: »Ja, ich bin unglaublich begabt. Wenn ich rauchen würde, könnte ich wahrscheinlich Ringe blasen. Bis letzten Mai hab ich übrigens geraucht, aber da hat der Arzt gesagt, die Arterien um mein Herz herum sind wie das Autobahnkreuz von Los

Angeles, also hab ich mit dem Rauchen aufgehört. Das war einfach, bloß muß ich jetzt unbedingt sechs bis sieben Katzen am Tag abmurksen. Für den Augenblick muß ich mich verabschieden und mir im Institut für Humanmedizin ein paar Katzen besorgen. Ich hab's mit Erdhörnchen probiert, aber das klappt nicht.«

Und zu ihrer äußersten Verblüffung stand Lynn Cutter plötzlich auf, winkte zum Abschied und wankte zur Saloontür! Aber eine große Blondine, die hereinkam, hielt ihn an.

»Lynn«, sagte die Blondine, von hinten erleuchtet vom strahlenden Sonnenschein von Palm Springs, der sich wie glühende Nadeln in seinen Schädel bohrte.

»Kennen wir uns?« krächzte er.

»Besser für dich, wenn du dich an mich erinnerst. Phyllis!«

»Bin entzückt«, sagte er und erkannte vage den Schnurrbart. Sie trug einen Minilederrock, den sie für todschick hielt und der sogar Ted Bundy abgeschreckt hätte.

»Kleiner Witzbold«, kicherte sie. »Du hast doch gesagt, daß wir heute zusammen zu Mittag essen.«

Lynn erstarrte auf der Stelle, saß in der Falle. »Tut mir leid«, sagte er. »Das mit dem Mittagessen hab ich ganz vergessen, Phyllis.«

»Aber ich nicht!« sagte sie. »Und ich kann's überhaupt nicht leiden, wenn ich blöd dastehe!«

Sie war größer als Breda Burrows. Mit Absätzen war sie größer als Lynn, und genauso schwer! Genau gesagt, sie war sogar schwerer. »Phyllis«, sagte er. »Siehst du die Frau da drüben, die mich so böse anschaut? Das ist meine Frau! Es geht nicht, daß ich mit dir gesehen werde!«

»Gottverflucht noch mal, du hast gesagt, du bist ledig!« Ihre Stimme klang wie Beckenschläge. »Du hast mir vorgesungen: ›I got that lovin feeling!‹ Du Scheißkerl!«

Gott, er haßte dieses Lied! »Genaugenommen bin ich auch nicht verheiratet«, jaulte er. »Ich meine, ich lasse mich gerade scheiden, und wir reden eben über die Bedingungen. Und wir haben vereinbart, uns nicht mit anderen Leuten zu treffen, bis es vorbei ist. Kapiert?«

Während dieses Auftritts zahlte Breda Burrows, und sie kam empört auf die Tür zu, als Lynn mit einem blutroten Auge in ihre Richtung schaute.

»Breda!« rief er. »Breda!« Aber die Privatermittlerin fegte an ihm vorbei und war fort.

»Ihr scheint ja wirklich viel an dir zu liegen«, sagte Phyllis mit einem dreckigen Grinsen.

»Na ja, sie tut so, als ob's ihr egal wär, wenn ich die Hauptrolle in einem Todesporno spiele oder ausgestopft nach Disneyland komme, aber eigentlich liebt sie mich. Und sie ist außerdem eine wunderbare Mutter.«

»Du hast Kinder? Du Arschloch! Du hast mir erzählt, du bist ledig und kinderlos!«

»Ich muß jetzt gehen«, sagte er. »Ich muß meine Frau einholen. Die Scheidungsvereinbarung. Das Urteil. Der Zugewinn! Unsere vier kleinen Hosenscheißer!«

Phyllis folgte ihm hinaus in die gnadenlose Hitze und schaute zu, wie er die Sonnenbrille aufsetzte und Breda einholte, die ihren weißen Datsun 280ZX aufschloß. Phyllis gab auf, als Lynn neben der Privatermittlerin einstieg.

»Wer hat Sie denn eingeladen?« sagte Breda.

Er versuchte zu lächeln. »Ich weiß, daß ich heute eine Nervensäge war.«

»Nerven Sie nur weiter, dann wirkt mein Valium nicht mehr«, sagte sie, forderte ihn nicht zum Aussteigen auf, ließ aber auch den Motor nicht an.

Sie setzte eine Sonnenbrille mit toffeebraunem Plastikgestell auf und musterte ihn gründlich. Er trug ein schäbiges Golfhemd mit ausgefranstem Kragen, lumpige Baumwollhosen, billige Halbschuhe.

»Ich glaub, ich sollte mir Ihr Angebot wenigstens mal

anhören«, sagte er. »Nehme an, Sie haben gehört, daß ich einen Rüffel gekriegt hab, weil ich angeblich einem Anwalt Informationen gegeben hab, und da haben Sie sich gedacht, ich bin Ihr Mann, stimmt's?« Lynn sah, daß sie keine Strümpfe trug. Ihre Beine waren so braun, daß er sich im Furnace Room getäuscht hatte.

»Wissen Sie, der Anwalt hat an einem Handel für einen Typ gearbeitet, den ich kenne, einen Cop, dem wegen eines Fehlschusses der Prozeß gemacht werden sollte. Er hat einen Jungen getötet.«

»Wie alt war der Junge?«

»Zwölf.«

»Zwölf Jahre alt!«

»Ja, ich weiß«, sagte Lynn. »Der Cop heißt Jack Graves. Hat in Orange County Rauschgiftfälle bearbeitet. Ich hab ihn kennengelernt, als er hier gearbeitet hat. Jedenfalls hat seine Abteilung der Drogenfahndung bei einer Razzia geholfen. Sollte das Haus eines Dealers sein, war aber das falsche. So ein Fall, wo der Spitzel sie angeschmiert hatte und alles schiefgegangen ist. Ein Zwölfjähriger, der dort wohnte, hat bei dem ganzen Wirbel Angst gekriegt und zum Schutz einen Klosauger gepackt. Und er ist hinausgerannt, direkt auf Jack Graves zu. Jack hat gesehen: Typ mit Knarre. Es war dunkel. Jack hat reagiert, hat abgedrückt, ohne es zu wollen.«

»Was ist mit ihm passiert?«

»Der Staatsanwalt wollte ihn wegen Totschlags verklagen. Da war ein sogenannter Zeuge, ein Schwager von dem rechtschaffenen Drogendealer, der im Haus neben dem Opfer wohnte. Ich habe für Jacks Anwalt ermittelt und bewiesen, daß der Schwager des Dealers lügt, ein Polizistenhasser und ein Kotzbrocken ist. Schließlich ist Jack wegen Streß pensioniert worden. Normalerweise lauf ich nicht rum und helfe Anwälten und Privatermittlern, okay?«

»Schauen Sie, Lynn«, sagte Breda, »ich hab gehört, daß

Sie darauf warten, bis Ihre Berufsunfähigkeitsrente durchkommt. Und ich hab gehört, daß Sie vielleicht auch Privatermittler werden wollen, wenn Sie die Pension erst mal haben. Und ich habe gehört, daß Sie vielleicht Geld brauchen könnten, obwohl Sie für Millionäre von Palm Springs Häuser einhüten und deren Rolls-Royces bewegen, wenn die Besitzer nicht da sind. Und ich habe auch gehört, daß Sie in letzter Zeit kein Geld haben, diese Autos aufzutanken. Das habe ich über Sie gehört, Lynn. Stimmt es nicht?«

»Schön, es ist wahr, daß mir meine letzte Ehe ein größeres Defizit als das von Nicaragua eingebracht hat, aber so ganz stimmt es nicht.«

»Was ist mir entgangen?«

»Daß ich meinen Gehaltsscheck weiter kriege, auch wenn ich die Berufsunfähigkeitsrente noch nicht habe. Ich meine, ich habe ein Paar Knie, die etwa so beweglich sind wie die von Margaret Thatcher, aber die Pension ist offiziell noch nicht durch, deshalb will ich mir das nicht vermasseln, indem ich mich an einen Privatermittler verkaufe. Das nennt man Schwarzarbeit, und ich glaube, es ist sogar verboten, oder?«

»Ich hab ein paar einfache Aufträge, bei denen es keine schriftlichen Berichte gibt, nichts, wo Ihr Name erscheint. Keine Aussagen, nichts Illegales oder Unmoralisches. Bloß ein paar kleine Aufträge für jemanden wie Sie. Für einen Mann, wie sich's ergeben hat.«

»Sie hatten recht mit dem leeren Tank im Rolls«, sagte er. »Das Haus, in dem ich gerade wohne, hat neun Schlafzimmer und elf Bäder, und in der Garage stehen zwei Rolls-Royces mit der Benzinanzeige auf leer. Ich würde zu Fuß nach Hause gehen, wenn mir nicht so schlecht wäre. Fahren Sie mich hin? Drei Wochen lang bin ich dort noch zu Hause, dann hoffe ich, daß ich zwei Monate lang im Tamarisk Country Club wohnen kann.«

Breda schloß daraus, daß das Gespräch vorbei war, und

ließ angewidert den 280 ZX an. Als sie eine Weile gefahren war, sagte Lynn: »Was könnte ich denn verdienen?«

Breda schaute weiter auf die Straße und sagte: »Bis gestern hätte ich nicht viel zahlen können, aber eben habe ich den besten Klienten bekommen, den ich je hatte. Ich könnte Ihnen bis zu tausend Eiern zahlen, falls Sie mir die Informationen besorgen können, die ich brauche. Bar. Niemand würde es erfahren.«

»Was müßte ich tun?«

Breda Burrows wandte sich Lynn Cutter zu und sagte: »Ich habe darüber nachgedacht. Ich brauche in diesem Fall unter anderem deshalb einen Mann, weil es um ganz bestimmte verdeckte Ermittlungen geht. Möglicherweise ist für den Auftrag eine Spermaprobe nötig.«

Lynn Cutter nahm die Sonnenbrille ab, schaute Breda Burrows mit Augen wie Tüten voller Plasma von der Seite an und sagte: »Lady, so einsam können Sie doch gar nicht sein!«

3

Am selben Nachmittag, an dem Breda Burrows lernte, wie leicht es war, einen Weltklassezyniker wie Lynn Cutter zu hassen, tat Officer Nelson Hareem das, was er am besten konnte: Er plante, überlegte und phantasierte, wie er seine Versetzung aus seinem gegenwärtigen Polizeirevier zur Polizei von Palm Springs bewerkstelligen könne.

Officer Hareem hatte insgesamt fünf Jahre auf zwei Polizeirevieren gearbeitet, einem im San Bernardino County und einem im Los Angeles County, ehe er am falschen Ende des Coachella-Tals landete, eine halbe Stunde und Millionen Dollar vom Glamour entfernt. Ein Captain der Polizei von Palm Springs hatte dem karottenköpfigen Cop erklärt, er ziehe eine Bewerbung Nelsons in Erwägung, wenn er sich ein Jahr lang oder zwei bei einem weiteren Polizeirevier bewiesen habe, und hatte angedeutet, das sei Nelsons letzte Chance.

Nelson Hareems Großvater väterlicherseits war ein Lumpensammler aus Beirut gewesen, aber seine anderen drei Großeltern waren reinrassige amerikanische Wanderarbeiter aus Bakersfield und Barstow. Wegen seines Großvaters und seines Nachnamens war er trotzdem die Zielscheibe jedes arabischen oder iranischen Witzes, der gerade Mode war. Und seines Rufs wegen nannte ihn alle Welt Dirty Hareem.

Manche Cops glaubten, hinter Nelson Hareems Aggressivität stecke der Minderwertigkeitskomplex eines kleinen Mannes, und weil er nur einssiebzig war, hatten sie ihm den Spitznamen Half-Nelson verpaßt. Zwei seiner bisherigen Polizeichefs hatten ihm wegen unerträglichen Diensteifers den Laufpaß gegeben. Einmal, als er einen Staatsanwalt von San Bernardino County gewürgt hatte, bis er bewußtlos war. Der Staatsanwalt hatte an einem Minimarkt angehalten, um sich nach einem langen, anstrengenden Verhandlungstag gegen zwei kriminelle Rocker, die einen Cop windelweich geschlagen hatten, rezeptfreie Schlaftabletten zu kaufen.

Der junge Nelson war am Minimarkt vorbeigefahren, und als der Ankläger mit den Sominex-Tabletten den Laden verließ, fiel Nelson eine Ausbuchtung unter dem Jackett auf. Und Nelson war sich sicher, er habe den bewaffneten Gangster vor sich, der sechs Schnapsläden in der Gegend ausgeraubt hatte. Woher sollte er wissen (brachte er später zu seiner Verteidigung vor), daß der Ankläger von der Rockerbande eine Todesdrohung bekommen hatte und deshalb sogar auf dem Weg zum ersten Ball seiner Tochter, der an jenem Abend sein Ziel war, eine verborgene Schußwaffe trug.

Nachdem der Anwalt sich von den fünf Minuten lang dauernden konvulsivischen Zuckungen erholt hatte, die er Nelsons Würgegriff um die Halsschlagader verdankte – während seine Frau, seine Tochter und drei weitere kleine Mädchen in Chiffonkleidchen in seinem Volvo-Kombi hysterisch schrien –, wurde er eine Spur weniger diensteifrig bei der Strafverfolgung jener Rocker, die einem Cop die Knochen gebrochen hatten. Der Staatsanwalt bot sogar an, die Klage wegen Körperverletzung fallenzulassen und auf groben Unfug zu plädieren. Diese Eskapade setzte Nelson Hareems Karriere in San Bernardino ein Ende.

In Los Angeles County war er noch eifriger. Während er kurz nach Mitternacht mit eingeschalteten Suchscheinwerfern in einer Nebenstraße Streife fuhr, entdeckte Nelson einen Herumtreiber, der am Seitenfenster eines prächtigen Hauses in einem Nobelwohngebiet lauerte. Nelson stieg aus dem Streifenwagen, schlich leise in den Nachbargarten, stieg auf eine zwei Meter hohe Mauer, die beide Grundstücke trennte, und sah schockiert und empört, daß der Spanner eine nichtsahnende Frau beobachtete, die sich im Badezimmer auszog. Nelson war noch schockierter und empörter, als der Kerl an seinem Pimmel herummachte. Als die Frau sich umdrehte und in Richtung des Spanners einen kurzen, anklagenden Schrei ausstieß, sprang Nelson hinunter, auf den Kopf des Kerls, der, wie sich herausstellte, der Hauseigentümer und der größte Bauunternehmer der Stadt war. Er war außerdem Präsident des hiesigen Kiwanis-Clubs und eifriger Spender für das politische Portefeuille eines Senators, eines Kongreßabgeordneten und das von Nelsons Chef, dem Bürgermeister.

Bis zu jener Nacht wußte niemand, daß der Bauunternehmer und seine Frau eine Abmachung hatten, nach der sie sich etwa alle vierzehn Tage äußerst provozierend am Fenster auszog und dann schrie, wenn er sich einen runterholte. Ihr brachte das ein, daß sie ihr Kundenkonto bei Neiman Marcus straflos überziehen durfte. Es war ein Handel, von dem sie beide profitierten, bis ihr Ortspolizist, Officer Nelson Hareem, eine Flugbahn beschrieb und dem Pimmelwichser drei Wochen lang eine Gipsmanschette um den Hals bescherte.

Nelson brachte zwei Wochen später das Faß zum Überlaufen, als er in seinem Streifenwagen versehentlich eine Schußwaffe abfeuerte. Als er aufs Revier stürzte, um seinem leidgeprüften Lieutenant zu berichten, ihm sei »versehentlich ein Schuß losgegangen«, sagte der ältere Cop, das sei in Ordnung, das könne jedem passieren. Aber als Nelson ihm zeigte, wie er den Streifenwagen in ein Kabrio verwandelt hatte, sagte der Lieutenant, er müsse sofort den Dienst quittieren, sonst stelle er ihn vor ein Exekutionskommando.

So also war Nelson Hareem an der Endstation angekommen, im gottverlassenen Südzipfel des Coachella-Tals. Noch ein Anfall von Übereifer bringe ihn in die französische Fremdenlegion, hatte sein neuer Chef ihn gewarnt, als er Nelson im vorigen Sommer eingestellt hatte.

Manchmal konnte sich Nelson Hareem den Bruchteil einer Sekunde lang einreden, sein gegenwärtiger Job sei gar nicht so übel. Dann schaute er sich in der ›Innenstadt‹ um, die grandios war, wenn man nostaligsche Gefühle für 1952 hegte. In den Augen des siebenundzwanzigjährigen Nelson Hareem sah die Stadt so aus, als müsse gleich Michael J. Fox auf dem Rückweg in die Zukunft auf seinem Skateboard hindurchsausen. Niedrige einstöckige Läden, manche mit Wellblechdächern, säumten die Hauptstraße, in der sich nicht viel verändert hatte, seit die Einheimischen zur Wahl von Dwight Eisenhower beigetragen hatten. Es gab einen Haushaltswarenladen, eine Bar, eine Billardhalle, ein winziges Lebensmittelgeschäft, einen Frisiersalon, betrieben von einem schieläugigen Barbier, der Nelson jedesmal, wenn er zum Rasiermesser griff, eine Todesangt einjagte, und natürlich einen Videoladen. Die Leute brauchten für ihre geklauten Videorecorder was zum Anschauen.

Wenn sich Nelson richtig langweilte, fuhr er in den Nachbarort, neunhundert Einwohner, und schaute zu, wie der Straßenbelag schmolz. Er war noch keine Woche im Dienst, als er die kugelsichere Weste ablegte, ohne die er bei seinen beiden anderen Dienststellen nie aus dem Haus gegangen war.

»Sollen die mich doch erschießen und meinem Elend ein Ende machen«, sagte er zu seinem Sergeant, als er die Weste an den Nagel hängte. »Lieber sterb ich einmal als täglich an der Hitze.«

Von Mai bis Oktober bestand die Streife aus ständiger Suche nach Schatten, und davon gab es nicht viel. Nach vier

Stunden war die Uniform weiß vom Salz, und Nelson war klatschnaß von den Achselhöhlen bis zu den Knien. Er bekam unheilbares Schwanzjucken, und zu seiner Verblüffung bildeten sich auf seinem Lederzeug Schweißringe. Wenn das Leder noch lebte und schwitzte, konnte ja vielleicht auch er überleben, dachte Nelson, aber er bezweifelte es. Falls ihn sonst nichts umbrachte, würde es die Langeweile tun.

In seiner ersten Zeit bei diesem Polizeirevier am Südzipfel hatte er sich die Zeit damit vertrieben, in der Wüste herumzufahren, um Kerle, die heiße Autos fuhren, zu erwischen. Dabei hatte er einen ausgebleichten Menschenschädel gefunden, was eine große Suchaktion der Polizei in Dünenbuggies auslöste. Nelson hatte auf Schlagzeilen gehofft, aber das FBI ruinierte seine Chance auf Ruhm, als der Laborbericht feststellte, es gebe zwar keine Verjährungsfrist für Mord, aber ein dreihundert Jahre alter Schädel sorge für einen schwer lösbaren Fall.

Etwa dreißigtausend Hektar im südlichen Coachella-Tal – der Teil, der bewässert werden konnte – wurden landwirtschaftlich genutzt. Am anderen Ende wurden Palmen angepflanzt, um die reichen Country Clubs zu verschönern, aber das große Geld im Südzipfel wurde mit Spargel verdient, Salat, Orangen, Zitronen, Weintrauben und fünfundneunzig Prozent der amerikanischen Datteln. Und mit Heroin.

Heroin war die Lieblingsdroge im Südzipfel. Die Drogenfahndung schätzte, daß siebzig Prozent des kalifornischen Kokains über Mexiko ins Land kamen, und das ganze Teer-Heroin kam aus Mexiko, eine Menge davon durch diese Gegend, die nur ein paar Autostunden von Mexicali entfernt war. Nelson Hareems neuer Wirkungsort war ein wichtiger Umschlagplatz für Teer.

Teer oder *goma*, wie es die Mexikaner nannten, sah wie brauner Fensterkitt aus und roch nach Essig. In Rezessionszeiten kostete es um die zweihundert Dollar pro Gramm, und ein Gramm ähnelte einer zerquetschten Rosine. Für zwanzig Dollar bekam man ein Zehntelgramm, in Zellophan eingewickelt und in Alufolie verpackt. Für zwanzig Dollar konnte ein Süchtiger vier Stunden lang existieren, aber dann mußte er sich wieder Teer unter den Falltür-Schorf setzen, der so genannt wurde, weil die Stelle unter dem Schorf günstig zum Spritzen war. Die Falltür verbarg die frischen Einstiche vor den Cops.

Mexikanisches braunes und chinesisches weißes Heroin waren im Südzipfel so gut wie nie zu sehen, nur der Teer, aber Teer gab es massenweise. Deshalb war der Südteil des Tals eine Müllkippe für tote menschliche Wesen.

Der Schätzung nach wiesen diese Wüstenstädte die größte Dichte von auf Bewährung verurteilten Delinquenten in den Vereinigten Staaten auf. Manche waren süchtig nach Speed und spritzten Methamphetamin für hundert Dollar pro Gramm, aber Heroin war der King. Die Süchtigen bewegten die Lippen beim Lesen, nicht beim Sprechen. Man verstand kein Wort, das sie sagten, aber außerhalb wissenschaftlicher Institute waren sie die einzige Bevölkerungsschicht in den Vereinigten Staaten, die in Gramm und Kilo denken konnte.

Während der Ernte kam es immer zu einer Bevölkerungsexplosion, und das lag nicht nur an den unregistrierten Wanderarbeitern aus Mexiko. Auf den Feldern arbeiteten auch Boat People aus dem Pazifik, vor allem aus Laos und Vietnam. Streitereien beim Kartenspiel wurden oft mit der Machete beigelegt und im allgemeinen nicht angezeigt.

Die Bewohner von Nelson Hareems Teil der Welt mußten sich mit Ventilatoren begnügen, aber ein hiesiger Drogendealer hatte eine Klimaanlage. Sein Haus war eingezäunt mit einem Tor davor, und er hatte sogar einen Swimmingpool mit Massagedüsen. Nelson phantasierte, er erwische den Kerl bei einem Deal, und der junge Cop beschattete ihn oft, wenn der Dealer auf ein Snookerspiel in die Bar ging, sich unter Hunde mischte und unter Männer, die vor vergitterten Fenstern auf dem Boden hockten; ihre Füße waren weiß vom Alkali, das aus der Erde aufstieg und in diesem Winkel der Vorhölle eine krustige Puderschicht bildete.

Nelson träumte an jenem Nachmittag, an dem Lynn Cutter von seiner neuen Chefin auf Zeit, Breda Burrows, von Clive Devon erfuhr, von Palm Springs.

Am selben Nachmittag bekam eine einmotorige Cessna über dem Gebirgszug Anza Borrego technische Probleme, und der Pilot beschloß, auf einem kleinen Wüstenflugplatz eine ungeplante Zwischenlandung zu machen. Es war einer der heißesten Flecken der Nation, über dreißig Meter unter dem Meeresspiegel. Auf dem Flugplatz war nur wenig Verkehr, und es gab nichts, was einem Kontrollturm auch nur annähernd ähnelte. Die Piloten mußten sehen und gesehen werden. Aber die kalifornische Highwaystreife und das Sheriffsbüro von Riverside County hatten hier einen Hubschrauber und ein Flugzeug stationiert. Oft war ein Cop da, der einen Fliegertrainingsanzug mit Polizeiabzeichen trug und im Aufenthaltsraum der Piloten herumhing.

Im Anflug stotterte die Cessna einmal, aber sie landete perfekt und rollte zum Hangar. Ein Flugplatzmechaniker sagte später der Polizei, der Pilot sei ein gutaussehender Blonder in einer Designer-Fliegerjacke gewesen, und sein Passagier habe ein paar Worte Englisch mit Akzent gesprochen.

Der Passagier, beschrieben als »kahler Latino in einem Khakihemd«, habe sich eine große Karte an der Hangarwand angesehen, während sich der Pilot und der Mechaniker kurz unterhielten. Der Mechaniker sagte später, der Kahle habe auf ein paar Städte in der Nähe gezeigt, etwas zum Piloten gesagt und gelacht. Dann sei der Kahle mit einer roten Flugtasche zu den öffentlichen Toiletten des Flughafens gegangen.

Gleichzeitig war ein Pilot aus dem Büro des Sheriffs es leid,

Limonade zu trinken und einen drei Monate alten *Playboy* zu lesen. Er warf sich sein Sam-Browne-Halfter über die Schulter und strebte zum Klo. Er erfuhr nie, was ihn getroffen hatte.

Der Kahle mit der Flugtasche hatte die Toilettentür nicht abgeschlossen, weil sie kaputt war. Er wühlte in der Tasche, als der uniformierte Cop hereinplatzte. Der Kahle versetzte ihm mechanisch einen Boxhieb, um den George Bush ihn beneidet hätte. Er warf den Cop mit dem Kopf voraus gegen die Tür, und als er zusammensackte, trat ihm der Kahle gegen den Solarplexus, dann riß er die Halbautomatik aus dem Halfter des Cops.

Der Kahle preßte sich die Flugtasche gegen die Brust, sprang über den halb bewußtlosen Cop hinweg, rannte aus dem Klo, warf einen Blick auf das Flugzeug auf dem Rollfeld, schlug die entgegengesetzte Richtung ein und lief auf den Parkplatz zu. Er schwenkte die 9-mm-Sig-Sauer des Cops und rannte direkt auf einen geparkten Lieferwagen zu, in dem ein Klempner saß, der gerufen worden war, um undichte Rohre zu reparieren. Der Kahle riß die Tür auf, richtete die 9-mm-Pistole auf die herausquellenden Augäpfel des Klempners, stieß den Mann vom Sitz und raste in dem gestohlenen Lieferwagen vom Parkplatz.

Während mehrere Leute losrannten, als sie den Krawall auf dem Parkplatz hörten, brüllte der Deputy, der wieder zu sich gekommen war, um Hilfe. Der Pilot des Kahlen mußte begriffen haben, daß etwas Schlimmes passiert war, denn er sprang in die Cessna und startete, trotz der technischen Defekte, was die mit dem Fall betrauten Detectives später zu der Theorie veranlaßte, das Geschäft, ganz gleich, um was es sich handeln mochte, sei es wert gewesen, daß er sein Leben riskierte. Natürlich hatte in der ganzen Aufregung niemand auf die Flugzeugnummer geachtet.

Alle meinten, es müsse ein gescheiterter Drogenschmuggel

gewesen sein. Es gab immer ein ›Frachtflugzeug‹, das Hasch oder mexikanisches Heroin brachte und auf einem der kleinen Wüstenflugplätze landete, meistens nachts. Es gab einen Notlandeplatz, der dem County gehörte und aus nicht mehr bestand als einem Landeplatz und einem Windsack. In jeder beliebigen Nacht konnte man dort soviel mexikanischen Teer abliefern, daß das halbe Tal sich hätte volldröhnen können, ganz zu schweigen von den Kokainmengen, die für Palm Springs oder L. A. bestimmt waren.

Der Lieferwagen des Klempners wurde schließlich bis zur Achse im Sand steckend in einem Dattelhain in der Nähe des Indianerreservats der Torres Martinez gefunden, einer Ansammlung von Wohnwagen, Gewehren, Satellitenschüsseln und Wäscheleinen, die im heißen Wind flatterten. Das Land gehörte einem Stamm, der das Mißgeschick gehabt hatte, sich zu weit im Süden anzusiedeln, im Gegensatz zu ihren glücklicheren Vettern, den Agua Calientes, die auf einem Sandstreifen geblieben waren, der jetzt Palm Springs genannt wurde.

Wie bei allen anderen Indianerreservaten waren County-Verfügungen auf dem Land der Torres Martinez nicht durchzusetzen, aber wenn ein Cop windelweich geschlagen und mit gezogener Pistole ein Lieferwagen gestohlen wurde, ging es um mehr als eine County-Verfügung. Folglich schwärmten bald Dutzende von Cops aus verschiedenen Zuständigkeitsbereichen im ganzen Reservat aus und suchten nach dem Kahlen mit der Flugtasche, der von einem neugierigen Indianerjungen beobachtet worden war, als er den Lieferwagen in den Sand gesetzt hatte.

Der Indianerjunge hatte gesehen, daß der Kahle mit der Flugtasche etwas Seltsames tat. Ehe er den Lieferwagen des Klempners stehenließ, fand der Mann eine Büchse Öl und schmierte es sich auf den Mund und in die Nase. Dann nahm er ein paar Münzen aus der Tasche und steckte sie in den Mund, ehe er an jenem extrem heißen Winternachmittag Richtung Devil Canyon und Santa-Rosa-Wildnis davonging.

Ein alter Indianer, der sich die Zeit damit vertrieben hatte, bei der vergeblichen Suche zuzuschauen, sprach mit dem schüchternen Indianerjungen, nachdem er nach Hause geradelt war. Der alte Indianer erklärte ein paar Cops den Trick mit dem Fett: Der Mann hatte sich die Schleimhäute geölt, und die Münzen im Mund sollten den Durst lindern. Der Überzeugung des Indianers nach, bewies das, daß der Kahle mit der Flugtasche ein »Mann der Wüste« sein mußte.

Inzwischen klebte Nelson Hareem am Polizeifunk und verlor schier den Verstand, weil er die Stadt nicht verlassen durfte, um zum Devil Canyon zu fahren. Sein Sergeant hatte ihm befohlen, das Revier nicht zu verlassen.

Später kam heraus, daß der Kahle in der Nähe des Lake Cahuilla wieder aufgetaucht, über ein Traubenspalier geklettert war und die Tür eines bescheidenen, vergipsten Dreizimmerhauses eingetreten hatte. Dort hatte sich der Kahle offenbar eine Weile versteckt, dann hatte er einen zehn Jahre alten Ford kurzgeschlossen, der auf einem überdachten Abstellplatz parkte. Während die Suche nach ihm weiterging, war er schon lange fort.

WEIL SIE KEINE TRINKERIN WAR, meinte Breda irrigerweise, Kaffee werde Lynn helfen. Sie fuhr zu einem Coffeeshop am Palm Canyon Drive, wo sie sich ans Fenster setzten, und bestellte Kirschkuchen und Kaffee für zwei.

Er rührte den Kuchen kaum an, schaute aber mit zusammengekniffenen Augen durchs Fenster auf alternde, weißbeinige Touristen hinaus, deren Gestalten in den vom Pflaster aufsteigenden Hitzewellen schwankten. Die meisten trugen dunkle Socken und Stretchhosen.

Dann sagte er: »Gummi hat mehr für den Tourismus in Palm Springs getan als Sonne und Filmstars.«

Als die Kellnerin ihre Tassen nachfüllte, sagte Breda Burrows, die noch nie in diesem Lokal gewesen war: »Danke, Dot.«

Die Kellnerin sagte: »Ich heiße Bonnie.«

»Wirklich?« sagte Breda. »Nicht Dot?«

»Dot arbeitet abends«, sagte die Kellnerin.

»Da bin ich aber erleichtert«, sagte Breda.

Als die Kellnerin gegangen war, fragte Lynn: »Was sollte denn das?«

»Privatscherz.«

»Zwischen Ihnen und sich selbst? Ich nehme an, Sie sind froh, daß Sie hier sind, weil Sie sich sonst zu Tode langweilen würden.«

Breda zeigte ihm ihr irritierendes Grinsen und aß noch einen Bissen Kuchen. Auf der Fahrt hierher hatte sie alles erklärt, was sie von Rhonda Devon über deren Mann Clive erfahren hatte. Sie hatte Lynn nichts über den Fünftausend-Dollar-Bonus gesagt. Er war sowieso schon zu neugierig, was die Honorare anging.

Dann fragte er: »Und wieviel berechnen wir also dieser Devon?«

»Wir?«

»Ich habe von Privatermittlern gehört, daß sie etwa fünfundvierzig Dollar pro Stunde für eine Observierung kriegen. Und wieviel pro Kilometer? Dreißig Cent?«

»Schauen Sie, ich biete Ihnen eine Pauschale von tausend Dollar an, wenn Sie mir die gewünschten Informationen liefern. Das ist ganz schön großzügig.«

Lynn Cutter gefiel, wie sie mit der Kuchengabel umging. Zu viele der Weiber, mit denen er ausging, sprachen beim Essen, und das Zeug hing ihnen aus dem Mund. Er verabscheute das noch mehr als Kaugummikauen, aber wenn er sich beschwerte, behaupteten sie immer, für einen Cop sei er ja furchtbar pingelig.

Er *liebte* den ganz dunklen Leberfleck direkt unter Bredas Unterlippe, in der Nähe ihres Mundwinkels. Er hatte den verrückten Impuls, einen winzigen Tropfen Kirschsirup von diesem bittersüßen Schokoladenmuttermal wegzulecken.

Er sondierte weiter und sagte: »Wetten, daß Sie einen dicken Vorschuß verlangt haben? Wenn ich so einen dreckigen Familienfall übernähme, würde ich zwei Riesen verlangen.«

Breda Burrows aß schweigend ihren Kirschkuchen, kaute mit geschlossenem Mund.

Lynn Cutter trank einen Schluck Kaffee, schaute in die elektrisierenden blauen Augen und sagte: »Wetten, daß man in dieser Stadt gutes Geld an Ehescheiße verdienen kann. Zum Beispiel, wenn so eine Fünfzig-Millionen-Dollar-Ehe kaputtgeht und die sich wegen einer gebrauchten Waschmaschine in die Haare kriegen und Privatermittler einschalten, bloß um sich gegenseitig zu ärgern. Großes Geld, stimmt's?«

»Ich versuche, Ehegeschichten aus dem Weg zu gehen. Wie Sie gesagt haben, die sind dreckig. Und ja, es ist besser, wenn sich ein Privatermittler einen Vorschuß geben läßt und den dann verrechnet, weil man bei solchen Fällen den Klienten nie glücklich machen kann.«

»Wieviel bekommen wir ... bekommen *Sie* also bei diesem Fall?«

Sie seufzte und sagte: »Ich habe sechzig in der Stunde verlangt. Normalerweise verlange ich fünfundvierzig.«

»Beverly-Hills-Schnalle, Beverly-Hills-Preise«, sagte Lynn lächelnd.

»Es gibt jede Menge Konkurrenz«, sagte sie, gereizt über sein Grienen. »Im örtlichen Telefonbuch stehen mindestens ein Dutzend Privatermittler. Ich muß mich ranhalten, wenn ich was verdienen will.«

»Und was unternehmen wir nun wegen Clive Devon?« fragte er. »Ich hoffe, Sie erwarten nicht von mir, daß ich hinter der Praxis des Urologen herumlungere und in seinem Müll nach Spuren suche.«

»Das war eigentlich nicht meine Absicht«, sagte sie und kniff die Augen zusammen, als die letzten Strahlen der Nachmittagssonne schräg durch das Fenster des Coffeeshops fielen.

»Warum rufen Sie nicht in der Praxis seines Arztes an und erzählen der Sprechstundenhilfe, Sie seien vom Institut für Fruchtbarkeit in Beverly Hills? Sie hätten Schwierigkeiten mit der Pflege und Lagerung seiner kleinen Kaulquappen?«

»Das habe ich sofort versucht, als ich Mrs. Devons Haus verlassen habe«, sagte sie. »Bloß hab ich gesagt, wir hätten Schwierigkeiten mit dem Verschicken der Rechnung und müßten die Adresse des Klienten überprüfen.«

»Was hat die Sprechstundenhilfe gesagt?«

»Daß Mr. Clive Devon seit über zwölf Monaten nicht mehr bei Doktor Blanchard war. Daß es ein Irrtum sein muß.«

»Vielleicht war er bei einem anderen Arzt.«

»Mrs. Devon hat gesagt, Doktor Blanchard ist seit Jahren der Urologe ihres Mannes. Vielleicht lügt er.«

»Teufel, die meisten Ärzte lügen. Meiner lügt jedesmal, wenn er mir eine Rechnung dafür schickt, daß er mir mit einem Hufnagel von einer Spritze ins Knie gestochen hat. Und er erzählt mir, er muß mir hundertfünfzig Eier dafür berechnen, daß er fragt: ›Tut es weh?‹ Aus meiner Sicht ist mein Arzt bloß ein Anwalt mit einem Stethoskop.«

»Sie glaubt, daß Doktor Blanchard möglicherweise von Clive Devon verdonnert worden ist, Stillschweigen über die Samenprobe zu bewahren.«

»Und was soll ich also tun?«

»Ich habe gedacht, vielleicht könnten Sie als Polizist hingehen und sagen, Sie und Ihre Frau denken an eine In-vitro-Befruchtung, und Sie müssen Ihr Sperma untersuchen lassen.

Sie könnten ihn konsultieren und beiläufig erwähnen, ein Bekannter von Ihnen sei ein Patient von ihm. Sie könnten abwarten, wohin das Gespräch führt.«

»Und wenn er die Probe will?«

»Dann geben Sie sie ihm. Das ist einer der Gründe, warum ich in diesem Fall die Hilfe eines Mannes brauche.«

»Vergessen Sie's! Ich leg mich doch nicht hin und geb einem Wildfremden meine kleinen Geißeltierchen! Außerdem ist das demütigend!«

»Seien Sie doch nicht blöd.«

»Außerdem würde das sowieso nicht funktionieren. Meine zweite und *allerletzte* Frau hat darauf bestanden, daß ich eine Vasektomie machen lasse. Meine kleinen Schwimmer liegen im Trockendock. Ein Blick unters Mikroskop, und er fragt sich, was hier gespielt wird.«

»Okay, ich nehm an, bei der Observierung kann ich Sie trotzdem brauchen. Ich habe zwei andere Fälle am Laufen, sonst würde ich es selber machen. Wie stellen Sie sich denn bei einer Observierung an?«

»So was schaffe ich gerade noch.«

»Morgen früh«, sagte sie. »Mrs. Devon hat gesagt, ihr Mann verläßt das Haus um sieben Uhr morgens und kommt erst um halb fünf zurück. Er trägt Wanderstiefel und hat eine Feldflasche dabei. Wenn sie nach L. A. fährt, scheint er keine Wanderungen zu machen. Vielleicht kann er also seine Frau nicht ausstehen und haut ab wie der Teufel, wenn sie in ihrem Haus in Palm Springs ist.«

»Sieben Uhr morgens!«

»Hey, wenn man nicht gerade auf einer Hühnerfarm in Nevada arbeitet, kriegt man keine steuerfreien tausend Dollar dafür, daß man im Bett bleibt.«

»Und was ist, wenn er wirklich wandern geht? Sie erwarten doch nicht von mir, daß ich ihn draußen in der Wüste beschatte, ohne daß er das merkt?«

»Bleiben Sie einfach bei seinem Auto und warten Sie«, sagte sie. »Ich habe ein gutes Fernglas, das Sie benützen können. Lassen Sie das Auto nicht aus den Augen, bis er nach Hause fährt.«

»Und was ist, wenn die Alte nach L. A. zurückfährt?«

»Dasselbe. Wir beschatten ihn tagsüber und abends, falls er ausgeht. Wenn er ins Bettchen geht, fahren wir nach Hause.«

»Und was ist, falls er nachts ausgeht?«

»Wohin?«

»Weiß ich nicht. Vielleicht zu einem scharfen kleinen Spermabehälter, um noch eine Spende abzuliefern. Woher wollen Sie denn wissen, daß er keinen mehr hochkriegt? Vielleicht ist er bei seiner Frau ein Schlappschwanz, aber bei seiner kleinen Puppe ein Rasputin.«

»Wozu braucht er dann eine Samenbank?«

»Warum nicht? Vielleicht kann seine Freundin auf die normale Tour nicht empfangen. Vielleicht sind sie der Meinung, Teströhrchen sind die einzige Methode.«

»Versuchen wir's ein paar Tage und warten ab, wie's läuft, okay?«

»Wenn ich nicht total pleite wäre, würd ich die Finger von diesem ganzen Scheiß lassen«, sagte er. »Soll mir eine Lehre sein – warum laß ich meine Einkommenssteuererklärung auch von Charles Keating machen.«

»Stoßen Sie die Leute eigentlich immer mit Absicht vor den Kopf? Sind Sie so ein knallharter Typ?«

»Ja, ich bin ein knallharter Junge«, sagte er. »Bloß dienstags nicht, wenn ich meine Beine behandeln lassen muß. Apropos, ist heute Dienstag?«

BREDA BURROWS' BÜRO bestand aus zwei Zimmern im ersten Stock eines Geschäftshauses ganz in der Nähe der Indian Avenue. Zu den anderen Mietern gehörten ein Kinderfotograf, ein Diplombuchhalter, ein Optiker, und auch der Vermieter hatte dort ein Büro, das er dazu benutzte, Gutscheine auszuschneiden und seiner Frau aus dem Weg zu gehen, die mit siebzig so stachlig wie ein Feigenkaktus geworden war.

Das Vorzimmer von Bredas Büro war eigentlich nur ein Verschlag mit zwei Stühlen, einem Tischchen und einer Lampe, alles in einem Gebrauchtmöbelladen gekauft. Ihr Büro war nicht viel eleganter. Sie hatte einen billigen Computer, eine Schreibmaschine und ein Telefon mit zwei Leitungen. An der Wand hinter dem Schreibtisch aus Eichenfurnier hingen mehrere gerahmte Urkunden über Lehrgangsteilnahmen aus ihrer Zeit bei der Polizei und außerdem ihr Diplom in Polizeiwissenschaft von der Universität Los Angeles. Sie hatte acht Jahre lang nebenher studiert, ehe sie zu diesem Abschluß gekommen war.

Lynn sackte auf einen der beiden Stühle vor dem Schreibtisch, und als Breda Platz nahm, setzte sie eine Yuppie-Brille mit erdbeerrotem Gestell auf.

»Ich habe nachgedacht«, sagte er. »Clive Devon sollte sich eine Schiene für sein Glied anschaffen. Ich hab gehört, die kann man elektronisch einpflanzen lassen. Das Problem ist bloß, wenn der Nachbar auf den Öffner der Garagentür drückt, kriegt man vielleicht 'ne Wölbung unter den Shorts.«

Während Breda in den Schreibtischschubladen nach dem Fernglas und ihrer Akte über Clive Devon stöberte, betrat eine wohlgeformte junge Frau das Vorzimmer und klopfte an die offene Tür. Sie trug Jeans und einen weißen Baumwollrolli mit einer goldenen Rolex über dem Bündchen. Sie hatte knallig gefärbtes rostrotes Haar.

»Kann ich Ihnen helfen?« fragte Breda, und zu ihrer Verblüffung stand Lynn Cutter tatsächlich auf. Vielleicht waren seine Manieren doch nicht ganz so ungehobelt wie die der Hell's Angels.

Aber dann beruhigte er sie, indem er die Titten der jungen

Frau unverschämt anstarrte und sagte: »Da gehen einem ja die Augen über! Kann ich was für Sie tun?«

»Ich will zu ... Ms. Burrows. Ist der Vorname Bretta?« Sie hatte ein Stimmchen, das Lynn Cutters Meinung nach gut zu so viel Holz vor der Hütte paßte.

»Ich bin Breda Burrows. Das wird Bri-da ausgesprochen. Ein irischer Name.«

»Der Freund einer Freundin hat Sie mir empfohlen. Ich habe... ein Problem, über das ich mit Ihnen sprechen möchte.«

Lynn reagierte auf sein Stichwort und sagte: »Ich warte im Vorzimmer.«

Breda wußte, daß er den Hintern der Frau gründlich mustern würde, ehe er die Tür zumachte, und das tat er auch. Danach warf Breda einen Blick auf sein Hinterteil und mußte sich widerwillig eingestehen, daß es auch nicht übel war.

Als sie allein waren, sagte die Frau: »Ehe ich Ihnen Namen nenne, will ich wissen, was mich ein bestimmter Auftrag kosten würde.«

»Hören wir uns erst mal Ihr Problem an«, sagte Breda.

Die junge Frau sagte: »Ich habe einen verheirateten Freund, verstehen Sie. Hab ihn in einem Hotel kennengelernt, wo ich Nägel manikürt hab. Jetzt gehen wir seit drei Jahren miteinander, und er hat versprochen, daß er sich von seiner Frau scheiden läßt und mich heiratet, aber er erfindet dauernd Ausreden. Jetzt weiß ich, daß er ein Betrüger und Lügner ist.«

»Wenn Sie das alles wissen, wozu brauchen Sie mich dann?«

»Ich will, daß Sie ein Foto machen, wie er es mit mir treibt.«

»Sie wollen ein Foto von Ihnen beiden beim Sex?«

»Ja. Heimlich aufgenommen. Ganz deutlich. Ohne daß er es merkt.«

»Wozu?«

»Damit ich es seiner Frau schicken und ihr zeigen kann, was für ein Schwein er ist.«

»Sie wollen ihn bestrafen, ja?«

»Nein. Ich will ihn heiraten. Ich will, daß sie ihn rausschmeißt. Er ist schuld dran, daß meine Verlobung mit einem anderen geplatzt ist, weil ich mich in ihn verliebt habe. Ich sag ihm, mein alter Freund muß jemand beauftragt haben, das Foto heimlich aufzunehmen.«

»Tut mir leid, solche Aufträge übernehme ich nicht.«

»Warum nicht?«

»Zu kompliziert.«

»Okay, wenn Sie es übernehmen, was kostet es dann?«

»Ich tue es nicht, ganz gleich, was Sie mir bieten.«

Plötzlich sprach die junge Frau nicht mehr mit dem artigen Stimmchen. »Sie wollen mich wohl verscheißern! Eine Schlüssellochguckerin mit Skrupeln!«

Lynn konnte hören, wie daraufhin Bredas Stimme lauter wurde, und er hörte, wie die wohlgeformte Frau ebenso darauf reagierte.

Als die junge Frau herausstürmte, sagte sie zu Breda: »Ich habe zwei Wörter für Sie, ein Adverb und ein Hauptwort: Geile Sau!« Dann war sie fort.

Lynn schaute Breda an, die ihn durch die erdbeerrote Yuppiebrille mit diesem irritierenden Grinsen anblickte.

»Es ist ein Adjektiv«, sagte Breda.

»Was ist ein Adjektiv?«

»Geil.«

»Sie haben ja ganz beschlagene Brillengläser«, sagte Lynn.

»Meine Moschusdrüsen müssen überaktiv sein.«

4

Erst als sie an jenem Nachmittag nach Hause fuhr, wurde Breda Burrows bewußt, was für ein anstrengender Tag es gewesen war. Es lag nicht am Fall Clive Devon; den würde sie aufklären oder auch nicht, und wie auch immer, die Bezahlung war zu gut, als daß sie darauf verzichten konnte. Ihr Streß kam daher, daß sie zum ersten Mal, seit sie den Polizeidienst quittiert hatte, wieder mit einem Mann zusammenarbeiten mußte.

Etliche ihrer alten Kommilitonen von der Polizeiakademie hatten sie gewarnt, nach der Pensionierung verbringe sie vielleicht Monate damit, sich an nichts anderes als die guten Zeiten zu erinnern, und dann Monate damit, über die schlechten Zeiten nachzusinnen. Vielleicht hatte die Begegnung mit dem Klugscheißer Lynn Cutter die Erinnerungen an die schlechten Zeiten ausgelöst.

Breda hatte zu den ersten weiblichen Beamten gehört, die ausgesucht worden waren, als die Polizei von Los Angeles damit anfing, Frauen in Funkstreifenwagen einzusetzen. Als sie im Juni 1990 den Dienst quittierte, sah es für weibliche Beamte viel besser aus, auch wenn die jungen Frauen sich beschwerten, es habe sich nicht viel geändert. Breda wußte es besser. Als sie eine junge Beamtin im Streifendienst gewesen war, waren noch nicht mal Beschwerden dringewesen.

Damals hatte es als erheiternd gegolten, wenn männliche Cops herumstanden und grinsten wie Paviane, während eine Frau sich beim Versuch, einen weggetretenen Säufer aus dem Streifenwagen in die Ausnüchterungszelle zu schleppen, den BH zerriß. Und mehr als einmal hatte sie sich an einem dunklen, furchterregenden Ort wiedergefunden, ganz allein, und sich gefragt, ob die anderen sie mit Absicht dort im Stich gelassen hatten. Manchmal hatte sie sich Sorgen gemacht, sie würden sie nicht so unterstützen, wie sie das bei einem Mann taten, solange sie nicht bewiesen hatte, daß sie genausoviel Mumm in den Knochen hatte.

Es reichte nicht, wenn man das einmal bewies; die Frauen mußten sich immer aufs neue beweisen. Wenn ein männlicher Polizist während der Probezeit einen Fehler machte, war er ein grüner Junge, dem nur die Reife fehlte. Wenn eine Frau denselben Fehler machte, war sie eine unnütze Schlampe, die sofort gefeuert werden sollte. Jede Frau, die sich damals den Strapazen der Ausbildung unterzog, lernte bald nach dem Abschluß, daß der Ärger danach erst richtig losging.

Trotzdem war sie stolz auf ihre Marke gewesen und hatte Freunde gefunden, was ihr im Zivilleben offenbar nicht möglich war. Wenigstens wenn männliche und weibliche Cops gemeinsam auf Streife waren – manchmal mit Persönlichkeiten, die so unvereinbar wie Gorbatschow und Jelzin waren –, steckte jeder dem anderen zuliebe zurück, wenn die Sicherheit davon abhing. Diese Art von Erfahrung hatte sie im Zivilleben nie gemacht. Der Zusammenhalt, das war es, war ihr fehlte.

Was ihr nicht fehlte, war das Machotum, das ein wichtiger Teil des Polizeilebens war, die Schwanzträgergemeinschaft, die ein ums andere Mal versuchte, weiblichen Cops jeden dummen Streich zu spielen, darunter auch bösartige. Die Frauen waren das Kaffeeklatschthema der Jungs, die sich einbildeten, daß jeder weibliche Cop zu haben sei und daß es die Pflicht aller Männer sei, das zu beweisen.

Und weil sie Frauen waren, mußten die weiblichen Cops draußen bei Nacht in den Streifenwagen oft als Ersatzmutter oder große Schwester für all die uniformierten Rambos herhalten, die vorübergehend nicht auf Testosteron, sondern auf Teddybären standen, jaulten und flennten über das Miststück, das sie geheiratet hatten, über das Schwein von Sergeant oder die undankbaren Steuerzahler. Sie hatte jede Klage gehört, die von den Jungs in Blau auch nur geäußert werden konnte. Offenbar kam die Belagerungsmentalität jedesmal durch, wenn eine Frau mit einem Mann in einem Streifenwagen saß. *Mami, sorg dafür, daß alles besser wird!*

Und wehe, wenn damals ein weiblicher Offizier schwanger geworden war. *Schwanger? Mutterschaftsurlaub? Aber ich habe Sie nicht geschwängert, Officer. Die Abteilung hat Sie nicht geschwängert.*

Ein ehemaliger Polizeichef hatte sich einmal öffentlich dahingehend geäußert und war in der Presse von Los Angeles ausgiebig zitiert worden, die weiblichen Cops könnten den männlichen nie das Wasser reichen, weil, wie er sich ausdrückte, »die Mädels nun mal ihre Monatsregel haben, verstehen Sie«.

Breda war eines schrecklichen Tages dabeigewesen, als ein weiblicher Cop vergeblich versucht hatte, einen dreijährigen Jungen wiederzubeleben, der in den Familienswimmingpool gefallen war. Die junge Frau hatte den Kleinen eine Viertelstunde lang auf dem Rücksitz eines Streifenwagens bearbeitet, während Breda mit kreischender Sirene ins Krankenhaus gefahren war. Das Kind war trotz aller Bemühungen bei der Ankunft tot, und Bredas Partnerin weinte und konnte nicht mehr aufhören.

Zwei Blauröcke aus ihrer Abteilung waren zufällig in der Ambulanz und nahmen die Körperverletzungsanzeige eines

Billardhais auf, den ein Kerl, den er um fünfzig Eier begaunert hatte, mit einer Neunerkugel am Kopf getroffen hatte.

Als die männlichen Cops die junge Frau sahen, die sich die Augen ausweinte, fragte einer Breda: »Was'n los? Habt ihr euch gegenseitig die chemische Keule verpaßt und dabei die Wimperntusche verschmiert?«

Der andere sagte: »Was'n los, wir haben wohl einen kleinen PMS-Anfall, oder?«

Breda schaute sie mit ihrem Ludenkillergrinsen böse an und sagte: »Was mich angeht, ist PMS eine Abkürzung für POLYPENMÄNNERSCHEISSE, IHR HÄMORRHOIDEN!«

Früher konnte man sich darauf verlassen, daß die Jungs jedesmal weibliche Unterstützung anforderten, wenn jemand eine tobende Lesbe in Leder, mit Spikes und öligem Haar festnahm. Es machte die Jungs an, den weiblichen Cop mit der Lesbe auf den Rücksitz zu setzen und Sprüche zu säuseln wie: »Aber kein Händchenhalten auf dem Weg zum Revier, Mädels!«

Und es gab Bürger, die wie vom Donner gerührt gafften, wenn sie die Polizei gerufen hatten und eine Frau auf der Schwelle stand. Meistens sagten sie: »Sie haben eine *Frau* geschickt?« Und Breda antwortete meistens: »Ja. Kommen Sie sich nicht blöd vor?«

Vergewaltigungen oder Sexualverbrechen an Kindern wurden meistens weiblichen Cops aufs Auge gedrückt. Die Männer riefen nach einer Frau, und wenn sie kam, hieß es immer: »Will nicht mit mir reden. Das ist Frauensache. Bis später. Tschüß.«

Und dann war der betreffende Bursche weg, ging mit den anderen Kumpels in die Imbißbude, während die Frau möglicherweise den Rest ihrer Dienstzeit mit Frauen oder Kindern verbrachte, die auf Weisen mißhandelt worden waren, die einen nächtelang heimsuchten. Das war einer der Gründe, warum Breda nie Alkohol als Beruhigungsmittel benutzte. Das mit den Kindern setzte einem schon genug zu. All die kleinen Kinder...

Sie bearbeitete so lange Sexualverbrechen an Kindern, daß sie sich, als sie wieder Dienst bei Erwachsenen tat, dabei ertappte, daß sie wie eine Kinderschwester redete, wenn sie vierzigjährige Einbrecher verhörte: »Jetzt hör mal, Harry, es ist dein Recht, Stillschweigen zu bewahren. Haben wir verstanden, was Stillschweigen ist?«

Es war unfaßbar, wie oft die Staatsanwaltschaft bei Sexualverbrechen aus Mangel an Beweisen keine Anklage erhob. Zum Beispiel das fünfjährige Mädchen mit neuen Zigarettenverbrennungen über den alten, das dauernd wiederholte: »Ich bin ein böses Mädchen. Daddy hat es gemacht, weil ich ein böses Mädchen bin.« Und das Kind wurde nach Hause zurückgebracht!

Wenn Mommy oder Daddy oder Mommys Freund ein Kind umbrachten, wenn sie mit Cops von der Mordkommission – aus der Schule der giggelnden und gaggelnden Leichencops – einer Autopsie beiwohnte, sorgten sie immer dafür, daß sie an einen bestimmten Pathologen geriet, dem es Spaß machte, eine Leiche so zu zerlegen, als bereite er Salat Cäsar für das Pathologenpicknick zu. Kein Abbinden, damit die Galle blieb, wo sie war, ausgeschlossen. Nur hacken, würfeln und mischen. Und der ganze Kopfsalat, die Gurke und die Paprika – in Wahrheit winzige Stücke eines toten Menschenkinds –, klebten an ihren Ärmeln.

Sie ertrug es noch, wenn Finger abgeschnitten wurden, um Fingerabdrücke zu hydratisieren, aber sie haßte den Geruch heißwerdender Knochen, wenn die Schädeldecke aufgesägt wurde. Die anderen Leichencops wußten das und sorgten dafür, daß sie unmittelbar dabei war und alles mitbekam.

Es war schwer, nicht zu würgen, wenn die Leiche verwest, mit soviel ›Reis‹ überzogen war, daß sie einen Köderladen hätten aufmachen können. Der Pathologe setzte dem ›Reis‹ schwungvoll zu, und es war möglich, daß sie zwei Maden auf das Revers bekam.

Wie geht's deinem Magen? Essen wir Enchiladas zu Mittag oder möchtest du ein Sandwich mit Fleischbällchen?

Es gab andere Typen, gute Partner. Sie glaubte, sie hätte sich in einen verliebt, einen Ausbildungsbeamten vom Wilshire-Revier. Sie heirateten in Bredas erstem Dienstjahr, und sie wurde sofort schwanger, mit ihrem einzigen Kind. Er war kein schlechter Ehemann, das Problem war nur, daß er mit einer anderen Frau hätte verheiratet sein sollen. Sie hatten es in ihrem ersten gemeinsamen Jahr beide gespürt, aber da war Lizzy schon unterwegs gewesen.

Ihr Exmann hatte es zum Police Commander gebracht, später wieder geheiratet und war schließlich Polizeichef in einer Kleinstadt bei Washington geworden. Er hatte zwei weitere Kinder und sah Lizzy im Lauf der Jahre immer seltener, aber er schickte die Unterhaltszahlungen für das Kind und blieb auch noch großzügig, als Lizzy achtzehn wurde und er nicht mehr dazu verpflichtet war.

Breda hatte nicht wieder geheiratet und versuchte, nur dann mit Cops auszugehen, wenn sie verzweifelt einsam war. So einsam war sie zum letztenmal gewesen, kurz bevor sie beschlossen hatte, den Dienst zu quittieren und ihre Pension in Anspruch zu nehmen.

Der Betreffende war ein umwerfender Lieutenant gewesen, dessen Spezialität intensive Blicke waren, von denen er glaubte, daß er mit ihnen Löffel verbiegen könnte. Sie erinnerte sich an einen Abend im Erfrischungsraum des Hollywood-Reviers, kurz vor ihrer Pensionierung, als er seine Meinungen und Überlegungen zur Polizeidisziplin mit ihr geteilt hatte.

Offenbar war ein Officer im Streifenwagen dabei erwischt worden, daß ihm ein Cop-Groupie eifrig zu Diensten war, ein

Groupie, das im Verlauf seiner Karriere die halbe Nachtschicht und die meisten Polizisten der Frühschicht gevögelt hatte. Weil das Groupie keine professionelle Prostituierte war, hielt es Bredas Lieutenant für eine zu harte Strafe, Charlie hinauszuwerfen. Schließlich habe auch er in der guten alten Zeit (Cops schwelgten gern in Erinnerungen) das eine oder andere Mal über die Stränge geschlagen. Zwinker, zwinker!

Breda sagte zu dem umwerfenden Lieutenant: »Von mir aus ist es okay, wenn sich der gute alte Charlie mal einen Ausrutscher gönnt, aber sag mir, wie wär's, wenn das ein weiblicher Officer getan hätte? Wie würdest du das sehen?«

Und der Lieutenant, ansonsten ein emanzipierter Vorgesetzter, machte deutlich, daß er nie auf einen solchen Gedanken gekommen wäre. Ein weiblicher Officer? Weibliche Officers waren *anders*. Er war immer hochzufrieden gewesen mit seinem Ruf, er sei einer der wenigen nichtsexistischen Vorgesetzten (ganz und gar für die freie Entscheidung der Frau bei der Abtreibung), aber Breda Burrows hatte den Ball zu hoch geworfen, als daß er ihn fangen konnte. Es war einfach undenkbar.

»Das ist *undenkbar*!« sagte er.

»Wieso?« fragte sie. »Was wäre, wenn ich da draußen wäre, in Uniform, aus einem Kofferradio Ravels *Bolero* hören würde und es mir auf dem Vordersitz eines Streifenwagesn von einem Typen besorgen ließe? Wärst du dann der Meinung, daß man mich hinauswerfen müsse?«

Er blinzelte, strich sich über das hübsche Kinn und starrte Breda Burrows an, als hätte sie sich eben erboten, einer Wüstenspringmaus einen runterzuholen. Ihm mußte eine Antwort einfallen, vor allem, nachdem die ersten Worte, die ihm herausgerutscht waren, die gefürchteten sexistischen gewesen waren: »Das ist etwas *anderes*.«

»Warum glaubst du, daß es etwas anderes ist?« beharrte Breda, mit jenem kleinen Grinsen, das ihn auf die Palme trieb.

»Weil...« Er wurde so rot wie ein Granatapfel und stotterte: »Weil... Du hättest keine Hosen an! Und kein Halfter mehr! Du wärst entwaffnet! Und ohne Uniform!«

BREDA BESCHLOSS, ALLE ERINNERUNGEN an schlechte Zeiten abzustellen, als sie den Datsun in die Einfahrt fuhr. Ihr Haus war vergipst, hatte vier Zimmer, eine Klimaanlage, zwei Bäder, ein Klo und einen Garten, der groß genug für einen Swimmingpool war, dessen Bau sie sich aber nicht leisten konnte. Siebentausend Pools um sie herum, und sie mußte sich mit einem Rasensprinkler abkühlen, aber wenigstens stand das Haus am Cathedral Canyon, gut geschützt vor den Winterwinden, die den Lack eines Autos und die Zitzen einer Känguruhratte wegblasen konnten; jedenfalls der Maklerin zufolge, als sie Breda das Haus verkauft hatte. Es gab in Cathedral City keine große Kirche mit Türmen und gotischen Bögen. Die Stadt hatte ihren Namen 1850 bekommen, als ein Armeeingenieur – der vermutlich vergorenen Kaktussaft getrunken hatte – im Canyon etwas sah, was einer Kathedrale ähnelte. Aber es war eine Stadt, die Cops sich leisten konnten.

Breda meinte, sie brauche eine Fahrt mit dem Rad, und das Tageslicht reichte noch. Abgesehen von ihrem Datsun Z war der zweite Luxus, den sie sich leistete, ein Tour-de-France-reifes Rennrad mit Hollandrahmen. Sie hatte lange für das Fahrrad gespart und damit ein Achtzig-Kilometer-Ausdauerrennen in Baja California gefahren, von Rosarito Beach nach Ensenada. Jedesmal, wenn sie an einem schäbigen Mexikanerkind vorbeikam, fragte sie sich, ob ihr Rad für zweieinhalbtausend Dollar mehr wert war als der Schuppen, in dem das Kind wohnte. An jenem Tag waren Gringo-Schuldgefühle auf ihrer Schulter mitgefahren und hatten sie ein bißchen langsamer gemacht.

Selbst in einem Rudel von Radfahrern kam sie sich allein vor, und das war gut so. Bredas Lieblingsziel beim Radfahren waren die Indio Hills, wo sie abwärts eine Geschwindigkeit von achtzig Stundenkilometern erreichen konnte. Ohne Satteltasche fuhr sie allerdings nie. In der Tasche war ihr 38er Revolver.

Einmal, als sie auf einer einsamen Straße in der Nähe von Desert Hot Springs geradelt war, hatten sich zwei dreckige Prolotypen in einem ramponierten Lieferwagen an sie gehängt und sie von der Straße abgedrängt. Sie waren von der Sorte, die losstürmte, um eine Eule abzuschießen, sobald sie als gefährdete Gattung erkannt worden war, nur damit sie ihr Exemplar kriegten, solange sie noch Gelegenheit dazu hatten. Von der Sorte, die Schilder mit der Aufschrift »Klapperschlangenfarm« an das Vordertor hängte, um für sich zu bleiben, als ob irgend jemand Lust gehabt hätte, Leute ihres Schlags zu besuchen.

Einer war mit einem Bier in der Hand auf sie zugewankt und hatte gesagt: »Hey, Hübsche, du bist ganz schön weit von zu Hause weg. Leg doch das Rad in unseren Wagen. Wir bringen dich, wohin du willst.«

Ehe sie mit dem Rad wieder zurück auf den Asphalt war, sagte der zweite Typ, dessen einziger sauberer Fleck am Leib die Unterlippe war, wo er sich den Bierschaum abgeleckt hatte: »Steig schon in den Wagen, Puppe.«

Breda stieß einen Seufzer aus und machte die Satteltasche auf. Als sie an jenem Nachmittag davonradelte, lagen beide mit dem Gesicht nach unten im Sand hinter ihrem Lieferwagen, die Finger hinter den Köpfen verschränkt, und jaulten, sie hätten doch bloß Spaß gemacht. Sie hatte ihnen erklärt, ihr sei klar, daß es furchtbar heiß sei, aber in ihrem Kühler sei noch reichlich Wasser, und das Frostschutzmittel schmecke vermutlich nicht so übel wie mancher Fusel, den sie schon konsumiert hätten, und sie sollten gefälligst die Klappe halten, sonst vergesse sie möglicherweise, daß sie allesamt verbrüderte Säugetiere seien.

Sie hatte zwei Reifen zerstochen und den Zündschlüssel mitgenommen, den sie in der Wüste wegwarf. Es war alles in allem eine der erfreulichsten Radtouren, die sie je unternommen hatte, und in jener Nacht schlief sie wie ein Baby.

BREDA BURROWS FÜHLTE SICH insgesamt viel wohler, als sie in ihrem schwarzen Coolmax-Hemd und den schwarzen Lycrahosen von der Ramon Road zum Bob Hope Drive radelte, dann nach rechts, vorbei am Dinah Shore Drive zum Frank Sinatra Drive, wo sie wieder rechts abbog und am oleandergesäumten Landsitz des Verlegers Walter Annenberg hielt, der die größten Neujahrspartys in der Wüste schmiß, Feste, die sich Ronald Reagan nie entgehen ließ.

Zwei private Wächter standen vor dem Haus, und Breda, überzogen mit einer dünnen Schweißschicht und in euphorischer Stimmung, rief ihnen zu: »Er hat mich Silvester schon wieder nicht eingeladen!«

Die Wächter grinsten und winkten, und mit dem erdbraunen Haar, das unter ihrem Helm hervorwehte, flitzte Breda am Tamarisk Country Club vorbei, wo Old Blue Eyes logierte – Frank Sinatra persönlich. Dann war sie wieder auf dem Highway 111 und radelte in Richtung Cathedral City, ohne das Gefühl von vorhin, die Begegnung mit Lynn Cutter habe sie völlig aus dem Gleis gebracht.

Breda überholte eine Streife des Sheriffs, die auf der langsamen Spur fuhr, und spürte sofort einen kameradschaftlichen Stich. Der weibliche Deputy war hübsch und so jung, wie Breda es gewesen war, als sie bei der Polizei angefangen hatte. Breda fragte sich, wie lange es dauern würde, bis sie ein derart attraktives Mädchen zur Sitte abkommandierten, zur John Squad, und sie dazu zwangen, in engen Hosen und Stilettoabsätzen auf der Straße zu promenieren und sich die ganzen verschwitzten Typen mit Frauen und Kindern daheim anzuhören, die mit Freuden bereit waren, zwanzig Dollar fürs

Blasen zu bezahlen, vierzig für richtigen Sex oder fünfzig für beides.

Sie hätte gern etwas zu der jungen Frau gesagt, aber was gab es da zu sagen? Es war nicht nur ein Job, es war eine Lebensweise.

Aber sie war jetzt etwas anderes. Wie hatte Lynn Cutter sie genannt? Einen Exbullen. Und sie mußte gutes Geld verdienen, um ihre Pension aufzubessern, denn ein Kind in Berkeley war verdammt teuer, auch wenn ihr Exmann aushalf.

Seit sie nach Palm Springs gekommen war, war ihr schmerzhaft zu Bewußtsein gekommen, daß viele der Nobelvillen, an denen sie vorbeiradelte, nur als Absteigen für Besitzer dienten, die allenfalls zweimal pro Jahr herkamen. Sie fragte sich, was es kosten mußte, die Zimmerpflanzen am Leben zu erhalten.

Gutes! sagte sie sich, als sie am Date Palm Drive vorbei- und einem Glas Eistee entgegenradelte. Gutes! Denk an Gutes!

Sie dachte daran, daß die braune Tropenuniform, die der weibliche Deputy trug, unvorteilhaft war, daß die Leute vom Büro des Sheriffs und die Polizei von Palm Springs Polizeiblau tragen sollten.

Blau machte viel schlanker.

AM ENDE DER PFLICHTSTREIFE an jenem Tag glaubte Nelson Hareems Sergeant, er entdecke etwas im Blick des kleinen Rotschopfs, als er über die Jagd nach dem Flüchtling sprach, der den Deputy auf dem Flugplatz bewußtlos geschlagen hatte.

Inzwischen waren die Bewohner des Hauses in der Nähe des Lake Cahuilla nach Hause gekommen und hatten entdeckt, daß in ihr Haus eingebrochen worden und ihr Ford verschwunden war. Die Cops meinten, der Einbrecher und Autodieb müsse der Typ vom Flugplatz sein, und die Beschreibung des weißen Ford wurde halbstündlich über Funk an alle Polizeidienststellen im Tal durchgegeben.

»Du gehst doch jetzt auch wirklich in dein kleines Zuhause, Nelson?« fragte der Sergeant mit besorgtem Blick. Vielleicht lag es daran, daß Nelsons Haarschnitt kraus und wild aussah. Nelson strahlte eine Aura aus, über die man hätte stolpern können.

»Klar, Sarge«, erwiderte Nelson unschuldig. »Warum sollte ich das denn nicht tun?«

»Du würdest doch nichts wirklich Bescheuertes anstellen, oder? Dich zum Beispiel auf die Suche nach dem Kerl vom Flugplatz machen? Ich meine, wenn du außer Dienst bist?«

»Selbstverständlich nicht, Sarge«, versprach der Cop mit dem Karottenkopf mit jenem kindlichen Lächeln, das allen Vorgesetzten, die er je gehabt hatte, eine Heidenangst eingejagt hatte.

Der Sergeant war der Typ, der außer Dienst nie einen Finger rührte, abgesehen davon, daß er seiner Frau beim Verkauf von Tupperware half. Er fragte voller Hoffnung: »Wartet denn zu Hause niemand auf dich? Jemand, der dich ein bißchen abkühlen könnte, wenn du dieses Robocop-Feeling bekommst? Du siehst aus, als ob du einen Feueralarm auslösen könntest.«

»Ich lebe ganz allein mit meinen Goldfischen, Sarge«, antwortete Nelson liebenswürdig.

»Du hast diesen gewissen Ausdruck in den Augen«, sagte der Sergeant. »Als ob du losziehen und etwas ... Besorgniserregendes tun könntest. Du hast doch kein Sturmgewehr, oder?«

»Ich habe meine Lektion gelernt, Sarge«, versprach Nelson. »Ich will meine Karriere nicht bei der Legion beenden. Ich kann kein Französisch.«

»Dann gute Nacht, Nelson«, sagte der Sergeant skeptisch.

Und natürlich zog der kleine Cop seine Zivilklamotten an,

sprang in seinen Jeep Wrangler und raste direkt zum Büro des Sheriffs in Indio, wo er hoffte, ein paar Anhaltspunkte zu sammeln, mit denen er sich am nächsten Tag beschäftigen konnte.

Wenn jemand einen Cop so zurichtete, war das eine große Sache, entschieden schlimmer als ein Mord an einem bloßen Zivilisten. Alle kriegten eine Mordswut, wollten ein Stück von dem Scheißkerl abhaben und würden den Cop, der ihn einsackte, mit Lob überschütten. Nelson Hareem suhlte sich in der Vorstellung, dieser Cop zu sein.

Als er den Wrangler auf dem Parkplatz abstellte, sah er einen Deputy, den er kannte, einen Latino namens Morales, der in seinem schwarzweißen Streifenwagen ankam.

»Half-Nelson!« schrie Morales, als Nelson zu den dröhnenden Klängen des Cassettenrecorders aus dem Jeep sprang. »Was hast du denn hier verloren?«

»Was ist mit dem kahlen Typen, Morales?« fragte Nelson, gegen das Autofenster gelehnt. »Irgendwelche Spuren?«

»Tja, er hat einen linken Haken wie Mike Tyson und einen Fußtritt wie ein Maulesel. Und er weiß, wie man einen Wagen kurzschließt.«

»Habt ihr inzwischen eine bessere Beschreibung gekriegt?«

»Nee. Der Pilot war weg wie der Blitz, und der Mechaniker im Hangar hat nicht auf ihn geachtet. Hat nicht mal das Gesicht des Kerls gesehen. Hatte bloß den Eindruck, daß es ein stämmiger, kahler Mexikaner war. Wir nehmen an, er ist in mittleren Jahren, aber er könnte auch jünger sein. Was er noch an Haar hatte, war schwarz. Das ist alles, was der Klempner gesehen hat, schwarze Koteletten, ein Zapata-Schnurrbart und die Neun-Millimeter. Aus nächster Nähe.«

»Sonst nichts?«

»Doch, ein Indianerjunge aus dem Reservat hat gesehen, wie er eine Büchse Öl aus dem Lieferwagen des Klempners genommen und sich Mund und Nase damit eingeschmiert hat. Ein alter Wüstentrick. In Mexiko gibt's jede Menge Wüste, vielleicht kennt er sich also mit solchen Sachen aus. Ich nehm an, er ist jetzt schon halb in Los Angeles. Oder auf dem Heimweg, nachdem es auf dem Flugplatz so schlecht gelaufen ist. Jede Wette, daß er inzwischen ein anderes Auto geklaut hat. Das ist ein ausgekochter Schmuggler, dieser Typ. Ach ja, und er hat die Pistole des Deputys in dem Lieferwagen zurückgelassen.«

»Irgendeine Ahnung, warum er das getan hat?«

»Vielleicht, weil er unten in der Flugtasche eine eigene Waffe hatte. Eine größere und bessere.«

»Sind die Leute, denen der Ford gehört, sicher, daß kein Autoschlüssel in der Küche oder sonstwo war?«

»Völlig sicher. Er hat den Wagen kurzgeschlossen. Der Typ ist nicht auf den Kopf gefallen. Wetten, daß er ein paar Kilo Heroin in der Flugtasche hatte? Wär' eine tolle Sache, den Kerl zur Strecke zu bringen, was?«

»Ja!« sagte Nelson Hareem, und es war gut, daß sein Sergeant nicht sehen konnte, wie dem kleinen Cop die blauen Augen aus dem Kopf quollen.

Der Deputy sagte: »Er hatte noch einen Wüstentrick drauf. Der Junge hat gesehen, daß er Kleingeld aus der Tasche genommen und in den Mund gesteckt hat. Ein alter Indianer hat gesagt, das lindert den Durst. Hat ihn einen Mann der Wüste genannt.«

Zwanzig Autominuten von dem Parkplatz entfernt, auf dem Nelson Hareem mit dem Deputy sprach, ehe er nach Hause zu seinen Goldfischen fuhr, befand sich eine alte Tamariskengruppe. Ein kahlköpfiger Mann, der drei Wanderarbeiter erschreckt hatte, die unter den Bäumen lagerten und auf einem Nadelbett schliefen, hatte den gestohlenen Ford unter den zottigen Zweigen der Tamarisken geparkt.

Die *campesinos* sagten ein paar Worte zu dem Mann, der

in ihrer Sprache antwortete, und sobald sie merkten, daß er keine Bedrohung darstellte, kehrten sie wieder zu ihrem Lagerfeuer zurück. Der Kahle urinierte in einem Weingarten, stieg auf den Rücksitz des Ford, verriegelte die Autotüren und legte sich schlafen.

Der einzige Grund, aus dem die Kriminalbeamten etwas davon erfuhren, war der, daß einer der Wanderarbeiter seine letzte Nacht auf Erden verbrachte und seine Freunde schließlich mit der Polizei sprechen mußten.

5

Lynn Cutter sagte immer, seine beiden Ehen seien verlaufen wie das Märchen vom Bäumchen-schüttle-dich. Seine erste Frau, Claudia, hatte ihn ruiniert, indem sie ständig »Kleidchen« aufgetrieben hatte, die sie in Restaurants von Palm Springs, wo Filmstars, Millionäre und dunkelhäutige Kerle mit »adretten« Haarschnitten verkehrten, tragen konnte. Aber was schicke Klamotten anging, war seine zweite Frau Teddi dazu in der Lage gewesen, an anderthalb Tagen so viel Geld auszugeben, daß sich Kalifornien von der Rezession erholte.

Seine Ehe mit Claudia hatte achtzehn Monate gedauert. Sie war eine gut aussehende Stewardeß, stationiert in Los Angeles, die bei jeder Gelegenheit in die Wüste kam. Claudia wohnte immer in einem gemütlichen Hotel neben dem Tennisclub, in jenen Tagen, als Tennis das Größte war, als dortige Bauunternehmer nicht im Traum auf die Idee gekommen wären, ein Hotel, eine Anlage mit Eigentumswohnungen oder einen Country Club ohne eine erstklassige Tennisanlage zu bauen. Sogar in Cathedral City – damals eine Gemeinde von Arbeitern, die in den Touristenorten beschäftigt waren – wurde jede Menge Beton für den weißen Sport gegossen.

Claudias Lieblingshotel gehörte zu den versteckten Häusern, die sich an die Berge schmiegten. Als Lynn sie zum ersten Mal sah, trug sie ein weißes Tennisdreß und lag an einem Pool, der glitzernde Sonnenstrahlen widerspiegelte, im Hintergrund ein mokkabrauner Wüstenabhang, besetzt mit lila Eisenkraut. *Verzauberung.*

Er hatte beschlossen, es müsse Claudia zuliebe Tennis lernen, deshalb buchte er fünf Stunden pro Woche. Die flachbäuchigen jungen Trainer jagten ihn wie Gerichtsvollzieher. Er fuhr auf den Tennisplatz, sobald er mit dem Dienst fertig war, und schlug Bälle gegen eine Betonwand, bis ihm der Ellbogen so weh tat, daß er den Arm nur noch bis zur Schulter heben konnte. Später gab er seinen Kumpels gegenüber zu, er habe Claudias wegen mehr Bälle verschlissen, als Zsa Zsa Gabor Männer vernascht hatte.

Lynn und Claudia hatten sich gegen Kinder entschieden, weil sie Claudias Gehalt dringend brauchten, wenn sie leben wollten wie Exil-Iraner. Damals hatte eine Verwandte des Schahs mit ihrem Lieblingspfau Palm Springs besucht und ihn verloren. Lynn war einer der Cops, die für den Pfauensuchtrupp abgestellt wurden, und er hatte den Vogel aufgespürt, weil er seine Roseanne-Barr-Schreie hörte. Lynn sagte immer, daß ein Gerangel mit Pfauen die Quintessenz von Palm Springs war.

Aber eines Tages war Claudia von einem Flug zurückgekommen und hatte Lynn mitgeteilt, sie habe jemanden aus Denver kennengelernt, der ihr »neue Perspektiven« eröffne.

Er fragte: »Ist es okay, wenn du einen Kerl in einem anderen Staat vögelst? Ich meine, wenn es eine andere Zeitzone ist, gilt es dann trotzdem als Betrug? Das nur mal so nebenbei.«

Claudia antwortete, indem sie sagte: »Ich hoffe, du bist *Manns* genug, wie ein Erwachsener damit umzugehen.«

Lynn sagte: »Werd versuchen, meine Tränenkanäle abzuklemmen. Leb wohl, Claudia.«

An jenem Abend ging er aus und besoff sich, erleichtert darüber, daß er ihren Doberman nie wieder füttern mußte, den sie ihren »DNS-Hund« nannte. Der kleine Schatz war darauf dressiert, jeden zu fressen, der keinen weißen genetischen Code hatte.

Seine zweite Exfrau, Teddi: Das war nun wirklich eine Frau, aus der niemand schlau wurde. Sie war etwa so leicht zu verstehen wie Akupunktur. An manchen Tagen bestand ihre Vorstellung von einer schwerwiegenden Entscheidung in der Frage, ob sie die Radmuttern ihres Autos verchromen lassen solle, aber einen Tag später schleppte sie Lynn zu einer Lyriklesung an der University of California, Riverside, wo irgendein Filzkopf, der eine Rap-Gruppe zum Losreihern gebracht hätte, brüllend »Gedichte« vortrug. Soweit Lynn es mitbekam, handelten sie alle von Exkrementen, Nekrophilie, Inzest, Vergewaltigung, Chaos und Kotze.

Bei der letzten Lesung, die sie besuchten, war Teddi besonders hingerissen gewesen, als ihnen gestattet wurde, dem Dichter die Hand zu schütteln und ein Exemplar seines Werks zu erwerben, veröffentlicht von irgendeinem Verlag in San Francisco, der sich die Druckkosten von den Autoren bezahlen ließ. Als der Dichter Lynns Geld für das Buch nahm, fragte er, ob Lynn die Lesung gefallen habe.

Lynn sagte vor dreißig Leuten zu ihm: »O ja, sehr geschmackvoll. Sie haben kein einziges Mal Eiter oder Vaginalausfluß erwähnt.«

An jenem Abend sagte Teddi auf der Heimfahrt nach Palm Springs zu Lynn, sie glaube, sie lebten in verschiedenen Welten, und seine sei »ohne Textur, Feinheit und Nuancen«.

»Du bist nicht bereit, dich mir zuliebe zu ändern«, erklärte sie ihm an jenem Abend.

»Ich hab mich für dich operieren lassen«, rief er ihr ins Gedächtnis. »Dein Siamkater ist jetzt das einzige Wesen mit richtig funktionierenden Eiern im Haus.«

»Du bist jemand, der die Dinge immer nur schwarzweiß sieht«, sagte Teddi.

»Wenn du Technicolor willst, tust du dich besser mit Ted Turner zusammen«, erwiderte er, lange vor der Fusion des Moguls mit Jane Fonda.

Ein Highwaystreifenpolizist, im Nebenberuf Anwalt, hatte ihn bei der Scheidung vertreten und ihm einen Kollegenrabatt eingeräumt. Der Anwalt sagte zu Lynn, er kenne einen Arzt, der die Vasektomie rückgängig machen könne, falls Lynn wieder heiraten wolle.

Aber Lynn hatte dem Anwalt erklärt, Frauen seien etwa so unergründlich wie die Schriftrollen vom Toten Meer, er sei als Single so glücklich wie ein ralliges Kaninchen und habe die Absicht, das auch fürderhin zu bleiben.

In den letzten Jahren fingen seine »Bekanntschaften« meistens im Furnace Room an, aber alle Beziehungen verbrauchten sich nach wenigen Wochen oder Monaten. Wilfred Plimsoll erklärte, Lynn sei so beständig wie ein Kirscheislutscher.

Lynn hatte sich gezwungen, am Vorabend nicht mehr als ein halbes Dutzend Drinks zu konsumieren, aber er war nicht zeitig genug ins Bett gekommen. Trotzdem stellte er den Wecker und schaffte es, um halb sieben Uhr morgens am Haus von Clive Devon in Las Palmas anzukommen.

Der Wüstenhimmel war um diese Tageszeit atemberaubend. Wolkenschatten brachten die Indio Hills in einem gesprenkelten Silberlicht zum Schimmern. Alle Pastellfarben der Wüstenlandschaft waren tiefer geworden. Der Himmel war taubengrau mit burgunderroten Streifen hinter rosa Wattewölkchen, während Lynn in seinem Auto saß und aus einer Thermosflasche Kaffee trank.

Um 7.00 Uhr fuhr Clive Devon in einem schwarzen Range Rover aus der Einfahrt. Er trug einen Schlapphut, ein Trikothemd, Khakihosen und Wanderstiefel, war bis auf den Hut ähnlich gekleidet wie Lynn. Er schlängelte sich langsam durch die schmalen Straßen von Las Palmas, dem traditionellen Zuhause des alten Geldes von Palm Springs. Es war kein idealer Ort für eine Beschattung. Die Straßen hatten zu viele Kurven, es gab zu viele riesige Häuser, die von weißgetünchten Lehmziegelmauern und drei Meter hohen Oleanderhekken abgeschirmt wurden. Auf einer solchen Straße konnte man sich nicht verstecken, und so früh gab es auch keine Autos, hinter die man sich zurückfallen lassen konnte. Es waren fast nur Gärtner in Lieferwagen unterwegs, mit Rasenmähern und Gartenwerkzeugen auf der Ladefläche. Clive Devon bog in die Via Lola ein, weil sie zum Palm Canyon Drive führte, und von dieser Hauptverkehrsader aus konnte man in beide Richtungen abbiegen.

Zum Glück sah Lynn Cutters alter Nash Rambler aus, als könne er einem mexikanischen Gärtner oder einem schwarzen Hausmädchen aus dem Norden von Palm Springs gehören. Lynn hatte ihn günstig von einem Gebrauchtwagenhändler in Cat City gekauft, den er mal am Heiligen Abend wegen Trunkenheit am Steuer angehalten hatte. Statt den Kerl einzubuchten, hatte er ihn nach Hause gefahren, vor allem deshalb, weil ihn der Anwalt seiner zweiten Frau ganz schön zur Ader gelassen hatte und er meinte, es sei klug, sich mit einem Kerl anzufreunden, der mit Schrottmühlen und Gebrauchtwagen handelte, mit der Art von Autos, die er sich leisten konnte. Und der Rambler hatte wenigstens einen neuen Motor und runderneuerte Reifen.

Sie kamen am Gene Autry Trail und am Desert Princess Country Club vorbei und fuhren schließlich auf das Südende des Highway 10 zu. Lynn fragte sich allmählich, ob dieser Kerl einer der Exzentriker war, die aus einer Laune heraus Hunderte von Kilometern fuhren, nur um sich ein Spiel der Phoenix Suns gegen die L. A. Lakers anzusehen. Lynn rechnete sich aus, daß er genug Benzingeld für die Rückfahrt hatte, falls Clive Devon sich nicht weiter als eine Autostunde von seinem Zuhause entfernte. Er war froh, als der Range

Rover von der Schnellstraße abbog, zurück zum Highway 111 fuhr, vorbei an dem kleinen Flugplatz, wo eine Menge Cops am Vorabend bei der langen und vergeblichen Suche nach einem Geflohenen ganz schön außer Atem gekommen waren.

Offenbar war Clive Devon ein Mann, der sich keine Sorgen machte, daß ihm jemand folgen könnte. Lynn wurde bald klar, daß er sich direkt an die Stoßstange des Range Rover hätte hängen können, ohne bemerkt zu werden. Der Dreiundsechzigjährige zockelte zum Salton Sea, einem großen See am Fuß der Chocolate Mountains. Was der Kerl am Nordufer des Wüstensees wollte, wo nur ein paar hundert Menschen in Wohnwagen lebten, konnte sich Lynn Cutter nicht vorstellen.

Der Salton Sea war ein Irrtum des Menschen und vielleicht der Natur. Kurz nach der Jahrhundertwende hatten Eisenbahnbauer einen schrecklichen Fehler am Colorado River gemacht, ein Damm brach, und Millionen von Kubikmetern Wasser pro Tag ergossen sich in einen riesigen Salzsumpf, der von einem alten Binnenmeer übriggeblieben war. Der neu entstandene Salton Sea war fünfzig Prozent salziger als der Ozean. Es hieß, an seinen salzhaltigsten Stellen, siebzig Meter unter dem Meeresspiegel, könne sogar Bimsstein schwimmen.

Viele Wanderarbeiter, vor allem Boat People aus Asien, fischten im Salzwasser gern Trommelfische, wobei sie verbotene Treibnetze benutzten. Die Cops meinten, wer so hungrig sei, den mutierten Fisch aus dem selenhaltigen Wasser – verschmutzt von Abwässern und landwirtschaftlichem Abfall – zu essen, solle sich ruhig bedienen.

Lynn Cutter war erstaunt, als Devon vor einem Café parkte, das außerdem Köder verkaufte, in der Nähe des Jachthafens am Nordufer. Ein paar Möwen trieben sich am Parkplatz herum. Der Wüstenwind kräuselte das grüngelbe Wasser und erschwerte es zwei Fischern, ein kleines Dingi zu Wasser zu lassen.

Clive Devon schlenderte ins Café. Ein alter Lieferwagen

stand davor, und Lynn wollte nicht zu nahe herankommen. Der einzige zum Parken und Beobachten geeignete Platz war fünfhundert Meter weiter unten am Highway, also beschloß er, Bredas tolles Fernglas zu benutzen.

Er beobachtete das Café, als ein Mann aus der Richtung des All-American Canal, einer sechs Meter breiten Süßwasserader vom Colorado River, über den Highway lief. Lynn schenkte dem Mann, der eine Baseballmütze und einen dunklen Anorak trug, nicht viel Aufmerksamkeit. Er fragte sich, was ein betuchter Typ wie Clive Devon an diesem sterbenden Ort verloren hatte. Selbst die armseligsten Wüstenbewohner waren dabei, den Salton Sea zu verlassen. An jenem Morgen blies der Wind den Gestank nach Algen und Abwasser in Lynns Richtung.

Clive Devon kam mit einem Sechserpack aus dem Café, Bier oder Limonade, und mit etwas, was nach einer Tüte Kartoffelchips aussah. Er blieb an seinem Range Rover stehen. Der Mann mit der Baseballmütze kam ebenfalls heraus, mit einer Zeitung, lief über die Straße und verschwand außer Sichtweite.

FRÜH AN JENEM MORGEN waren die Wanderarbeiter, die in der Tamariskengruppe kampierten, aufgewacht und hatten festgestellt, daß der Kahle gerade wegfuhr. Er blieb etwa eine halbe Stunde lang fort. Als er wiederkam, zog er die Jacke aus, parkte wieder unter den Bäumen und las Zeitung. Nach einer Weile ließ er das Auto an, aber in dem Moment fuhr ein Streifenwagen die Box Canyon Road entlang. Als das Polizeiauto fort war, sprang der Kahle mit seiner roten Segeltuchtasche aus dem Ford.

Ehe er ging, warnte er die drei *campesinos*, das Auto sei gestohlen, sie dürften es nicht fahren. Er fragte, in welcher Richtung Palm Springs liege und ob er es erreichen könne, wenn er in die entgegengesetzte Richtung des Streifenwagens ging. Sie erklärten ihm den Weg zum Highway 10, weil sie annahmen, er wolle trampen.

Der Ford war eine große Versuchung für drei Wanderarbeiter, von denen der älteste, obwohl er wie dreißig aussah, erst zwanzig war. Er schlug sich seit fünf Jahren mit Hilfe seiner Bauernschlauheit durchs Leben, hatte oft illegal von Mexicali aus die Grenze überquert, um auf den Feldern im Imperial- und Coachella-Tal zu arbeiten. Er wußte, wie man ein kurzgeschlossenes Auto anließ. Es fahren zu können war eine andere Sache.

Durch das Fernglas beobachtete Lynn Cutter, wie Clive Devon in der halben Stunde, die er auf dem Parkplatz blieb, zwei Dosen Limonade trank. Lynn sah während dieser Zeit nur drei weitere Autos, die vor dem Café hielten und wieder abfuhren. Dann ratterte ein rostiger alter Plymouth aus der Richtung Mecca und Thermal den Highway entlang und bog auf den Parkplatz ein. Eine kleine, schlanke Frau stieg aus. Selbst von seinem entfernten Beobachtungspunkt aus konnte Lynn sehen, daß sie jung war. Das glänzende schwarze Haar hing ihr bis zur Taille, und sie trug ein blaues T-Shirt und Jeans.

Die junge Frau und Clive Devon begrüßten sich, aber sie standen auf der anderen Seite des Range Rover. Lynn war die Sicht total versperrt, und er konnte durch die Seitenfenster nur einen flüchtigen Blick auf Clive Devon erhaschen. Er glaubte, sie stünden nahe genug beieinander, um sich küssen zu können, aber er konnte nicht sicher sein.

Ein großer brauner Hund sprang vom Rücksitz des rostigen Plymouth und lief auf Clive Devon zu; dann verdeckte der Range Rover auch ihn. Kurz darauf öffnete Clive Devon die Tür des Rover, und der Hund sprang auf den Rücksitz. Dann stieg die junge Frau vorn neben Clive Devon ein, der den Range Rover anließ und Richtung Mecca und Thermal abfuhr.

Als Lynn ihnen einen gewissen Vorsprung gegeben hatte,

mußte er den Rambler auf Touren bringen, weil der Range Rover beschleunigte. Lynn versuchte, die Zulassungsnummer zu erkennen, als er an dem rostigen Plymouth auf dem Parkplatz vorbeifuhr, aber es gelang ihm nicht. Er meinte, er werde es auf dem Rückweg schaffen. Er war äußerst überrascht, als der Range Rover auf der Box Canyon Road rechts abbog und auf einen öffentlichen Park zufuhr.

DIE DREI WANDERARBEITER hatten ihr Geld zusammengelegt und sich im Café am Nordufer eine Tüte Tortillachips und zwei Cola gekauft, die sie sich brüderlich teilten. Dann stiegen sie wieder in den kurzgeschlossenen Ford und fuhren auf den Highway 111. Sie beschlossen, nach Thermal zu fahren, in der Hoffnung, Eindruck auf Mädchen machen zu können.

Der Fahrer hatte in Calexico, wo er in einem Restaurant Fettfilter reinigte, Auto fahren gelernt, aber seine kurze Fahrpraxis reichte nicht. Er scherte über die Mittellinie aus, als ein großer Sattelschlepper auf ihn zukam, und das achtzehnrädrige Fahrzeug rammte den Ford.

Das Auto flog durch die Luft und landete mit einem explosiven Knall auf dem Dach. Die beiden, die Glück hatten, wurden hinausgeschleudert und holten sich Knochenbrüche und ein paar innere Verletzungen. Der Beifahrer auf dem Todessitz wurde enthauptet.

Wie viele Polizeidienststellen beschäftigte auch das Büro des Sheriffs nur wenige Hispanics, und beide Deputys, die vor den Sanitätern eintrafen, konnten kein Spanisch. Auch Nelson Hareem konnte es nicht, der den Highway entlangraste und auf der anderen Seite des Highways mit quietschenden Reifen gegenüber dem umgekippten Ford zum Stehen kam. Aber der Fahrer des nächsten Teams, das ankam, sprach wenigstens Grenzstreifenspanisch und war in der Lage, ein paar Fragen zu stellen.

Die kopflose Leiche und der Zusammenstoß interessierten

niemanden mehr. Was die Cops allesamt erregte, war die Tatsache, daß der zerquetschte Ford die Zulassungsnummer des Autos hatte, das der Schmuggler am Vortag gestohlen hatte. Für den am wenigsten verletzten Wanderarbeiter setzte sich das langsame, mühselige Verhör fort, bis der Notarztwagen kam.

Der Grenzer erfuhr, häufig unterbrochen von Nelsons »Was hat er gesagt?«, daß der stämmige Kahle in der Nacht davor das gestohlene Auto in einer Tamariskengruppe versteckt und es an jenem Morgen stehengelassen hatte.

Als die Sanitäter eintrafen und den schwerer verletzten Wanderarbeiter als ersten einluden, erzählte derjenige, der Rede und Antwort stand, den Cops immer wieder, er hätte das gestohlene Auto ganz bestimmt nicht behalten oder verkauft, sie hätten es wegen der Mädchen in Thermal nur einen Tag lang fahren wollen. Und ehe er in den Notarztwagen geladen wurde, erzählte der junge Landarbeiter freiwillig, der stämmige Kahle sei um die fünfunddreißig und *muy intelligente*. Er sei ganz bestimmt kein Landarbeiter, erklärte ihnen der junge Mann.

Die Cops ließen sofort einen Hubschrauber kommen, der vom Highway 10 bis zum Salton Sea donnerte, ehe sie aufgaben. Alle meinten, der kahle Schmuggler sei vermutlich kurz nachdem er zu Fuß losgezogen war, per Anhalter mitgenommen worden.

LYNN FOLGTE DEM RANGE ROVER zu dem öffentlichen Park, wo Clive Devon zu seiner Überraschung mit einer Einkaufstüte ausstieg, eine Decke ausbreitete und auf dem Wüstenboden ein kleines Picknick für Mann, Frau und Hund arrangierte. Lynn näherte sich zu Fuß und legte sich flach auf den Bauch, schaute hinter einem Salbeibusch zu. Er benutzte die Ellbogen als Stativ, um das Fernglas auf sie zu richten, und konnte sehen, daß die Frau eine junge Latina war, vermutlich

Anfang Zwanzig, und daß der braune Hund Clive Devon bestens kannte. Das Tier sprang ständig an ihm hoch, schmiegte sich an ihn, wurde aus der Picknicktüte gefüttert. Lynn Cutter hatte einen Krampf im Nacken und ganz schön wunde Knie, als die glückliche Picknickgesellschaft den Abfall einsammelte und wieder in den Range Rover stieg.

Nelson Hareem kehrte auf das Revier zurück, um sich mit seinem Sergeant zu unterhalten.

»Sarge«, sagte er, »haben Sie gehört, daß das heiße Auto von gestern, das der Schmuggler gefahren hat, in der Nähe vom Salton Sea zu Schrott gefahren worden ist?«

»Ja, Nelson«, seufzte der Sergeant. »Calexico ist nur hundertzwanzig Kilometer von hier entfernt, und von Calexico aus kann man nach Mexicali spucken, also meine ich, daß der Kerl jetzt zu Hause ist. Südlich von der Grenze, wo er eine weitere Flugzeugladung plant.«

»Aber Sarge«, sagte Nelson, »er ist gestern nacht bestimmt in der Gegend geblieben, weil er nicht genau wußte, wo er war. Er ist kein Risiko eingegangen, indem er auf den Highway gefahren ist, wo er vielleicht aufgefallen wäre. Er hat sich versteckt und die Nacht über gewartet. Das könnte er noch mal tun. Vielleicht hält er sich immer noch versteckt, wartet auf einen absolut sicheren Weg nach Palm Springs.«

»Woher weißt du, daß er nach Palm Springs will?«

Nelson wollte seinen Boß nicht wissen lassen, daß er die Stadt verlassen und den verletzten *campesino* verhört hatte, deshalb sagte er: »Na ja, ist reine Vermutung. Er ist kein Erntearbeiter. Und vermutlich hat er eine Tasche voller Dope dabei und wartet auf das Tageslicht, damit er die Drogen nach Palm Springs bringen kann.«

»Das ist reine Spekulation, Nelson«, sagte der Sergeant.

»Sarge, ich hab mir überlegt, wenn's heute nachmittag

ruhig ist, könnten Sie mich vielleicht zum Box Canyon fahren lassen, damit ich...«

»Bleib in deinem Revier, Nelson«, sagte der Sergeant mißtrauisch. »Du könntest eine Beerdigung vermasseln, an der nur ein Auto beteiligt ist. Vor Jahren hat ein Typ wie du einen Präsidenten gestürzt. Ein Fall namens Watergate. Der Kerl war ein Hitzkopf namens G. Gordon Liddy, dem die Kanone locker saß. Je von ihm gehört?«

»Und ob!« sagte Nelson. »Mein Held. Ich hab einen von meinen Goldfischen Liddy genannt. Der andere heißt Ollie, nach Colonel Oliver North.«

»Warum überrascht mich seine Wahl von Vorbildern eigentlich nicht?« sagte der Sergeant zu niemandem.

Nach einer Pause sagte Nelson: »Ich nehme an, Sie haben recht. Er ist inzwischen wieder in Mexiko. Ich werd das Ganze vergessen und wieder Streife fahren.«

Der Sergeant nahm sich vor, dem Cop mit dem Karottenkopf, von dem der Lieutenant sagte, er sei gefährlicher als Körpersekret in einem Hurenhaus und schwerer zu zähmen als eine Wildkatze, auf die Finger zu schauen. Aber der Sergeant wurde abgelenkt, als seine Frau anrief, um ihm zu sagen, ihre Tupperware-Gastgeberin habe die Grippe, und die Veranstaltung finde bei ihnen zu Hause statt.

Der Sergeant mußte eilig in den Laden und Zwiebelsauce und Fritos kaufen, während Nelson Hareem den Highway entlangraste, Richtung Painted Canyon.

LYNN CUTTER HATTE DAS GANZE modische Zeug im Kofferraum seines Wagens gelassen: Breda Burrows' Profi-Videokamera mit dem Zwölf-zu-eins-Zoom und ihre 35-mm-Kamera für Fotos. Er hatte sich den Riemen des Fernglases um den Hals gelegt, weil das so ungefähr alles war, was er tragen konnte, falls er Clive Devon, eine Frau und einen Hund in der Wüste beschatten mußte.

Der Range Rover hatte auf der Straße, die in den Painted Canyon führte, Staub aufgewirbelt, was dabei half, Lynns Rambler unsichtbar zu machen, aber er glaubte, er müsse die Verfolgung aufgeben, sobald sie in die Nähe des Canyons kamen. Er hatte Glück. Ein Kleinbus voller Kinder fuhr ebenfalls zum Canyon, also konnte er sich dahintersetzen. Außerdem waren Naturliebhaber in einem großen Winnebago RV da, die ein Stück weiter unten an der Straße ein Tageslager aufbauten.

Ein paar weitere Naturliebhaber hatten ein paar frühe Exemplare von Sandschlüsselblumen entdeckt und fotografierten die zarten weißen Blüten. Drei junge Leute im College-Alter wanderten am Canyonrand entlang und untersuchten vorsichtig die Einzelteile eines überhängenden Feigenkaktus, dessen fast unsichtbare Stacheln wie Nähnadeln in das Fleisch eindringen können und dennoch einen Nistplatz für Zaunkönige bilden. Der Range Rover hielt zweihundert Meter vor ihm an, und Lynn parkte neben der größeren Gruppe von Umweltschützern, die zur Schlucht ausgeschwärmt waren. Neben ihren Autos wirkte seines nicht besonders auffällig.

Die Felsen im Painted Canyon sahen aus, als hätte man eine Riesenbüchse Aquarellfarben darüber ausgegossen. Burgunderrote Formationen grenzten an persimonenfarbene, die wiederum in schokoladenbraune und sandelholzfarbene übergingen. Auf dem Wüstenboden standen büschelweise aufgequollene, blaugraue Perückensträucher, und in Lynns Nasenlöcher und in seinen Mund kroch die trockene Wüste, während er keuchend versuchte, mit den Wanderern Schritt zu halten. Die gottverfluchten Knie brachten ihn um! Er blieb stehen, band sich die Schuhe auf und schüttete den Sand aus.

Lynn erschrak, als ein Laufvogel mit gesenktem Federbusch an ihm vorbeitrottete. Den Vogel schien ein voller Magen langsamer zu machen, vielleicht, weil er einen Seitenwinder angegriffen und verzehrt hatte. Lynn hatte es schon immer an Mitgefühl für Klapperschlangen gefehlt.

Einmal, als er zu einem Team aus Cops gehört hatte, das nach den Überresten eines Rauschgifthändlers suchte, der den falschen Kunden beschissen hatte, hatte er Gelegenheit gehabt, durch die Canyons im Süden von Palm Springs zu streifen, und war dabei auf einen Sackleinenbeutel gestoßen, der an einem Paloverdebaum mit grüner Rinde hing. Lynn hatte eben den Beutel aufmachen wollen, als aus dem Nichts eine alte Wüstenratte auftauchte und Lynn anbrüllte, er solle die Pfoten von seinem Eigentum lassen. Wie Lynn später feststellte, enthielt der Beutel ein Dutzend gefleckte Klapperschlangen. Die Wüstenratte sagte ihm, er rechne mit einem hübschen Sümmchen, wenn er die Schlangen an die Hersteller von Antivenin verkaufe.

Innerhalb der nächsten zwanzig Minuten wanderte Clive Devon mit der jungen Frau und dem Hund in einen schmalen Canyon, wo Erdbeben aus der Frühzeit, denen Jahrhunderte der Erosion gefolgt waren, die Felsen aus dem Neozoikum zu gespenstischen Formen ausgehöhlt hatten. Furchen und wie eingemeißelte Ritzen im Felsen trugen zum bedrohlichen Anblick bei. Auch die Vorfrühlingsflora unterstrich die gespenstische Wirkung des in Schatten gehüllten Canyons. Die krummen Finger der Ocotillopflanzen wanden sich spinnenhaft im Wind, der pausenlos ächzte und von den Canyonwänden widerhallte.

Lynn hockte sich hinter eine Düne, neben einen Kaktus, der bald zauberhafte fuchsienrote Blüten bekommen würde, beschützt von üblen Stacheln. Der Sand wehte Lynn ins Gesicht, und die Sonnenbrille schützte seine Augen nicht ganz davor. Er wischte sich das Gesicht an der Schulter ab.

Als er durch das Fernglas nach oben schaute, sah er, daß die Picknickgruppe neben einem Eisenholzbaum stand. Der Hund wedelte mit dem Schwanz, näherte sich aber nicht dem

Mann, der auf der anderen Seite des Baumes stand. Das Mädchen blieb mit dem Hund ein paar Schritte zurück, aber Clive Devon ging auf den Mann zu und sprach kurz mit ihm. Dann machten alle kehrt und zockelten den Weg zurück, den sie gekommen waren, zurück in Lynn Cutters Richtung.

Und der Mann kam mit ihnen, zurück zum Range Rover, während sich Lynn in seinen Rambler zurückziehen mußte. Der Mann trug eine Baseballmütze und einen dunklen Anorak, deshalb glaubte Lynn, er könne der Mann sein, den er am Café beim Zeitungskauf gesehen hatte. Der Mann trug jetzt eine rote Tasche.

6

Als der Range Rover zu dem Café am Salton Sea zurückkam, war der zu Schrott gefahrene Ford schon lange weg, und die halbherzige Suche nach dem kahlen Tramper war so gut wie abgeblasen. Weil der Kahle nach dem Weg nach Palm Springs gefragt hatte, hatten die Detectives alle Polizeidienststellen im Tal alarmiert, obowhl sie meinten, er sei auf dem Heimweg nach Mexiko.

Die Detectives im Büro des Sheriffs hatten so gut wie keine Anhaltspunkte über den Kahlen, bis auf das Wenige, was der verletzte *campesino* beisteuerte, der sagte, der Mann trage tatsächlich einen herunterhängenden Zapata-Schnurrbart und sei jünger, als die Cops des kahlen Schädels wegen zunächst angenommen hatten.

Die beiden verletzten Landarbeiter gaben an, der Mann habe nur ein paar Worte auf spanisch gesagt und könne von überallher sein. Aber seine Worte seien »gut gesagt« gewesen, womit sie wortgewandt und gebieterisch meinten. Und er habe, im Gegensatz zu ihnen, wie ein Mann gewirkt, der es gewohnt sei, Befehle zu erteilen.

Vor dem Café am Salton Sea stand der rostige Plymouth der jungen Frau mit dem langen Haar. Lynn Cutter wollte lieber nicht daran vorbeifahren, um nach der Zulassungsnummer zu sehen. Er beschloß, seinen Rambler auf dem Highway Richtung Mecca zu parken und die beiden durch das Fernglas zu beobachten. Der Gestank der Algenpest wehte zu ihm her, und aus der Entfernung sah das verschmutzte Wasser aus, als hätte es eine Kruste, auf der man gehen könne.

Er begriff das mit dem Kerl mit der Baseballmütze nicht. Lynn hatte angenommen, er habe auf der Canyonstraße eine Autopanne gehabt und sich mitnehmen lassen, damit er telefonieren konnte, aber er hatte den Range Rover nicht verlassen.

Ehe er sich von der Frau verabschiedete, ging Clive Devon neben dem rostigen Plymouth in die Knie und umarmte den braunen Hund. Dann sagte er etwas zu der jungen Frau, und sie setzte den widerstrebenden Hund auf den Rücksitz des Plymouth. Lynn fragte sich, ob Clive Devon und die junge Frau sich zärtlicher verhalten hätten, wenn sie allein gewesen wären. Und er wünschte sich, er hätte es geschafft, einen Blick auf die Zulassungsnummer der jungen Frau zu erhaschen.

Dann setzte sich der Kerl mit der Baseballmütze zu Lynns Überraschung auf den Beifahrersitz des Range Rover. Gleich würden sie auf der offenen Straße in seine Richtung kommen, und Lynn befand sich in einer prekären Situation – seine Beute war ihm auf den Fersen. Der Rambler ächzte, als er aufs Gas trat und schnell wendete.

Lynn blieb hundert Meter voraus, sah beim Fahren in den Rückspiegel. Erst in Thermal fand er die Gelegenheit, zu wenden und sich wieder hinter Clive Devon zu setzen. Als der Range Rover die Stadt Coachella durchfahren und Indio erreicht hatte, herrschte jede Menge Verkehr, und die Observierung wurde wieder einfach.

Lynn rechnete ständig damit, daß Clive Devon an den Straßenrand fahren und den Mitfahrer absetzen würde, aber das tat er nicht. Er fuhr gemächlich aus Indio hinaus, vorbei am Indian Wells Country Club, wo ein Teil des Bob-Hope-Classic-Turniers ausgetragen wurde, und durch Rancho Mirage, das sich ›Ort der Präsidenten‹ nannte. Damit war gemeint, daß es der Wohnort von Gerald Ford war, der eine kostenlose Mitgliedschaft in allen Country Clubs in der Wüste hatte, aufgrund eines verrückten historischen Zwischenfalls namens Watergate, ohne den er nach wie vor Mitspieler auf dem städtischen Golfplatz von Grand Rapids am Kopf getroffen hätte. Sie nannten Rancho Mirage nie ›Ort der Vizepräsidenten‹, obwohl Spiro Agnew dort im Exil lebte.

Dann war der Range Rover aus Rancho Mirage heraus, fuhr durch Cathedral City und kam schließlich nach Palm Springs, und Lynn begriff immer noch nicht, was zum Teufel los war. Warum hatte er den Beifahrer nicht schon lange abgesetzt? Clive Devon ließ den Kerl erst aussteigen, als sie in die Nähe der Innenstadt kamen.

Lynn sah, daß der Kerl mit der roten Tasche zu einem Münztelefon an einer Tankstelle gegenüber vom Alan-Ladd-Andenkenladen ging, und Lynn dachte, daß er vielleicht bloß ein Tourist war, der hoffte, in dem Alan-Ladd-Laden ein altes Filmplakat von *Mein großer Freund Shane* oder *Der große Gatsby* ergattern zu können. Aber was, zum Teufel, hatte er zu Fuß draußen in der Wüste verloren gehabt?

Sekundenlang war Lynn so neugierig, daß er beinahe umgekehrt wäre und den Kerl beschattet hätte. Aber getreu den Anweisungen seiner Chefin auf Zeit, Breda Burrows, blieb er Clive Devon auf den Fersen.

SEIN HERZ HÄMMERTE gegen das Brustbein. Er hatte jetzt, wo er allein auf einer verkehrsreichen Straße in Palm Springs, Kalifornien, stand, plötzlich große Angst. Er triefte vor Schweiß und wollte eben die Baseballmütze abnehmen, um ihn abzuwischen, als er es sich gerade noch rechtzeitig anders überlegte. Sie suchten nach einem Kahlen, deshalb mußte er eine Kopfbedeckung tragen, solange er sich in dieser Stadt aufhielt.

Er lief über die Indiana Avenue und begriff auf halbem Weg, daß er einen Fußgängerüberweg hätte benutzen müssen. Er war hier nicht zu Hause. Er mußte die Verkehrsregeln beachten. Nachdem er so weit gekommen war, wäre es eine Tragödie gewesen, wenn sie ihn gefaßt hätten, nur weil er versäumt hatte, die Straße an der richtigen Stelle zu überqueren.

Er ging zu der Telefonzelle, die rote Flugtasche, die er so schnell wie möglich loswerden wollte, an die Brust gepreßt. Er hätte sich jede andere Farbe als dieses auffällige Rot gewünscht, aber er hatte auch nicht mit dem Polizisten gerechnet, der plötzlich ins Klo hereingeplatzt war.

Er hatte den Artikel in der Morgenzeitung gelesen, in dem der Polizist sagte, er sei nur auf die Toilette gegangen, um sich zu erleichtern, und vermutlich wäre ihm der Mann unter anderen Umständen gar nicht aufgefallen. Das konnte er jetzt leicht sagen, aber was tut ein Polizist in den Vereinigten Staaten, wenn er sieht, daß ein Mann aus der Dritten Welt aus einem Privatflugzeug steigt und eine Tasche auf die Toilette trägt? Andererseits behauptete der Polizist, er habe nicht einmal mitbekommen, daß das Privatflugzeug auf dem Weg wohin auch immer wegen eines Motorschadens gelandet sei.

Er blätterte in der Telefonzelle in den Gelben Seiten, während ihm die unerwarteten Ereignisse des Vortags durch den Kopf gingen. Es war fast unmöglich, Englisch zu lesen und in der eigenen Sprache zu denken, deshalb legte er das Telefonbuch auf das Ablagebrett und ermahnte sich, Ruhe zu bewahren. Gestern hatte ihn einfach Panik gepackt, und jetzt mußte er mit der veränderten Lage fertigwerden. Er war auf der Flucht, das war eine Tatsache.

Der Flüchtige fand auf Seite 571 der Gelben Seiten von Palm Springs, was er suchte. Er riß die Seite aus dem Telefonbuch, faltete sie zusammen und steckte sie in die Jackentasche. Dann blätterte er weitere Seiten durch, bis er die Nummern der Gebrauchtwagenhändler fand. Er nahm Kleingeld aus der Tasche und fluchte dann. Das waren die Münzen, die er in der Kneipe in Mexicali bekommen hatte, nachdem ihm die falschen Papiere übergeben worden waren. Er mußte sich US-Münzen besorgen, um telefonieren zu können.

Der Flüchtige ließ die Münzen auf dem Ablagebrett liegen und ging zu der Tankstelle hinüber, als ein Streifenwagen der Polizei von Palm Springs vorbeifuhr. Der Flüchtige versteckte sich hinter der Tankstelle, bis der Wagen vorbei war, dann entschloß er sich, sich sofort in einem Laden neue Kleidung zu besorgen. Er nahm ein Tausenddollarbündel aus der roten Flugtasche. Er wünschte sich, er hätte für einen solchen Notfall Kleidung zum Wechseln mitgebracht, aber die anderen hatten entschieden, er solle sich in Palm Springs mit neuen Klamotten eindecken. Sie hatten beschlossen, daß er ganz und gar wie ein Tourist aussehen mußte.

Er ging auf der Belardo Road nach Norden Richtung Innenstadt, mied sowohl die Indian Avenue als auch den Palm Canyon Drive, Straßen, von denen er wußte, daß sie stark befahren waren. Er war bereit, sich beim ersten Anzeichen eines Streifenwagens in die Büsche zu schlagen.

Beim Gedanken an die Polizei bereute er, daß er den Polizisten so hart getreten hatte. Der Schlag, der den Mann zu Boden geworfen hatte, war ein reiner Reflex gewesen. Die Gefahr war da, der Gegner ausgemacht, und er hatte den Gegner niedergestreckt, wie er es gelernt hatte. Absicht war nur der Tritt in den Magen gewesen, damit er so lange liegenblieb, daß er fliehen konnte. Der Flüchtige war froh, daß der Polizist nicht schwer verletzt war. Es war sinnlos, jemanden zu verletzen, bis auf den einen, den er hier finden wollte.

Als er sah, dass Clive Devon in Las Palmas in die Straße einbog, in der er wohnte, brach Lynn Cutter die Observierung ab und raste zurück zum Alan-Ladd-Laden, weil ihn die Neugier schier umbrachte. Aber der Kerl mit der Baseballmütze war nicht mehr in der Telefonzelle. Lynn stieg aus, ging zum Telefon und sah sich um, ohne genau zu wissen, wonach er suchte, vielleicht nach einer auf das Ablagebrett gekritzelten Telefonnummer.

Auf dem Brett waren weder Telefonnummern noch Papierfetzen, aber jemand hatte vier Münzen liegenlassen. Drei waren mexikanisch, die vierte eine spanische Zehnpesetenmünze. Lynn inspizierte sie genau, um sich zu vergewissern, daß es eine spanische war.

Ohne zu wissen, warum, steckte Lynn die Münzen in die Tasche und ging auf den Alan-Ladd-Laden zu. Er konnte es sich nicht leisten, noch mehr Zeit zu vergeuden, deshalb ging er zu seinem Rambler zurück, fuhr schnell zu Clive Devons Haus in Las Palmas und parkte eine Kreuzung weiter. Dann bummelte er am Haus der Devons vorbei, blieb stehen und spähte durch den Oleander. Zu seiner Erleichterung sah er, daß der Range Rover neben Rhonda Devons silbernem Mercedes 560SEC in der Einfahrt stand.

Als Lynn schließlich wieder im Auto saß und sich die schmerzenden Knie massierte, bedauerte er es wirklich, daß er die Observierung am Salton Sea nicht abgebrochen hatte, um der jungen Frau zu folgen. Noch mehr bedauerte er, daß er seinem Impuls, sich an den Kerl mit der Baseballmütze zu hängen, nicht nachgegeben hatte.

Die Sonne stand noch hoch, knochenweiß und heiß, aber eine perlmuttfarbene Andeutung des Sonnenuntergangs streifte den Himmel. Lynn lehnte sich zurück und schloß die Augen. Gegen sechs ließ ihn eine vertraute Stimme hochschrecken. Es war Breda Burrows, die hinter ihm geparkt hatte und auf ihn zukam.

»Verflucht noch mal!« sagte er desorientiert. »Haben Sie mir einen Schreck eingejagt!«

»Nächstes Mal trage ich eine Kuhglocke«, sagte sie mit dem gemeinen kleinen Lächeln. »Was hat sich heute getan? Und ersparen Sie mir Ihren feuchten Traum.«

Sie setzte sich auf den Beifahrersitz.

»Ich hab nicht geschlafen.«

»Okay, Sie schnarchen immer bei einer Überwachung. Was hat sich heute also getan?«

Gott, die Frau hatte vielleicht ein aufreizendes Grinsen! Lynn sagte: »Diesem Typen Devon kommen wir schwerer auf die Schliche als der baskischen Sprache. Was haben Sie gesagt, wieviel kriegen Sie für diesen Job?«

»Lassen Sie das mal nicht Ihre Sorge sein«, sagte Breda. »Was war heute los?«

Lynn hielt sie hin, während er sich zusammenriß, einen verstohlenen Blick auf die Uhr warf und zu seiner Verblüffung sah, daß es fast 18.00 Uhr war! Daß er herumgerannt und herumgeschlichen war wie ein gottverfluchter Kojote, hatte ihn offenbar völlig erschöpft, mal abgesehen davon, daß Kojoten so schlau waren, sich tagsüber zu verkriechen.

»Der Kerl hat eine Freundin«, fing Lynn schließlich an.

»Was für eine Freundin?«

»Eine junge Frau.«

»Hol mich der Teufel. Wer ist sie?«

»Das weiß ich nicht«, sagte Lynn. »Können wir irgendwohin fahren und reden? Clive Devon geht sowieso nirgends hin.« Er konnte Breda gegenüber nicht zugeben, daß er so weg gewesen war, daß er nicht wußte, ob Clive Devon zu Hause war oder in Malibu surfte.

»Heute abend bleiben wir besser hier«, sagte Breda. »Mrs. Devon hat gesagt, sie fährt heute vielleicht nach L. A. Wenn sie fort ist, bleibt er vielleicht nicht zu Hause.«

»Warten Sie hier«, sagte Lynn.

Er sprang aus dem Auto und joggte mit schmerzenden Knien zum Grundstück der Devons. Als er durch den Oleander schaute, sah er den silbernen Mercedes und den schwarzen Range Rover. Einen Augenblick später sah er außerdem eine schlanke Frau in einem Hauspyjama, die mit einem Drink in der Hand an einem Fenster vorbeiging. Dann joggte er genauso langsam zu seinem Rambler zurück.

»Sie ist da und genehmigt sich einen Drink«, sagte er zu Breda. »Und sie hat schon seidene Reizwäsche zum Gutenachtsagen an. Bei dem Drink, den sie in der Hand hat, fährt sie nicht vor morgen nach L. A.«

»Okay«, sagte Breda. »Fahren wir ins Büro. Ich will *alles* über heute hören.«

»Im Furnace Room?« fragte er voller Hoffnung. »Sie können mir einen Drink spendieren.«

»Nicht im Furnace Room«, sagte sie. »Letztes Mal hab ich in Hühnersauce gesessen. Wird dieser Schuppen denn nie saubergemacht?«

»Kann kein Huhn gewesen sein«, sagte Lynn. »Gibt's nicht bei Wilfred. War's irgendwas Graues, wie verschwitzte Socken? Ich glaube, ich weiß, wie Wilfred es nennt, aber ich hab keine Ahnung, was drin ist.«

Nach zehn Minuten saßen sie in der Bar eines französischen Restaurants mit riesigen Wandteppichen, wo man die Saucen nach dem Namen und den Zutaten identifizieren konnte, nicht nach der Farbe. Es war ein sehr teures, ausgesprochen hübsches Restaurant, das Lynn in den zwölf Jahren, seit er in Palm Springs lebte, noch nie betreten hatte. Als der Hausbursche ihre Autos parkte, mußte Breda Lynn versichern, daß sie die Trinkgelder übernehmen würde.

Sie saßen an der Bar und wurden von einem förmlich gekleideten Belgier bedient. An einer Wand des Barraums zogen sich niedrige Plüschbänke entlang, und es wimmelte im

Lokal von betuchten Trinkern. Lynn bezweifelte, daß es die Geschäftsleitung nötig hatte, zur Happy Hour die Preise zu senken. Er nahm an, daß sich Leute, die aus Kristallgläsern tranken, sowieso keine Sorgen wegen der Preise machten.

Die meisten eleganten älteren Frauen tranken natürlich Weißwein, und Lynn war überrascht, als Breda, nachdem er Chivas bestellt hatte, sagte: »Zwei.«

»Ich versuche zu lernen, wie ein Privatdetektiv zu trinken«, erklärte sie. »Ich hab nie gelernt, zu trinken wie ein Cop, und meine männlichen Partner waren alle schrecklich enttäuscht von mir.«

Lynn nahm zwei große Schlucke Scotch, zeigte ihr ein wohliges Lächeln und sagte dann: »Okay, mein Tag war folgendermaßen. Erst bin ich ihm zum Salton Sea gefolgt. Schon mal dort gewesen?«

»Nicht geschäftlich«, sagte sie. »Ich bin ein paarmal dort radgefahren. Was wollte er dort?«

»Seine Puppe treffen«, sagte Lynn.

»Sie sind zum Picknicken in die Nähe vom Painted Canyon gefahren. Es war rührend. Sie hat sogar ihr Hündchen mitgebracht.«

»Was haben sie außer picknicken sonst noch gemacht?«

»Er hat nichts auf der Decke verschmiert, höchstens Erdnußbutter«, sagte Lynn. »Und er hat ihrem Hündchen ein Stück von seinem Sandwich gefüttert. Die reine Idylle. Nach dem Essen haben sie eine Wanderung im Painted Canyon gemacht.«

Lynn zögerte, trank den Drink aus und nickte dem Barmann zu, er wolle noch einen. Breda fiel auf, daß der nervende Scheißkerl es nicht mal für nötig hielt, sie zu fragen, ob sie für noch einen blechen wollte.

Als er den frischen Drink bekam, sagte Lynn: »Der einzige Haken ist, daß ich die Zulassungsnummer des Püppchens nicht habe.«

»Scheiße!« sagte sie. »Warum nicht?«

»Hey, ich hab Glück gehabt, daß ich ihm nicht aufgefallen bin! Da draußen ist offenes Gelände. Ich hab soviel Sand in den Schuhen, daß ich tausend Katzen stubenrein machen könnte!«

»Okay, aber Sie wissen, wo sie wohnt?«

»Ich bin ihr nicht gefolgt. Sie haben gesagt, ich soll mich an sein Auto hängen. Er hat sie zum Café zurückgebracht und ist dann nach Hause gefahren. Aber da war was Seltsames.«

»Was?«

»Er war nicht allein. Er hat im Painted Canyon einen Kerl aufgegabelt. Devon und der Kerl sind zusammen nach Palm Springs zurückgefahren. Er hat ihn an der Kreuzung Indian Avenue und Ramon Road abgesetzt. Seltsam.«

»Wie sah der Kerl aus?«

»Dunkel, vielleicht Mexikaner. Stämmig. Trug eine Baseballmütze und einen Anorak.«

»Wenn Sie bloß der Frau gefolgt wären.«

»Sie haben gesagt, ich soll an Devon dranbleiben.«

»Ich weiß.«

»Wenn ich bloß dem Kerl mit der Baseballmütze gefolgt wäre.«

»Warum?«

»Ich frag mich, wer dieser Bursche war.«

»Jemand, der mitgenommen werden wollte.«

»Aber den ganzen Weg bis nach Palm Springs?«

»Vielleicht wohnt er in Palm Springs.«

»Und wie ist er dann in den Painted Canyon gekommen?«

»Fährt der Sun Bus dorthin? Aber was spielt das schon für eine Rolle?«

»Ich kann's nicht leiden, wenn ein Dritter in eine hübsche, saubere Seifenoper hineinplatzt, das ist alles.«

»Wenn Sie bloß der Frau gefolgt wären.«

»Das haben Sie schon mal gesagt. Spendieren Sie mir noch einen Drink?«

Breda schob ihm ihr Glas hin. »Hier, trinken Sie meinen«, sagte sie mit kaum verhohlenem Spott.

Und dann spannten sich ihre Kinnmuskeln an, weil der Mistkerl den Lippenstiftfleck auf die andere Seite drehte, ehe er trank!

»Okay«, sagte er, »nächstes Mal verlasse ich mich auf mein eigenes Urteilsvermögen. Wenn Clive Devon wieder geheimnisvolle Leute aufgabelt und ich glaube, man sollte denen folgen, dann folge ich ihnen.«

»Ich bin davon ausgegangen, daß Sie sich auf Ihr Urteilsvermögen verlassen. Sie waren lange genug Cop. Übrigens, wie lange waren Sie im Polizeidienst?«

»Dreizehn Jahre hier in der Stadt. Davor sechs Jahre bei der Polizei von San Diego. Ich bin in die Wüste gekommen, als ich die Knieverletzung hatte und mir die Feuchtigkeit da unten nicht bekam. Jetzt sind beide Knie so kaputt, daß ich in Grönland leben könnte, ohne daß es was ändern würde.«

»Wann kommt Ihre Pension durch?«

»Hoffentlich diesen Monat«, sagte er. »Deshalb will ich nicht, daß irgendwer bei der Polizei weiß, daß ich in der Wüste herumrenne, an Stellen, wo sich nicht mal ein Dickhornschaf hintraut. Die großzügigen Pensionsverteiler könnten sich das mit meiner Berufsunfähigkeit anders überlegen.«

»Wollen Sie eine Ermittlerlizenz beantragen, wenn Sie die Pension in der Tasche haben?«

»Warum nicht?« sagte er. »Soweit ich sehe, kann das doch jeder.«

»Wie sensibel Sie sind.«

»Ich hab nicht Sie gemeint.«

»Natürlich nicht.«

»Ich beleidige nie Leute, wenn sie die Drinks bezahlen. Nicht absichtlich.«

»Ich muß mal telefonieren«, sagte sie, stand auf, und er schaute ihr nach, bewunderte die Radfahrerwaden. Er *liebte* Weiber, die maßgeschneiderte Jacken und Röcke trugen und kräftige Waden hatten!

Nachdem sie in ihrer Handtasche gewühlt hatte, fand sie ihr Telefonregister, das sich unter dem Revolver im Halfter verklemmt hatte. Alle hatten ihr geraten, nach dem Ausscheiden aus dem Polizeidienst keine Waffe mehr zu tragen. Die meisten Privatermittler trugen keine, selbst wenn sie, wie Breda, mit einer Pension aus dem Dienst ausgeschieden waren und eine Lizenz für die Waffe hatten. Privatermittler, die nicht aus dem Polizeidienst kamen, machten sich selten die Mühe, einen Waffenschein zu beantragen. Aber Breda war daran gewöhnt, eine Waffe griffbereit zu haben, und hatte die Gewohnheit bis jetzt noch nicht abgelegt.

Rhonda Devon hatte ihr versichert, ihr Privatanschluß sei sicher, ihr Mann gehe selten ans Telefon. Falls er es doch tat, würde er sich nichts dabei denken, wenn eine Frau seine Frau sprechen wollte. Nach dem zweiten Klingeln nahm Rhonda Devon ab.

»Mrs. Devon?«

»Ja.«

»Können Sie reden?«

»Nicht richtig. Wir essen zeitig zu Abend.«

»Ich möchte, daß Sie Ihren Mann fragen, wo er heute war. Setzen Sie ihn nicht unter Druck, aber versuchen Sie, ein paar Einzelheiten darüber herauszubekommen, wie sein Tag verlaufen ist und ob er allein war.«

»Warum?«

»Er ist mit einer jungen Frau zu einem Picknick gefahren, einer Frau mit langem schwarzen Haar, vielleicht Mexikanerin. Sie hat einen großen braunen Hund und fährt einen rostigen alten Plymouth. Kennen Sie eine Frau, auf die diese Beschreibung paßt?«

»Nein.«
»Überrascht es Sie?«
»Sehr.«
»Können Sie mit ihm reden und mich anrufen?«
»Wir können uns treffen.«
»Bald?«
»Ja.«

Als Breda ihr sagte, wo sie war, sagte ihre Klientin: »Ich kann in einer Viertelstunde dasein, Margie. Aber zeig mir nicht **zu** viele Urlaubsbilder, okay?«

Als Breda an die Bar zurückkam, lehnte Lynn Cutter am Klavier und unterhielt sich mit der attraktiven Pianistin, die eben mit der Arbeit angefangen hatte und sich mit einem Cole-Porter-Medley aufwärmte.

Die Klavierspielerin war blond wie Rhonda Devon, aber keine echte Blondine. Sie trug aufreizendes Schwarz, und das Lächeln, das sie Lynn schenkte, bewog Breda dazu, ihn etwas gründlicher anzuschauen. Der Typ sah wirklich nicht schlecht aus, wenn er bloß die große Klappe besser im Griff gehabt hätte, und verflucht noch mal, er hatte wirklich einen hübschen Hintern. Plötzlich wurde Breda bewußt, daß sie nicht mehr mit einem Mann im Bett gewesen war, seit sie L. A. verlassen hatte!

Als Breda sich gesetzt hatte, kam Lynn an die Bar zurück. Er hielt das leere Glas mit wehmütigem Blick in der Hand.

»*Einen* noch«, sagte Breda. »Wir treffen uns mit Rhonda Devon.«

»Ja? Wo?«

»Hier.«

»Bestens! War interessant, was ich durch den Oleander hindurch gesehen habe.«

»Bemühen Sie sich um Zurückhaltung«, sagte Breda. »Wir fraternisieren nicht mit Klienten.«

Als der Barmann den Chivas vor Lynn abstellte, überlegte

sich Breda, ihm die Drinks vom Honorar abzuziehen. Dann würde er *ihr* Geld schulden, ehe die Woche um war.

Rhonda Devon kam eine halbe Stunde und, was Lynn anging, zwei Drinks zu spät. Der Grund war verständlich. Sie sah aus, als wolle sie in der Chanel-Boutique am Rodeo Drive einkaufen, oder wie nach einem Mittagessen im Bistro Garden. Breda erkannte die persimonenfarbene Lederhandtasche von Liz Claiborne, das Billigste an ihrem ganzen Aufzug. Wo sie die persimonenfarbene und schwarze Samtjacke mit all dem Plissee gekauft haben mochte, konnte sich Breda nur fragen. Und ihre schwarzen Wildlederpumps hatten vermutlich mehr gekostet als alles, was Breda anhatte.

Und doch, die weiche, trübe Barbeleuchtung hatte eine Wirkung, die nicht beabsichtigt war. Rhonda Devon sah schlanker, aber älter aus als im Spätnachmittagszwielicht in ihrem Wohnzimmer, wo Breda Burrows sie zum ersten Mal gesehen hatte. Breda war sich sicher, daß Rhonda Devon etliche Jahre älter war, als sie zugab.

Lynn war leicht anzumerken, daß er nicht an Rhonda Devons Alter dachte. Er sah Geld. Genauer gesagt, ihm fielen die Augen aus dem Kopf. Breda konnte es nicht erwarten, diesen Kerl loszuwerden.

Sie sagte: »Mrs. Devon, das ist Lynn Cutter. Er hilft mir bei Ihrem Problem.«

»Ich habe gedacht, Sie arbeiten allein«, sagte Rhonda Devon, ohne Lynn die Hand zu reichen. Sie trug an der linken Hand einen achtzehnkarätigen gelben Diamanten. Er sah wie ein Maiskorn aus.

»Wollen wir uns dorthin setzen?« Breda deutete auf eine Bank in der Ecke, weit genug vom Klavier entfernt.

»Wodka Martini«, sagte Rhonda Devon zu Lynn, wie sie das zu einem Kellner gesagt hätte. »Trocken, Zitronenschale, keine Olive.«

Während Breda und Rhonda Devon sich auf die niedrige

Bank setzten, bestellte Lynn den Martini und noch einen Scotch für sich. Dann setzte er sich den beiden Frauen an einem emailleüberzogenen Bartischchen gegenüber. Rhonda Devon rauchte und sah nicht Lynn an, sondern den Martini, den er gebracht hatte.

Breda fiel es auf. Die säuft auch, dachte sie.

Lynn sprach vorsichtig, weil er zuviel auf leeren Magen gekippt hatte, und schilderte detailliert die Ereignisse vom ersten Observierungstag. Als er fertig war, wirkte Rhonda Devon nicht mehr ganz so gefaßt wie beim Betreten der Bar.

Breda entdeckte ein deutliches Zittern in ihrer Stimme, als Rhonda Devon sagte: »Das ist unglaublich. Ich kann mir das nicht vorstellen. Eine junge Mexikanerin?«

»Vermutlich eine Mexikanerin«, sagte Lynn. »Jedenfalls dunkelhäutig.«

»Warum sollte er ein Kind von einer *Mexikanerin* wollen?« fragte sie ihren Martini.

»Warum nicht?« sagte Lynn. »Mich würde das nicht stören. Da sind zum Beispiel Vikki Carr und Linda Ronstadt. Und Millie Valdez, der gehört in Indio eine halbe Toyota-Vertretung. Und ...«

Breda schwor sich, ihn mit Alkohol kurz zu halten, und unterbrach ihn. »Was ist mit dem rostigen alten Plymouth, Mrs. Devon? Kommt der Ihnen bekannt vor?«

»Das Auto, die Frau, der Hund – nichts sagt mir etwas.«

»Was ist mit dem Kerl, den Ihr Mann im Painted Canyon aufgegabelt hat?« fragte Lynn. »Baseballmütze. Stämmig. Vielleicht Ende dreißig. Vermutlich auch ein Latino. Was ist mit ihm?«

»Das kann ich auch nicht verstehen«, sagte Rhonda Devon, und jetzt meinte Breda, daß auch ihr Kinn zitterte. »Wahrscheinlich wollte der Mann mitgenommen werden. Mein Mann nimmt jeden Streuner mit. So war er schon immer. Wenn wir in Los Angeles sind, gibt er jedem Bettler auf der Straße Geld.« Dann sagte sie wütend: »Im Grunde ist er ein Kind. Er hat in seinem ganzen Leben nie arbeiten müssen. Er begreift nicht, wie ... mies die Menschen sind. Ich verstehe nicht, was er macht!«

»Er ist ein Mann in einem gewissen Alter«, sagte Breda. »So etwas kommt vor, Mrs. Devon.«

»Aber daß er ein Kind will, wo es mit dem Sex nicht mehr klappt. Und von einer ...« Rhonda Devon merkte, daß sie laut geworden war, und verbarg ihr Unbehagen, indem sie einen Schluck Martini trank. Dann noch einen. Ihre Finger zuckten, als sie rauchte.

»Wie weit sollen wir gehen, Mrs. Devon?« fragte Breda mit mehr Mitgefühl in der Stimme, als Lynn ihr zugetraut hätte.

»Jetzt muß ich alles wissen«, sagte Rhonda Devon.

»Sie sind immer noch nicht bereit, ihn zur Rede zu stellen und ihn einfach zu fragen?«

»Nein. Das ist eine Affäre – ich nehme an, das ist das richtige Wort –, die nur ihn etwas angeht. Und ... in den vielen Jahren unserer Ehe hat er mich nie ausgefragt.«

»Waren Sie schon einmal verheiratet?« fragte Lynn.

»Ja«, sagte sie. »Zweimal.«

»Und er?«

»Nein«, sagte sie. »Ich war seine erste und einzige Liebe. Das hat er jedenfalls immer gesagt.«

Lynn sah Breda an und sagte: »Als Breda Sie vorhin angerufen und gebeten hat, mit Ihrem Mann zu sprechen, haben Sie es da auch getan?«

»Ja, ich habe ihn ganz beiläufig nach seinem Tag gefragt, nachdem ich ihm erzählt hatte, wie mies es heute auf dem Golfplatz gelaufen war.«

»Und hat er Ihnen gesagt, daß er beim Wandern war?«

»Ja«, sagte sie, »aber nicht im Painted Canyon. Er hat gesagt, er sei zum Indianerreservat gefahren und im Andreas Canyon gewandert. Er hat gesagt, es sei herrlich gewesen, weil dort keine Touristen waren. Er hat gesagt, der Anblick der Pyramidenpappeln, Platanen und Lärchen sei spektakulär gewesen. Er hat gesagt, das Wasser im Bergbach sei ganz kalt gewesen ... und unwiderstehlich.«

7

Ehe Rhonda Devon das französische Restaurant verließ, stellte Breda ihr noch ein paar Fragen nach dem Haushalt und bekam eine Liste aller Hilfskräfte, vom Hausmädchen bis zum Poolreiniger. Als sie ausgetrunken hatte, sagte Rhonda Devon gute Nacht und fügte hinzu, sie wolle jetzt rasche Fortschritte sehen.

Bredas Plan für den nächsten Tag bestand schlicht und einfach darin, daß Lynn die Aktion vom Vortag wiederholte. Sie mußte einen detaillierten Bericht für einen Strafverteidiger schreiben und hatte schon beschlossen, dem Anwalt zu raten, auf schuldig zu plädieren, weil der Mistkerl schuldig war. Breda gestand sich äußerst ungern ein, wie sehr sie auf Lynns Hilfe angewiesen war.

Sie gab dem Parkwächter Trinkgeld für ihr Auto und für das von Lynn, und zum Abschied knallte sie ihm folgendes vor den Latz: »Fahren Sie zur Abwechslung mal direkt nach Hause. Schlafen Sie sich aus, vielleicht schaffen Sie es dann auch, tagsüber wach zu bleiben.«

Nachdem er sie mit seinem unaufrichtigsten Lächeln bedacht hatte, tat Lynn genau das, was sie von ihm erwartete – er fuhr direkt zum Furnace Room.

Als Lynn die Kneipe betrat, sah es aus, als hätte jemand eine Rauchgranate geworfen. Alle maulten ständig über die miese Klimaanlage, aber so schlimm war es noch nie gewesen. Lynn tankte draußen Sauerstoff und übte flaches Atmen.

Wilfred Plimsoll, der einen pfauenblauen Ascot trug, sah Lynn, als er sich an den Tresen quetschte. Der alte Schauspieler goß ihm einen doppelten Scotch ein und widmete sich dann wieder einem Streitgespräch über Schauspielkunst mit zwei Besoffenen, denen deutlich anzusehen war, daß sie zu einer Tagung nach Palm Springs gekommen waren.

Wilfred kläffte: »De Niro! Pacino! Nur ernsthafte Künstler arbeiten auf den Brettern!«

Ein Einheimischer, ein pensionierter Zahnarzt mit einem mausgrauen Toupet, das an den Koteletten grün wurde, sagte: »Zum Beispiel Magic Johnson, Wilfred?«

Wilfred ächzte schmerzlich. »Nicht *diese* Bretter! Ich rede nicht über Sprungwürfe! Die Bretter! Die Bühne! Wo der Barde spricht!«

»Heute findet das alles im Kino statt«, insistierte einer der Tagungsteilnehmer.

»Du solltest dich abregen, Wilfred«, riet der Zahnarzt. »Ich hab schon Blutgerinnsel gesehen, die eine gesündere Farbe hatten.«

»Das ist nicht das Zeitalter der Aufklärung!« rief Wilfred. »Kapiert ihr Leute das denn nicht? Der Vetter des Kinos von heute ist das Comicheft!«

Lynn fiel auf, daß sich Wilfred an jenem Tag wieder einmal mit Anwälten beschäftigt hatte. Auf einem neuen Aufkleber über der Kasse stand: ›Naturführer für die Wüste‹.

Und darunter: ›Gefährdete Arten: Flossenfußechse, Dickhornschaf, Ehrlicher Anwalt (falls letzterer je gesehen wird, versuchen Sie nicht, ihn mit den üblichen Anwaltsködern zu fangen, d. h. mit Geldscheinen, Kokain, Nutten, reichen Mandanten oder halbwüchsigen Jungen)‹.

Wilfred Plimsoll hatte seine sture Franklin-Roosevelt-

Pose eingenommen. Die Zigarettenspitze hüpfte, als er präsidentenhaft mit dem Kinn ruckte.

Der besoffenere Tagungsteilnehmer wandte sich an Lynn Cutter. »Hat er wirklich eine Rolle in *Solange ein Herz schlägt* gehabt? Ich war ganz vernarrt in Joan Crawford.«

»Ja, aber eigentlich ist er ein Shakespearedarsteller«, sagte Lynn. »Einziger Typ westlich vom Buckingham-Palast, der eine Kerze ausblasen kann, wenn er warum oder wann oder wumm sagt.«

Der Zahnarzt, der über ein Sonarsystem verfügte wie eine Fledermaus, wenn es um einen Gratisdrink ging, schlich sich heran und sagte: »Wilfred hat in einer Menge von Filmen mitgewirkt. Ich habe ihn in dem Streifen mit Fred Astaire neben Cyd Charisse stehen sehen. Cyd und Tony Martin sind oft hier in der Stadt. Ich hab bei der Schwester von Cyds Hausmädchen mal eine Wurzelkanalbehandlung gemacht. Wollen Sie was darüber hören?«

Ein weiterer betrunkener Tourist wandte sich Lynn zu und sagte: »Hey, Kumpel, wo ist in dieser Stadt was los? Und ich meine nicht diese alten Schauspielerinnen. Die hübscheste Schauspielerin, die ich bis jetzt gesehen hab, hätte in *Die Nacht des Leguan* die Echse spielen können. Gibt's denn hier irgendwelche Schnallen, die noch so jung sind, daß ihre Vaginalwände nicht zusammenbrechen?«

»Hey, machen Sie bloß den Furnace Room nicht schlecht«, sagte Lynn. »Der ist ein wahres Treibhaus der Leidenschaft. Heute geht es nur so zahm zu, weil die Temperatur um fünf Grad gefallen ist. Wenn's draußen kühl ist, werden die Rentner hier drin ein bißchen ruhig. Wenn es heißer wird, tobt das ganze Lokal. So eine Art Hefeinfektion.«

Wilfred Plimsoll, der an jenem Abend bei einer Wette auf die L. A. Kings fünfzig Dollar gewonnen hatte, richtete die Zigarettenspitze auf die Wanduhr, goß mit schrägem Blick auf Lynns Glas einen kleinen Scotch nach und sagte: »Auf Kosten des Hauses, mein Junge.«

»Armageddon kommt nach Palm Springs!« sagte Lynn. »Das muß das Ende der Welt sein!«

»Nicht so laut!« sagte Wilfred in einem Bühnenflüstern.

»Sind Sie Detective Lynn Cutter?« fragte eine jugendliche Tenorstimme hinter Lynn. Der Sprecher war verborgen im Zigarrenrauch und hinter zwei Rentnern, von denen einer so voll war, daß er das Hörgerät verkehrt herum im Ohr hatte. Der Taube sagte dauernd zu aller Welt: »Lauter! Lauter!«

»Wer will das wissen?« fragte Lynn den jugendlichen Tenor und versuchte, den tauben Rentner wegzuschieben.

Der Alte schrie: »Können Sie nicht wenigstens ›Entschuldigung‹ sagen?«

»Entschuldigung«, sagte Lynn.

»Lauter, verflucht noch mal!« brüllte der Rentner ihn an.

Lynn beugte sich zum Ohr des Alten und sagte: »Entweder drehen Sie jetzt Ihr Hörgerät um, oder ich pack's, und Sie tanzen einen Lindy-Hop oder Ringelreihen. Nach einer Drehung sitzt es wieder richtig, okay?«

»Was? Können Sie nicht lauter sprechen?« schrie der alte Sack.

Lynn erhaschte schließlich einen Blick auf den Eigentümer der Tenorstimme. Er war ein kurz geratener Junge mit rotem Haar, großen blauen Augen und einem Grinsen wie Bugs Bunny. Er trug Jeans, rote Cowboystiefel aus Eidechsenleder und ein Sweathshirt der L. A. Raiders. »Sind Sie Detective Lynn Cutter?« wiederholte der junge Mann.

»Ja, und wer sind Sie?«

»Ich heiße Nelson Hareem«, sagte er und zeigte Lynn seinen Polizeiausweis. »Ich arbeite ...«

»Sind Sie der, der Dirty Hareem genannt wird?«

Nelson seufzte, ließ den Kopf etwas hängen und nickte. »Mhm.«

»Alias Half-Nelson?«

»Mhm.«

»Sie sind berühmt!« sagte Lynn. »Cops in San Bernardino haben mir von Ihnen erzählt. Ich hab gar nicht gewußt, daß Sie hier draußen in der Wüste arbeiten.«

»Noch eine berühmte Geschichte, und ich gehe in einer anderen Wüste Streife, so wurde es mir jedenfalls gesagt.«

»In der Sahara?«

»Mhm. Alle wollen bloß, daß ich mich um AS-Anrufe kümmere und beim Schichtwechsel nach Hause gehe.«

»Was sind AS-Anrufe?«

»Allen scheißegeal.«

Nachdem er der Polizeiberühmtheit die Hand geschüttelt hatte, sagte Lynn: »Meine Lieblingsgeschichte über Dirty Hareem war die, wo Sie versehentlich mit Ihrer Knarre aus Ihrem Holstein ein Kabrio gemacht haben. Ich hab noch nie jemanden getroffen, der eine Salve durchs eigene Dach geschossen hat.«

»Kann ich kurz mit Ihnen sprechen?« fragte Nelson.

»Klar«, sagte Lynn und sah, daß das Bierglas des Jungen leer war. »Wilfred, eine Flasche auf meine Rechnung.«

Als Nelson das frische Bier bekam, bahnten sie sich ihren Weg durch die überfüllte Bar zu dem Ecktisch, an dem Lynn und Breda gesessen hatten. Dort saß eine alte Frau aus dem Seniorenzentrum, die seit der Happy Hour nicht von der Stelle gewichen war. Sie war sternhagelvoll, war ins Jahr 1944 zurückgekehrt, und sang im Stil von Vera Lynn ›We'll Meet Again‹.

Lynn ignorierte das alte Mädchen, das nicht einmal merkte, daß sie zu ihrer Privatparty gestoßen waren, und sagte: »Was gibt's denn, Nelson? Wie haben Sie mich gefunden?«

»Ich hab die Polizei von Palm Springs angerufen, als ich Sie unter Ihrer alten Adresse nicht finden konnte.«

»Ja, mußte nach meiner zweiten Scheidung aus Cathedral City wegziehen. Alle Welt glaubt, ein Single in Cathedral City muß schwul sein, und ich kann mir einfach nicht merken, in welchem Ohr ich den Goldstecker tragen muß. Links für schwul und rechts für normal, oder umgekehrt?«

Nelson Hareem schaute tatsächlich mit zusammengekniffenen Augen durch den Rauch, um zu sehen, ob Lynn ein durchbohrtes Ohrläppchen hatte, worauf Lynn klar wurde, daß alles, was über diesen bekloppten Jungen erzählt wurde, vermutlich stimmte.

»Jedenfalls«, sagte Nelson, »hat mir der neue Besitzer Ihres Hauses erzählt, daß Sie Detective bei der Polizei von Palm Springs sind.«

»Also sind Sie zur Polizei gegangen?«

»Ja, und ein Detective hat mir gesagt, Sie haben Krankenurlaub, und niemand weiß, wo Sie wohnen, weil Sie die Häuser reicher Leute hüten, aber alle Welt weiß, wo man Sie nach neun finden kann.«

»Morgens oder abends?«

»Was?«

»Macht nichts. Sie haben mich also gefunden. Warum sind Sie denn hinter mir her? Hab ich falsch geparkt oder was?«

»Na ja, Sir, ich arbeite da an was... inoffiziell.«

»Sagen Sie Lynn zu mir. Ich bin jünger, als ich aussehe. Das gilt für alle hier drin.«

»Na ja, Lynn, es wär mir lieber, wenn Sie das niemandem erzählen würden, aber ich arbeite da an einem Fall, in meiner Freizeit, könnte man sagen. Es geht um den Schmuggler, der auf dem Flugplatz den Deputy niedergeschlagen und zwei Fahrzeuge gestohlen hat.«

»Hab nichts von einem Schmuggler gehört«, sagte Lynn und fragte sich, warum zum Teufel sein Glas so schnell leer wurde. Er schaute mißtrauisch die dem Koma nahe alte Schachtel an.

»Das haben Sie nicht gehört? Gestern abend waren die Lokalnachrichten im Fernsehen voll davon.«

»Ich will Ihnen die Wahrheit sagen, ich seh nur fern, wenn George Bush eine Rede hält. Ich hab mal auf dem Flughafen von Palm Springs ganz in der Nähe von dem Kerl gestanden, und seitdem find ich's richtig spannend, ob er zwei Sätze mit richtiger Grammatik und Syntax äußern kann.«

»Heute morgen hat's in der Zeitung gestanden. Sogar in der *L. A. Times*.«

»Bin zum Zeitunglesen zu früh aufgestanden. Erzählen Sie mir also, warum Sie mich aufgestöbert haben.«

»Weil Sie heute im Painted Canyon waren. Falls Sie Ihren Nash Rambler nicht verkauft oder verliehen haben.«

»Sie haben recht, ich war dort. Woher wissen Sie das?«

»Ich war auch dort. Sehen Sie, der Kerl, nach dem ich... der Kerl, nach dem das Büro des Sheriffs sucht, hing dort rum, deshalb bin ich fast den ganzen Tag lang in den Canyons herumgefahren. Ich hab alle Zulassungsnummern von Autos, die dort parkten, aufgeschrieben, darunter auch Ihre. Dann mußte ich in mein Revier zurück, um mich um zwei Anrufe zu kümmern. Als ich wieder zum Painted Canyon gefahren bin, war Ihr Auto weg. Ein paar Leute in einem Winnebago haben gesagt, sie hätten gesehen, wie ein Mann den Rambler geparkt und dann einen Spaziergang gemacht hat. Müssen Sie gewesen sein, stimmt's? Ich hab Ihre Zulassungsnummer überprüft und Ihre alte Adresse in Cathedral City bekommen.«

»Sie haben sich ja ganz schön angestrengt, Nelson«, sagte Lynn.

»Weil die Leute in dem Winnebago mir außerdem erzählt haben, daß sie auch einen Mann und eine Frau gesehen haben, die zum Painted Canyon gefahren sind und mit einem *zweiten* Mann wieder herausgekommen sind! Als sie mir das erzählt haben, bin ich die ganze Strecke am Canyon abgefahren, aber da steht kein verlassenes Auto. Für mich hieß das also, daß der Range Rover jemanden mitgenommen hat. Falls das nicht Sie waren.«

Lynn Cutter starrte den karottenköpfigen Cop an, als hätte er eben Jimmy Hoffas Ring für den kleinen Finger in Ivana Trumps Haar gefunden, während die alte Schachtel an ihrem Tisch ›Embraceable You‹ anstimmte, im Stil von Helen O'Connell.

»Nee, ausgeschlossen«, sagte Lynn und schüttelte den Kopf. »Ausgeschlossen.«

»Was?«

»Wie sieht der Kerl aus? Der Schmuggler vom Flugplatz?«

»Mexikanisch. Mittelgroß, stämmig gebaut, kahl. Vielleicht zwischen fünfunddreißig und vierzig.«

»Stämmig gebaut?«

Und da wurde der junge Cop ungeheuer aufgeregt. »Sie haben ihn gesehen, Sir! Ich meine, Lynn! Sie haben ihn gesehen!«

»Regen Sie sich ab, Nelson. Ich habe einen stämmigen Latino gesehen, ja. Er hat eine blaue Baseballmütze getragen, also weiß ich nicht, ob er kahl war. Es könnte eine Dodgers-Mütze gewesen sein, also war es vielleicht nur Fernando Valenzuela, der sich da draußen nach Gold umgesehen hat.«

»Er war's!« rief Nelson. »Ich weiß, daß er's war!«

Plötzlich erwachte die Alte aus dem Stupor und rief Wilfred Plimsoll zu: »Garçon!« und brach in den Refrain von ›I'll Be Seeing You‹ aus.

»Das wissen wir nicht, Nelson«, sagte Lynn. »Es könnte eine Menge Gründe dafür geben, warum der Kerl, den ich gesehen habe, zu Fuß da draußen war.«

»Der Range Rover«, sagte Nelson. »Haben Sie eine Ahnung, wer den Range Rover gefahren hat?«

»Nicht die geringste«, sagte Lynn Cutter und vermied den Blickkontakt.

Nelson Hareem war einen Augenblick lang still, dann sagte er: »Lynn, was haben *Sie* da draußen gemacht?«

»Ehe Sie mir so kommen, müssen Sie mir meine Rechte vorlesen«, sagte Lynn.

»Tut mir leid, Lynn«, sagte Nelson. »Es liegt bloß dran, daß ich da was in der Hand habe, ich weiß es. Und das ist meine *Chance.*«

»Chance worauf?«

»Aus dem Kaff rauszukommen. Ich will nicht dort arbeiten, wo nie was passiert. Ich will arbeiten, wo's Lichter und Action gibt.«

»Sprechen Sie mit Wilfred, dem Inhaber dieser Kneipe. Sie schildern das Filmgeschäft, bloß ohne die Kamera zwischen den Lichtern und der Action.«

»Ich will bei der Polizei von Palm Springs arbeiten, Lynn.«

»Und hier bin ich und feiere schon monatelang, weil ich die Polizei von Palm Springs verlasse.«

»Schon, aber ich bin noch jung.«

»Stehen Sie mal auf und holen Sie uns Drinks, Nelson. Scotch für mich. Lassen Sie den alten Mann hier mal eine Weile auf dieser Schmugglergeschichte herumkauen.«

Als der Junge weg war, dachte Lynn, daß das nicht sein konnte. Lächerlich. Nur ein Zufall. Verdammt, wenn der Kerl nur die Baseballmütze abgenommen hätte! Als Nelson mit den Drinks zurückkam, hatte sich Lynn davon überzeugt, daß es völlig ausgeschlossen war.

»Unmöglich, Nelson«, sagte er. Aber dann: »Hatte der Schmuggler einen dunklen Anorak an?«

»Trug ein kurzärmeliges Khakihemd, als er den Schwanz des Deputy in den Dreck getreten hat.«

»Mein Kerl hatte einen dunklen Anorak an.«

»Vielleicht hatte er Kleider zum Wechseln in der Flugtasche«, sagte Nelson und trank einen Schluck Bier. Der Schaum blieb an seiner gekräuselten Oberlippe hängen.

»Flugtasche?«

»Ja, der Schmuggler hatte eine Flugtasche bei sich. Wir haben angenommen, sie wäre voller Heroin, aber vielleicht hatte er auch Kleidung drin.«

»Welche Farbe hatte die Flugtasche?« fragte Lynn.

»Rot«, sagte Nelson Hareem.

In den nächsten fünfunddreißig Minuten erzählte Lynn den größten Teil der Geschichte von Clive Devon und bekam einen vollständigen Bericht über den kahlen Schmuggler, danach eine Skizze von Nelson Hareems Polizeilaufbahn, die ihn an einen Ort verschlagen hatte, wo seine Schuhcreme an Sommertagen um elf Uhr morgens zähflüssig wurde. Sie unterhielten sich weiter, als sie die Kneipe verließen, während die alte Schachtel an ihrem Tisch ›It Had To be You‹ sang, im Stil von Helen Forrest.

»Verstehst du, ich helf dieser pensionierten Polizistin ein bißchen aus, bis sie ihr Geschäft in Schwung kriegt«, sagte Lynn zu Nelson, während sie unter einem Wüstenhimmel standen, der so klar war, daß der Große Wagen so aussah, als könne er auf sie herunterfallen und in Topase zerbersten.

»Ich verstehe, Lynn«, sagte Nelson.

»Ich will, daß du kein Wort darüber verlierst, zu niemand. Ich will, daß niemand bei der Polizei von Palm Springs erfährt, daß ich für eine Privatermittlerin namens Breda Burrows in den Canyons herumgestiefelt bin. Verstanden?«

»Der Kerl ist ein gesuchter Verbrecher. Was ist, wenn er jemanden umbringt oder so? Wir müssen den Detectives sagen, daß du ihn bis nach Palm Springs verfolgt hast.«

»Wenn er wieder auftaucht, können wir uns das noch mal überlegen. Was spielt es im Augenblick für eine Rolle, ob das Büro des Sheriffs weiß, wie weit er gekommen ist? Er ist *fort.*«

»Was ist passiert, als er zu der Telefonzelle bei dem Alan-Ladd-Laden gegangen ist, Lynn? Meinst du, er könnte sich da eine Nummer aufgeschrieben haben?«

Weil zu viele von Lynns Neuronen in Wilfreds Schnaps um ihr Leben schwammen, platzte Lynn heraus: »Nein, das habe ich schon überprüft. Hat sein Kleingeld auf der Ablage liegenlassen, das war alles.«

Das heizte dem jungen Cop ein. »Du hast Kleingeld gefunden?«

»Ja.«

»Wo ist es?«

»Weiß nicht. In meiner anderen Hose, nehm ich an. Bloß ein paar Münzen, mexikanische Münzen. Und eine spanische Münze.«

»Spanisch? Bist du sicher?«

»Ich hatte meine Juwelierlupe nicht zur Hand, aber sie sah nach einer spanischen Zehnpesetenmünze aus.«

»Das ist wirklich seltsam. Glaubst du, daß er aus Spanien ist?«

»Nein, ich glaube, daß er ein Drogenschmuggler ist, genau wie du. Er ist wahrscheinlich aus der Gegend von Mexicali oder Tijuana hergeflogen. Ich war mal mit meiner ersten Frau in Tijuana. Es war das teuerste Wochenende der Welt, und das an einem Ort, der als billig gilt. In einer Kneipe hat mir der Barmann Kleingeld aus drei Ländern rausgegeben. In solche Grenzstädte kommen Leute von überallher.«

»Wenn du bloß gestern abend die Fernsehnachrichten gesehen hättest!« sagte Nelson. »Du *hattest* den Kerl!«

»Falls er's war.«

»Die rote Flugtasche, Lynn!«

»Ja, ich weiß. Er könnt's gewesen sein, das geb ich zu. Vermutlich ist er zum Flughafen von Palm Springs gefahren und hat einen Flug nach Hause gebucht.«

»Kannst du das denn so einfach vergessen?«

»Ich hab's schon vergessen. Ich fahr nach Hause und geh ins Bett. Mach das auch, Nelson.«

»Gute Nacht«, sagte Nelson Hareem. »Ich behalte dein Geheimnis für mich, solange der Kerl nicht wieder auftaucht und jemandem was tut.«

»Ich geh jedenfalls ins Bett«, sagte Lynn. »Ich bin kein richtiger Cop mehr.«

Lynn Cutter schaute zu, wie Nelson in seinen offenen Jeep Wrangler sprang und mit quietschenden Reifen in den starken Touristenverkehr einbog. Dann stieg Lynn in den Rambler, bog nach Süden ab, fuhr drei Minuten und parkte an einer Tankstelle gegenüber dem Alan-Ladd-Andenkenladen. Lynn wankte nur leicht, als er mit seiner Taschenlampe zur Telefonzelle ging.

Und weil in letzter Zeit alle Welt hinter ihm herschlich, war er nicht einmal überrascht, als eine Tenorstimme sagte: »Du bist doch noch ein Cop, Lynn. Mir machst du nichts vor.«

Dann, während sich Lynn Cutter in sein Schicksal ergab, lieh sich Nelson Hareem Lynns Taschenlampe aus und fing mit der Spurensuche an.

»Kein Mensch schreibt in einer öffentlichen Telefonzelle eine Nummer auf«, sagte Nelson.

»Reg dich bitte ab, Nelson«, sagte Lynn. »Es ist schon peinlich genug, daß wir hier sind. Wer um diese Nachtzeit an einem öffentlichen Telefon hängt, ist entweder ein Kandidat für AIDS oder jemand vom Planeten Krypton.«

»Kann ich morgen die Münzen sehen?«

»Herrgottssakrament, man kann doch von Münzen keine Fingerabdrücke nehmen!«

»Der Kerl ist gesehen worden, wie er sich Münzen in den Mund gesteckt hat.«

»Was wollte er denn mit Münzen im Mund?«

»Lindert den Durst, haben wir gehört. Der Kerl ist eine Wüstenratte.«

»Und sag mir bitte, was für einen Unterschied es macht, wenn ich genau diese Münzen gefunden habe?«

»Vielleicht ist alter Speichel drauf. Ich hab gelesen, die DNS-Technologie kann manchmal jemanden mit Hilfe des Speichels identifizieren. Schau, wir haben ganz miese Augenzeugen; die werden den Kerl niemals identifizieren, selbst wenn wir ihn schnappen.«

»Das ist doch Science-fiction-Quatsch, Nelson. Jemanden mit Hilfe von zersetztem Speichel auf einer Münze identifizieren? Heiland! Woher wissen wir denn, daß das seine Münzen waren? Jeder hätte ausländische Münzen hier liegenlassen können. Du könntest alle zehn Fingerabdrücke haben, es würde überhaupt nichts nützen. Er steht vermutlich nirgends hier in den Staaten in einer Kartei. Er ist Ausländer!«

Aber Nelson Hareem ließ sich nicht beirren. Er klemmte sich die Taschenlampe unter das Kinn und blätterte mit beiden Händen in den Gelben Seiten von Palm Springs.

Plötzlich rief er: »Volltreffer!«

»Was?«

»Ein absoluter Volltreffer! Wir haben ihn!«

»Wovon redest du?«

»Schau dir das an!« Nelson zeigte auf die Gelben Seiten.

»Ich begreife nicht...«

»Er hat eine Motelseite herausgerissen! A bis C! Jetzt müssen wir nur noch ein anderes Telefonbuch finden und alle Motels überprüfen, die mit A, B und C anfangen! Wetten, daß das höchstens dreißig oder so sind?«

»Woher weißt du, daß er das war?«

»Ich weiß es eben, genau wie ich weiß, daß er diese Münzen liegengelassen hat! Ich kann ihn wittern!«

»Nelson, solange du nicht beim Pinkeln das Bein hebst, kannst du ihn nicht wittern. Und du weißt *nicht*, ob die Münzen von ihm stammen. Daß er möglicherweise eine spanische Münze liegengelassen hat, ist unerheblich.«

»Wir haben ihn!«

»Nelson, wenn du zu den Sternen aufschaust, kriegst du dann Heimweh?« wollte Lynn wissen.

»Du kannst mich nicht im Stich lassen, Lynn.«

»Was soll das heißen?«

»Ich hab nie bei der Kripo gearbeitet. Du hast Erfahrung.«

»Ich fahre nach Hause.«

»Dann hab ich wohl keine andere Wahl. Ich nehme an, ich muß alle Informationen an die...«

»Nelson, ich hab dir gesagt... ich hab dich gewarnt. Ich will nicht, daß jemand rauskriegt, daß ich für einen Privatermittler arbeite. Kapiert?«

»Aber Lynn, ich muß doch was unternehmen! Wenn ich dem Büro des Sheriffs nichts sagen darf, müssen wir es selber machen.«

»Wir müssen... Nelson, du spinnst!«

»Schlaf dich aus, Lynn, aber gib mir erst mal die Nummer von dem Haus, wo du einhütest. Und gib mir Bredas Nummer.«

Lynn Cutter mußte ins Bett. Er mußte nachdenken. Er gab Nelson die Telefonnummern, weil er keine andere Wahl hatte.

Ehe Lynn in den Rambler steigen konnte, zeigte ihm Nelson sein blödes Grinsen und sagte: »Wenn wir ihn kriegen, hoffe ich, daß du bei deinem Ex-Captain ein gutes Wort für mich einlegst. Ich muß unbedingt eine Versetzung zur Polizei von Palm Springs kriegen. Die haben vierundachtzig Beamte, da wird immer jemand pensioniert oder versetzt. Die müssen mich nehmen!«

Lynn konnte sich nicht erinnern, ob seine Waffe im Kofferraum war, aber was hätte sie ihn genützt? Die Dirty Hareems dieser Welt waren nicht mit Silberkugeln zu stoppen. Sie blieben ihr erhalten, hatten mehr Leben als aufladbare Batterien und Richard Nixon.

»Ich muß nach Hause und mir das durch den Kopf gehen lassen, Nelson«, sagte Lynn müde. »Der Kerl ist ein Ausländer: stämmig, kahl, gerissen. Ich frag mich, ob er ein großes rosa Muttermal auf der Stirn hat.«

8

Eine Scheibe Weizentoast ohne Butter, ein kleines Glas Grapefruitsaft, eine Multivitaminkapsel, zwei Tassen Kaffee. Breda hatte an diesem Frühstück nichts geändert, seit sie in die Wüste gezogen war. Das sorgte gemeinsam mit dem vielen Radfahren dafür, daß sie wieder in Größe 38 paßte, und so wollte sie auch bleiben.

Aber seit ihrem Weggang von Los Angeles mußte sie länger am Frühstückstisch sitzen bleiben. Jetzt mußte sie wegen möglicher Geschäftsinformationen die Lokalzeitung lesen und außerdem die *L. A. Times*. Die hiesigen Nachrufe sprachen für sich. Das Wüstental hatte eine der höchsten Pro-Kopf-Zahlen von AIDS-Opfern im ganzen Bundesstaat. Die Nachrufe fingen im allgemeinen so an: »Nach langer Krankheit... hinterläßt einen langjährigen Freund...«

Als alleinstehende Frau dachte sie oft an AIDS, aber in den Monaten, seit denen sie in der Wüste war, hätte es für ihre persönliche Sicherheit keine Rolle gespielt, wenn die gesamte männliche Bevölkerung Hepatitis gehabt hätte. Die Arbeit an der Einrichtung ihres Hauses und am Aufbau ihres Geschäfts hatte Breda wenig Zeit für Männer gelassen. Mit ein paar Männern hatte sie Drinks genommen, und mit einem Anwalt aus Palm Springs, den sie durch einen anderen Anwalt, der ihr Klient war, kennengelernt hatte, war sie zum Essen gegangen, aber das war nicht eigentlich ein Rendezvous gewesen. Sie waren nach einer Besprechung einfach ins selbe Lokal gegangen, hatten sich an denselben Tisch gesetzt, und er hatte bezahlt. Er hatte sie mehrmals angerufen, aber sie hatte erfahren, daß er verheiratet war. Für derartige Komplikationen gab es in Bredas Leben keine Zeit.

Sie beendete einen Brief an ihre Tochter Lizzy, stapelte das Frühstücksgeschirr im Spülbecken, sah auf die Uhr und eilte ins Bad, um sich die Zähne zu putzen. Ein seidener Jogginganzug, blau, damit er zu ihren Augen paßte, und flache weiße Schuhe wirkten okay für den heutigen Tag. Am Nachmittag hatte sie einen ›Shopping‹-Job, falls sie die Zeit dazu fand.

Shopping hieß für einen Privatermittler Schadensvorbeugung. Breda war von einem Kaufhaus in der Innenstadt beauftragt worden, die Verkäufer zu überprüfen. Das Kaufhaus hatte in der Sportartikelabteilung unerklärliche Verluste gehabt, und drei Verkäufer wurden verdächtigt. Seit über einer Woche hatte Breda versucht, dem Shopping-Job zwei Stunden am Tag zu widmen, aber ihr war nichts Ungewöhnliches aufgefallen.

Sie haßte Shopping-Jobs, aber einen anderen Job haßte sie noch mehr, und ein solcher stand außerdem auf ihrem Terminkalender. Sie war beauftragt worden, die Barmänner im Unicorn zu überprüfen, einem Restaurant, das vor kurzem am südlichen Palm Canyon Drive eröffnet worden war. Der Inhaber des Unicorn hatte einen neuen Barmann eingestellt, der eine Rolex und einen Diamantring trug, und schon das hatte dem Chef Sorgen gemacht, der sicher war, daß einer seiner Barkeeper ihn ablinkte.

Breda sagte zu ihrem Klienten, er solle froh sein, daß der neue Barmann die Rolex und den Ring habe, weil das nur heißen konnte, daß er das Geld dafür schon einem anderen geklaut hatte. Sie hatte zu ihm gesagt, wenn er einen absolut sicheren Barkeeper wolle, müsse er den Kerl dazu zwingen, seiner Arbeit im Tanga nachzugehen, und einen Fachmann aus Chicago engagieren, der nach Barschluß seine Körperöffnungen untersuche.

Breda beschloß, den Barjob Lynn Cutter zu geben und die Observierung von Clive Devon an diesem Morgen selbst zu übernehmen. Sie konnte den Gedanken nicht ertragen, schon tagsüber in einer Kneipe herumzuhängen wie eine Säuferin und die Annäherungsversuche der hiesigen Wüstlinge abzuwehren, die so alt waren, daß sie schon Schimmel ansetzten.

Sie fuhr zu Clive Devons Haus in Las Palmas und fand Lynn kaffeetrinkend ein paar Häuser weiter in seinem Auto. Er hatte dieses Mal in der entgegengesetzten Richtung geparkt, um Gärtner, Hausmädchen oder andere Dienstboten, die vielleicht neugierig geworden wären, nicht auf sich aufmerksam zu machen. Dieses Mal sah er sie im Rückspiegel, ehe sie seine Autotür aufmachte.

Ohne auch nur guten Morgen zu sagen, fing Lynn an: »Jammerschade, daß ich kein Augua-Caliente-Indianer bin. Was für ein Gedanke. Ich könnte mich besaufen, einen Mordsrabatz machen und dann auch noch die Polizei wegscheuchen, indem ich behaupten würde, daß ich auf *heiligem* Boden lebe. Ich könnte die Ritzen in meinen Wänden mit Fünf-Dollar-Scheinen stopfen. Ich könnte in meinem Swimming-pool Kühe grillen. Kevin Costner würde für mich eintreten, falls jemand versuchen sollte, mich ins Gefängnis zu stecken, und kein Mensch würde sich zu sagen trauen, ich sei ein Säufer oder auch bloß blöd. Es würde heißen, ich sei ein Indianer. Ich wollte, ich wär' ein Palm-Springs-Indianer. Dann bräuchte ich mir nie wieder Geldsorgen zu machen.«

»Wie kommen Sie denn auf das alles?« fragte Breda.

»Durch diesen Job, den Sie mir gegeben haben«, sagte Lynn. »Ich hab gestern abend einen Kerl kennengelernt, einen kleinen Polizisten aus dem Südzipfel, den sie Dirty Hareem nennen. Er hat mir gesteckt, daß wir in eine Schmuggelverschwörung verwickelt sind. Das heißt, zumindest könnte Clive Devon was damit zu tun haben. Und so dringend brauche ich die tausend Eier nun auch wieder nicht, daß ich meine Pension wegen dieser Sache aufs Spiel setze, ganz gleich, worum es dabei geht.«

»Erklären Sie mir das doch bitte.«

»Haben Sie in den letzten zwei Tagen mal was über einen Schmuggler gehört oder gelesen, der aus einem Privatflugzeug gesprungen ist und einen Deputy als Fußball benutzt hat?«

»Klar. Es kam in allen Lokalnachrichten.«

»Ich müßte mir auch mal was anderes anschauen als *Die Simpsons* oder Catcherkämpfe. Raten Sie mal, was passiert ist. Der Kerl, den Clive Devon gestern im Painted Canyon aufgegabelt hat, ist der Flüchtige, nach dem gesucht wird! Glaube ich jedenfalls. Warum schaue ich mich nicht nach einem sicheren Job um? Vielleicht braucht der Präsident von Haiti einen Vorkoster.«

»Haben Sie wieder einen Kater, oder sind Sie bloß übergeschnappt?«

»Beides, aber allmählich komme ich zu mir. Ich sollte mit einem von den ehemaligen FBI-Agenten sprechen, die den Sicherheitsdienst für Drogeriemärkte organisieren. Ich wäre lieber Hausdetektiv in einem Drogeriemarkt als der Laufbursche einer Privatermittlerin, denn inzwischen bin ich nicht mehr ganz so übergeschnappt wie da, wo Sie mich aus dem Schlaf gerissen haben.«

»Könnten Sie mir das genauer erklären?« fragte sie mit ihrem aufreizenden Grinsen.

Seltsam, daß der kleine Leberfleck an ihrer Lippe heute dunkler aussah. Er fragte sich, wie es bloß kam, daß dieser Leberfleck ihn erregte. »Erst muß ich Ihnen von Nelson Hareem erzählen«, fing er an. »Sein Großvater väterlicherseits stammt aus Beirut, aber Nelson ist kein islamischer

Terrorist. Die würden ihn niemals nehmen, weil er viel zu fanatisch ist. Jetzt kommt, was er mir gesteckt hat...«

Breda Burrows zuckte kaum mit der Wimper, als Lynn Cutter ihr die ganze Geschichte erzählte, bis hin zu dem Punkt, daß ihn Nelson Hareem praktisch dazu zwang, in Motels herumzuschnüffeln, deren Namen mit A, B oder C anfingen.

Als Lynn fertig war, setzte sich Breda zurück und sah eine Weile Clive Devons Haus an. Dann sagte sie: »Das ist wirklich bescheuert.«

»Klar ist es das«, sagte Lynn. »Genau wie Nelson. Aber er ist trotzdem fähig, seine ganzen Erkenntnisse beim Büro des Sheriffs zu melden. Und danach wendet sich zweifellos jemand an mich. Und danach informiert jemand meine Dienststelle. Und danach...«

»Okay, okay, hab schon verstanden. Sie machen sich Sorgen um Ihre Berufsunfähigkeitsrente, hab schon kapiert!«

»Nicht die geringsten«, sagte er. »Wer braucht schon Rente? Ich hab genug Geld, um bis ein Uhr mittags über die Runden zu kommen, wenn ich auf die Tüte Kartoffelchips verzichte, auf die ich diesen verdammten Heißhunger habe.«

Breda griff in ihre Handtasche, zückte die Brieftasche und nahm drei Zwanziger heraus. »Hier«, sagte sie. »Für Spesen. Hat denn der Kerl, für den Sie das Haus hüten, keine Speisekammer?«

»Doch, und ich hab alles aufgegessen, was drin war, bis auf das Katzenfutter, weil's nicht meine Marke ist. Wie wär's mit noch zwei solchen Scheinchen?«

Breda gab ihm noch zwei Zwanziger und sagte: »Das ist ein Vorschuß auf Ihr Honorar. Falls Sie sich Ihr Honorar verdienen.«

»Falls... hey! Ich hab schon was verdient! Mit diesem ganzen Schmugglerquatsch setze ich meine Pension aufs Spiel!«

»Das ist Ihr Problem.«

»Mein Problem. Ja, weil ich diesen Job angenommen habe!«

»Wir hatten keine Abmachung. Ich konnte ja nicht ahnen, daß ein Drogendealer ins Spiel kommt. Ich glaube auch gar nicht, daß er im Spiel ist. Ich glaube, Clive Devon ist einfach ein netter Mensch, der jemanden mitgenommen hat, und er hat nicht die geringste Ahnung von Drogenschmuggel oder anderen Verbrechen.«

»Schön, dann hör ich auf, mir Sorgen zu machen. Demnächst wird hier sowieso ein Erdbeben wüten, daß sich Palm Springs auflöst und Treibsand wird. Dann sind wir alle verschwunden wie Sodom und Gomorrha. Und da sitze ich hier und mache mir Sorgen, weil ich verhungern könnte! Ich muß verrückt sein!«

»Heute übernehme ich die Observierung«, sagte Breda. »Warum bringen Sie diesen Nelson Hareem nicht einfach zur Vernunft? Erklären Sie ihm, daß diese Schmugglergeschichte nur zu gar nichts führt. Das muß er doch einsehen.«

»Den brächte nicht mal das Hubble-Space-Teleskop zur Einsicht. Er ist zwanghaft veranlagt. Er wird Sie heute anrufen, und wie ich Nelson kenne, weicht er Ihnen und mir nicht von der Pelle, bis wir mit der Laufarbeit in den Motels loslegen, die mit A, B und C anfangen.«

»Weil Sie jetzt Geld haben, können Sie heute einen anderen Job für mich erledigen«, sagte Breda. »Gehen Sie ins Restaurant Unicorn am südlichen Palm Canyon Drive und beobachten Sie die beiden Barkeeper. Jemand klaut hundert Eier pro Schicht, jedenfalls glaubt das der Inhaber.«

»Werd ich für einen zweiten Job zusätzlich bezahlt?«

Breda zeigte ihm ihr hohntriefendes Weltklassegrinsen und sagte: »Na schön, noch mal hundert. Wir treffen uns heute abend um sieben. Clive Devon ist immer vor sieben Uhr abends zu Hause, ob er nun eine Freundin hat oder nicht.«

»Treffen wir uns im Furnace Room.«

»Okay, ich bin um sieben dort. Denken Sie daran, Nelson Hareem ist Ihr Problem. Kümmern Sie sich drum.«

»Das hat meine erste Frau auch immer zu mir gesagt«, teilte Lynn ihr mit. »Daß ich mich drum kümmern sollte. Sie haben viel Ähnlichkeit mit ihr.«

Obwohl sie wußte, daß es vermutlich ein Fehler war, sagte Breda: »Und wie war sie? Ein herrschsüchtiges Miststück, nehme ich an.«

»Härter als ein Italo-Western. Es hat ihr Spaß gemacht, mich stundenlang schwitzen zu lassen, während sie sich überlegt hat, ob sie mir noch ein paar Schläge in meine Vergnügungszone versetzen soll.«

»Meinen Sie, ich habe überreagiert, Sir?« fragte Nelson Hareem seinen Chef, als er an jenem Morgen um neun zu ihm zitiert wurde.

»Nein, das glaube ich nicht«, sagte der Chef. »Nicht mehr als die Chinesen auf dem Platz des Himmlischen Friedens, die Russen in Litauen oder die US-Kavallerie am Wounded Knee.«

Der Chef nahm Nelson Hareem in die Mangel, weil eine Klage von einem Hypothekenbanker drohte, der vor zwei Wochen auf der Fahrt von einem Seminar in Scottsdale zu seinem Haus in Encino in seinem Porsche 928 durch ihre Kleinstadt gekommen war. Der Hypothekenbanker war vom Highway 10 abgebogen, weil er einen der köstlichen Dattel-Shakes trinken wollte, von denen er bereits so viel gehört hatte. Er hatte leichtsinnigerweise an einem Stopschild nicht richtig gehalten, und bald darauf geriet er in das Licht von Nelson Hareems rotierenden Alarmlichtern. Nelson trödelte zufällig gerade die Straße entlang, mit müden hundertzehn Stundenkilometern, einem Tempolimit, das er im allgemeinen Parkplätzen und Nebenstraßen vorbehielt.

Danach war die Geschichte eine Frage der Interpretation. Der Hypothekenbanker, der einen stattlichen Beitrag zur Wiederwahl eines der prominentesten Sheriffs von Südkalifornien geleistet hatte, besaß eines der Abzeichen, die der Sheriff als Dankeschön verteilte. Der Hypothekenbanker hatte das Abzeichen für ebensolche Fälle wie den jetzigen in seiner Alligatorlederbrieftasche neben den Führerschein gesteckt.

Erst hatte der Banker Nelson den Führerschein ausgehändigt, dann klappte er die Brieftasche auf. Mit breitem Kredit-zu-Vorzugsbedingungen-Grinsen sagte er: »Wie weit reicht das hier, Kumpel?«, womit er das Abzeichen meinte.

Aber Nelson glaubte, der Banker meine einen Fünfzigdollarschein, dessen Ecke deutlich sichtbar aus der Alligatorbrieftasche herausragte, was auf einen Bestechungsversuch schließen ließ. Nelson war entrüstet über die Beleidigung, wurde hitzig, war gekränkt und schließlich *empört*.

Nelson sagte: »Keine Ahnung, wie weit das reicht. Sehn wir mal!« Und er riß dem fetten Kerl impulsiv die Brieftasche aus der Hand und ließ sie über die Schulter weg wie eine Frisbeescheibe aus Alligatorleder in den Verkehr segeln, wo sie auf der Ladefläche eines Lastwagens landete, der nach Phoenix unterwegs war.

Dann kam es zu einem recht heftigen Ringkampf, bei dem sich der empörte kleine Nelson Hareem mit einem gleichermaßen empörten Hypothekenbanker auf dem Boden wälzte, bis es Nelson gelang, den fetten Kerl festzunehmen, die Hände auf dem Rücken mit Handschellen gefesselt und ausgestreckt auf dem Boden liegend, mit nur ein paar Kratzern und Blutergüssen, die behandelt werden mußten.

Aber die Brieftasche wurde nie wieder gesehen, und der Hypothekenbanker behauptete, daß über tausend Dollar darin gewesen seien. Der Banker bekam eine Verwarnung, weil er das Stopschild überfahren hatte, mußte aber wegen

Widerstands gegen die Staatsgewalt ins Gefängnis. Der Staatsanwalt sagte, Nelson Hareem solle beim nächsten Mal, wenn er glaube, ihn wolle jemand bestechen, eine Spur mehr Geduld und Urteilsvermögen aufbringen.

Am Morgen, nachdem Nelson Lynn Cutter kennengelernt hatte, sagte sein Chef zu ihm: »Der Anwalt des Kerls hat angeboten, die Fünf-Millionen-Dollar-Klage fallenzulassen, wenn wir die Anklage wegen Widerstands gegen die Staatsgewalt fallenlassen und den Verstoß gegen die Straßenverkehrsordnung vergessen. Und der Bürgermeister fragt sich, ob das nicht vielleicht ein Geschäft für uns alle ist. Er fragt sich außerdem, ob eine tägliche Dosis von tausend Milligramm Thorazin aus Ihnen vielleicht einen ungefährlichen Bürger unserer Gemeinde machen könnte.«

Nelson schluckte, seine babyblauen Augen rollten, und er sagte: »Chief, wenn ich zu einer anderen Polizeidienststelle versetzt werden könnte, sagen wir mal, zur Polizei von Palm Springs, wären Sie dann bereit, mich zu empfehlen?«

Der Polizeichef sagte: »Ich würde denen sagen, Sie sind der beste Polizist seit Eliot Ness! Sogar seit Wyatt Earp! Halten Sie es für möglich, daß die Sie nehmen würden?«

»Ich glaube, ich bekomme bald eine gute Chance, Sir«, sagte Nelson. »Könnte ich inzwischen eine Woche Urlaub von meinem Überstundenkonto nehmen? Ab sofort?«

»Sind Sie sicher, daß eine Woche Urlaub reicht?« fragte der Polizeichef voller Hoffnung. »Die wollen Sie wirklich in Palm Springs? Ehrlich?«

Ab elf Uhr an jenem Morgen suchte Nelson verschiedene Motels in Palm Springs und Umgebung auf, die mit dem Buchstaben A anfingen.

Clive Devon wartete offenbar, bis seine Frau auf dem Weg nach Los Angeles war, ehe er das Haus verließ. Breda sah an jenem Morgen um 10.10 Uhr zu, wie das elektrische

Tor aufging, als Rhonda Devons silberner Mercedes herauskam und zwischen den Mauern aus Oleander, Gips und Backstein davonfuhr, die beide Seiten der palmenbestandenen Straße säumten.

Fünf Minuten später kam Clive Devon im Range Rover heraus und fuhr zu einem fünf Minuten von seinem Haus entfernten Lebensmittelgeschäft, der Art von Geschäft, wo es das ganze Jahr über Schalotten und Safran gibt, ganz zu schweigen von Trüffeln, die so teuer sind, daß man mit dreien davon einen Richter bestechen könnte.

Breda wartete eine Weile vor dem Geschäft, dann ging sie hinein, nahm einen Einkaufswagen und schlenderte durch die Gänge. Sie griff nach ein paar Markenartikeln, die sie in ihrem Supermarkt für den halben Preis bekommen hätte. Dann stellte sie sich in eine der beiden Schlangen an der Kasse, wo sie Clive Devon von hinten beobachten konnte.

Seine Einkäufe wurden von einer hübschen jungen Latina mit langem schwarzen Haar in die Kasse getippt. Breda beobachtete die beiden genau, aber außer einem Lächeln und ein paar Freundlichkeiten wurde nichts ausgetauscht. Trotzdem, sie paßte zu der Beschreibung, die Lynn Cutter gegeben hatte. Breda beschloß, ihn so schnell wie möglich herzuschicken, damit er sich diese Kassiererin ansah.

Mit der Hilfe eines Jungen aus dem Laden lud Clive Devon seine Einkäufe in den Range Rover und fuhr nach Hause. Breda parkte an der üblichen Stelle, bis er im Haus war, dann stieg sie aus und ging die gehsteiglose Wohnstraße entlang, blieb hinter einer Palme gegenüber vom Grundstück der Devons stehen. Sie sah zu, wie das Hausmädchen ihrem Arbeitgeber beim Ausladen der Lebensmittel half.

Rhonda Devon hatte gesagt, das Mädchen, das im Haus wohne, heiße Blanca. Wie alle mexikanischen Hausmädchen hatte sie erst dann einen Nachnamen, als Breda danach fragte. Sie hieß Blanca Soltera. Sie war in den mittleren Jahren und sprach laut Rhonda Devon nur passables Englisch. Sie war seit acht Jahren bei ihnen. Am Montag, ihrem freien Tag, fuhr Clive Devon sie immer zu ihrer Tochter ins spanische Viertel von Indio. Rhonda Devon sagte, Blanca Soltero sei Clive Devon gegenüber, für den sie saubermachte und kochte, besonders loyal, und es sei durchaus möglich, daß Blanca ein Techtelmechtel mit einer Frau für sich behalte. Clive Devon bezahlte sie bar, und Rhonda Devon fragte sich, ob sie einen Bonus dafür bekam, daß sie den Mund hielt.

Als die stämmige Frau die letzte Lebensmitteltüte aus dem Range Rover nahm, strich sie sich eine graue Haarsträhne aus dem Gesicht, warf zufällig einen Blick durch das Tor zur Einfahrt und sah Breda, die schnell so tat, als schüttele sie einen Kiesel aus dem Schuh. Dann schloß Blanca Soltero die Tür des Range Rover und ging wieder ins Haus.

Breda kehrte zu ihrem Datsun zurück und dachte über Lynn Cutter nach. Er war nicht die Verbindung zur Polizei, die sie für ihr Geschäft brauchte, nicht einmal eine Verbindung zu einer Verbindung. Die meisten Informationen, die sie brauchte, konnte sie von einer Computerbank bekommen, und sie hatte sich mit Leuten vom Grundbuchamt und bei Banken angefreundet, so daß sie, wenn sie einen Grundbucheintrag oder eine Liquiditätsprüfung brauchte, die Auskünfte im allgemeinen bekam, ohne daß der Betroffene etwas davon erfuhr.

Die Überprüfung des kriminellen Hintergrunds jedoch war ein Problem. Urteile waren öffentlich zugänglich, aber wie jeder Cop – und Breda dachte und arbeitete immer noch wie ein Cop – wollte sie eine vollständige Liste, die alle Festnahmen enthielt, nicht nur die Verurteilungen. An solche Listen kam nur heran, wer aktiv bei der Polizei oder Justiz arbeitete, aber ein paar Tricks hatte sie als Privatermittlerin schon gelernt. Wenn ein Angeklagter eines Verbrechens überführt war und die Bewährungsstelle einen Bericht abfaßte, der dem

Richter bei der Festlegung des Strafmaßes helfen sollte, waren der Bericht und die Liste sämtlicher Verfehlungen etwa zehn Tage lang öffentlich zugänglich. Das war eine Methode, an die gewünschten Informationen heranzukommen. Aber es kam zu oft vor, daß Breda eine solche Liste über Leute brauchte, die gar nicht strafrechtlich verfolgt wurden. Und dann kam sie sich hilflos vor. Sie fühlte sich wie ein *Zivilist*. In solchen Fällen brauchte sie einen diskreten Kontakt zur Polizei.

Breda hatte sich versprochen, ihre alten Kumpel bei der Polizei von Los Angeles nie darum zu bitten, für sie Einsicht in eine Kriminalakte zu nehmen. Juristisch gesehen war das Anstiftung zu einem Verbrechen, und der betroffene Cop konnte ziemlichen Ärger bekommen. Das, wonach sie gesucht hatte, war ein einheimischer Polizeibeamter, jemand, mit dem sie nicht zwanzig Jahre lang zusammengearbeitet hatte, jemand, der bereit war, für Geld kleine Risiken einzugehen. Jemand, um den sie sich keine Sorgen zu machen brauchte, jemand wie Lynn Cutter, aber vernünftiger und nüchterner.

Während Breda darüber nachdachte, wen sie als brauchbaren Kontakt zur Polizei aufbauen könne, bog ein rostiger alter Plymouth vom Palm Canyon Drive Richtung Las Palmas ab.

ZUR SELBEN ZEIT FRAGTE SICH Lynn Cutter, warum ihm bei seiner jahrelangen Erfahrung im Herumsitzen in Bars die typischen Betrügereien der Barkeeper noch nie aufgefallen waren. Die Mittagsgäste waren zahlreich und laut, viele Geschäftsleute kamen zum Essen oder auf einen Drink ins Unicorn. Es war eines der minimalistischen Restaurants mit ›kalifornischer Cuisine‹, wo man von jungen Leuten bedient wurde, die sagten: »Heute haben wir *echt* tolles Tintenfischrisotto!« Jede Menge von gaffenden Touristen hielt Ausschau nach den Berühmtheiten von Palm Springs, nur daß diese nicht anwesend waren.

Die Barkeeper schenkten nichts aus verdächtigen Flaschen aus, jedenfalls merkte Lynn nichts davon. Der älteste Tresentrick bestand darin, eine eigene Flasche Schnaps mitzubringen, aus ihr einzuschenken, bis sie leer war, und alle Einnahmen aus dieser Flasche für sich zu behalten.

Keiner der beiden Barkeeper hatte eine verdächtige Thermosflasche mitgebracht, in der Schnaps sein konnte, was eine Variante desselben Kniffs war. Beide arbeiteten angespannt, um die Kunden zu bedienen, genau wie die Kellnerinnen am Tresen für Kleinigkeiten zum Essen, und keiner benahm sich seltsam, indem er zum Beispiel Münzen stapelte, eine für jeden Drink, der nicht in die Kasse getippt wurde. Ein Stapel Münzen oder Büroklammern war sozusagen der Rechenschieber eines Barkeepers, damit er wußte, wieviel er am Ende der Schicht gefahrlos einsacken konnte. *Einer für den Boß. Einer für mich. Zwei für den Boß...*

Lynn sah nichts dergleichen, aber was er sah, war der unverhohlene Haß, den alle Angestellten für den Restaurantbesitzer hegten, einen schmierigen Kerl in einem Ralph-Lauren-Zweireiher namens Mr. Riegel, der aus Las Vegas kam und nicht der Typ war, der bei einer Bar-Mizwa in Tränen ausbrach.

Lynn hörte Mr. Riegels dröhnende Stimme aus der Küche, wo er einen mexikanischen Tellerwäscher anbrüllte. Er hatte gesehen, wie Mr. Riegel zum Zählen hinter den Tresen gegangen war, wie er die Flaschen gemustert und die Kasse überprüft hatte, wenn der ältere Barkeeper eine Runde Getränke ausgeschenkt hatte, ein Mann mit einer miesen Hennatönung und nikotinfleckigen Zähnen, der jedesmal, wenn ihm der Chef den Rücken zudrehte, ein bösartiges Lächeln aufblitzen ließ.

Diesen Barmann hätte ich nicht gern zum Feind, dachte

Lynn, dann sagte er zu dem jüngeren Barkeeper: »Geben Sie mir noch einen, ja? Diesmal nicht von der Hausmarke. Von diesem präpubertären Scotch vertrage ich nicht so viel.«

»Was soll denn präpubertärer Scotch sein?« fragte der Barmann.

»Unter zwölf Jahre alt«, antwortete Lynn, und der Barkeeper zuckte mit den Schultern und goß ihm einen ein, der sechs Dollar mehr kostete, dafür aber Schamhaare hatte.

Lynn war bis jetzt nur eine kleine Unregelmäßigkeit aufgefallen. Der Barmann mit der Hennaspülung ging immer wieder zu einem Wandschrank zwischen der Serviertheke und der Küche. In der letzten Dreiviertelstunde war der Kerl dreimal dorthingegangen. Aber es gab keine Möglichkeit, wie er einen Behälter mit eigenem Schnaps von dem Wandschrank zur Theke hätte transportieren können, Schnaps, den er anstelle des hauseigenen hätte ausschenken können. Der Kerl ging einfach zu dem Wandschrank, verschwand kurz aus dem Blickfeld, dann kam er an den Tresen zurück und spülte Gläser.

Schließlich stand Lynn auf und tat so, als wisse er nicht, wo die Männertoilette sei. Er ging ›versehentlich‹ in den Wandschrank und entdeckte, daß das ein Ort war, wo Kellnerinnen eine kurze Pause einlegen konnten. Klappstühle standen darin, ein winziger Tisch, ein Aschenbecher und sonst nichts. Lynn dachte sich, daß der Barkeeper hierherkam, um ein paar Linien Koks zu ziehen, das er vermutlich in den Socken versteckt hatte.

Als er zurück zum Barhocker kam, saß dort Breda und bestellte sich ein Perrier, gab Mr. Riegel zu erkennen, daß sie ihren Pflichten nachkam.

Lynn sagte laut: »Hi! Was haben Sie denn hier verloren? Schlechte Geschäfte heute?«

Breda sagte: »Ja, wir haben nicht viel verkauft. Zwei Hondas und ein Mazda. Und Sie?«

Als beide Barkeeper am anderen Tresen waren, sagte Breda *sotto voce* zu Lynn: »Das Langhaarbaby ist in dem alten Plymouth bei Devon zu Hause aufgetaucht.«

»Ja? Was ist passiert?«

»Sie ist seit über einer Stunde dort. Sie schwimmen. Ich bin an der Mauer entlanggeschlichen und habe Geplansche und Gebell gehört.«

»Sie bellen?«

Sie grinste böse und sagte: »Sie hat ihren Hund mitgebracht. Und ich bin mir vollkommen sicher, daß das Hausmädchen in die ganze Sache eingeweiht ist. Ich habe gehört, wie sie dem Mädchen etwas auf spanisch zugerufen hat.«

»Was jetzt?«

»Wir haben immer noch keine Antwort auf Mrs. Devons große Frage. Was hat er mit einer Samenbank zu tun?«

»Einfach«, sagte Lynn. »Er ist sich mit einer weißen angelsächsischen, protestantischen Leihmutter handelseinig geworden, und wenn sein WASP-Baby geboren ist, gibt er Rhonda Devon einen Abschiedskuß und lebt für immer glücklich mit seiner kleinen, drahtigen Mexikanerin. Die wird Mutter, ohne was dafür zu tun. Und danach leben Daddy, Mommy, Daddys rosa WASP-Baby und Mommys großer brauner Hund herrlich und in Freuden.«

»Klingt nicht ganz überzeugend.«

»Okay, probieren wir's mal so. Die scharfe kleine Pfefferbüchse mit dem langen schwarzen Haar soll das Kind austragen, aber ... nee, so funktioniert das nicht. Dann bräuchte er kein Depot. Meine erste Idee war richtig. Er will sie und ein WASP-Baby. Er muß nur noch die richtige WASP-Leihmutter finden.«

Sie gab ihm ein Blatt von einem Notizblock. »Können Sie mal bei der Polizei anrufen und jemandem Dampf machen, damit er ihrer Zulassungsnummer nachgeht?«

»Manchmal hören sie Beamte ab, die Zulassungsnummern

nachgehen. Jeder hat in der Telefonzentrale einen eigenen Code, so daß sie rauskriegen, wer's war.«

»Kommen Sie schon, jemand muß Ihnen doch einen Gefallen schulden. Wir brauchen die Auskunft sofort, und ich will nicht, daß das Mädchen oder Clive Devon erfahren, daß wir der Zulassungsnummer nachgegangen sind.«

Er zögerte, stand aber auf, um zur Telefonzelle zu gehen. Ehe er veschwand, flüsterte er: »Ich bin mir völlig sicher, daß beide Barkeeper noch nicht mal zuviel Trinkgeld eingesteckt haben. Vielleicht verleumdet Ihr Klient die Barmänner.«

»Er sagt, er ist sicher, daß er beklaut wird«, sagte Breda.

»Na ja, Ihr Klient ist nicht gerade eine allseits beliebte Frohnatur. Er geilt sich daran auf, diese ganzen jungen Leute zu tyrannisieren. Schauen Sie sich seine Augen an. Die sind doch tückischer als der Iran.«

»Kümmern Sie sich um die Zulassungsnummer«, sagte Breda. »Ich unterhalte mich draußen mal mit Mr. Riegel.«

Breda fand ihren Klienten im Foyer. Sie begegnete seinem Blick und winkte ihn zur Tür. Als er zu ihr nach draußen kam, sagte Breda zu ihm: »Ich habe seit einer Stunde einen Mann an der Bar sitzen. Da tut sich nichts Unrechtes.«

Ein überstürztes Gespräch führte zu einem Ultimatum von Mr. Riegel. Er wollte, daß jemand die Barkeeper am Abend beobachtete. Im Bankettraum fand ein Dinner für eine geschlossene Gesellschaft statt, außerdem erwartete er eine große Gruppe aus dem Tagungszentrum und dazu die übliche Touristenmenge.

»Ich versuche, ein paar Stunden hier zu sein, Mr. Riegel«, versicherte ihm Breda.

»Ich will, daß jemand von sieben bis elf hier ist«, sagte er, »sonst sind Sie gefeuert.«

Erst nachdem sie an Lizzy, ihre Ausbildung, ihre Bücher und die Kosten für das Studentenwohnheim gedacht hatte, zeigte ihm Breda ihr Ludenkillerlächeln und sagte: »Klar,

Mr. Riegel. Ich sorge dafür, daß den ganzen Abend lang jemand da ist.«

Sie kam zu Lynn, der gerade sein Telefonat beendet hatte, ging mit ihm ins Foyer und sagte: »Sie haben recht, der Kerl ist Abschaum. Können Sie heute abend ein paar Stunden lang hier sein?«

»Sagen Sie ihm, er soll sich den Job in den Hintern schieben.«

»Ich *brauche* diesen dreckigen Job!« sagte sie. »Ich versuche, ein paar nette, saubere Versicherungsbetrügereien an Land zu ziehen, aber im Augenblick brauche ich diesen Klienten.«

»Es wird teuer, an einer Bar zu sitzen«, sagte er.

»Ich zahle die Drinks.«

»Werden die mir vom Honorar abgezogen?«

»Nein«, seufzte sie. »Ich zahle Ihnen sogar noch was dafür, daß Sie den Schnaps in sich hineinkippen.«

»Ich glaub, das schaff ich.« Dann sah er auf den Zettel und sagte: »Das Auto ist auf Blanca Soltero zugelassen. Wohnt in Indio.«

»Das ist Clive Devons Hausmädchen«, sagte Breda. »Das Mädchen muß ihre Tochter sein. Scheiße!«

»Vielleicht hat er ja was mit der Tochter seines Hausmädchens.«

»Nein, das haut nicht hin«, sagte Breda. »Das paßt nicht zu dieser Geschichte mit der Samenbank.«

»Hören Sie, er hat seine Frau angelogen, was das Treffen mit dem Mädchen angeht, nicht wahr? Irgend etwas läuft zwischen ihnen.«

»Kein Wunder, daß niemand Fälle von der Sorte will«, sagte Breda. »Kommen Sie in einer halben Stunde in mein Büro. Ich schau mal nach, ob der Plymouth noch vor Devons Haus steht.«

Zwanzig Minuten später sah Breda über die Mauer auf

Clive Devons Pool. Sie mußte sich in ihren Wagen zurückziehen, als der Hund zu bellen anfing. Das Mädchen und ihr Auto waren verschwunden, aber Breda nahm an, daß sie zurückkommen würde, um ihren Hund zu holen.

Als sie in ihr Büro kam, sah sie zu ihrer Überraschung, daß sich außer Lynn Cutter, der zusammengesackt dasaß und noch düsterer als üblich dreinsah, noch jemand im Vorzimmer aufhielt.

Lynn öffnete ein Auge und sagte zu ihr: »Wir haben jetzt einen Freund und Helfer, und er ist ungeheuer hilfsbereit. Er ist der Typ von Cop, der Ihr Heimtier mit einem Schlag auf den Magen vor dem Ersticken rettet, wenn es sich verschluckt hat, auch wenn es sich bei dem Heimtier um einen Wellensittich handelt. Er hat immer die besten Absichten, der junge Mann.«

»Hi, Miss Burrows!« sagte Nelson Hareem, streckte die Hand aus und grinste wie Bugs Bunny. »Ich glaube, wir sind dem Drogenschmuggler etwas näher gekommen!«

9

An jenem Nachmittag um vier hatte ihnen Nelson Hareem eine Idee präsentiert, bei der Bredas Nakkenhaare Lambada tanzten. Nicht weil sie die Idee auch nur entfernt für plausibel gehalten hätte, sondern weil sie bewies, daß Lynn Cutters Meinung zutraf – der Junge hatte einen Dachschaden.

»Du hältst den Kerl für was?« fragte Lynn, nachdem Nelson seine Hypothese vorgetragen hatte.

»Für einen arabischen Terroristen«, wiederholte Nelson mit seinem liebenswürdigen Lächeln. »Das ist durchaus möglich.«

»Das ist durchaus möglich«, sagte Lynn zu Breda.

»Ich kann ihn hören«, sagte Breda. »Sie meinen also, der Kerl ist kein Drogenschmuggler? Der Typ, der mit einem Privatflugzeug in unser Tal kommt, weil seine Flugtasche voller Rauschgift ist, und den die Panik packt, wenn er pinkeln geht und plötzlich einen uniformierten Cop sieht? Es kann nicht einfach so ein gewöhnlicher Dreckskerl von einem Gangster sein?«

»Nein.«

»Warum, Nelson?« fragte Breda. »Ich will nicht hehaupten, daß sich dadurch mein Leben groß verändert. Aber warum? Ich bin neugierig.«

»Die Münzen im Mund waren der erste Hinweis«, sagte Nelson. »Der alte Indianer im Reservat hat gesagt, das beweist, daß er ein Mann der Wüste ist.«

»Aha. Er könnte nicht etwa ein Mann der mexikanischen Wüste sein?«

»Anfangs hab ich das auch gedacht, bis Lynn das hier gefunden hat.« Nelson reichte Breda eine Münze in der Größe eines Zehncentstücks. »Die ist spanisch. *Diez pesetas*. Sehen Sie das Profil von König Juan Carlos? Ich denk mir, der Kerl ist mit der Iberia von Spanien aus nach Mexiko geflogen. Ich denk mir, er ist aus Algerien, vielleicht Marokko. Das ist in der Nähe von Spanien.«

»Ich weiß. Ich habe *Casablanca* gesehen«, sagte Breda.

»Aber das ist noch nicht alles. Da ist noch das, was er zu dem Piloten gesagt hat, als die beiden am Hangar mit dem Mechaniker gesprochen haben.«

»Ich hab gedacht, er hätte nur Spanisch gesprochen.«

»Aber er hat auf die Karte an der Wand gezeigt und was gesagt, was der Mechaniker für Spanisch gehalten hat. Und er hat gelacht. Na, schauen Sie einfach mal auf Ihre Karte von diesem Tal. Wissen Sie, welcher Ort von diesem Flugzeug aus zu dem nächsten gehört?«

»Welcher?«

»Mecca! Er hat *Mecca* gesehen und einen Witz darüber gemacht, daß er in der Nähe einer heiligen Stätte ist. Ich meine, das paßt!«

Lynn und Breda sahen sich an, dann rettete sich Breda in ein spöttisches kleines Grinsen und sagte: »Dann hat er also nicht spanisch gesprochen?«

»Könnte schon sein«, sagte Nelson. »Es könnte aber auch *arabisch* gewesen sein. Vermutlich spricht er mehrere Sprachen.«

»Nelson«, sagte Lynn, »unten ist ein Colaautomat. Ich zahle, wenn du die Getränke holst. Mein linkes Knie ist so geschwollen, daß es geradezu absurd ist. Das andere ist noch schlimmer. Man kann es nicht von Marlon Brando unterscheiden.«

»Klar, normale Cola?«

»Normale«, sagte Lynn.

»Diätcola«, sagte Breda.

»Ist mir ein Vergnügen«, sagte Nelson und stürmte zur Tür hinaus.

»Sehen Sie?« sagte Lynn, als sie allein waren. »Er hat kosmische Gründe für das, was er macht.«

»Er ist wirklich süß«, sagte Breda. »Ich möchte am liebsten mit ihm in den Zoo gehen oder ihm eine Tüte Gummibärchen kaufen, aber er spinnt, da haben Sie recht. Total plemplem. Man kann nicht wissen, was in seinem Hirn brodelt.«

»Leider muß ich in den nächsten beiden Tagen mit ihm zusammenarbeiten, sonst gibt er seine Informationen an die Sheriffs weiter. Das heißt, daß sie das mit Clive Devon rauskriegen würden, und so weiter.«

»Sie würden Devon verhören?«

»Natürlich würden sie das.«

»Dann würde er ja das mit der Observierung rauskriegen! Und ich wär beschissen um fünftau...«

Zu spät! Lynn machte ein glückliches Gesicht, das mit einem Meißel nicht zu entfernen gewesen wäre. »Sie kleiner Satansbraten!« sagte er. »Sind Sie nicht 'ne Marke? *Fünf* Riesen? Und ich soll meine ganze Pension für magere tausend Eier riskieren?«

»Wenn wir der Devon-Affäre auf den Grund kommen, kriegen Sie noch mal fünfhundert«, sagte Breda und bereute den Tag, an dem sie diesen grinsenden Suffkopf zu Gesicht bekommen hatte. »Aber ich brauche Hilfe.«

Nelson platzte mit den kalten Getränken wieder ins Büro und strahlte vor Freude. »Können wir bald anfangen, Lynn? Ich muß unbedingt weitermachen. Die Sache ist heiß!«

Lynn nahm seine Cola und sagte zu Breda: »Erinnern Sie sich an Jack Graves? Den Cop, der wegen Streß pensioniert worden ist, nachdem er den Jungen erschossen hatte? Jack braucht was zu tun, damit er an etwas anderes als den Unfall denken kann. Sehen wir mal, ob er Ihren Barkeeper-Fall übernimmt. Er hat eine Menge verdeckte Ermittlungen in Bars gemacht, als er bei der Rauschgiftfahndung gearbeitet hat. Sie könnten heute abend Devons Haus beobachten. Ich könnte Motels, die mit A, B oder C anfangen, nach einem kahlköpfigen Schmuggler durchkämmen.« Dann wandte er sich Nelson zu und sagte: »Entschuldigung, ich wollte sagen, Terrorist. Übrigens, wen terrorisiert er eigentlich?«

»Könnte jeder sein«, sagte Nelson. »Wie wär's mit einem Expräsidenten? Gerald Ford wohnt hier.«

»Warum sollte sich ein Terrorist mit auch nur einer Spur Selbstachtung an Gerald Ford vergreifen?« wollte Lynn wissen.

»Wie komme ich an diesen Jack Graves heran?« fragte Breda.

»Ich bringe Sie gleich zu ihm«, sagte Lynn. »Lebt in einem Wohnwagen oben in Windy Point. Ich versuche, ihn alle vierzehn Tage zu besuchen.«

»Lynn, ich habe bis jetzt nur fünf Motels überprüfen können«, sagte Nelson. »Meinst du nicht ...«

»Besorg dir einen Hamburger«, sagte Lynn. »Sei um sechs wieder hier, dann klappern wir den ganzen Abend lang die Läden mit A ab, okay?«

»Okay«, sagte Nelson liebenswürdig. »Ich kenn einen guten Orthopäden, der sich mal deine Knie anschauen könnte.«

»Zu spät«, sagte Lynn. »Ich hab schon zwei Operationen bei einem Idioten hinter mir, der mehr Knie kaputtgemacht hat als die IRA.«

Windy Point war treffend benannt: Breda hielt ihre Tasche mit beiden Händen fest und hoffte, der Wind werde ihr den Jogginganzug nicht vom Leib reißen. Es gab einen kleinen Lebensmittelladen und eine Tankstelle in Windy Point, aber das war schon so gut wie alles an Geschäften in der Arbeitergegend im Norden von Palm Springs. Breda und Lynn mußten beide mit dem heulenden Sturm kämpfen, als sie durch Jack Graves' kleinen Kakteengarten zu seinem Wohnwagen gingen.

»Nachdem ich mich durch diesen Hurrikan geschleppt habe, hoffe ich bloß, daß er zu Hause ist«, rief Breda, die spürte, wie der Sand gegen ihre Sonnenbrille peitschte.

»Jack ist immer zu Hause«, rief Lynn über das Tosen hinweg zurück. »Das ist ja das Problem. Er müßte viel mehr ausgehen.«

Lynn hämmerte gegen die Blechtür des Wohnwagens und rief: »Jack, zieh die Hosen an. Hab Besuch mitgebracht.«

Jack Graves trug ein T-Shirt und Jeans und war barfuß. Er war viel größer als Lynn, hager und ausgemergelt. Er hatte ein freundliches Gesicht und war um die Koteletten herum grau, aber das Haar auf seinem Kopf war so dunkel wie Bredas, und die Bartstoppeln waren schwarz.

Breda hätte ihn aufgrund seiner Geschichte bei einer Gegenüberstellung sofort erkannt. Im Blick von Jack Graves lag eine Menge Qual.

»Das ist Breda Burrows«, sagte Lynn. »Sie ist Privatermittlerin und neu in der Stadt, war vorher bei der Polizei von Los Angeles. Ich helfe ihr bei einem Fall.«

Als Breda ihm die klamme Hand drückte, sah sie Schweißtröpfchen an seinem Haaransatz und über seiner Oberlippe. So heiß war es in dem Wohnwagen gar nicht. Er muß krank sein, dachte sie. Das Wohnzimmer war klein und außergewöhnlich ordentlich; alles war aufgeräumt. Breda setzte sich neben Lynn auf die Bettcouch.

»Kann ich Ihnen etwas anbieten?« fragte Jack Graves. »Wie wär's mit einem Bier oder einer Limonade?«

»Nichts, danke«, sagte Breda.

»Haben eben eine Cola getrunken«, sagte Lynn. »Wie geht's dir denn so?«

»Gut.« Jack Graves lächelte. Er hatte schwere dunkle Augenbrauen und dichte Wimpern, durch die seine Augen noch eingefallener wirkten.

Lynn sagte: »Jack, wenn du noch knochiger wirst, paßt du durch einen Briefkastenschlitz. Ich sollte mal mit dir Burritos essen gehen.«

»Erhol mich grad von einer Grippe«, sagte Jack Graves.

Lynn Cutter fiel ebenfalls auf, wie er schwitzte, und er sagte: »Du mußt dir ja das Schamhaar zurückkämmen, damit deine Hose nicht rutscht!«

»Die Grippe ist jetzt weg«, sagte Jack Graves. »Ich werd schon wieder zunehmen.«

»Was macht dein Knöchel?« Lynn wandte sich Breda zu. »Jack hat ihn sich verstaucht, als er eine Taschenratte aus seinem Garten gejagt hat. Können Sie sich so was vorstellen? Jeder andere, der hier draußen wohnt, hätte doch einfach einen Schuß...«

Dann brach Lynn ab, und Breda sah, daß sich der Gesichtsausdruck von Jack Graves veränderte. Mit diesem Mann sprach man nicht darüber, auf irgend etwas einen Schuß abzugeben.

Breda half Lynn aus dem Fettnapf, indem sie fragte: »Der Knöchel ist also wieder in Ordnung?«

»Ja. Liegt wohl daran, daß ich alt werde«, sagte Jack Graves. »Gerade neulich bin ich erst gestolpert, als ich aus dem Supermarkt kam, und auf die Hüfte gefallen.« Dann zu Lynn: »Weißt du noch, wie ich dir von dem Hüftbruch erzählt hab, den ich mir bei dem Unfall bei dieser Verfolgungsjagd geholt hab?«

»Ja. Selbe Hüfte?«

»Mhm. Behindert mich ein bißchen.«

»Kannst du gehen und dich heute abend vielleicht ein paar Stunden lang in eine Bar setzen?«

»Eine Bar?«

»Wir haben einen Job für dich«, sagte Lynn. »Kein großes Geld, aber was zu tun.«

»Ich weiß nicht recht«, sagte Jack Graves. »Eigentlich sollte ich heute abend waschen und bügeln.«

»Bitte, Jack«, sagte Lynn Cutter sanft. »Es ist ein kleiner Job, der erledigt werden muß, und ich hab sonst niemand, der's für mich macht.«

»Okay, Lynn«, sagte Jack Graves. »Ich nehme an, die saubere Unterwäsche kann warten.«

Lynn brauchte fünf Minuten, um Jack Graves die Barkeeper-Beobachtung im Unicorn zu erklären, und Breda wurde klar, daß das sein Versuch war, dem Mann zu helfen.

Breda sah an der Wand sechs Fotos eines Kindes, vom Grübchenalter mit zwei Jahren bis zu einem Jungen mit dreizehn oder vierzehn. Sie nahm an, daß Jack Graves ein geschiedener Mann mit einem Sohn war, der vielleicht im selben Alter war wie der Junge, den er bei einer Razzia auf das falsche Haus erschossen hatte.

ALS SIE UND LYNN ZUM BÜRO zurückfuhren, sagte sie: »Es war nett, daß Sie das für ihn getan haben. Mal abgesehen davon, daß ich die Hilfe brauchen kann.«

»Jack muß da raus«, sagte Lynn. »Er grübelt wegen dieser Schießerei. Ich bin mit ihm an mexikanischen Kindern vorbeigefahren, da kriegt er immer so einen Ausdruck im Gesicht. Jack hat Probleme.«

»Was halten Sie von seinen Unfällen?«

»Dasselbe wie Sie«, sagte Lynn. »Sie haben noch nicht mal die Hälfte gehört. Darüber hinaus hat er sich beim Zwiebelschneiden *versehentlich* in die Hand geschnitten. Mußte mit dreißig Stichen genäht werden. Er hat sich zwei Zehen gebrochen, als ihm beim Einzäunen ein fünf Pfund schwerer Vorschlaghammer aus der Hand gerutscht ist. Das alles in einem Zeitraum von zwei Monaten. Der Mann schleppt soviel Schuldgefühl mit sich herum, daß der nächste *Unfall* tödlich sein könnte. Ich wüßte es zu schätzen, wenn Sie mal irgendeinen anderen kleinen Job für ihn hätten.«

»Er braucht psychiatrische Hilfe.«

»Er braucht eine Ritterrüstung, solange er nichts zu tun kriegt und an was anderes denken kann. So allein wie er kann man nicht sein, nicht die ganze Zeit.«

»Ich könnte Hilfe bei der Observierung von Clive Devon brauchen. Könnte er Sie ersetzen, während Sie mit Nelson Detektiv spielen?«

»Klar«, sagte Lynn. »Nelson hat versprochen, daß er aufgibt und die ganze Geschichte vergißt, wenn wir nicht innerhalb von zwei Tagen eine Spur seines Schmugglers finden. Seines Terroristen, meine ich.«

»Sein Honorar würde ich natürlich von Ihrem abziehen.«

»Ja, hab ich mir schon gedacht.« Lynn überraschte Breda, als er hinzufügte: »Das ist es wert, wenn ihn das von sich ablenkt. Man kann nicht die ganze Zeit allein sein.«

»Falls Clive Devon wieder mit dieser Mexikanerin loszieht, riskiere ich einen Hundebiß«, sagte Breda. »Ich schleich mich ran und schau zu, was sie machen.«

»Seien Sie vorsichtig«, sagte er. »Dieser Hund ist gefährlicher als ein Rendezvous mit einem Unbekannten.«

»Ich glaub, er ist bloß ein großer Welpe.«

Lynn schaute auf die Uhr und sagte: »Zeit, sich seelisch auf einen Abend mit Nelson Hareem einzustellen. Sie haben recht, Nelson ist ein Wonneproppen, aber warum hör ich jedesmal, wenn ich den Jungen sehe, die Musik aus der Duschszene in *Psycho?*«

Ortsfremde setzten Palm Springs mit Glamour und Geld gleich, und davon gab es immer noch eine Menge. Aber das große Geld zog ständig weiter in den Süden des Tals, nach Rancho Mirage, Palm Desert, Indian Wells und neuerdings, seit der Golfverband dort einen Platz gebaut hatte, sogar nach La Quinta. Leute von der Forbes-Liste der vierhundert Reichsten fand man in Las Palmas nicht mehr, aber es gab noch unauffälliges altes Geld, wie das von Clive Devon. Die große Veränderung war dem Geschäftsviertel in der Innenstadt von Palm Springs mehr anzumerken als den Wohngebieten. Viele Läden standen jetzt leer, in zu vielen Schaufenstern hingen Schilder, auf denen stand: »Umgezogen nach Palm Desert«, ins dortige El Paseo, ein Einkaufsviertel, das den Ehrgeiz hatte, ein zweiter Rodeo Drive zu werden.

Die meisten Wüstenbewohner sind Arbeiter oder leben in Orten wie Desert Hot Springs oder Cathedral City von einem bescheidenen Einkommen. In diesen Gegenden abseits der Prachtstraßen, wo die Motels vom Prestige und vom Preis her zur unteren Kategorie gehörten, gingen Lynn Cutter und Nelson Hareem auf die Suche.

»Obergrenze sind die für fünfzig Eier pro Nacht«, schlug Lynn vor. »Die für fünfunddreißig pro Nacht wären sogar noch aussichtsreicher, falls es was derart Billiges während der Saison überhaupt gibt.«

In den ersten Läden war es kinderleicht. Die Nachtportiers zeigten Lynn und Nelson die Gästebücher, ohne mehr als einen flüchtigen Blick auf die Marke zu werfen, die Lynn vorzeigte, und das trotz der Tatsache, daß Nelson – in einem blaugelben T-Shirt der Los Angeles Lakers mit Magic Johnsons Nummer 32 auf dem Rücken – eher wie einer der Krawallbrüder aussah, die übers Wochenende herkamen, als wie ein Cop.

Lynn fiel die Wölbung unter dem Arm von Nelsons T-Shirt auf. Das überraschte ihn nicht. Er nahm an, daß Nelson der Typ war, der außerdem ein Beinhalfter trug. Vermutlich trug er außerdem einen Dolch und einen Derringer in den Shorts. Die Nelson Hareems dieser Welt waren so berechenbar wie Hitzeausschlag im August.

Es war dunkel, als sie zum vierten kamen, zu Bessie's Apartment Motel, nördlich vom Desert Hospital, nur ein paar Kilometer und ein paar Millionen Dollar vom *anderen* Palm Springs entfernt. Es sah vielversprechend aus, ein heruntergekommener, vergipster einstöckiger Bau mit weißem Plattendach.

Bessie selbst war am Rezeptionstresen und zeigte sich wenig begeistert, als ihr eine Marke der Polizei von Palm Springs unter die Nase gehalten wurde. Sie hatte *Glücksrad* geschaut und davon geträumt, eine Einkaufsfahrt nach Beverly Hills zu gewinnen. Sie sah nicht ganz so maskulin wie George Burns aus, dem sie ähnelte, hatte aber eine noch kratzigere Stimme.

Bessie sah Lynn an und sagte: »Was gibt's, wieder mal Ärger mit einem Ausreißer aus L. A.?«

»Muß mit einem Mann sprechen, der möglicherweise gestern hier eingecheckt hat. Er ist Mexikaner...« Dann sah Lynn Nelson an und sagte: »Vielleicht ist er auch aus dem Nahen Osten.«

»Aus Kansas?«

»Das ist der Mittlere Westen.«

»So einer wie die Typen, die in einem Seven-Eleven-Laden hinter der Theke stehen«, half Nelson aus.

»Oh, Iraner?«

»Ja, so ähnlich«, sagte Lynn. »Aber vielleicht ist er auch Mexikaner.«

»Mexikaner, Iraner, machen Sie mich doch nicht verrückt!« sagte Bessie. »Glauben Sie, die kann jemand voneinander unterscheiden?«

»Er ist kahl, aber vielleicht trägt er eine blaue Baseballmütze oder eine andere Kopfbedeckung«, sagte Lynn.

»Dann würde ich ja nicht wissen, daß er kahl ist, oder?«

»Nein«, sage Lynn.

»Er ist vermutlich Ende Dreißig, Anfang Vierzig. Etwa so groß wie ich, aber stämmiger. Sieht kräftig aus. Hat einen dichten, herunterhängenden schwarzen Schnurrbart. Möglicherweise kein Auto.«

»Klingt nach jedem Gärtner, den ich je gesehen hab«, sagte Bessie. »Machen Sie mich doch nicht verrückt!«

»Schon gut«, sagte Lynn Cutter und gab Nelson einen Wink, daß es an der Zeit war, Bessie wieder ihren *Glücksrad*-Phantasien zu überlassen.

»Aber«, sagte sie, »irgendwie klingt's, als ob's der Typ namens Vega in Bungalow vier sein könnte.«

»Was?« sagten Lynn und Nelson gleichzeitig.

Als sie auf die zwei Reihen aus aneinandergebauten Häuschen zugingen, aus denen Bessies's Apartment Motel bestand, bekam Lynn eine Packung von dem, was etliche andere vor ihm gesehen hatten und nie vergessen würden – Lynn bekam den karottenköpfigen Cop zu sehen, wie er sein *Kampf*gesicht aufsetzte!

Als erstes griff Nelson unter das Lakers-T-Shirt und packte die 38er in seinen Schulterhalfter.

»Bitte!« schrie Lynn. »Es ist vermutlich bloß ein Kokser aus Walla Walla. Wir brauchen ihn doch nicht gleich umzulegen.«

»Hast du keine Knarre dabei?«

»Nein.«

»Ich hab noch eine.«

»Hab ich mir schon gedacht.«

»Willst du sie?«

»Nein.«

»Dann bleib hinter mir.«

»Mit Vergnügen. Aber spiel hier nicht den Schwarzenegger. Laß mich das machen.«

»Ich pfeife, wenn ich in Position bin!« flüsterte Nelson. »Wie ein Ziegenmelker!«

Nelson ging so tief in die Hocke, daß er unter dem Vorderfenster von Bungalow vier vorbeigehen konnte, ohne gesehen zu werden. Er watschelte zur Rückseite des Gebäudes, und als er die Hintertür im Auge hatte, pfiff er aus der Dunkelheit.

Lynn ging ein Licht auf. In der verdammten Scheißwüste gab es keine Ziegenmelker. Keinen einzigen rupfärschigen Ziegenmelker!

Lynn klopfte. Keine Antwort. Er klopfte wieder und sagte: »Mr. Vega! Bessie hat mich geschickt, um Ihnen zu sagen, daß der Gaszähler ein Leck in einem der Bungalows anzeigt! Mr. Vega, sind Sie da?«

Lynn legte das Ohr an die Tür. Er ging zur Ecke des Bungalows, spähte durch die Dunkelheit nach hinten und sah Nelson dort hocken, die Waffe in beiden ausgestreckten Händen, genau wie im Fernsehen. Als Lynn Cutter Polizist geworden war, hatte niemand beide Arme ausgestreckt, um eine Miniwaffe zu halten!

»Nelson!«

»Ja?«

»Niemand zu Hause. Wir kommen später wieder.«

Als sie zurückkamen, hatte Bessie das *Glücksrad* abgeschaltet und war damit beschäftigt, einen nervösen Kerl in mittleren Jahren einzutragen, der eine Braut draußen im Auto hatte.

Als die Cops die Rezeption betraten, schrieb der nervöse Kerl mit einem gefälschten Gekritzel »Mr. und Mrs. Johnson«, und außerdem hatte er eine falsche Autonummer angegeben. Als ob er und eine Teenienutte von der Indian Avenue nicht aller Welt scheißegal gewesen wären.

Lynn sagte zu der Motelbesitzerin: »Bessie, vielleicht kommen wir später noch mal. Sagen Sie nichts zu dem Kerl in Bungalow vier, okay?«

»Glauben Sie, ich nagle ihm ein Schild an die Tür?« schnaubte Bessie. »Machen Sie mich doch nicht verrückt!«

»Okay Bessie«, sagte Lynn, und die Cops gingen, damit sie sich um den nervösen Gast kümmern konnte, der ständig zur Straße sah, immer die Polizei im Hinterkopf.

Aber ehe Lynn und Nelson draußen waren, sagte Bessie: »Hey! Da kommt ja Mr. Vega.«

Lynn packte Nelson am Arm und sah sich den kräftigen Mann, der auf sie zukam, durch das Motelfenster gründlich an. Er trug eine Tüte mit Essen zum Mitnehmen und sah wie der Kerl mit der Baseballmütze aus, bis hin zu seinem Zapata-Schnurrbart, abgesehen davon, daß er einen Cowboyhut aus Stroh trug.

Ehe Nelson das Fenster einschlagen konnte, öffnete Lynn die Glastür und stürzte hinaus, als habe er es eilig, zu dem geparkten Auto mit der Lolita zu kommen.

Dann blieb Lynn plötzlich stehen, wandte sich dem kräftigen Mann zu und sagte: »Sir! Sie haben eine Wespe am Hut!«

Und der kräftige Kerl ließ mit einer einzigen Bewegung die Tüte mit Rippchen fallen und riß sich den Hut vom Kopf, worauf sein Haar zum Vorschein kam. Er hatte mehr Haar als Milli Vanilli, alles im Indianerstil zu Zöpfen geflochten.

»Wo ist sie?« brüllte der Kerl.

»Sie ist weg«, sagte Lynn. »Ich sollte Kammerjäger werden. Junge, Junge, auf bösartiges Ungeziefer reagiere ich schneller als die Leute von der Sauberkeitsliga.«

Selbst in Nelsons offenem Jeep Wrangler war die Nachtfahrt den Palm Canyon Drive entlang wunderbar. Lichterreihen hoben sich über den hohen Palmen entlang, die beide Seiten der Prachtstraße säumten. Die Saisontouristen schlenderten in Scharen herum, und College-Jugendliche hielten Ausschau nach brautmäßigen Megababes.

Natürlich war in der Osterwoche die Hölle los, wenn Palm Springs versuchte, vierzigtausend Studenten im Ferienfieber unter Kontrolle zu halten, wenn sie sich betrunken hatten und den Palm Canyon Drive in einen hupenden, lärmenden, schreienden Parkplatz verwandelten.

Dann stand auch immer ein Fernsehteam bereit, das zu jeder Menge Zoff vor laufender Kamera ermutigte. Immer hingen ein paar Studentinnen auf einem Motorradrücksitz oder einem Kabriokofferraum herum, um sich vor der Menge zu entblößen. Eine fing damit an, indem sie das Bikinioberteil auszog. Dann stand eine andere von der Ladefläche eines Lieferwagens auf und zeigte aller Welt, daß sie das Bikiniunterteil verkehrt herum anhatte. Dann zog eine alles aus.

Schließlich rannte dann zweifellos ein Macho im zweiten Studienjahr über die Straße, um mal hinzulangen, den Bikini zu klauen oder der Studentin auf irgendeine andere Weise zu zeigen, daß der letzte Sechserpack zuviel für sie gewesen war. Und sie schrie um Hilfe, eine Schlägerei ging los, und jede Menge Studenten holten sich Prellungen und Schürfwunden, dazu vielleicht auch ein paar Cops. Das passierte in jeder Osterwoche: Verkehrsstau, völliger Stillstand, das Entblößen, die Schlägereien, das Chaos.

Und jedes Jahr mußte eine Studentin sich vor mindestens einem Cop entblößen, indem sie ihr T-Shirt hob und ihre über die Titten geschriebene Adresse zeigte. Danach äußerte sie irgendeine Variante von: »Officer, ich hab mich verlaufen. Hier ist meine Adresse. Können Sie mich nach Hause bringen?«

Die letzte, die das mit Lynn Cutter gemacht hatte – als er in Uniform mit einem Trupp Cops aus fünf verschiedenen Zuständigkeitsgebieten unterwegs gewesen war –, war ein Nymphchen mit cremigen Schultern und einem schmollenden Karamelapfelmund gewesen. Während ihre Freundinnen kicherten und gafften, als sie sich vor dem Cop entblößte, sagte Lynn zu ihr: »Ich kann an der Entwicklung Ihrer Brustwarzen sehen, daß Sie unter achtzehn sind. Minderjährige sollten um diese Zeit längst zu Hause sein.«

Sie hatte die Titten schnell bedeckt, sich das Grinsen abgewischt und gesagt: »Ich bin siebzehn und zehn Monate! Ich betrachte mich als achtzehnjährig!«

»Ich Sie auch«, sagte Lynn, »aber das ändert für uns beide nichts an den Tatsachen. Gehen Sie nach Hause!«

Als Nelson Hareem den Jeep Wrangler auf Touren brachte, riß das Lynn aus seiner Träumerei.

»Wollen wir's in Desert Hot Springs oder in Cathedral City probieren, Lynn?« fragte Nelson.

»Warum bringen wir's nicht erst hier in der Stadt zuende?«

»Okay«, sagte Nelson liebenswürdig. »An der Chaparall ist ein Motel, das ganz vielversprechend wirkt. Fünfunddreißig pro Nacht sind doch nicht zuviel für einen Terroristen, oder?«

»Ich weiß es nicht, Nelson«, sagte Lynn. »Hab in letzter Zeit nicht mit dem heißen Draht für Terroristen telefoniert.«

»Willst du was von Dwight Yoakam hören?« Nelson ging seine Country-Kassetten durch.

»Nie was von ihm gehört.«

»Wie wär's mit George Strait?«

»Ist George Strait der mit dem Gene-Autry-Hut?«

»Verdammich, Lynn!« Nelson konnte es nicht fassen. »Was für Musik magst du denn? Walzer oder was?«

»Ehrlich gesagt, ›Tennessee Waltz‹ ist ein Riesenhit im Furnace Room. Seit fünfunddreißig Jahren oder so. Der einzige Cowboy-Song, mit dem ich mich identifizieren kann, ist ›She Got the Goldmine, I Got the Shaft‹.«

Nelson sagte: »Mein Lieblingssong ist neuerdings ›Chasin' That Neon Rainbow‹. Vielleicht jag ich ja auch einem Neonregenbogen nach, aber verdammich, ich brauch helle Lichter! Ich will raus aus der Wüste und in die Stadt!«

Als Nelson die Spur wechselte, um an ein paar Jugendlichen in einem Lieferwagen vorbeizukommen, wäre Lynn fast die Bauchspeicheldrüse in den Rachen gerutscht. »Bitte, Nelson! Ich werd ja seekrank. Muß ich mir erst ein Pflaster kaufen und hinters Ohr kleben?«

Sie überprüften zwei weitere Motels in Palm Springs, erfuhren aber nichts über einen Mann, auf den die Beschreibung des Schmugglers gepaßt hätte. Nelson sagte: »Jetzt müssen wir nach Desert Hot Springs.«

»Mach mich nicht verrückt, Nelson!« ächzte Lynn. »Heiland, ich red ja schon wie Bessie.«

»Okay, mal sehen, wie wär's mit dem Cactus and Sand Motel? Weißt du was drüber?«

»Ja, kostet fünfundfünfzig pro Nacht. So ein Spesenkonto hat kein Terrorist.«

»Woher weißt du, daß es fünfundfünfzig kostet?«

»Mich hat mal 'ne Braut im Furnace Room aufgegabelt und sich darüber beschwert, wieviel es kostet. Das war damals, als in Washington davon die Rede war, die Renten zu kürzen, und sie wußte nicht, ob sie sich was wie mich leisten konnte.«

»Du bist mit einer Rentnerin in ein Motel gegangen?«

»Ich bin die heißeste Nummer, die der Furnace Room je gesehen hat«, sagte Lynn. »Ich hab mehr alte Schachteln ins Bett gelegt als die Schenkelhalsbruch-Epidemie. Ehrlich gesagt, ich bin so gut wie verlobt mir der, die jeden Donnerstag abend ›The Little Old Lady from Pasadena‹ singt. Kannst du dich an die erinnern?«

»Das ist krankhaft, Lynn!«

»Ich weiß. Ich begreife gar nicht, wie du mich ertragen kannst. Warum setzt du mich nicht am Furnace Room ab, wo ich meinen perversen Gelüsten frönen und mir Wilfreds leicht kaubares Abendessen bestellen kann, falls vom Spezialgericht für zeitige Gäste noch was übrig ist.«

»Okay, fahren wir mal an die Box«, sagte Nelson. »Ich könnte ein Bier brauchen.«

»Ich könnte eine Pension brauchen«, sagte Lynn. »Und Doktor Ruth als Sexualberaterin. Ich säß nicht so in der Scheiße, wenn ich ein Sexleben hätte. Es liegt an diesem verdammten Leberfleck.«

»Welchem Leberfleck?« wollte Nelson wissen.

10

Der Hund fing sofort, als sie an jenem Abend in die Einfahrt trat, zu bellen an und machte ihren Plan zunichte, das elektrische Tor so weit aufzudrücken, daß sie sich hindurchzwängen konnte. Das Bellen kam von der Vorderseite des ersten Stocks, von dorther, wo Breda das Schlafzimmer des Hausherrn vermutete. Dann öffnete jemand, vielleicht das Hausmädchen, eine Tür im Erdgeschoß und tauchte das ganze Grundstück in Licht. Breda mußte eilig zurück zu ihrem Datsun Z, ihn auf Touren bringen und wegfahren. Dieser gottverfluchte sabbernde braune Hund!

Rhonda Devon hatte bei Bredas Auftragsdienst die Nachricht hinterlassen, daß sie am Wochenende einen Bericht erwarte, aber Breda wußte, daß ihre Klientin statt Aktennotizen eigentlich eine befriedigende Antwort erwartete. Breda fragte sich, was Lynn Cutter und Nelson Hareem treiben mochten, warf einen Blick auf ihre Uhr, sah, daß es 20.30 Uhr war, und beschloß trotz aller Erschöpfung herauszufinden, ob Jack Graves im Unicorn Glück gehabt hatte. Für ihre nachlassende Moral war es wichtig, wenigstens in einem ihrer Fälle eine Art Erfolgserlebnis zu haben. Als sie ins Unicorn kam, wurden mindestens hundertfünfzig Gäste bedient. Das Foyer war überfüllt von Wartenden und die Bar gerammelt voll. An der Bar fand sie auch Jack Graves.

Er saß ruhig in der Nähe der Imbißtheke und trank Bier aus der Flasche. Er trug ein altes Pendleton-Hemd, eine hellbraune Cordjacke, Khakihosen und abgetragene Mokassins. Von Zeit zu Zeit lächelte er einem Kerl neben sich zu, der schon ziemlich voll und laut war. Breda trat hinter Jack und legte ihm eine Hand auf die Schulter.

»Hallo, Breda«, sagte er. »Möchten Sie was trinken?«

»Ich könnte was brauchen«, sagte sie. »Chardonnay.«

Jack Graves überließ Breda seinen Hocker und stellte sich hinter sie. Der verdächtige Barkeeper wischte die Theke ab und entblößte seine tabakbefleckten Zähne in einer Andeutung von Herzlichkeit.

»Chardonnay, bitte«, sagte Jack Graves zu ihm.

Als der Barkeeper weg war, fragte Breda: »Glück gehabt?«

»O ja«, sagte Jack Graves. »Mr. Riegel hatte recht. Der Barkeeper bessert auf Mr. Riegels Kosten sein Einkommen auf. Ich vermute, daß er pro Abend zwischen dreißig und vierzig Dollar zusätzlich verdient. Obwohl es sich nicht lohnt, ihn deswegen rauszuschmeißen. Er ist ein ausgezeichneter Barkeeper.«

»Vielleicht mahnt er den Barkeeper ja bloß ab.«

»Er wird ihn krankenhausreif schlagen lassen.«

»Wie kommen Sie darauf?«

»Ich kenne Ihren Mr. Riegel aus der Zeit, in der unsere Abteilung mit einer Sonderkommission aus Palm Springs zusammengearbeitet hat«, sagte Jack Graves. »Damals sind Lynn und ich Freunde geworden. Riegel steckt mit einer Mafiafamilie aus Arizona unter einer Decke. Sehen Sie, Palm Springs ist eine neutrale Stadt. Mafiosi aus Chicago oder sonstwoher können unbesorgt hierherkommen. Und das machen sie auch. Nach Palm Springs verschlägt es sogar schwere Jungs aus London.«

»Aus England?«

»Der britische Akzent ist für Gangster in dieser Gegend ein

Riesenvorteil, offenbar vor allem Bankiers gegenüber. Und Kokain kann man in London mit siebzig Prozent mehr Gewinn als hier verkaufen.«

»Solche Dinge spielen sich hier ab?«

»Bei Ihrer alten Dienststelle, der Polizei von Los Angeles, bearbeiten fünfzig Leute verdeckte Ermittlungen, die hier einer macht.«

»Und Mr. Riegel gehört zu den Aktiven?«

»Ich möchte wetten, daß er nie Teegesellschaften besucht hat, aber jetzt tarnt er sich halbwegs legal. Sehen Sie sich um. Dieses Restaurant ist eine Goldgrube.«

»Ich nehme keine weiteren Aufträge von ihm an«, sagte Breda, »aber den hier bringe ich zu Ende. Sagen Sie mir also, wie der Barkeeper seinen Boß bescheißt.«

»Es ist eine Variante des alten Tricks mit der eigenen Flasche, aber in diesem Fall stellt er die mitgebrachte Flasche nicht hinter den Tresen. Er hat in dem Wandschrank da hinten einen Behälter versteckt. Er schenkt eigenen Schnaps aus und streicht die Gewinne ein.«

»Wie schafft er den Schnaps von da hinten hierher? Lynn hat ihn beobachtet und gesagt, er ist sich völlig sicher, daß der Kerl nichts bei sich hat, wenn er hin und her geht.«

»Hat er auch nicht, jedenfalls nicht in den Händen.«

»Wie macht er es dann?«

»Genießen Sie Ihren Wein und beobachten Sie ihn«, sagte Jack Graves lächelnd. »Es tut gut, mit jemandem zu reden.«

Breda schaute in Jacks braune Augen. Es waren schöne Augen, auch wenn sich Trauer in ihnen spiegelte. Sie sagte: »Okay, Jack, ich genieße meinen Wein.«

Eine Sechsergruppe an der Bar wurde von einer vollbusigen Empfangsdame in einem schulterfreien, paillettenbesetzten Kleid an ihren Tisch gerufen. Als die sechs gegangen waren, sah der Barkeeper am Tresen entlang und warf einen Blick zur Vordertür, um dann zum Wandschrank zu gehen.

Als der Barmann zurückkam, flüsterte Jack Graves Breda zu: »Beobachten Sie ihm beim Gläserspülen.«

Breda reckte sich auf dem Barhocker, um besser sehen zu können. Der Barkeeper nickte einem Gast zu, der einen Tanqueray auf Eis bestellte, dann beugte er sich über das Becken, um Gläser zu spülen, genau wie Jack Graves es vorhergesagt hatte.

»Haben Sie es gesehen?«

»Nein«, sagte Breda. »Was?«

»Er transportiert es im Mund. Der Kerl kann vermutlich zwei Deziliter Scotch im Mund transportieren, ohne daß sich etwas an seinem Gesichtsaudruck ändert. Wenn er sich zum Gläserspülen runterbeugt, spuckt er ihn in eine Schüssel neben der Spüle auf seiner Seite des Tresens. Vielleicht weiß der andere Keeper, was er treibt, vielleicht auch nicht.«

»Ab-stoßend!« Breda erschauerte. »Wiiiderlich.«

Jack Graves grinste. »Das ist es wirklich. So was hab' ich noch nie gesehen.«

»Das sollte ich Riegel sofort sagen. Heiland, was ist, wenn der Typ AIDS oder so hat? Ungeheuerlich!«

»Mir wär's lieber, wenn Sie das nicht täten«, sagte Jack Graves.

»Warum?«

»Die Kumpels von Ihrem Mr. Riegel im Bankettsaal haben eine Menge Scotch bestellt. Er könnte auf die Idee kommen, sie hätten was aus dieser Schüssel gekriegt.«

»Ein Grund mehr!«

»Das sind nicht die Typen, die jeden Nachmittag Gurkensandwiches zu sich nehmen. Die werden dem Barkeeper die Knochen brechen.«

»Ich kann nicht zulassen, daß in der Bar meines Klienten gebrauchter Scotch ausgeschenkt wird!«

»Lassen Sie mich mit dem Kerl reden. Geben Sie mir ein paar Minuten Zeit.«

Er winkte dem Barkeeper und sagte, als er kam und fragte: »Noch ein Bier?« ganz einfach: »Wenn Sie auch nur einen Schritt zu der Schnapsschüssel hinter den schmutzigen Gläsern machen, ruft meine Partnerin Ihren Boß.«

»Wer sind Sie?« Bei der Erwähnung Riegels ruckte der Barkeeper mit dem Kopf Richtung Eingang.

Jack Graves sagte: »Jemand, der nicht will, daß man Ihnen die Beine bricht. Gehen Sie einfach zu diesem Wandschrank, holen Sie, was Sie dort versteckt haben, und nehmen Sie dabei gleich Ihren Mantel mit. Beim Hinausgehen sagen Sie, Sie hätten heftige Brustschmerzen und einen tauben Arm. Morgen können Sie Riegel anrufen, ihm was von einem leichten Herzinfarkt erzählen und kündigen. Und falls Sie je wieder in einer Bar in diesem Tal arbeiten sollten, sag ich Riegel, was Sie hier gemacht haben.«

»Wer sind Sie?« wollte der Barkeeper wissen.

»Ich bin die Stoppuhr«, sagte Jack Graves und schaute auf die Uhr. »Sie haben genau drei Minuten Zeit, das zu erledigen und von hier zu verschwinden. Wenn Sie das nicht tun, ist alles, was Ihnen heute nacht passiert, nicht meine Schuld.«

Der Barkeeper sah Breda an, dann wieder Jack Graves. Dann warf er einen Blick auf die Zigarrenraucher in Armani-Anzügen, die mit Mr. Riegel im Bankettsaal versammelt waren.

Der Barkeeper drehte sich um und ging zum Wandschrank. Einen Augenblick später kam er in einer Strickjacke wieder heraus und sagte im Hinausgehen etwas zu der Dame am Empfang.

»Erzählen Sie Riegel, daß Ihnen aufgefallen ist, wie der Kerl Gratisdrinks ausschenkt«, schlug Jack Graves vor. »Sagen Sie ihm, daß er für dicke Trinkgelder Drinks verschenkt hat und abgehauen ist, als er gemerkt hat, wer Sie sind.«

»Riegel wird vermutlich versuchen, mein Honorar zu kürzen, weil ich dem Kerl aufgefallen bin.«

»Er wird froh sein, daß Sie ihm den Kerl vom Hals geschafft haben. Leute wie Riegel ertragen es nicht, wenn man sie hereinlegt. Er hat gewußt, daß der Barkeeper ihn hereinlegt, ihm war bloß nicht klar, wie.«

»Und was ist, wenn der Kerl AIDS hat?«

»Ich glaube nicht, daß er ein AIDS-Kandidat ist«, sagte Jack Graves.

»Das gibt dem alten Spruch ›vor Durst sterben‹ eine ganz neue Bedeutung«, sagte Breda.

»Wir müssen alle sterben«, sagte Jack Graves, während sich das Licht in seinen knochigen Wangen spiegelte. »Warum nicht vor Durst? Wie wär's mit noch einem Chardonnay?«

Als Lynn Cutter und Nelson Hareem ihren ersten Drink im Furnace Room konsumiert hatten, tobte ein weiterer verkrachter Schauspieler und langjähriger Freund von Wilfred Plimsoll darüber, wie das Fernsehen seinen Beruf ruiniert habe, und ließ sich nebenher darüber aus, das Fernsehen sei außerdem daran schuld, daß er in den vergangenen dreißig Jahren alles in allem etwa zweiundzwanzig Tage vollbeschäftigt gewesen war.

Der Schauspieler, Walter Davenport, hatte bläuliches weißes Haar, trug eine zweireihige Sportjacke aus Plaid, weiße Baumwollhosen und die Krawatte einer Privatakademie, die er nicht besucht hatte.

»Fernsehen?« kläffte er. »Die machen Fernsehsendungen über picklige Kinderärzte namens Boobie oder Doobie oder so ähnlich! Wenn ich sterbe, soll meine Asche mit Giftmüll vermischt und über den Studios von Burbank verstreut werden!«

»Suchen wir uns einen Tisch, Nelson«, schlug Lynn vor. »Allzuviel Lärm und Wut kann ich heute abend nicht ertragen.«

Dieses Mal entgingen sie der trällernden alten Schachtel,

die an ihrem Lieblingstisch saß und jedes Mal einstimmte, wenn der Klavierspieler ein paar Takte von ›Sentimental Journey‹ anschlug. Sie sahen einen leeren Zweiertisch neben dem ramponierten Backsteinkamin, der ein Jahrzehnt lang nicht mehr angezündet worden war.

»Packen wir den Zweier«, sagte Lynn und zeigte auf den Tisch. »Meine Knie nässen so, daß sie die Dürre in Kalifornien beenden könnten.«

Als sie sich gesetzt hatten, fragte Nelson: »Fühlst du dich wirklich wohl in diesem Laden?«

»Das liegt an diesen vielen alten Schauspielern«, sagte Lynn Cutter. »Ich komm mir in ihrer Nähe nicht ganz so wie ein Versager vor. Und was die ganzen anderen alten Säcke angeht, ich komm mir in ihrer Nähe nicht ganz so alt vor. Was die Anwälte angeht, komm ich mir in deren Nähe in moralischer Hinsicht sogar ganz entschieden überlegen vor. Ich nehm also an, daß der Furnace Room jede Menge Bedürfnisse befriedigt.«

»Ziemlich seltsamer Haufen«, sagte Nelson.

»Draußen auf dem Highway zehn haben wir jede Menge von Stromleitungen, die Leute zu Mutanten machen können, was vielleicht 'ne Erklärung für die Kneipe hier wär. Aber es ist schon ganz schön seltsam, wenn man hört, daß *du* irgendwen seltsam findest.«

Nelson Hareem wechselte das Thema und fragte: »Wo willst du denn wohnen, Lynn, wenn das mit der Einhüterei mal aufhört?«

»Ehrlich gesagt, ich weiß es nicht, Nelson.«

»Willst du ein Privatschnüffler wie Breda werden, wenn du deine Pension kriegst?«

»Sie verdient nicht mal genug Geld, sich das Katzenfutter leisten zu können, das ich in letzter Zeit gegessen habe. Und die Arbeit schleppt sich länger hin als die bundesstaatlichen Gesetzgebungsverfahren.«

»Du und Breda, ihr kriegt doch beide Pension. Ein halbes Gehalt für jeden ergibt ein ganzes Gehalt.«

»Was willst du damit sagen, Nelson?«

»Ihr könntet gemeinsam arbeiten und vielleicht zusammenwohnen. Ich hab gesehen, wie du sie angeschaut hast, Lynn«, sagte Nelson und kräuselte die Nase. »Und wie sie dich angeschaut hat.«

»Na, so was, Nelson, du bist ja der reinste Kuppler!« sagte Lynn und trank den letzten Tropfen Scotch aus. Aber dann fragte er: »Wie hat sie mich denn angeschaut?«

»Genau wie du sie.«

»Ich hab keinen Leberfleck auf der Lippe.«

»Was?«

»Nichts. Breda und ich ziehen zusammen, wenn Salman Rushdie einen Waschsalon in Teheran eröffnet.«

»Ich glaub, sie steht mehr auf dich, als du meinst«, sagte Nelson. »Ich hab's in ihrem Blick gelesen.«

»Da würd's mir ja leichter fallen, den Stein von Rosette zu entziffern«, sagte Lynn. »Meinst du, wir sollten noch was trinken?«

»Ich zahle«, sagte Nelson.

»Ach, bitte, laß das, na ja, schön«, sagte Lynn in dem Augenblick, in dem Breda Burrows und Jack Graves den verrauchten Saloon betraten und nach ihnen Ausschau hielten.

»Hier drüben!« rief Lynn. »Nächste Woche kriegt Wilfred seine erste Lieferung gebrauchte Gasmasken aus Israel!«

Als sie sich gesetzt hatten, schüttelte Nelson die Hand von Jack Graves, der die erfolgreiche Aufklärung des Auftrags im Unicorn schilderte und sagte: »Wenn Riegel rausgekriegt hätte, wie der Barkeeper ihn beschissen hat, wäre der Kerl nächste Woche draußen in der Wüste gefunden worden. Jedenfalls ein Teil von ihm, denn der Rest wäre durch das Gedärm eines Coyoten gegangen.«

»Das ist ein Trick, der mich völlig sprachlos macht«, sagte Lynn. »Kein Wunder, daß er mir nicht aufgefallen ist.«

»Ich bin zu dem Schluß gekommen, daß Jack uns auch im Fall Clive Devon helfen könnte«, sagte Breda zu Lynn. Und dann, als sie die Sorge in Lynn Cutters Blick sah, fügte sie hinzu: »Selbstverständlich bleibt es bei der ursprünglichen Abmachung zwischen Ihnen und mir.«

Es befriedigte Lynn, daß sie beschlossen hatte, Jack zu bezahlen, aber gleichzeitig ging ihm noch etwas durch den Kopf, was ihm gar nicht gefiel. Breda wollte damit sagen, Jack Graves sei ein besserer Cop! Lynn spürte einen weiteren Stich, als sie den ausgemergelten Mann anlächelte. So sah sie ihn nie an.

Scheißkerl! dachte Lynn. Ich bin eifersüchtig!

Breda sagte zu Lynn: »Jack wird Clive Devon morgen observieren, vom Aufstehen bis zum Zubettgehen. Ich hoffe, Nelson kann Sie demnächst auch wieder entbehren.«

»Übermorgen«, sagte Nelson und nickte liebenswürdig, und Lynn hatte plötzlich den Impuls, hinüberzulangen und den kleinen Cop an der Gurgel zu packen, aber leider war er sich sicher, daß Nelson ihn bloß enttäuscht angesehen hätte. Man erwürgte ungern jemanden, der nicht wußte, warum.

»Ich hab nachgedacht, Nelson«, sagte Lynn. »Vielleicht ist der Kerl tatsächlich Spanier. Spielt Seve Ballesteros im Bob Hope Classic? Vielleicht ist dein Typ ein Superfan von Seve.«

»Wenn ich mal meine Meinung äußern darf«, sagte Jack Graves. »Breda hat mir von der Sache erzählt, und ich hab mich gefragt, ob der Kerl Kolumbianer ist. Ihr wißt doch, weil ihnen in Miami der Boden zu heiß geworden ist, schmuggeln sie das Kokain aus Peru, Bolivien und Kolumbien durch Mexiko nach Südkalifornien. Warum keine mexikanische Flugzeugladung kolumbianisches Kokain?«

»In Kolumbien gibt es keine Wüste«, sagte Nelson Hareem. »Unser Typ ist ein Mann der Wüste.«

»Jetzt geht das schon wieder los.« Lynn seufzte.

»Teerheroin aus Pakistan und dem Iran kommt auch über Mexiko«, sagte Jack Graves. »In diesen Ländern gibt es doch ziemlich trockene Gegenden.«

»Und ich hab gedacht, ich komme in einen netten, ruhigen Ferienort«, sagte Breda.

Jack Graves sagte: »In dieser kleinen Metropole sind pro Kopf mehr Leute vom Secret Service aktiv als an jedem anderen Ort der Welt, Washington, D. C., eingeschlossen, wegen der Prominenz, die hier wohnt und Golf spielt. Das FBI hat drei Agenten, die in Palm Springs und Umgebung wohnen, wegen der Betrugsfälle zwischen den Bundesstaaten, und eine Menge Präsidentschaftskandidaten werden direkt auf den Golfplätzen interviewt. Die Fluglotsen in dieser Stadt dirigieren ganze Staffeln von Managerjets.«

»Das klingt ja großartig!« sagte Nelson. »Ich kann's nicht erwarten, hierher versetzt zu werden. Ich hab's satt, Anzeigen wegen gestohlener Datteln aufzunehmen. Und ich hoffe, ich krieg nie wieder einen Dattelkäfer zu sehen! Igitt!«

»Ich muß zugeben, Nelson, Ihre Theorie mit dem Terroristen macht mich ein bißchen neugierig«, sagte Jack Graves.

»Endlich!« Nelson strahlte.

»Ganz überzeugt sie mich nicht«, meinte Jack Graves. »Aber zum Golfturnier kommen ein paar Leute hierher, die Ziel von Anschlägen sein könnten.«

»Doch nicht Dan Quayle, Herrgott nochmal!« sagte Lynn. »Als Reagan in die Stadt kam, mußten sie den Luftraum über der Stadt eine Viertelstunde lang abriegeln. Als Prinz Charles zum Polospielen herkam, gab es einen acht Kilometer langen Verkehrsstau. Als Dan Quayle herkam, um auf dem Platz des Golfverbandes zu spielen, haben wir zwei Reserve- und drei Kriminalbeamte abgestellt, die dem Secret Service dabei helfen sollten, ihn vor der begeisterten Menschenmenge zu schützen... die nachher aus einem Kerl mit seiner Frau bestand, beide Junge Republikaner. Wer ist denn schon ein Terrorist, bloß weil er es auf Dan Quayle abgesehen hat?«

»Du haßt die Republikaner ja wirklich«, sagte Nelson.

»Ich bin Republikaner!« teilte Lynn ihm mit. »Ein *armer* Republikaner. Das ist unnatürlich, wie ein Vampir, der Vegetarier ist.«

»Ich würde Heroinschmuggel nicht ganz ausschließen«, sagte Jack Graves zu Nelson, »auch dann nicht, wenn Ihr Mann der Wüste aus dem Nahen Osten kommt. Ich kann mich daran erinnern, wie ein paar Algerier mit einer Heroinladung nach Palm Springs kamen, die sie sich in den Hosenbund genäht hatten. Mit diesem Trick haben sie das ganze Sicherheitspersonal auf dem Flughafen hereingelegt.«

»Algerier?« sagte Nelson nachdenklich. »Vielleicht! Wer kommt denn sonst noch zu dem Golfturnier, den man terrorisieren könnte?«

»Den Zeitungen nach kommt ein saudischer Milliardär zu einem Tennisturnier Amateure gegen Profis«, sagte Breda. »Der könnte eine Zielscheibe sein. Und Benazir Bhutto aus Pakistan ist hier, jetzt wo sie arbeitslos ist.«

»Prima!« sagte Nelson. »Jetzt machen wir Nägel mit Köpfen!«

»Ein saudischer Scheich?« sagte Lynn. »Vielleicht kann ich mich mit dem treffen und ein paar Tricks lernen. Ich war mit zwei Frauen verheiratet, und mein Leben ist ruiniert. Scheichs heiraten hundertviermal und fliegen zu einem Tenniswochenende nach Palm Springs. Irgendwo muß es da eine Moral geben.«

»Lynn kennt Palm Springs viel besser als ich«, sagte Jack Graves zu Nelson. »Ich würde mich auf Lynns Instinkt verlassen.«

Lynn sagte: »Falls du hinter Typen aus dem Nahen Osten her bist, vor kurzem hat ein Iraner eine Schwulenbar in Cathedral City gekauft.«

»Vielleicht würd's nicht schaden, da morgen mal ein paar Fragen zu stellen«, schlug Nelson vor.

»Warum nicht?« sagte Lynn. »Aber falls wir dort zu Mittag essen müssen, könntest du dort die Tagesspezialität werden.«

Als Nelson zur Bar ging, um weitere Drinks zu holen, sagte Lynn: »Jack, ich weiß ja, wie niedlich er ist und so, aber es wär mir lieber, du würdest ihn mit diesen ganzen Verbrechergeschichten nicht noch ermutigen. Er bildet sich jetzt schon ein, daß jeder in Palm Springs, dessen Name mit einem Vokal endet, von der Mafia ist.«

Lynn entging nicht, daß Bredas Gesicht leicht glühte. Er schätzte sie als eine Frau ein, die drei Drinks vertrug, und zwei hatte sie schon gehabt.

Sie sagte: »Wenn Sie Nelson nicht bis übermorgen los sind, müssen wir eine neue Abmachung treffen. Wie behält er bei dem ganzen Ärger, den er macht, bloß seinen Job?«

»Er muß jede Menge Zeugen haben, die alles beschwören, was er sagt«, antwortete Lynn. »Eins weiß ich, nämlich, daß er keine Furcht kennt. Und ich, ich hab Angst vor Kerlen, die keine Angst haben. Typen wie Nelson sind eine größere Gefahr für die Gesellschaft als das Programm von MTV. Ich mag ihn, obwohl er nicht mal den Unterschied zwischen Schuppen und Syphilis erkennen würde. Wie wär's mit noch einem Chardonnay, Breda? Ich geb eine Runde aus.«

Das schockierte sie so, daß sie die Einladung annahm, obwohl sie genug getrunken hatte. Dann sagte Nelson zu ihrem Verdruß, als er an den Tisch zurückkam: »Wissen Sie, Breda, ich glaub, ich kann Ihnen bei Ihrem Fall Devon helfen.«

»Kann mir keine weiteren Angestellten leisten«, sagte Breda. »Eastern Airlines ist wegen einer zu langen Gehaltsliste pleite gegangen.«

»Oh, ich würde Ihnen doch nichts berechnen«, sagte Nelson. »Ich glaube bloß, es gibt eindeutig eine Verbindung zwischen Ihrem Clive Devon und meinem...«

»Schmuggler-Terrorist-Mafioso«, sagte Lynn. »Auf alle Fälle ein Kerl mit 'ner Menge Bindestriche.«

»Mit was auch immer«, sagte Nelson. »Jedenfalls gibt es in der Umgebung so viele Motels, daß er jede Nacht ein anderes benützen könnte. Vielleicht ist Clive Devon der Schlüssel. Vielleicht hat unser Schmuggler Clive Devon angerufen.«

»Weshalb?« wollte Breda wissen, und Lynn gefiel sie entschieden besser, wenn sie Alkohol im Blut hatte. Dann war dieses seltsame Grinsen nicht so oft zu sehen. Er konnte den Blick nicht von dem bittersüßen Schokoladen-Leberfleck neben ihrer Lippe wenden.

»Das weiß ich nicht, aber wie wär's für den Anfang damit, daß er Devon erzählt hat, was auf dem Flugplatz passiert ist? Daß er deshalb nicht zu ihrem...«

»Rendezvous ist das Wort, das Sie suchen«, sagte Lynn. Jetzt glitzerte der Leberfleck, gebadet in einen Tropfen Wein. Und sie leckte ihn auch noch ab!

»Ja, Rendezvous. Daß er nicht kommen konnte. Vielleicht hat der Kerl Devon gesagt, er könnte es nicht riskieren, mit einem heißen Auto nach Palm Springs zu fahren, und daß Devon ihn abholen sollte.«

»Im Painted Canyon?« fragte Breda ungläubig.

»Na und, es hat doch geklappt, oder?« sagte Nelson. »Niemand hat ihn gesehen.«

»Was zum Teufel könnte er haben, was Clive Devon will oder braucht?« fragte Breda.

»Irgendwas braucht jeder«, sagte Nelson.

»Und was brauchen Sie, Nelson?« fragte Breda.

»Schatten.«

»Schatten?«

»Ja, ich steh nicht noch einen Sommer am anderen Ende

des Tals durch. Da weiß man, wie viele Tage jemand gearbeitet hat, wenn man die Schweißringe auf seinem Hemd zählt. Dort gibt es keinen Schatten. Hier in Palm Springs habt ihr wenigstens nachmittags Schatten. Da draußen brauch ich Sonnenöl mit Lichtschutzfaktor fünfundsiebzig, und so was gibt's gar nicht.«

»Schatten«, wiederholte Breda. Es war so einfach. Nelson Hareem wollte bloß ein bißchen Schatten!

»Dort juckt es mich dauernd«, erklärte Nelson. »Fußpilz, Schwanzjucken. Im September wird sich das anfühlen, als hätte ich Unterhosen aus Stacheldraht an. Im letzten Sommer war's so trocken, daß die ganzen Gummis futsch waren und mir dauernd die Shorts runtergerutscht sind.«

Jack Graves legte die Hand auf den Arm des jungen Cops und sagte: »Ich tu morgen mein Bestes, Nelson. Wenn ich mich an Clive Devon hängen kann und er sich mit Ihrem dunklen, kahlen Schmuggler trifft, sag ich Ihnen Bescheid. Ich gönne Ihnen den Schatten.«

Breda sah Jack Graves an, und Lynn erkannte deutlich, daß sie ihn mochte. Aber er war nicht mehr eifersüchtig. Jack hatte zu viele Probleme, als daß ihm der erlesene Leberfleck neben der Lippe von Breda Burrows auch nur aufgefallen wäre.

Nelson trank sein Bier aus und sagte: »Vielleicht sollten wir jetzt alle nach Hause gehen und morgen ausgeruht an die Arbeit gehen, Lynn.«

»Für mich ist es jedenfalls Zeit zum Gehen«, sagte Breda.

»Können Sie fahren?« fragte Lynn hoffnungsvoll.

»Selbstverständlich!« sagte sie entrüstet.

»Ich fange um sechs vor dem Haus von Clive Devon mit der Überwachung an, Breda«, versprach Jack Graves.

»Halb sieben ist früh genug, Jack«, sagte sie.

Als Lynn Cutter aufstand und vor Schmerz im rechten Knie zusammenzuckte, sagte Nelson: »Ich möchte was sagen, worüber ihr alle heute abend nachdenken solltet. Vielleicht klingt es verrückt.«

»An dir ist nichts Verrücktes, Nelson«, sagte Lynn. »Vierzehn Prozent der erwachsenen Amerikaner sagen, sie hätten UFOs gesehen.«

»Ich möchte, daß ihr euch mal überlegt, ob der Kerl vielleicht was in der Flugtasche hatte, woran noch keiner von uns gedacht hat.«

»Ich will's gar nicht wissen«, sagte Breda.

»Vielleicht hatte er einen Zünder und einen hübschen, großen Klumpen Semtex drin«, sagte Nelson.

»Semtex?«

»Das Zeug, das die Pan-Am-Maschine über Schottland runtergeholt hat«, sagte Nelson. »Vielleicht ist die Idee mit Dan Quayle gar nicht so abwegig. Oder vielleicht sind noch andere Spitzenpolitiker zum Bob Hope Classic hier. Ist doch meistens so.«

Breda und Lynn sahen sich mit offenem Mund an, während Nelson ihnen schweigend sein liebenswürdiges, erwartungsvolles Grinsen zeigte.

Lynn sagte: »Nelson, darüber muß ich erst mal schlafen. Semtex, was? Eines gebe ich allerdings zu: Das Zeug erledigt einen Politiker schneller als Freundschaftsbekundungen von Jesse Jackson.«

11

Ein solches Bad war sie sich schuldig, dachte Breda. Sie hatte sich über eine Stunde lang in Schaum und Badeöl eingeweicht und die Wanne jedesmal nachgefüllt, wenn das Wasser lauwarm wurde. Zum Teufel mit der Wasserknappheit in Kalifornien. Im Wüstental gab es Grundwasser.

Es führte kein Weg daran vorbei, sie brauchte Rhonda Devons fünftausend Dollar, abzüglich dessen, was sie Lynn Cutter und Jack Graves zahlen mußte. Aber Breda zweifelte allmählich daran, daß sich durch die Beschattung von Clive Devon und Blanca Solteros Tochter bei Picknicks und Schwimmpartys etwas aufklären ließ. Vielleicht waren sie nur Freunde.

Breda hatte wieder mit dem Gedanken gespielt, daß Lynn sich bei Clive Devons Urologen als Patient ausgeben sollte. Auch wenn er für eine Spermaprobe nicht der richtige Mann war, war er doch schlau genug, eine Sprechstundenhilfe auszufragen und möglicherweise etwas über eine Verbindung zwischen Clive Devon und einer Samenbank in Beverly Hills herauszubekommen.

Lizzy brauchte nächste Woche sechshundert Dollar für einen Monat Zimmer und Verpflegung und mindestens weitere zweihundert als Geburtstagsgeschenk. Breda hielt es für das beste, zu allen Feiertagen und Geburtstagen Geld zu schicken, denn Lizzy brauchte so viele Dinge, daß sie es nicht riskieren wollte, ihr unnötige Geschenke zu kaufen.

Weitere zwölfhundert waren für die Hypothek und tausend Dollar für die Büromiete fällig. Ihr Vermieter war der Typ, der einem Parkwächter fünfzig Cent Trinkgeld gab und erwartete, daß der sich bei ihm bedankte. Bei ihrer Beschwerde über die Miete hatte der alte Lustmolch die wäßrigen Augen gerollt, sich über den Schreibtisch gebeugt, bis ihr sein grausiges Eau de Cologne in die Nase gestiegen war, und gesagt: »Breda, das könnten wir doch unter uns regeln, Sie und ich.«

Breda kühlte ihn ab, indem sie sagte: »Melvyn, falls dieses Gespräch weitergeht, muß ich Ihnen die Nasenhaare stutzen. Ich hab meinen Küchentisch schon mit kleineren Pinseln gestrichen.«

Die Scheiße, die eine alleinstehende Frau einstecken mußte, wenn sie im Geschäft bleiben wollte!

Bredas kühnste Hoffnung bestand darin, daß Jack Graves Clive Devon zu einem Schäferstündchen folgte und es mit ihrer Videokamera aufnahm. Sie hatte das sichere Gefühl, daß Rhonda Devon zufrieden sein und sich selbst um die Geschichte mit der Samenbank kümmern würde, wenn sie den eindeutigen Beweis für eine Geliebte liefern konnte. Inzwischen war sich Breda sicher, daß die Samenbank etwas mit einem Erben und mit Geld zu tun haben mußte.

Sie war sich außerdem sicher, daß Rhonda Devon auf ihre sonderbare Weise ihren Mann behalten wollte, auch wenn sie vermutlich mehr Bettgeschichten hatte als die Rolling Stones, und vermutlich mit beiden Geschlechtern. Breda hatte nicht vergessen, wie ihre Klientin sie über ihren Martini hinweg angesehen hatte. Es mochte nicht unbedingt Liebe sein, was Rhonda Devon für ihn empfand, aber andererseits wollte sie vielleicht mehr von ihm als nur sein Geld.

Wie auch immer, es war blöd, wenn man versuchte, Leute zu verstehen, die derart reich waren. Sie waren anders, dessen war Breda sich sicher. Jedenfalls würde sie Jack Graves morgen früh die Videokamera bringen und hoffen, daß er die Chance bekam, sie zu benutzen. Sie glaubte an ihn.

Jack Graves. Breda fragte sich, ob er und seine Frau sich vor oder nach dem Unglück getrennt hatten. Sie hoffte, daß es vorher gewesen war, daß sie ihn nicht im nachhinein im Stich gelassen hatte. Er war nicht der erste Cop, der in eine solche Schießerei geraten war. Einmal wäre das beinahe auch ihr passiert.

Breda und zwei männliche Detectives hatten versucht, einem Gangster in einer Sozialwohnung in Watts eine Vorladung wegen Mordversuchs zuzustellen. Sie glaubten, er sei zu Hause, aber niemand antwortete, als sie um 1.10 Uhr morgens an seine Tür klopften. Einer der Detectives öffnete das Schloß mit einer Kreditkarte, und alle drei gingen mit gezogener Waffe hinein. Breda übernahm das nach hinten gelegene Schlafzimmer. Sie hörte Schritte. Sie fuhr herum und zielte! Es war ein Kaninchen.

Ein weißes, rosaäugiges Kaninchen hoppelte in einem Schlafzimmer im Ghetto von Los Angeles herum. Überall war Kaninchenscheiße, aber kein Verdächtiger. Um ein Haar hätte sie dem Häschen die Ohren abgeschossen, und das wäre noch nicht alles gewesen. Das Kaninchen saß vor einem Kleinkind, das in einem Bündel Decken auf dem Boden lag, wo seine süchtige Mutter es liegengelassen hatte.

Laut Lynn hatte Jack Graves einen zwölfjährigen Mexikanerjungen erschossen. Sein Häschen war ein Kind gewesen. Vielleicht hatte Lynn recht, vielleicht half es Jack, wenn er aus dem Wohnwagen herauskam und wieder etwas tat, was der Polizeiarbeit wenigstens ähnelte. Aber Breda glaubte das nicht.

Sie hatte mit einem Cop zusammengearbeitet, der denselben Blick wie Jack Graves hatte. Stan McAffee, ihr alter Partner, hatte sich ständig über Migräneanfälle beklagt, für die keine physiologische Ursache gefunden werden konnte. Sie hatte Stan gemocht, alle mochten ihn. Sie waren gemeinsam zu Ballspielen, ins Kino, sogar zum Abendessen gegangen. Sie war bereit gewesen, sich auf eine Romanze einzulassen, aber es war zu spät. Die Kopfschmerzen waren unerträglich geworden; das hatte er jedenfalls behauptet. Drei Wochen nach seinem Abschied bei der Polizei von Los Angeles hatte er seinen Kopfschmerzen mit einer 38er für immer ein Ende gemacht.

Sie hatte sich bei seiner Beerdigung die Augen ausgeweint, als der Dudelsackspieler der Polizei einen Trauermarsch blies, während der Sarg hinuntergelassen wurde. Stan hatte Augen wie Jack Graves gehabt.

ALS ER IN SEINEN WOHNWAGEN in Windy Point zurückkam, goß Jack Graves sorgfältig alle Zimmerpflanzen. Heute war der dafür vorgesehene Tag gewesen, aber er war nicht dazu gekommen, weil er damit beschäftigt gewesen war, Breda Burrows zu helfen. Er mußte den Wecker auf 5.30 Uhr stellen, damit er noch genug Zeit hatte, einen Teller Frühstücksflocken zu essen und zwei Tassen Kaffee zu trinken. Zum Zeitunglesen blieb ihm keine Zeit, aber er konnte die Zeitung mitnehmen. Während er vor dem Haus der Devons im Auto saß, hatte er vermutlich jede Menge Zeit, sie zu lesen. Er tat alles gründlich, mit peinlicher Sorgfalt. Er hatte ein zwanghaftes Bedürfnis nach Ordnung entwickelt.

Das Jip-jip-jip der Kojoten. Dann ein Klagelaut, der im Wind fast unterging. Dann mehr Kojotenstimmen, ein Rudel von zwölf, das wie hundert klang. Jack Graves öffnete die Tür und trat hinaus in die Nacht, um zu lauschen. Der Wind heulte den Paß entlang, und der Mond überflutete die Berge mit weißem Licht. Ein weißer Glanz lag über dem Himmel, aber dahinter sah Jack Graves den Großen Bären. Vielleicht wühlten der Wind und das unheimliche Licht die wilden Herzen der kleinen Wüstenwölfe auf. Sie klangen wie in einem Glückstaumel.

Die Kojoten waren jedenfalls erfüllt von sich, sangen ihre Lieder, wilde Jugendlieder. Jack Graves kam sich alt vor und ausgekühlt bis ins Mark. Seine Zähne schlugen aufeinander, als er fröstelnd in den Wohnwagen zurückging.

Der Wecker war gestellt. Er war auf morgen vorbereitet. Ehe er zu Bett ging, löffelte er Kaffee in die Kaffeemaschine, goß Wasser aus einer Plastikflasche in den Tank und stellte die Schaltuhr auf 5.20 Uhr. Als er die Plastikflasche in den Schrank zurückstellte, klemmte er sich in der Schranktür die Finger ein.

Er schrie auf, lief zum Spülbecken und hielt die schmerzenden Finger unter das kalte Wasser. Schwarzes Blut schoß aus der Wunde; vermutlich würde er den Fingernagel verlieren. Jack Graves hoffte, daß er trotz der Schmerzen schlafen konnte. Er wurde so ungeschickt, daß er sich fragte, ob er mit sechsundvierzig Jahren ein Fall für den Neurologen war. So viele Unfälle.

Aber er schlief in jener Nacht weniger unruhig als sonst. Irgendwie war der Schmerz tröstlich.

DIE ZEHN-UHR-NACHRICHTEN waren noch nicht zu Ende, als Nelson Hareem seine Junggesellenwohnung in Indio betrat. Nelson ging ins Schlafzimmer, zog das T-Shirt aus, dann ging er in die badewannengroße Küche, machte sich ein Erdnußbutterbrot und goß sich ein Glas Milch ein. Dann schaltete er um auf CMT, denn außer der Polizeiarbeit war seine einzige Leidenschaft Country-Musik. Während Travis Tritt ›Put Some Drive in Your Country‹ sang, tunkte Nelson das Brot in die Milch, dann sah er sich einen Werbespot für Zahnpasta an, von der behauptet wurde, sie verhelfe einem zu einem Lächeln, für das Filmstars Tausende von Dollar bezahlten. Er tunkte das Erdnußbutterbrot wieder ein. Seine Exfreundin Billie hatte gesagt, eintunken sei unfein, aber er war mit dem Eintunken aufgewachsen und konnte es sich nicht abgewöhnen.

Unruhig schaltete er zu den Nachrichten zurück, wo es immer noch um den Krieg ging. Der Nahe Osten hatte ihn schon immer deprimiert. Er empfand nicht die geringste Verwandtschaft mit den Menschen in der Region, nicht einmal mit denen im Libanon. Nelson hatte seinen libanesischen Großvater nicht gekannt – er war gestorben, als Nelsons Vater noch ein kleiner Junge war. Nelson fühlte sich wie alle anderen in seiner Familie als Wanderarbeiter aus Bakersfield, obwohl er und seine Schwestern vor allem in San Bernardino aufgewachsen waren, nachdem seine Mutter wieder geheiratet hatte.

Dann stand Nelson auf, um den Fernseher auszuschalten, und nahm sich wieder einmal vor, Batterien für die Fernbedienung zu kaufen. Der Sony war sein zweiter echter Luxus neben dem Jeep Wrangler, den er sich nicht leisten konnte, aber unbedingt haben mußte.

Das Aquarium sah ganz ordentlich aus, aber er mußte bald das Wasser wechseln. Er streute Futter hinein und sagte »Hallo, Olli, hallo, Liddy« zu seinen beiden Goldfischen, die ihm besser gefielen als die ganzen Edelfische, die sie ihm hatten verkaufen wollen.

Nelson überlegte sich, ob er die Ausgabe von *Soldier of Fortune* lesen sollte, ein Söldnermagazin, das er in der Hoffnung gekauft hatte, etwas über Terroristen zu erfahren, aber es schien nur von Typen zu handeln, die geil nach allem Zylindrischen waren, das Feuer spuckte.

Es war ein entmutigender Gedanke, Lynn Cutter am nächsten Tag hinauf nach Desert Hot Springs zu schleppen, aber etliche Motels dort oben waren tatsächlich ein besserer Unterschlupf für einen Flüchtigen, der eine abgelegene Operationsbasis suchte. Doch Desert Hot Springs war einige Kilometer vom Palm Springs entfernt, deshalb brauchte der Kerl ein Auto, und zwar eines, das nicht heiß war. Nelson überlegte sich, die Autovermietungen zu überprüfen. Je mehr er darüber nachdachte, desto besser gefiel ihm die Idee.

Um elf war er im Bett und gab sich der Phantasie hin, wie er von der *Desert Sun* interviewt wurde, nachdem er den Übeltäter gefaßt hatte. In dieser ganz besonderen Phantasie versuchte der Terrorist, am achtzehnten Loch im Indian Wells Country Club, wo Bob Hope die Pokale und die Schecks überreichte, eine Bombe zu legen. So schaltete Nelson Hareem ganz allein eine ausländische Macht aus, die den Mann, der die US-Truppen in Saudi-Arabien unterhalten hatte, in Fetzen hatte reißen wollen.

Die Vormieterin von Nelsons Junggesellenwohnung hatte versucht, sich als Telefonwerberin für jede Firma, die ihr ein Minimum an Honorar zahlte, durchzuschlagen, und in der Wohnung lag ein Stapel von Telefonbüchern mit Einträgen für fast ganz Riverside und San Bernardino Country, zwei der größten Verwaltungsbezirke der Erde.

Nelson sprang aus dem Bett, schnappte sich den Bademantel, den ihm seine Exfreundin zum sechsundzwanzigsten Geburtstag geschenkt hatte, und wühlte in dem Stapel, bis er das Telefonbuch von Palm Springs fand. Er schlug die Gelben Seiten auf, aber die vielen Einträge von Autovermietern und Leasingfirmen entmutigten ihn. In einer Stadt, die jährlich während der Saison Hunderttausende von Touristen beherbergte, hätte er damit rechnen müssen. Er riß das Seitenbündel heraus und legte es zu Seite 572 – der Seite mit Motels von A bis C, die der Terrorist aus dem anderen Telefonbuch herausgerissen hatte.

Nelson strich Seite 572 neben den Seiten mit den Autovermietungen auf dem Couchtisch glatt. Die Rückseite interessierte ihn nicht. Auf Seite 571 gingen etliche Ms den Motels voraus. Das waren Modehäuser, Modellagenturen und Monumentbildhauer.

Der Flüchtige trank Kaffee und beschäftigte sich mit Seite 571 der Gelben Seiten von Palm Springs. Auf dieser Seite interessierten ihn nur vier Einträge, und er beschloß, diese Einträge auswendig zu lernen und die Seite, die er aus dem Telefonbuch herausgerissen hatte, wegzuwerfen, wie er auch die rote Flugtasche weggeworfen hatte. Jetzt besaß er eine schöne blaue Ledertasche, die unter einen Flugzeugsitz paßte und Platz für alles bot, was er brauchte.

Der Flüchtige las die Geschäftsnamen, Adressen und Telefonnummern laut, während er in seinem Motelzimmer auf und ab ging. »Desert Trail Monument«, sagte er laut in einem leicht akzentgefärbten Englisch.

Dann las er zur Übung laut: »Wir liefern zuverlässig das vollkommene Grabmal in Granit, Bronze oder Marmor.«

Er ging ins Bad und spritzte sich noch etwas Rasierwasser ins Gesicht. Seine Oberlippe war immer noch mit einem rauhen, verräterischen Ausschlag gesprenkelt, wo er sich den Schnurrbart abrasiert hatte. Er trug diesen Schnurrbart seit seinem dreiundzwanzigsten Lebensjahr und hatte sich nur widerwillig von ihm getrennt.

Er fragte sich, was seine Frau sagen würde, wenn er nach Hause kam. Er mußte zugeben, daß er ein paar Jahre jünger aussah. Die meisten Leute sagten, er sehe älter aus als neununddreißig, aber das lag nur an der vorzeitigen Glatze. Der Vater seiner Mutter war kahl gewesen und drei ihrer Brüder ebenfalls. Aber ohne den Schnurrbart sah er jünger aus, dessen war er sich sicher.

Er ging wieder auf und ab. Die zweite Firma unter der Rubrik Monumente war Johnson und Sohn, Grabbildhauer. Die Firma befand sich in Desert Hot Springs.

Er sagte es laut: »Johnson... J-J-Johnson.« Js waren schwer auszusprechen.

Er hatte viele Jahre daran gearbeitet, das zu vervollkommnen, was der allgemeinen Ansicht nach hervorragendes Englisch war, und er versuchte, seine Kinder davon zu überzeugen, daß sie ohne solide Kenntnisse der englischen Sprache keine Zukunftschancen hatten. Ihm war durchaus bewußt, daß er unter anderem deshalb für diese Mission ausgewählt worden war, weil er besser englisch sprach als seine Kameraden.

Der Flüchtige ging entschlossener auf und ab, während er sich die Adresse und Telefonnummer von Palm and Sand Markers einprägte. Als er damit fertig war, kam noch eine Firma in Cathedral City, Serenity Markers and Memorials. Der Name gefiel ihm: Serenity. Er wußte genau, was das Wort bedeutete.

Er ging auf und ab und sagte leise: »Serenity, Serenity, Serenity...«

12

An einen Mann wie Jack Graves konnte man sich nicht so einfach heranschleichen, dachte Breda. Er mußte ein ziemlich guter Rauschgiftfahnder gewesen sein. In Orange County, wo er gearbeitet hatte, gab es jede Menge Rauschgift. Breda hätte einen solchen Mann bei der Ermittlung eingesetzt statt bei Razzien, und dann hätte er auch den Jungen nicht erschossen. Oder hatte es einfach so kommen müssen?

Er streckte die Hand aus dem Fenster und winkte, als sie noch zehn Meter vom rechten hinteren Kotflügel seines Mazda entfernt war. Breda öffnete die Beifahrertür und stieg ein, als eben die ersten niedrigen Strahlen vom Himmel über den Santa Rosa Mountains ins Tal fielen.

Das war etwas anderes, als in Lynn Cutters verlotterten Rambler zu steigen. Jack Graves' Mazda war beunruhigend sauber und ordentlich. Er hatte eine Thermoskanne Kaffee und zwei Henkelbecher dabei. Außer einem Plastikkännchen mit echter Sahne und einem Behälter mit Zucker gab es zwei Plastiklöffel in einer zusammengefalteten Papierserviette; alles bereit für sie, dazu drei Blätterteigtaschen zur Auswahl.

»Ich hab gedacht, Sie haben vielleicht keine Zeit zum Frühstücken«, sagte er, als Breda das Fernglas, die Videokamera und das Dossier über Devon auf den Rücksitz legte.

»Was, kein Espresso?« Sie zupfte höflichkeitshalber ein Stück Blätterteig ab, goß sich Kaffee ein und gab ein paar Tropfen Sahne dazu, keinen Zucker. »Wann sind Sie aufgestanden?«

»Ich stehe immer um halb sechs auf«, sagte Jack Graves, und Breda war sich sicher, daß er Punkt halb sechs meinte. Nicht 5.20, nicht 5.40 Uhr.

»Wenn dieser Fall abgeschlossen ist, schlafe ich bis mittags«, sagte Breda.

»Dann entgeht Ihnen der Sonnenaufgang. Sonnenaufgang und Sonnenuntergang gehören dazu. Dann sagt Ihnen die Wüste, ganz gleich, was passiert, alles wird verbrennen und verwehen. Das gehört dazu, zum Leben in der Wüste, meine ich.«

Breda trank Kaffee und musterte das ausgemergelte, kummervolle Gesicht. Dann sagte sie: »Können Sie mit der Videokamera umgehen?«

»Klar. Wir haben dauernd damit gearbeitet, als wir die peruanischen Schmuggler beobachtet haben. Ist das eine Panasonic?«

»Mhm«, sagte Breda und nahm sich noch ein Stück Blätterteig, obwohl sie wußte, daß sie es nicht tun sollte.

»Ich bezweifle, daß ich irgendwas Erkennbares aufnehmen kann, selbst mit dem Zoom. In der offenen Wüste kommt kein Jäger nahe heran.«

»Tun Sie Ihr Bestes«, sagte sie. »Wer weiß, vielleicht fährt er direkt zum Haus der Solteros in Indio. Wenn er mit der jungen Frau schwimmt, picknickt und sie zu Hause besucht, reicht das aus meiner Sicht dafür aus, daß seine Frau ein paar Schlußfolgerungen zieht.«

»Ich fänd's wirklich widerlich, durch ein Schlafzimmerfenster intime Aufnahmen zu filmen, aber ich hab gesagt, ich übernehm den Auftrag, und dann tu ich's auch.«

»Ich glaube nicht, daß es dazu kommt«, sagte Breda. »Ich

weiß nicht, warum, aber ich glaube es nicht.« Ihr war aufgefallen, daß er das Wort *schießen* nicht benutzen konnte. Er schoß keine intimen Aufnahmen, er filmte sie.

»Ich hab mal daran gedacht, ins Ermittlergeschäft einzusteigen«, sagte er, »aber ich glaube nicht, daß es mir gefallen würde.«

»Ich glaube auch nicht, daß es mir gefällt, aber Leute von der schlimmsten Sorte sind das einzige, womit ich umzugehen gelernt habe.«

»Viele Polizisten in dieser Stadt übernehmen Sicherheitsjobs in den großen Hotels, wenn sie suspendiert oder krankgeschrieben sind. Ich hab daran gedacht, mich um einen solchen Job zu bewerben. Das Problem ist, daß man sich für so etwas überqualifiziert vorkommt, wenn man über Jahre und Jahre im Polizeidienst war. Wenn ich nur mit den Händen arbeiten könnte, aber in der Hinsicht bin ich nicht besonders geschickt.«

Breda warf einen Blick auf Jack Graves' lange, knochige Hände. Die ersten drei Finger der rechten Hand hatten Blutergüsse und waren angeschwollen. Sie war sich so gut wie sicher, daß seine Hände am vorigen Abend noch heil gewesen waren. Sie hatte Angst, danach zu fragen, was passiert war. Sie sagte nur: »Sie kochen guten Kaffee.«

»Stimmt«, sagte Jack Graves lächelnd. »Ich nehme an, ich könnte einen Job als Koch in einem Schnellimbiß bekommen, nicht wahr?«

Breda trank den Kaffee aus, aß den letzten Bissen Blätterteig und sagte: »Sie sind also bereit? Sie können den Bericht über ihn lesen, den ich geschrieben habe. Er ist nicht besonders hilfreich, aber falls er ins Mexikanerviertel von Indio fährt und Sie ihn verlieren, können Sie sich ausrechnen, daß er zum Haus der Solteros fährt. Können Sie sich um sieben mit mir im Furnace Room treffen? Ich nehme an, daß er bis dahin längst wieder zu Hause ist.«

»Im Furnace Room?«

»Ja, das ist Lynns Zuhause, sein Büro und seine Zuflucht. Ich habe gelernt, mit dem Strom zu schwimmen, zumindest was seine Person angeht.«

»Okay, dann bis sieben, falls sich nicht irgendwas Lohnendes tut. Falls doch, komme ich nicht, aber ich rufe an, wenn ich kann.«

»Ich hoffe bloß, diese leckeren Dinger sind nicht mit gesättigtem Fett gebacken worden«, sagte Breda und genoß den letzten Krümel.

Der blaue Buick gefiel ihm ungeheuer gut. Ein solches Auto hätte er zu Hause auch gern gehabt. Er glaubte, in einem solchen Auto würden sie nicht nach ihm suchen. Außerdem liebte er große amerikanische Schlitten.

Es war viel leichter gewesen, den Gebrauchtwagen zu kaufen, als seine Kameraden ihm erzählt hatten. Er hatte einen gefälschten kalifornischen Führerschein, abgestempelt in Mexicali. Und er hatte einen mexikanischen Führerschein, ebenfalls gefälscht, für den Fall, daß er ihn brauchte. Er war schlicht und einfach ein mexikanischer Staatsbürger, der in Kalifornien war, um mit einer Firma in Los Angeles ins Geschäft zu kommen, die im Süden der Grenze eine *maquiladora*-Fabrik bauen und billige mexikanische Arbeitskräfte zum Zusammenbau von Platinen heranziehen wollte.

Der Herrenausstatter in Palm Springs war unglaublich teuer gewesen. Allein die Schuhe – weiße Halbschuhe mit kleinen Quasten – hatten 185 US-Dollar gekostet. Er hatte noch nie einen Anzug dieser Preisklasse gekauft, sein Leben lang nicht. Aber die Kleidung gab ihm mehr Selbstvertrauen.

Der Verkäufer in dem Laden hatte einen kastanienbraunen Blazer für ihn ausgesucht, eine cremefarbene Hose und drei lässige Hemden. Er hatte dem Verkäufer gesagt, er wolle abends in Palm Springs gut angezogen sein. Er beschloß, die

Jacke und die Hose seinem Schwager zu schenken, wenn er nach Hause kam; der würde mit Freuden eine rötlichbraune Jacke mit Goldknöpfen tragen. Die Hemden würde er jedoch behalten; sie waren aus Baumwolle, der feinsten Baumwolle, die er je gesehen hatte. Das rosa Hemd schmiegte sich weich an seine Haut. Er sah beim Fahren in den Rückspiegel und stellte erleichtert fest, daß seine Oberlippe gut verheilte. Der Rasierausschlag war fast ganz verschwunden, und der einzige Hinweis auf fehlendes Gesichtshaar war die Tatsache, daß seine Oberlippe nicht die gleiche Sonnenbräune wie sein übriges Gesicht aufwies.

Er hatte zwei Hüte gekauft, einen Panama, von dem der Verkäufer hartnäckig behauptet hatte, das sei genau der Hut, den er brauche. Darüber hinaus hatte er einen grauen Strohhut mit schmaler Krempe gekauft, einen von der Art, wie er ihn schon bei etlichen Touristen in Palm Springs gesehen hatte. Es gab viele kahle Männer in dieser Stadt; kein Wunder bei den ganzen älteren Leuten, die hier herumliefen. Trotzdem meinte er, ständig einen Hut tragen zu müssen.

Seine Tarnung war auch weiterhin perfekt, und in dieser Hinsicht hatte er nichts zu befürchten. Seine einzige Sorge war, daß er am Flugplatz eine Spur hinterlassen haben könnte. Er mußte sich ständig ins Gedächtnis rufen, was seines Wissens die Wahrheit war: Die amerikanischen Polizisten waren keine Superdetektive. Man fühlte sich viel zu schnell unterlegen. Das war ein Phänomen, auf das man in seinem Land nur allzu häufig stieß: daß sich alle den Amerikanern unterlegen fühlten.

Das wirkliche Leben war nicht wie die Fernsehfilme, in denen die amerikanische Polizei mit der raffiniertesten Technik, die man sich überhaupt vorstellen konnte, jedes Verbrechen aufklärte. Seine Kameraden hatten ihm bei den Vorbereitungen zu dieser Mission immer wieder gesagt, daß er sich wegen den amerikanischen Polizisten keine Sorgen zu machen brauche. Sie seien bloß gewöhnliche Polizisten, die bei der Aufklärung von Schwerverbrechen in der Regel versagten. Und er sprach vermutlich besser Englisch, als irgendeiner von ihnen seine Muttersprache beherrschte. Wer war also wem unterlegen?

Er bog auf einer Straße in Desert Hot Springs rechts ab, auf einer Straße, die er sich fest eingeprägt hatte. Er befand sich in einem Industriegebiet mit vielen Fabriken, aber er sah auch Bäume und Pflanzen. Auf beiden Seiten des Gebäudes standen fast dreißig Meter hohe Fächerpalmen. Tote Palmwedel hingen um ihre Stämme wie Petticoats junger Mädchen. Es war tröstlich, die Fächerpalmen zu sehen. In seinem Land gab es viele davon. Vielleicht war das ein gutes Omen. Er zog das Jackett mit den Goldknöpfen an und betrat das Büro.

Eine Frau arbeitete an einem Schreibtisch, und eine zweite telefonierte neben einem Aktenschrank. Eine zweiteilige Tür, deren obere Hälfte offenstand, führte in eine kleine Lagerhalle, in der er Leute reden hören konnte.

»Was kann ich für Sie tun, Sir?« fragte die Frau.

Sie war etwa im Alter seiner Frau, aber blond und hellhäutig, nicht halb so hübsch wie seine Frau, und sie war geschminkt wie die Huren in Mexicali, die ihn ständig angesprochen hatten, als er wegen der gefälschten Papiere unterwegs gewesen war.

»Ich interessiere mich für einen Grabstein«, sagte er in seinem Singsangtonfall mit leichtem Akzent.

»Möchten Sie etwas in Marmor, schwarz, poliert?« Sie schlug ein paar Broschüren auf, die auf dem Schreibtisch gestapelt waren. »Sie können für etwas über vierhundert Dollar eine Gedenktafel vierzig mal sechzig bekommen. Ich glaube, Sie werden feststellen, daß unsere Preise konkurrenzfähig sind. Aber wenn Sie das Beste wollen, empfehle ich blauen Perlgranit. Er kommt aus Norwegen und kostet um die tausend Dollar. Zweihundert zusätzlich, wenn es eine Spezialanfertigung sein soll.«

Er blätterte durch ein paar Seiten und sagte: »Wissen Sie, ich habe mit einem Mann gesprochen, der letztes Jahr im September seine Mutter in der Gegend von Palm Springs bestattet hat. Er hat mir ihr Grabmal beschrieben. Es sei wunderschön gewesen, hat er gesagt. Vielleicht ist das Grabmal hier gemacht worden. Ich will genau dasselbe.«

»Wir fertigen die Gedenktafeln nicht selbst an. Wir geben sie in Auftrag. Wie hieß der Kunde?«

»Das ist das Problem. Ich weiß es nicht.«

»Wie hieß die Verstorbene?«

»Leider weiß ich auch das nicht.«

»Woher soll ich es dann wissen?« Sie war eine dieser Amerikanerinnen, die beim Sprechen Kaugummi im Mund hatten. Sie kaute nicht darauf herum, aber der Gummi war da, und sie mußte ihn hin- und herschieben, damit sie sprechen konnte. Er hatte die amerikanischen Frauen nie besonders anziehend gefunden.

»Ich kenne das genaue Datum, an dem er den Stein bestellt hat«, sagte er. »Es war am dreizehnten September.«

»Ist die Verstorbene im Memorial Park in Cathedral City beigesetzt worden?«

»Ich weiß es nicht. Es tut mir leid. Ich weiß wenig, weiß nur, daß er an diesem Tag einen Grabstein für eine alte Frau bestellt hat. Mit eingemeißelten Orchideen.«

»Orchideen? Dann war es eine Spezialanfertigung.«

»Ja, ich glaube, das stimmt.«

»Wir können eine Orchidee einmeißeln lassen oder jede andere Blume. Wir können einen roten oder einen grünen Stein bestellen. Grün kann sehr hübsch aussehen.«

»Nein, nein, bitte«, sagte er. »Ich brauche genau dasselbe Grabmal wie das, das am dreizehnten September letzten Jahres bestellt worden ist.«

»Moment mal«, sagte sie und griff zum Telefon.

Daß sie plötzlich telefonierte, machte ihm angst, aber dieses Mal geriet er nicht in Panik. Er sagte sich: Was kann sie schon tun? Sie ruft nur ihren Chef an, mehr nicht.

»Sam, komm doch bitte mal rüber, ja?« sagte sie ins Telefon.

Er tat so, als blättere er in den Broschüren, bis ein Mann im Overall durch die halbierte Tür kam und sagte: »Ja?«

Man sah ihm an, daß er schwer arbeitete. Der Flüchtige hatte festgestellt, daß Arbeiter ihm weniger Probleme bereiteten als andere Leute. Dieser Mann hatte Hände wie die Jungen, auf die er in der Tamariskengruppe gestoßen war, die Jungen, die nicht darauf gehört hatten, daß sie den gestohlenen Wagen nicht fahren sollten. Er hatte in der Zeitung gelesen, was ihnen zugestoßen war, aber das war nicht seine Schuld. Dieser Mann hatte Hände wie jene schwer arbeitenden Jungen.

»Sam«, sagte die junge Frau, »hast du im September letzten Jahres eine Spezialanfertigung in Auftrag gegeben, für einen...« Sie wandte sich dem Flüchtigen zu und fragte: »War es Marmor, schwarz, poliert, oder was?«

»Tut mir leid«, sagte er und hob entschuldigend die Schultern.

»Okay, hätte Marmor, Granit, Bronze gewesen sein können. Hast du einen Auftrag für eine Spezialanfertigung angenommen, wo der Kunde Orchideen auf der Gedenktafel wollte?«

»Für eine alte Frau«, sagte der Flüchtige.

»Jede Menge Rosen«, sagte der Mann.

»Orchideen«, sagte der Flüchtige. »Für eine alte Frau.«

»Wie hieß sie?«

»Das hatten wir schon«, seufzte die junge Frau. »Er weiß es nicht.«

»Orchideen? Nein, Orchideen haben wir nicht geliefert.«

Dann sagte er: »Gänseblümchen. Wir haben eine Gedenktafel mit Gänseblümchen für die Beerdigung eines kleinen Mädchens geliefert.«

DIE VILLA WAR EIN MAMMUTGEBILDE aus Rechtecken in stumpfem Weiß – eine danebengegangene Frank-Lloyd-Wright-Kopie –, aber es war nicht weit zur Innenstadt, also war die Lage in Ordnung.

»Du siehst nicht besonders aus«, sagte Nelson, als Lynn ihm im Schlafanzug die Tür öffnete.

»Ich wollte früh nach Hause, aber mir ist eine Maniküre über den Weg gelaufen, die ich schon mal in Bredas Büro gesehen habe. Dieses Mal hat sie mich nicht angesehen, als ob ich was wäre, was sich auf den Rücken legt, wenn man's in seiner Unterwäsche findet.«

»Hast du's ihr besorgt?« fragte Nelson. Das lüsterne Grinsen sah bei ihm besonders blöd aus.

»Ich hoffe nicht«, sagte Lynn. »Denn wer mit mir bumst, bumst mit jedem, und das ist zum Fürchten. Aber vermutlich kann mir nichts passieren. In Simbabwe wird man impotent, wenn einem ein Chamäleon über den Weg läuft. Ich glaub, in Palm Springs ist das mit den Eidechsen genauso.«

»Komm schon, Lynn, geh unter die kalte Dusche und laß uns losfahren«, sagte Nelson. »Ich hab ein paar neue Ideen.«

Als Lynn an einem riesigen Goldlaubspiegel im Flur des weitläufigen Hauses vorbeischlurfte, sah er sein Spiegelbild an und sagte: »Ich bin aufgeplustert wie eine Taube. Ich habe MSS.«

»Was ist das?« fragte Nelson.

»Massiver Samenstau. Ich bin so geil, daß ich das Auspuffrohr eines Studebaker bumsen könnte, aber es hat keinen Zweck. Mein Sexualleben gehört der Geschichte an!«

Als sie in Nelsons Wrangler auf der Straße waren, ihnen der Wüstensand ins Gesicht wehte und Lynn sich den

Brummschädel hielt, legte Nelson eine Cassette ein. »Ich weiß, daß du keine Country-Musik magst, aber wart's ab, bis du den hier gehört hast. Das ist Clint Black. Achte mal auf die weinende Harmonika.«

Lynn ächzte und sagte: »Hast du keine Musik wie im Furnace Room? Du weißt schon, Snookie Lansons größte Hits?«

»Das Haus, in dem du wohnst, ist das tollste, was ich je gesehen hab«, sagte Nelson, als er herunterschaltete und Lynn schmerzhaft nach vorn geschleudert wurde.

»Ja, es ist gemütlich wie der Kreml, mal abgesehen davon, daß der Besitzer den Geschmack eines philippinischen Zuhälters hat. Ich muß mich bald nach einem neuen Haus zum Einhüten umschauen, sonst muß ich einen reichen Indianer, dem ich mal einen Gefallen getan hab, um einen Schlafplatz anbetteln. Vielleicht nimmt er mich auf. Er läßt sein Pferd im Patio schlafen. Vielleicht könnte ich als Gärtner für ihn arbeiten, meine Waffe gegen einen Rasenmäher eintauschen. Bloß machen seine Ziegen das besser. Sie leben auf seinem Tennisplatz.«

»Wie kommst du eigentlich an diese Einhütjobs heran?«

»Früher war das mal einfach. Es gab immer einen Millionär, der einen Cop aus Palm Springs suchte, damit der ein paar Wochen auf sein Haus aufpaßte. Wir haben den reichen Typen für wenig Geld Sicherheit geliefert. Aber wie immer hat uns ein Cop das Geschäft vermasselt. Der hat beim Einhüten eine Fete gegeben, da ging's zu wie im Zoo – eine Party für zwölf Cops und zweitausendundzwölf Kosmetikerinnen, Cocktailkellnerinnen und Masseusen. Der Dünenbuggy des reichen Typen ist im Swimmingpool gelandet. Als er aus Aspen zurückkam, mußte er bei den Schwalbensprüngen und Rückwärtssaltos ganz schön aufpassen. Es hat sich herumgesprochen, daß Cops unzuverlässige Haussitter sind.«

»Du hast recht«, sagte Nelson angewidert, »immer gibt es

einen Cop, der den anderen alles vermasselt. Einen blöden, selbstsüchtigen Vollidioten.«

»Ja, so hat mich alle Welt genannt«, sagte Lynn. »Seit einer Ewigkeit.«

Breda ging früh in ihr Büro und nutzte die ruhige Zeit, um Schecks auszustellen, private wie geschäftliche. Sie sah in der Lokalzeitung nach, ob geeigneter Büroraum angeboten wurde, nach dem sie sich noch nicht erkundigt hatte. Nichts. Sie wollte Kaffee machen, meinte dann aber, ihr morgendliches Quantum schon getrunken zu haben. Die Wahrheit war, es war einfach noch zu früh, einsam im Büro herumzusitzen. Ihr Geschäft hatte nichts mit Frühaufstehern zu tun. Sie fragte sich, ob es für einen Privatermittler in Palm Springs überhaupt genug Klienten gab.

Breda schaute auf die Uhr. Die meisten Ärzte öffneten ihre Praxis um neun Uhr morgens. Weil Clive Devons Urologe entweder mauerte oder nichts wußte, beschloß sie, es bei seinem Hausarzt zu versuchen.

Die Arztpraxis war nicht weit vom Desert Hospital entfernt. In den Tagen von Gable, Tracy, den Marx Brothers, der Garbo – im goldenen Zeitalter von Palm Springs – war das Krankenhaus das eleganteste Ferienhotel der Stadt gewesen.

Die Sprechstundenhilfe trug ein Namensschild mit nur dem Vornamen, ganz ähnlich den Schildern, die Cocktailkellnerinnen trugen. Und sie sah tatsächlich wie eine Frau aus, die Drinks serviert. Auf dem Namensschild stand ›Candy‹.

»Guten Morgen.« Breda war erfreut darüber, daß nur ein Patient im Wartezimmer saß, ein älterer Mann, der mehr als Schwierigkeiten beim Wasserlassen hatte; seinem Gesicht war der Hautkrebs deutlich anzusehen.

»Ja?«

»Ich möchte gern mit Doktor Gladden sprechen. Es geht um meinen Mann.«

»Sie haben ihn nicht dabei?«

»Nein, er ist noch nicht bereit, herzukommen«, sagte Breda ruhig und warf einen Blick auf den alten Mann, der damit beschäftigt war, *Palm Springs Life* zu lesen.

»Wollen Sie einen Termin für ihn machen?«

»Nein... ja. Ich meine, ich möchte gern mit dem Doktor persönlich sprechen. Wissen Sie, ich möchte, daß er eine Samenprobe nimmt.«

»Eine Fruchtbarkeitsuntersuchung?«

»Wir sind uns ziemlich sicher, daß er in dieser Hinsicht okay ist«, sagte Breda. »Ehrlich gesagt, wir denken über eine In-vitro-Befruchtung mit einer Leihmutter nach. Im Augenblick möchten wir, daß das Sperma meines Mannes bei der Samenbank gelagert wird, mit der Sie zusammenarbeiten.«

»Doktor Gladden ist dreiundsiebzig«, sagte Candy. »Er hat sich eigentlich schon zur Ruhe gesetzt und nimmt so gut wie nie einen neuen Patienten an. In den zwei Jahren, die ich jetzt hier bin, hat er nie etwas mit einer Samenbank zu tun gehabt.«

»Wirklich? Ein Freund von uns, Clive Devon, ist Patient bei Doktor Gladden. Ich habe gedacht, er hat das hier erledigen lassen, die Samenprobe, die Lagerung und so weiter.«

»Wir haben Mr. Devon seit über einem Jahr nicht mehr zu sehen bekommen«, sagte Candy. »Der Herr Doktor hat in letzter Zeit nur noch wenige Patienten. Falls Mr. Devon so etwas getan hat, muß es bei einem anderen Arzt gewesen sein.« Dann sagte die junge Frau skeptisch: »Sprechen wir über denselben Mr. Devon? Der, den wir kennen, ist nicht mehr der Jüngste. Eine Samenbank?«

DER RANGE ROVER FUHR AUF DEM Palm Canyon Drive nach Süden und weiter in diese Richtung, auf die Indianercanyons zu. Clive Devon fuhr mit dem großen braunen Hund der jungen Frau in das Reservat.

Jack Graves fragte sich, was er mit dem Haustier der Frau im Sinn hatte. Sie mußte zurückkommen, um es abzuholen, oder vielleicht wollten Clive Devon und sie sich zu einem Wüstenpicknick wie demjenigen treffen, das Lynn beschrieben hatte. Jack Graves hoffte, an der Mautschranke der Indianer seien andere Autos, aber auf der schmalen Straße war nur noch ein weiteres Fahrzeug unterwegs. Er beschloß, sich zurückfallen und sich von dem Pace Arrow RV überholen zu lassen, damit dieser ihn von dem schwarzen Range Rover trennte. Er zahlte einer riesigen Indianerin, die in einem Holzverschlag saß, $ 3,25 Mautgebühr.

Als der Range Rover die Gabelung erreichte und nach rechts zum Murray Canyon einbog, hielt Jack Graves an und wartete, ließ einen Kombi an seinem Mazda vorbeifahren. Dann bog auch er ab und blieb hinter dem Kombi. Im Murray Canyon waren an diesem Tag vor allem Allradfahrzeuge und Kombis unterwegs, und Jack Graves zählte mindestens fünfzehn Wanderer, die schon die Felsen und Pfade erreicht hatten; deshalb fühlte er sich sicher, als er mit den anderen Autos auf den unbefestigten Parkplatz einbog.

Jack Graves trug Wanderstiefel und einen Schlapphut. Er hatte eine kleine Feldflasche und einen Brotbeutel mit einer Tagesration dabei. Er war bereit, eine gewisse Strecke zurückzulegen, aber er glaubte nicht, daß Clive Devon eine strapaziöse Wanderung im Sinn hatte. Auf keinen Fall bis hinauf zu den Upper Palm Canyon Falls.

Jack hatte die Wasserfälle mehrere Jahre lang nicht mehr gesehen; das letzte Mal war er vor der Dürre hiergewesen. Früher war das weiße Wasser dort im hohen Bogen hinuntergestürzt, zwischen Spalten im Granit hindurch, und wenn das Licht im richtigen Winkel auf die Wasserfälle gefallen war, hatten die zerklüfteten Felsen wie Quarz geglitzert. Überall, wo die Spalten breit genug waren, Sand und Samen einzufangen, sprossen Kakteen und Wildblumen. Gebeugte Yuccapalmen säumten die Granitfelsen und ließen sie wie eine Oase aussehen, was sie zu einem besonders beliebten Fotomotiv im Tal machte.

Die Upper Palm Canyon Falls waren immer Jack Graves' Lieblingsfleck auf der ganzen Welt gewesen. Hier bei den Wasserfällen hätte er ewig bleiben können, wenn das möglich gewesen wäre. Das hatte er immer gedacht.

Als Clive Devon mit dem Hund losging, fing das Tier zu bellen an und tobte in einem schmalen Streifen aus Wüstensonnenblumen herum, durchsetzt mit dem violetten Rosa von Verbena. Jack Graves beobachtete durch das Fernglas, wie Clive Devon nach dem Hund pfiff, weil er offenbar nicht wollte, daß er wie ein junger Stier den Boden zertrampelte und die zauberhaften Wildblumen zerstörte. Sie blühten zeitig, glaubten, der Frühling sei gekommen.

Er hatte den milden Tadel gerade erst geäußert, da kniete Clive Devon nieder, kraulte dem Hund die Ohren und umarmte ihn. Dann gingen sie weiter, der Mann mit schnellem Schritt, während der braune Hund herumtollte wie ein Welpe, in das kalte Wasser des Andreas Creek sprang, der sich von den Bergen herunterschlängelte und durch die palmengesäumte Canyonoase floß, wo die felsigen Klippen in Winkeln von fünfundvierzig Grad vorsprangen. Früher hatte Jack Graves Stunden damit verbracht, in diesen Felsen nach den Profilen von Menschen oder nach Tierköpfen zu suchen, gemeißelt von der Natur.

Er wanderte neben einer Gruppe von zwölf Reitern, zwei davon auf den schönsten Schecken, die er je gesehen hatte, in den Andreas Canyon hinein. In den Tunneln aus Palmen und Felsen, die diese Canyons schützten, gab es viele Verstecke.

Am Nachmittag nahm Clive Devon den Rucksack ab und teilte sich das Picknick mit dem Hund. Der Mann benutzte den Rucksack als Kissen, legte sich auf den Abhang und fütterte den Hund mit Brocken aus der Hand. Jack Graves schaute hundert Meter über ihnen von einem erdbraunen Hügel aus zu.

Dann richtete sich Jack Graves auch einen Lagerplatz ein, hinter einer Felsnase in der Farbe von Eisenerz und neben zwanzig Meter hohen und fast zwei Jahrhunderte alten Fächerpalmen. Die Palmen waren hier im Tal gewachsen, und aus ihrer Anwesenheit war zu schließen, daß es im Boden oder dicht darunter genug Wasser gab.

Er roch Salbei, sah über sich Rotkehlhüttensänger und ein paar Seidenschwänze mit Palmfrüchten im Schnabel. Während er zuschaute, schwebte hoch oben ein Falke, fiel dann herunter wie ein Stein und packte etwas aus den Felsspalten, in die kein Mensch hineinschauen konnte.

Manchmal hatte er das Glück gehabt, ein paar der bedrohten Dickhornschafe zu sehen, ausgestattet mit einem Halsband mit Sender, das ihnen Umweltschützer verpaßt hatten. Es waren majestätische Tiere, vor allem die Widder mit den geschwungenen, gefurchten Hörnern und den schneeweißen Hinterteilen.

Der scheue Puma war vermutlich für immer verschwunden bis auf die eine oder andere Katze, die Hunderte von Kilometern weit auf Beutezug war. Vor Jahren hatte er einmal einen Puma gesehen, der sich unter einem Perückenstrauch versteckt hatte.

Er wußte, daß es in der Wüste über dreihundert Vogelarten gab, von denen die Golf- und Tennishorden unten im Tal nichts zu sehen bekamen. Jack Graves war froh, daß der Agua-Caliente-Stamm der Cahuilla-Indianer seit Jahrhunderten Besitzer dieser Canyons war. In diesem dreizehntausend Hektar großen Reservat würde es keine Ferienhotels geben.

Er sah wieder durch das Fernglas und war sich völlig sicher, daß Mann und Hund jetzt fest schliefen, allein dort draußen in der Canyonoase, von Felsen und Palmen geschützt vor Sonne und Wind, genau wie sich auch die Indianer seit Urzeiten geschützt hatten. Er war ebenfalls ziemlich schläfrig. Jack Graves zog sich den Schlapphut übers Gesicht und legte den Kopf auf den Brotbeutel.

Er war dem Bergbach nicht so nahe, daß er das Plätschern des Wassers hätte hören können, aber die Vögel trillerten und der Wind pfiff leise. Das Summen der Bienen klang wie ein fernes Flugzeug. Sonst herrschte Schweigen, Wüstenschweigen.

Fünf Minuten später riß ihn ein Traum aus dem Schlaf. Er zitterte, und unter seinem Hut liefen Schweißtropfen hervor. Er wußte, welcher Traum es gewesen war, nur daß er ihn noch nie tagsüber gehabt hatte. Sein Bewußtsein hatte einen neuen Trick gelernt: Schluß mit dem Traum, ehe er an Wucht gewinnt!

Da war er in der Dunkelheit, an dem bescheidenen kleinen Haus, dem falschen Haus. Er war dazu abgestellt worden, die Hintertür zu beobachten ...

NELSON HAREEM MACHTE JETZT ERNST. Das war sein letzter Tag mit Lynn Cutter, und er wollte es wissen. Er war sogar besser angezogen. Er trug ein Hemd mit Kragen und langen Ärmeln. Und anstelle von Jeans trug er eine Bundfaltenhose. Nur die roten Cowboystiefel aus Schlangenleder hatte er immer noch an.

Die Sonne stand hoch, und obwohl sich die Wüste schnell erwärmte, fror Lynn in seinem kurzärmeligen Trikothemd. Daß er sich an den Überrollbügel des Jeep Wrangler klammerte, machte seinen Brummschädel auch nicht besser. Von Nelsons Fahrweise wurde ihm übel. Lynn rieb sich die Arme mit beiden Händen, um die Durchblutung anzuregen.

Nelson bemerkte es und fragte: »Ist dir immer noch kalt, Lynn?«

»Kein bißchen«, sagte Lynn. »Natürlich rechne ich nicht

damit, meine geschrumpften Eier vor April oder Mai wiederzufinden, aber was soll's, sie sind sowieso zu nichts nütze.«

»Wie viele Motels sind es noch?« wollte Nelson wissen und ließ die Cassette vorlaufen, bis er bei ›Miles Across the Bedroom‹ war.

Als er den Text hörte, sagte Lynn: »Bitte, Nelson, das ist meine Lebensgeschichte. Hast du nicht irgendwas Altes, Passendes? Wie wär's mit ›The Wayward Wind‹ von Gogi Grant, wo du darauf bestehst, selbst bei einem Hurrikan ohne Verdeck zu fahren, während Schlangen und Waschbären wie Truthahngeier durch die Luft segeln.«

»Wie viele Motels, Lynn?«

»Vier. Wir waren in allen Motels in Palm Springs und Desert Hot Springs, die mit A, B oder C anfangen. Noch vier, und das war's. Ich habe mir meine Freiheit verdient. Allmächtiger, endlich frei!«

»Morgen mache ich allein weiter«, sagte Nelson. »Ich werde jede Autovermietung in diesem Teil des Tals persönlich überprüfen. Es ist mir gleich, wie lange es dauert.«

»Das glaube ich dir«, sagte Lynn, als Nelson scharf in die Kurve ging und Lynn gegen die Tür des Wrangler geworfen wurde. Ohne Gurt wäre er bereits auf den ersten dreihundert Metern hinausgeschleudert worden. »Dieser Takt in deinem Kopf, der gibt die Marschroute vor, und kein Befehl kann dich stoppen.«

»Ich kann nichts dafür«, sagte Nelson. »Mein Sergeant sagt, seiner Meinung nach wäre ich voller nackter Aggression.«

»Können wir deiner Aggression nicht was anziehen und nach Hause fahren?«

»Nur noch vier Motels«, rief ihm Nelson ins Gedächtnis. »Da drüben ist das nächste: das Cactus View.«

Das besagte Motel lag auf der Bergseite des Highway 111 im alten Wohngebiet von Cathedral City, das nach der

Bauordnung Einfamilienhäusern, Wohnblöcken und Motels vorbehalten war. Früher war das Leben in diesem Teil der Stadt ausgesprochen billig gewesen, hatte sich der größte Teil der Arbeiterschaft hier zwischen die Edelviertel von Palm Springs und Rancho Mirage gezwängt. Neuerdings, angesichts des Bevölkerungswachstums im Coachella-Tal, schossen in Cat City auch Nobelhäuser aus dem Boden.

Das Cactus View Motel war renovierungsbedürftig. Es war ein einstöckiges Gebäude hinter den Geschäftshäusern am Highway, in dem man winzige Zimmer mit Bad mieten konnte. Alte Bougainvillea überwucherte die Wände auf der Sonnenseite und kletterte über die angeschlagenen und kaputten spanischen Dachziegel. Die getünchten Wände auf der Schattenseite hatten Blasen, und Roststreifen von den Dachrinnen überzogen den Putz.

»Das sieht nach einem Schuppen aus, in dem sich ein Terrorist verstecken könnte«, bemerkte Nelson, während Lynn gähnte und auf die Uhr sah. Es war 14.25 Uhr. Nur noch ein paar Stunden.

Die Tür zum Büro des Managers stand offen. Wie die Klapperschlangen verkrochen sich auch die Wüstenfliegen im Winter. Ein bleicher Kerl mit wäßrigen Augen, knochiger noch als Jack Graves, saß auf einem Hocker hinter einem Resopaltresen und löste ein Kreuzworträtsel in der *Desert Sun*. Sein spärlicher, zerzauster Haarflaum erinnerte an einen vom Wind gebeutelten Löwenzahn. Seine Arme waren völlig unbehaart, und zu Nelsons Verblüffung hatte er auf einer Seite seines Gesichts so gut wie keine Wimpern und Augenbrauenhaare!

Lynn erkannte den Motelmanager sofort.

»Carlton!« rief Lynn Cutter. »Sie!«

»Ich bin's«, pflichtete ihm Carlton der Geständige bei. »Ja, ich bin's, ich bin's.«

Er legte das Kreuzworträtsel weg und schlich hinter dem

Tresen hervor wie ein nur aus Haut und Knochen bestehender Kojote. Wenn er einen Schwanz gehabt hätte, wäre er eingezogen gewesen.

»Ich bin's, ich bin's, wiederholte er. »Ihr habt mich wieder erwischt.«

Lynn wandte sich Nelson zu und sagte: »Das ist Carlton. Jeder kennt Carlton.«

»Ja, ich war's«, sagte Carlton der Geständige. »Ich war's. Ich bin bereit, wieder in den Knast zu gehen. Ich bin bereit. Die hätten mich nie rauslassen dürfen. Ich hab sie gewarnt, ich hab sie gewarnt.«

Nelson Hareem starrte Carlton den Geständigen mit offenem Mund an, als er nervös und zwanghaft an den rechten Wimpern und Brauen herumzupfte, wo er gar keine Haare mehr hatte!

»Ich hab versucht, mich zu bessern, deshalb hab ich ja diesen Job angenommen, aber es ist zwecklos, stimmt's?«

»Moment mal, Carlton«, sagte Lynn Cutter. »Wir wollen Ihnen bloß ein paar Fragen stellen.«

»Sind Sie Captain, Sergeant, Lieutenant oder was? Hab's vergessen.«

»Detective«, sagte Lynn.

»Raub, Einbruch, Autodiebstahl, was?«

»Ich war bei der Mordkommission.«

»Welches Revier? Hab's vergessen.«

»Palm Springs«, sagte Lynn.

»O ja, ich kann Ihnen bei einer Menge von ungeklärten Fällen helfen«, sagte Carlton der Geständige. »Totschlagsfälle. Ich hab jede Menge von Typen zusammengeschlagen, und niemand weiß es.«

Nelson Hareem sah, daß Carlton der Geständige keinen Sandfloh totschlagen konnte, deshalb hielt er es für besser, den Kerl Lynn zu überlassen.

»Über die ungeklärten Fälle reden wir später, Carlton«,

sagte Lynn. »Erst will ich wissen, ob hier am Dienstag ein Kerl eingecheckt hat. Ein stämmiger, dunkler Typ, vielleicht Mexikaner, vielleicht auch ein Araber. Kahl, hatte vielleicht eine Baseballmütze auf. Könnte eine rote Tasche bei sich gehabt haben.«

»Was hat er auf dem Kerbholz? Einbrüche? Einbrüche hab ich auch gemacht. Ich kann Ihnen jede Menge über Einbrüche erzählen. Sagen Sie mir die Adresse, und ich sag Ihnen, ob ich's war. Vermutlich war ich's.«

»Moment mal, Carlton, gestehen können Sie später«, sagte Lynn. »Erst mal zu dem dunklen, kahlen Kerl. Haben Sie den gesehen?«

»Hab ich nicht«, sagte Carlton der Geständige. »Kahl? Nee, in den letzten Tagen haben sechs Leute eingecheckt. Vier Frauen, zwei Männer. Alle hatten Haare und waren sehr gepflegt. Keine verdächtigen Wölbungen unter den Armen. Ich glaub, die waren alle schwul. Ich bin nicht schwul. Gott hat Adam und Eva geschaffen, kein Schwulenpaar.«

»Streich das hier von deiner Liste«, sagte Lynn zu Nelson, der einen Seufzer von sich gab und die Seite mit den Moteleinträgen aus der Hosentasche zog. Nelson strich die Seite auf dem Resopaltresen glatt, aber sie lag verkehrt herum. Er hatte den Kugelschreiber im Jeep gelassen, also konnte er den Eintrag sowieso nicht ausstreichen.

»Was kann ich Ihnen sonst noch sagen?« wollte Carlton der Geständige wissen. »Autodiebstähle? Hab ich gemacht. Hunderte.«

»Schön, ich komm wieder, wenn ich eine Diebstahlserie aufklären muß«, sagte Lynn. »Sie haben hier einen guten Job.«

»Ja, weiß ich, weiß ich. Hab Glück gehabt, bei der ganzen Rezession«, sagte Carlton der Geständige. Dann schaute er auf Seite 571 der Gelben Seiten von Palm Springs hinunter und sagte: »Was ist das? Überprüfen Sie Modehäuser, Modellagenturen oder Monumentbildhauer? War alles ich. Das waren doch Einbrüche?«

»Klar«, sagte Lynn. »Ich hoffe, die Monumente und Grabsteine waren nicht zu schwer zum Tragen.«

Als sie gingen, rief Carlton der Geständige: »Daß Sie aber ja wiederkommen, wenn Sie mich brauchen!« Dann fand er eine restliche Wimper und zupfte sie aus.

Als sie wieder im Wrangler saßen und zu den letzten drei Motels fuhren, sagte Lynn: »Früher, als die Statistik noch getürkt wurde, sind die Kriminalpolizisten weite Strecken zu Carlton gefahren, um ihre Statistik zu verbessern, wie ich gehört hab. Für eine Fahrt im Polizeiauto und ein paar Süßigkeiten hat Carlton alles gestanden. Vielleicht hat er von dem vielen Zucker eine weiche Birne gekriegt, könnte schon sein.«

13

Das vorletzte Motel auf ihrer Liste lag etliche Kategorien über dem Cactus View Motel. Es lag nur ein kleines Stück vom Date Palm Drive entfernt in einem neueren Viertel von Cathedral City. Auf dem Weg dorthin fand Nelson Hareem schließlich einen Country-Song, mit dem sich Lynn Cutter identifizieren konnte. Es war ›The Night's Too Long‹, gesungen von Patty Loveless.

Nelson sagte zu ihm: »Das handelt von einer Kellnerin in Beaumont, Lynn.«

»Ich hab mal was mit einer Kellnerin aus Beaumont gehabt!« sagte Lynn. »Wenn ich drüber nachdenke, ich hab was mit Kellnerinnen aus jeder Stadt in der Gegend gehabt. Vielleicht hat das mein Sexleben ruiniert, das ganze fettige Essen und das Koffein.«

Nelson war enttäuscht, als er das Blue Moon Motel sah. Es hatte ein Schild mit bleistiftdünner rosa Neonschrift, und das Gebäude war pfirsichfarben, Pseudo-Südweststil, mit imitierten Lehmziegelwänden, einem Flachdach und sogar zwei importierten Riesenkakteen, die beiderseits der Einfahrt Wache standen. Es war zu schick für einen Terroristen, dachte Nelson.

Diesmal waren zwei junge Männer an der Rezeption. Einer, ein großer Kerl mit kleinem Kopf und einem Bürstenschnitt der fünfziger Jahre, schaute Lynn Cutters Ausweis an und sagte: »Was kann ich für Sie tun?«

Und ehe Lynn zwei Sätze abgeschlossen hatte, sagte der junge Mann: »Ich glaube, dieser Mann war hier. Ich erinnere mich an die Mütze, den Schnurrbart und die rote Flugtasche. Er war Dienstag nacht in Zimmer D.«

»Wie heißt er?« platzte Nelson heraus, und Lynn sagte: »Immer mit der Ruhe, Nelson.«

Der Portier schaute ins Gästebuch. »Mr. Ibañez, Francisco V. Wohnt in ... Moment... Las Palmas... Gran Canaria, wo immer das auch sein mag.«

»Ich weiß *genau*, wo das ist!« sagte Nelson zu Lynn. »Ich habe mich mit dem Atlas beschäftigt! Die Kanarischen Inseln! Liegen vor der Sahara und gehören zu Spanien!«

Nelson war so aufgeregt, daß er kaum zuhörte, als Lynn die spärlichen Informationen aus dem Gästebuch aufschrieb und sich bei dem jungen Mann darüber beschwerte, daß der Gast die Autonummer nicht eingetragen hatte.

Der junge Mann entschuldigte sich: »Der Mann hatte es eilig und hat gesagt, er macht es später. Wir legen immer Wert darauf, die Autonummer zu bekommen.«

»Ja, ja okay«, sagte Lynn. »Warum ist er nur eine Nacht geblieben? Irgendwelcher Ärger?«

»Da kann ich Ihnen helfen. Er hat gesagt, er nimmt an irgendeinem Seminar oder einer Konferenz teil. Es hatte irgendwelche Schwierigkeiten bei seiner Hotelbuchung gegeben. Sein Zimmer war erst ab Mittwoch frei.«

»In welchem Hotel?»

»Hat er nicht gesagt.«

Lynn sagte: »Um diese Jahreszeit gibt es Dutzende von Seminaren und Konferenzen. Hat er wie ein Geschäftsmann ausgesehen oder wie ein Akademiker?»

»Ehrlich gesagt, ich hab nicht darauf geachtet. Das Telefon hat geklingelt wie wahnsinnig, und ich hab versucht, meinen Assistenten anzulernen. Ich kann mich nur an den Schnurrbart und die rote Tasche erinnern. Als er vorfuhr, hat er gehupt, als hätten wir einen Parkservice. Er hat die Mütze nicht abgenommen, deshalb weiß ich nicht, ob er kahl war.«

»Aber es war eine Baseballmütze, stimmt's?«

Der junge Mann machte eine Pause, dachte darüber nach und sagte: »Ich kann nicht mit Bestimmtheit sagen, ob es eine Baseballmütze war.«

»War er ziemlich schmuddelig?« fragte Lynn. »Als ob er die ganze Nacht im Auto geschlafen hätte? Irgendwas in der Richtung?«

»Ja, stimmt, taufrisch war er nicht gerade. Hat gesagt, er hätte achtzehn Stunden im Flugzeug gesessen.«

»Hat er gut englisch gesprochen?«

»Sehr gut.«

»Hat er vielleicht keinen spanischen, sondern einen arabischen Akzent gehabt?« fragte Nelson.

»Meine Güte, das weiß ich nicht«, sagte der junge Mann. »Jedenfalls war sein Englisch gut, mit einem leichten Akzent.«

»Hatte er noch mehr Gepäck, vielleicht im Auto?«

»Das weiß ich nicht. Becky hat ihm später ein Federkissen gebracht. Vielleicht weiß sie's.«

»Wo finde ich Becky?«

»Sie wechselt in Zimmer D die Wäsche. Da hat er gewohnt. Sie hätte es schon gestern machen sollen, hat's aber nicht geschafft. Wir sind im Moment etwas unterbesetzt.«

Sie fanden in Zimmer D eine junge Schwarze, die eine Seifenoper ansah und eine Zigarette rauchte. Sie sprang auf, als sie hereinkamen.

»Wir sind von der Polizei, Becky«, sagte Lynn und zeigte seine Marke. »Was können Sie uns über den Spanier sagen, der am Dienstag in diesem Zimmer übernachtet hat? Er hatte einen Schnurrbart und eine rote Tasche. Sie haben ihm ein Federkissen gebracht, wissen Sie noch?«

»Spanier?« sagte sie. »Ich hab gedacht, das ist ein Iraner.«

»Egal«, sagte Lynn. »Haben Sie sein Auto gesehen?«

»Nein.«

»Was für eine Mütze hatte er auf?«

»Weiß ich nicht mehr«, sagte sie. »Hatte er denn eine Mütze auf?«

»Hatte er vielleicht eine Glatze?«

»Alt genug für eine Glatze war er, aber ich weiß nicht, ob er eine hatte.«

»Wie alt war er denn?«

»Fast so alt wie Sie.«

»Können Sie uns noch was sagen? Haben Sie ihn später beim Kommen oder Gehen noch mal gesehen?«

»Nein. Als ich mit dem Federkissen gekommen bin, ist er auf dem Boden rumgekrochen, als ich die Tür aufgemacht hab.«

»Auf dem Boden rumgekrochen?« sagte Nelson.

»Ja, ich hab angenommen, er hätte eine Kontaktlinse verloren«, sagte Becky. »Mehr hab ich nicht gesehen. Er hat sich für das Kissen bedankt.«

Als sie zum Jeep hinausgingen, bekam Nelson vor Aufregung fast keine Luft mehr. Die blauen Augen pulsierten, als er rief: »Du weißt es genausogut wie ich! Er hat Richtung Mekka gebetet!«

»Reg dich ab, Nelson«, sagte Lynn. »Sonst muß ich eine Mund-zu-Mund-Beatmung machen. Und bei den Weibern, mit denen ich in letzter Zeit rumgezogen bin, willst du bestimmt keinen Kuß von mir.«

ER HATTE SICH Serenity Markers and Memorials bis zuletzt aufgespart. Er war entmutigt, aber er war auch abergläubisch. Das Wort *serenity* klang hübsch, und nur wenige englische Worte klangen hübsch in seinen Ohren. Wenn das nicht die richtige Adresse war, war er am Ende und konnte sich auf die Heimreise machen.

Serenity Markers and Memorials lag in einem Industriegebiet an der Perez Road in Cathedral City. Auf beiden Seiten der Straße standen Dutzende von Schuhschachtelbauten mit hohen Metalltüren. In etliche war der Firmenname eingeprägt, bei anderen war er aufs Fenster gemalt. Dieses Geschäft hatte unterhalb des Daches auf der Vorderseite ein großes Holzschild: SERENITY.

Er trug den Panama. Es war zu heiß für den knalligen Blazer. Er hatte Hunger und sehnte sich nach einem Bier, aber bei der Arbeit trank er nicht. Als er das Büro betrat, traf er einen Handwerker in einem Overall an, der gerade telefonierte. Das schwarze Haar des Handwerkers war von hellem Staub überzogen, und an einem Riemen um seinen Hals hing eine Schutzbrille. Diese Firma stellte offenbar die Grabsteine selbst her, statt wie die anderen massenproduzierte Gedenktafeln zu lagern.

Als der Arbeiter den Hörer auflegte, lächelte der Flüchtige und sagte: »Könnten Sie mir bitte helfen? Ich suche nach einem Grabstein, der für eine Frau angefertigt wurde, die letzten September gestorben ist. Es war ein wunderschöner Stein. Ich will genau denselben.«

»Haben wir ihn gemacht?«

»Ich bin mir nicht sicher. Ich glaube ja, aber ich weiß den Namen der Toten nicht. Er ist am dreizehnten September bestellt worden.«

»Wer war der Auftraggeber?«

»Das weiß ich nicht, aber er hat mir ein Foto von dem Stein gezeigt. Er war wunderbar. Ich muß so einen für meine Tante haben, die letzten Freitag gestorben ist.«

»Letzten September, haben Sie gesagt? Wie hat er ausgesehen?«

»Vom Foto her weiß ich nicht genau, ob es Marmor oder Granit war. Aber es waren Orchideen eingemeißelt.«

»Eine links und eine rechts neben dem Namen der Frau«, sagte der Handwerker. »Einzelgrab, vierzig auf siebzig, stimmt's?«

»Sie haben den Stein gemacht?« rief der Flüchtige.

»Klar«, sagte der Handwerker, »War mein einziger Auftrag für eine Spezialanfertigung mit Orchideen.«

»Bitte! Ich muß den Stein vor mir sehen, damit ich sicher bin, daß ich genau den für meine Tante will! Bitte sagen Sie mir den Namen des Auftraggebers.«

»Ich bin nur für das Meißeln und Abschleifen zuständig«, sagte der Mann. »Sie müssen mit Martha sprechen. Sie ist auf der Bank und macht eine Einzahlung, Können Sie später wiederkommen?«

»Wann?«

»So in zwanzig Minuten?«

»Erinnern Sie sich an den Namen auf dem Stein?«

»Nein, kann mich nicht erinnern. Ich mache so viele.«

Der Flüchtige mußte seine ganze Selbstbeherrschung aufbieten, um ruhig und geschäftsmäßig zu bleiben, als er sagte: »Ich habe im Augenblick ein Problem. Ich muß den Stein unbedingt so schnell wie möglich bestellen. Ich muß geschäftlich nach Los Angeles. Wenn Sie unter letztem September in Ihren Akten nachschauen, finden Sie vielleicht den Namen. Dann könnte ich mich mit dem Auftraggeber in Verbindung setzen und herausfinden, wo der Stein steht, damit ich ihn mir ansehen kann.«

Der Mann lächelte, schüttelte den Kopf und sagte: »Das mache ich nicht, Mister. Martha bringt jeden um, der sich an ihren Akten vergreift. Außerdem hab ich keine Ahnung, wie man einen Computer bedient.«

»Oh. Sie führen mit einem Computer Buch?«

»Darüber weiß ich gar nichts. Ich kann einen Entwurf

machen, ihn auf den Stein übertragen und solange daran herumschleifen, bis Sie die hübschesten Orchideen bekommen, die Sie je gesehen haben. Aber ich geh nicht an Marthas Akten.«

»Ich verstehe«, sagte der Flüchtige. »Darf ich hier warten, bis die Dame wiederkommt?«

»Kein Problem«, sagte der Handwerker. »Aber ich muß wieder an die Arbeit.«

Als er allein war, setzte sich der Flüchtige und griff nach einer Zeitschrift, dachte über Martha nach und das, was er ihr sagen sollte. Was, wenn sie eine dieser gewissenhaften Amerikanerinnen war und ihm keine Informationen geben wollte, außer denen, die er für die Auswahl eines Grabsteins brauchte? Dann mußte er ihr die Information mit Gewalt entreißen oder einen Einbruch in dieses Gebäude riskieren. Er war sich sicher, daß es eine Alarmanlage hatte.

Der Flüchtige hörte außerhalb des Büros das Zischen des Sandstrahlgebläses. Er stand auf, ging zur Vordertür und sah hinaus. Unmittelbar vor dem Eingang war kein Wagen zu sehen. Er traf eine schnelle Entscheidung und ging um den Tresen herum zu den Schubfächern mit den Akten. Das erste enthielt nichts außer Broschüren mit allen möglichen Grabmälern.

Er zog ein weiteres Fach auf und fand Bestellformulare. Die Firma hatte einen Computer, aber außerdem eine normale Ablage. Er fand etliche Bestellungen von den anderen Firmen, die er aufgesucht hatte. Serenity schien der einzige Hersteller in der Gegend zu sein. Er arbeitete sich von vorn nach hinten durch und entdeckte, daß die Ablage chronologisch geordnet war.

Unter September fand er viele Rechnungen. Er packte das ganze Bündel, dazu noch etliche vom August und Oktober rein sicherheitshalber. Er schob das Bündel in sein rosa Baumwollhemd, als eine Frau sagte: »Was machen Sie da?«

Er hätte Martha überall erkannt. Sie war größer als er und fast genauso schwer. Sie war eine Frau um die Sechzig und so wütend, daß es keinen Sinn hatte, mit ihr zu reden. Und was hätte er außerdem schon sagen sollen?

Der Flüchtige lächelte nur verlegen, ging zielstrebig zur Tür und streckte die Hand aus, als wollte er sagen: »Gehen Sie mir bitte aus dem Weg, Martha.« Aber er sagte nichts.

»Wer sind Sie?« wollte Martha wissen. »Und was machen Sie da mit den Rechnungen?«

Er ging weiter, wollte sie nur wegdrängen, damit er die Tür erreichte, aber sie packte ihn am Arm und sage: »He, Sie! Lassen Sie die Akten fallen!« Dann schrie sie: »MIKE! KOMM SCHNELL!«

Der Flüchtige versetzte der Frau einen harten Stoß und hörte sie ächzen, als sie gegen die Wand prallte und zu Boden ging.

Sie schrie: »MIKE! HILFE! HILFE!«

Der Flüchtige war froh, daß er wenigstens eine Sache richtig gemacht hatte. Er hatte für alle Fälle ein Stück weiter weg geparkt. Er hatte nicht gewollt, daß jemand seine Autonummer aufschrieb, falls etwas danebenging. Auf keinen Fall wollte er noch ein Auto stehlen.

Er lief über den Parkplatz, ohne daß ihn jemand verfolgte. Als er einstieg und den Motor anließ, wendete er, und als er losgefahren war, achtete er darauf, das Tempolimit nicht zu überschreiten.

Er näherte sich dem Date Palm Drive, als er einen Streifenwagen der Polizei von Cathedral City sah, der nach Westen in die Perez Road abbog. Er fuhr in ein weiteres Industriegebiet. Er glaubte, daß die Reaktion auf Marthas Anruf schnell kommen würde, so daß er nur ein paar Minuten hatte.

Er wartete einen Augenblick, dann stieß er mit dem Auto auf die Perez Road zurück, aber er sah, daß der Streifenwagen am Straßenrand angehalten hatte. Der Polizist schrieb etwas.

Der Flüchtige konnte nicht länger warten. Er fuhr auf die Perez Road, Richtung Westen, weg von dem Streifenwagen, aber als er sich dem Cathedral Canyon Drive näherte, sah er noch einen Streifenwagen! Sie nahmen ihn in die Zange!

Der Flüchtige zwang sich, in ein weiteres Industriegebiet abzubiegen, in der Hoffnung, beide Streifenwagen würden vorbeifahren. Er fuhr zur Rückseite der Anlage, trat aber auf die Bremse, als er vier weitere Streifenwagen der Polizei von Cathedral City vor sich sah!

Der Flüchtige warf gerade das Lenkrad herum, als der erste Polizist, den er gesehen hatte, direkt auf ihn zukam! Der Flüchtige trat auf die Bremse.

Als er stand, hielt der Polizist neben ihm, mit dem Kühler in die andere Richtung, und sagte: »Suchen Sie das Postamt?«

Der Flüchtige hatte zuviel Angst, etwas zu sagen, nickte nur und versuchte zu lächeln.

»Auf der Vorderseite«, sagte der Polizist. »Rechts von Ihnen.«

Der Flüchtige hatte Angst, sich zu bedanken. Er winkte nur und tat, was der Polizist gesagt hatte. Er wäre am liebsten auf der Perez Road davongerast, aber er tat es nicht. Er bog zu den anderen Autos auf dem vorderen Parkplatz ein.

Es wirkte wie eines der kleinen Einkaufszentren, von denen er so viele gesehen hatte. Das Polizeirevier von Cathedral City bestand nur aus einer Reihe von miteinander verbundenen Ladenfassaden. Auf bizarre Weise war das tröstlich. So war es auch in seinem Land: Das Polizeirevier war eingepfercht zwischen einem Postamt und einem armenischen Heilpraktiker.

Als der Flüchtige schließlich wieder auf der Perez Road war, fuhr hinter dem Polizeirevier ein Streifenwagen mit heulender Sirene los, ohne Zweifel unterwegs, um Marthas Anzeige entgegenzunehmen. Der Flüchtige fuhr nach Westen, zurück nach Palm Springs, und schließlich hatte er sich wieder soweit beruhigt, daß er das Bündel Rechnungen aus dem Hemd nahm. Es war feucht von seinem Schweiß. Sein schönes neues rosa Hemd war klatschnaß. Er konnte es nicht erwarten, ins Hotel zu kommen und ein Bier zu trinken. Zwei Bier.

Er fragte sich, was sich die Polizei beim Diebstahl von Rechnungen dachte. Vermutlich, daß der Dieb verrückt war. Jeder vernünftige Mensch würde das denken. Er fühlte sich plötzlich schwach, und seine Anspannung löste sich. Er lächelte, als er an die vielen Streifenwagen dachte, Chevrolets, alle mit einem breiten blauen Streifen und einem stilisierten Aufkleber an der Tür: ein Berg, eine Palme und ein roter, feuriger Sonnenball.

In diesem Land haben sie sogar schöne Streifenwagen, dachte der Flüchtige bewundernd.

ALS NELSON AUF DEM Date Palm Drive Richtung Süden fuhr, in der Absicht, Lynn in den Furnace Room zu bringen, stand er immer noch unter Strom. »Lynn, du mußt zugeben, daß wir gute Arbeit geleistet haben, wenn wir im Moment auch noch keine Spur haben.«

»Nelson, wir wissen immer noch nicht genau, ob Francisco V. Ibañez von den Kanarischen Inseln dein Drogenschmuggler ist, entschuldige, dein Terrorist.«

»Im Herzen wissen wir es, Lynn. Jedenfalls mach ich weiter. Morgen ruf ich jede Autovermietung in Palm Springs an oder fahr hin. Ich hab so eine Ahnung, daß er hinter einem großen Tier her ist, hinter jemanden, der wegen dem Bob Hope Classic hier ist.«

»Viel Glück, Nelson«, sagte Lynn. »Aber vergewissere dich, ob Donald Trump mitspielt. Wenn ja, versuch nicht, den Missetäter aufzuhalten. Es gibt so was wie *guten* Terrorismus, weißt du.«

»Übrigens«, sagte Nelson, »Francisco V. Ibañez hat vor dem Motel gehupt, nicht wahr?«

»Na und?«

»In Kalifornien ist es unfein zu hupen. Das machen nur Touristen.«

»Na und? Er ist ein Tourist, oder?«

»In arabischen Ländern hupen sie dauernd. Sie spielen mit der Hupe ganze Sonaten. Hab ich irgendwo gelesen.«

Dann fiel Nelson der Übertragungswagen des Lokalfernsehens auf, der die Perez Road entlangfuhr, und Lynn wäre fast in Nelsons Schoß gelandet, als der kleine Cop den Wrangler nach rechts herumriß.

»Was machst du denn, Nelson?« wollte Lynn wissen.

»Könnte ein Notruf sein! Laß uns das checken!«

»Laß mich raus!« sagte Lynn, aber Nelson trat aufs Gas und raste hinter dem Übertragungswagen her, der eben in das Industriegebiet einbiegen wollte. Während der Übertragungswagen darauf wartete, daß der entgegenkommende Verkehr nachließ, hielt Nelson neben ihm und zückte seine Marke.

»Was ist denn los?« fragte Nelson.

»Unglaubliche Geschichte«, sagte ein Kameramann. »Jemand hat in einer Grabsteinfirma eine alte Lady niedergeschlagen und ihre Rechnungen geklaut. Wir wollen ein Interview machen, für einen Beitrag nach dem Motto ›Manche Typen klauen alles‹.«

»Das schau ich mir heut abend an, sagte Nelson zu Lynn und fuhr weiter nach Westen. »Manche Typen klauen alles.«

»Wir hatten mal einen Streifenpolizisten, der wollte ein Video über unglaubliche Verbrechen drehen«, sagte Lynn. »Hat ein Vermögen für die Videoausrüstung ausgegeben, aber dann hat er nur langweilige zwei Stunden zusammengekriegt, die zeigten, was alle sowieso schon wissen: Die Leute klauen. Sein Film war ein solcher Flop wie *Heaven's Gate*.«

Urplötzlich schrie Nelson »GRABSTEINFIRMA!«

Und dieses Mal trat er auf die Bremse, riß das Lenkrad herum und wendete gleichzeitig.

Lynn mußte den Überrollbügel mit beiden Händen packen und sich daran festklammern, während Nelson wie bei einem Notruf zu Serenity Markers and Memorials raste, nur ohne Sirene.

Als Nelson den Jeep rutschend zum Stehen brachte, sagte Lynn so monoton wie ein psychopathischer Mörder: »Denk dir lieber eine Erklärung dafür aus, denn mir tut der Nacken so weh, daß ich nicht mal mehr weiß, ob ich Knie habe. Vielleicht hast du noch zwei Minuten zu leben.«

Aber Nelson hatte schon Seite 571 der Gelben Seiten von Palm Springs entfaltet, wedelte damit vor Lynn Cutters blutunterlaufenen Augen herum und sagte: »Erinnerst du dich an Carlton den Geständigen? Was hat er über Monumente und Grabsteine gesagt? Wir haben es, Lynn! Deshalb hat Francisco V. Ibañez die Seite herausgerissen!«

Nelsons pummeliger kleiner Finger zeigte auf einen Eintrag auf der Seite, auf denselben Namen, der hoch oben an der Fassade des Gebäudes stand.

»Wir sollten darüber nicht zu sehr aus dem Häuschen geraten!« warnte Nelson und besprühte Lynns Gesicht mit Speichel. »Wir müssen uns ruhig verhalten, bis der Reporter wieder rauskommt! DAS IST UNSER BIER, LYNN, GEHT SONST NIEMAND WAS AN!«

»Schön, das war's, sagte Lynn resigniert. »Ich weiß nicht, wie's enden wird, aber jedenfalls hat meine letzte Stunde geschlagen. Ich werd mit den Brustwarzen nach oben auf einer Bahre liegen, entweder Opfer von Francisco V. Ibañez oder von Nelson Hareem.«

»Weißt du, was mir in dem Motel aufgefallen ist?« fragte Nelson, als sie im Jeep warteten.

»Ich will's gar nicht wissen.«

»Vor dem Zimmer, in dem Francisco V. Ibañez übernachtet hat, lag *Draht*. Im Abfallkorb des Zimmermädchens lagen ein paar bunte Drahtstücke.«

»Ich hab Angst davor, danach zu fragen, was das zu bedeuten hat.«

»Könnte von seinem Zeitzünder gestammt haben. Für eine Semtexbombe!«

»Ich will mir gar nicht die Mühe machen, darauf hinzuweisen, daß das auch von den Elektrikern stammen könnte, die an der Klimaanlage gearbeitet haben«, sagte Lynn mit der neuen, monotonen Stimme eines zum Tode Verurteilten.

Als das Fernsehteam weggefahren war, trafen Lynn und Nelson Martha an, mit einem Bluterguß am Ellbogen, einer zerrissenen Strumpfhose und einem breiten, breiten Lächeln. Sie würde in den Elf-Uhr-Nachrichten zu sehen sein!

Martha machte es nichts aus, mit zwei weiteren Cops zu reden. Soviel Aufmerksamkeit hatte sie nicht mehr auf sich gezogen, seit sie die Autonummer eines betrunkenen Lieferwagenfahrers aufgeschrieben hatte, der vier geparkte Autos und die Ecke von Duncans Billigmarkt zerstört hatte, bevor er von einem Cop bei einer Verfolgungsjagd auf der Autobahn gestoppt worden war. Damals war sie dreißig Sekunden lang auf dem Bildschirm zu sehen gewesen.

»Wie ich den uniformierten Polizisten und den Reportern schon gesagt hab, das war ein Irrer!« sagte Martha zu ihnen. »Wollte eine Gedenktafel für seine Tante. Mike hat mit ihm gesprochen, aber als Mike ihn allein gelassen hat, ist er an unsere Akten gegangen. Ein Irrer!«

»Wie hat er denn ausgesehen?« fragte Nelson.

»Ein Mexikaner, um die Vierzig, untersetzt.«

»Kahl?« fragte Nelson.

»Weiß ich nicht. Hat einen Hut getragen, einen Panama.«

»Hatte er einen Schnurrbart?«

»Nein.«

»Was für einen Grabstein wollte er denn?« fragte Nelson.

»Er wollte Orchideen. Eine Spezialanfertigung mit eingravierten Orchideen. Hat gesagt, wir hätten am dreizehnten September letzten Jahres so einen Stein gemacht.«

»Haben Sie das?«

»Ja, aber ich weiß nicht, für wen. Er hat die ganzen Rechnungen vom letzten September gestohlen.«

Nelson sagte: »Warum schauen Sie nicht einfach mal in den Computer?«

»Bedaure, Schätzchen«, sagte Martha. »Ich lerne das mit den Computern erst. Hab einen Kurs auf dem College belegt, und sobald ich weiß, wie's geht, speichern wir unsere Ablage im Computer.«

»Jetzt ist noch nichts im Computer?«

»Nichts, was mit unserem Geschäft zu tun hat.«

Lynn, der langsam aus dem geistigen Tief auftauchte, in das ihn all dies gestürzt hatte, fragte: »Was ist mit dem Mann, mit dem er gesprochen hat? Was kann er uns sagen?«

»Mike? Auch nicht mehr, als er dem anderen Polizisten gesagt hat. Der Kerl wollte eine Gedenktafel mit zwei Orchideen, wie die, die Mike im letzten September gemacht hat. Wußte den Namen des Auftraggebers nicht. Wußte den Namen der Toten nicht. Orchideen. Das war so gut wie alles, was er wußte. Eine Spezialanfertigung.«

Lynn sagte: »Rufen Sie Mike doch mal an und bitten Sie ihn, ins Büro zu kommen, ja?«

Ein paar Augenblicke später betrat Mike das Büro, weniger eingestaubt als bei seinem Gespräch mit dem Flüchtigen.

Martha sagte: »Das sind Polizisten, Mike. Sie wollen noch mal was über den Kerl hören, der Orchideen wollte.«

»Ich hab dem anderen Cop alles gesagt, was ich weiß«, sagte Mike. »Falls mir der Name der Frau wieder einfällt, ruf ich an und sag Ihnen Bescheid. Aber im Moment komme ich nicht drauf.«

»Wenn Sie mich fragen, war das bloß ein Spinner«, sagte Martha.

»Aber mit dem Stein hatte er recht«, sagte Mike. »Ich hab tatsächlich eine Gedenktafel mit dem Namen einer Frau drauf und mit zwei Orchideen daneben gemacht. Und das könnte im letzten September gewesen sein, wie er gesagt hat. Ich hab vorher noch nie Orchideen eingemeißelt. Es war eine schöne Spezialanfertigung, das weiß ich noch.«

Lynn sagte: »Mike, wenn Sie eine schöne Spezialanfertigung machen, auf die Sie stolz sind, machen Sie dann nie ein Foto? Sie wissen schon, um es anderen Kunden zu zeigen?«

Daraufhin schauten sich Mike und Martha an und lächelten. Dann sagte Martha: »Der Boß macht Fotos!«

Mike war so interessiert, daß er dabeiblieb, während Martha im Schreibtisch des Chefs kramte und erklärte, er sei für ein paar Tage zum Skilaufen gefahren. Sie fand eine Aktenhülle in einer Schublade und winkte die Cops in das Büro des Chefs.

Dann reichte sie beiden einen Stapel Fotos und sagte: »Suchen Sie nach Orchideen.«

Sie suchten noch nicht lange, als Mike sagte: »Mir war doch so, als ob der Name mit einem L angefangen hätte. Da ist er: Lugo.«

Lynn, dem Nelson über der Schulter hing, schaute auf ein Foto von einer großen, flachen Gedenktafel, in die eingraviert war:

María Magdalena Lugo
∗ 23. Mai 1901
† 12. September 1990

»Was steht auf Ihrer Rechnung?« fragte Lynn.

»Der Name der Verstorbenen und was der Kunde auf dem Stein haben wollte. Es steht drauf, was wir veranschlagt haben und wer ihn bestellt hat. *Vielleicht* eine Telefonnummer. *Vielleicht* eine Adresse. Im letzten Sommer hatten wir eine Aushilfe hier.« Dann sagte Martha: »Wenn Sie wollen, können Sie das Bild behalten.«

»Geben Sie es den ermittelnden Beamten«, sagte Lynn.

»Sind Sie das denn nicht?«

»Nein, wir sind nicht von der Polizei von Cathedral City«, sagte Lynn. »Wir ermitteln in einer anderen Sache, bei der's vermutlich um denselben Kerl geht.«

»Ja?« sagte Mike. »Ist der Kerl von der Mafia oder so?«

»Wie kommen Sie denn darauf?« fragte Nelson.

»Der italienische Name, Lugo. Könnte aber auch spanisch sein, nehm ich an.«

Lynn meinte, es sei Zeit zum Gehen, ehe die beiden zu viele Fragen stellten. Er schob Nelson zur Tür, ehe Martha etwas fragte, was er nicht beantworten wollte, zum Beispiel: »Wie heißen Sie denn, Officer?«

Als sie eben den Mund aufmachen wollte, sagte Lynn schnell: »Hey, Mike. Apropos, wissen Sie, wofür FBI steht?«

»Für was?«

»Frust braver Italiener«, sagte Lynn. »Oder fabelhaft, bloß inkompetent.«

Mike lachte schallend und sagte: »Das ist gut! Hast du das gehört, Martha?«

Als Mike sich wieder der Tür zuwandte, waren Lynn und Nelson fort.

DER FLÜCHTIGE WAR ENTTÄUSCHT über die wenigen Informationen auf der Rechnung. Er beschloß, jedes Bestattungsunternehmen im Coachella-Tal anzurufen. Beim sechsten Anruf erreichte er das richtige.

Der Flüchtige sagte: »Bitte, können Sie mir helfen? Ich möchte mich mit einem alten Freund in Verbindung setzen. Ich glaube, Sie haben ihm möglicherweise bei der Bestattung seiner Mutter geholfen. Sie hieß María Magdalena Lugo. Sie ist im September letzten Jahres gestorben. Es ist *dringend.*«

Die Frau, die sich am Telefon gemeldet hatte, sagte zu ihm: »Das war unsere Beerdigung, aber Mr. Lieberman ist im Augenblick nicht da. Heute abend um sechs kommt er zu einem Trauergottesdienst her. Wenn Sie auch herkommen, kann er Ihnen bestimmt helfen.«

Als er sich bei ihr bedankte und auflegte, sah er auf die Uhr und widerstand der Versuchung, das Bier zu trinken, nach dem er sich gesehnt hatte. Jetzt war er eindeutig im Dienst. Er duschte und rasierte sich, die zweite Rasur an diesem Tag, und zog das eierschalenfarbene Baumwollhemd an. Weil er den knalligen Blazer bei Serenity Markers and Memorials nicht getragen hatte, hielt er es für völlig sicher, ihn heute abend anzuziehen.

Er schlüpfte in den Blazer und sah in den Spiegel. Es wäre ihm lieber gewesen, wenn er die Ärmel eine Spur hätte kürzen lassen können, aber natürlich war dazu keine Zeit gewesen. Jetzt hatte die Zeit eine neue Bedeutung.

Als sie wieder im Jeep Wrangler die Perez Road entlangrasten, packte Lynn den Überrollbügel und sagte: »Nelson, wo zum Teufel willst du hin?«

»Weiß ich nicht!« sagte Nelson.

»Gottverflucht noch mal, warum hast du's dann so eilig? Wie auch immer, der Kerl hatte keinen Schnurrbart!«

Nelson ging vom Gas und sagte: »Er hat ihn abrasiert, das ist alles. Wo fahren wir hin, Lynn?«

»Zu einem Telefon. Fahr zu einem Telefon und besorg mir ein paar Zehncentstücke.«

Sie parkten an einer Tankstelle am Cathedral Canyon Drive, und Lynn schlug die Nummer des Friedhofs nach, während Nelson Kleingeld besorgte.

Als am anderen Ende abgehoben wurde, sagte Lynn:

»Hallo, ich heiße William Lugo. Ich möchte mich mit einem Familienmitglied in Verbindung setzen, das ich mehrere Jahre nicht mehr gesehen habe. Dieser Verwandte hat letzten September unsere Tante auf Ihrem Friedhof beisetzen lassen. Sie hieß María Magdalena Lugo. Können Sie mir helfen?«

Nelson ging ungeduldig auf und ab, dann sagte Lynn ins Telefon: »Ja? Ich verstehe. Danke.«

Er legte auf, als Nelson sagte: »Na, erzähl schon!«

»Sie wollen am Telefon keine Auskunft über ihre Kunden geben. Sie hat mir nur gesagt, daß sich das Bestattungsinstitut Lieberman Brothers in Palm Springs um die Beerdigung gekümmert hat.«

»Fahren wir hin!« sagte Nelson.

»Ich glaube, es ist Zeit, die Cops einzuschalten«, sagte Lynn, »obwohl ich glaube, du meinst, wir sind die Cops.«

14

Der Flüchtige versuchte, sein Aussehen so weit zu verändern, wie es seine begrenzte Garderobe erlaubte. Er würde den Panama nicht mehr tragen, nicht nach dem Vorfall mit Martha, deshalb trug er den schmalkrempigen Hut. Er hatte daran gedacht, sich eine Perücke zu kaufen, als er in einem Schaufenster in Palm Springs Perücken gesehen hatte, aber er war sich sicher, daß ein Glatzkopf mit einer Perücke wie ein Glatzkopf mit Perücke aussah. Möglicherweise hätte er dadurch mehr Aufmerksamkeit auf sich gezogen, wenn die Polizei die Suche nach einem Kahlen verstärkte.

Ihm war bewußt, daß die meisten seiner Befürchtungen unbegründet waren. Vermutlich hatten sie die Suche nach dem Drogenschmuggler vom Flugplatz eingestellt. Sie mußten ihn immer noch für einen Drogenschmuggler halten, was sollten sie sonst denken? Was den Vorfall in der Grabsteinfirma anging, mußte er wie die Tat eines Geistesgestörten gewirkt haben; jedenfalls glaubte das der Flüchtige.

Er fand das Bestattungsinstitut an einer Straße in der Nähe des Gene Autry Trail. In der Zeitschrift im Hotel hatte der Flüchtige gelesen, daß Gene Autry ein berühmter alter Filmstar war, aber er hatte noch nie etwas von ihm gehört.

Es war erst sechs, aber es war schon ausgesprochen dunkel.

Die Wüste wirkte immer dunkel, auch in Nächten, in denen der Mond und die Sterne besonders hell waren. Er glaubte, daß es an der Art lag, wie die Wolken über den Mond huschten und Schatten auf den Wüstenboden warfen. Er dachte an all die Raubtiere, die in diesen Wüstenschatten jagten und gejagt wurden.

Wenn sein Vater früher mit der Familie in die Wüste ihres Landes gefahren war, um das Dorf seiner Großmutter zu besuchen, war das immer ein Fest gewesen. Er hatte sich in der Wüste immer wohl gefühlt, aber auch Angst gehabt, und das machte ihn wachsamer.

Der Flüchtige parkte den Buick wie immer ein gutes Stück von seinem Ziel entfernt. Es war besser, im Notfall ein Stück laufen zu müssen, als daß seine Autonummer aufgeschrieben wurde. Während er über das Pflaster zum Bestattungsinstitut ging, immer noch in Gedanken an die Wüste und die alten Zeiten, raste ein Jeep Wrangler ohne Verdeck an ihm vorbei und bog mit quietschenden Reifen auf den Parkplatz.

So fuhren die jungen Leute in seinem Land auch, dachte der Flüchtige. Bald würde sein Sohn das Familienauto fahren wollen. Ihm graute vor diesem Tag, aber was konnte er tun? Plötzlich konnte er es nicht mehr erwarten, diesen schrecklichen Auftrag abzuschließen und zu seiner Frau und seinen Kindern nach Hause zu kommen.

Mehrere Leute stiegen aus Autos und gingen in das Bestattungsinstitut. Er beschloß zu warten, bis es auf dem Parkplatz ruhig war, ehe er hineinging.

Der Streit hatte an der Telefonzelle angefangen, sich auf der ganzen Fahrt den Cathedral Canyon Drive entlang fortgesetzt, war heftiger geworden, als sie das knochentrockene Bett des Whitewater River überquerten, und hatte sich gelegt, als Nelson von der Ramon Road Richtung Süden auf den Gene Autry Trail abbog und vor dem Bestattungsinstitut parkte.

Lynn Cutter sagte: »Jetzt reicht mir die Scheiße, Nelson! Ich komm noch mit, um zu sehen, ob diese Lugo-Geschichte was mit Francisco V. Ibañez zu tun hat, der möglicherweise der Kerl vom Flugplatz ist oder auch nicht. Aber dann, falls irgendwas an diesem Scheißdreck einen Sinn ergibt, ruf ich die Sheriffs in Indio an und kipp denen den Müll hin! Ob's dir gefällt oder nicht!«

»Nur noch einen Tag, Lynn! Heiland!« Der Wind hatte Nelsons Haar verheddert, und Nelson glühte vor Frust. »Nur noch einen Tag! Ich bin ganz nah dran an dem Kerl!«

»Ich sag dir was«, sagte Lynn. »Ich ruf die Sheriffs nicht an. Das kannst du machen oder von mir aus bleibenlassen. Wenn wir mit dem Bestattungsunternehmer gesprochen haben, steig ich aus dieser Kacke aus, hörst du?«

Nelson gelang es, den Mund zu halten, als er aus dem Jeep stieg und Lynn zur Tür des Beerdigungsinstituts folgte, aus dem leise Orgelklänge drangen.

Es war ein weitläufiges, T-förmiges Gebäude. Links waren der Einbalsamierungsraum und verschiedene Privatbüros. Rechts waren das Foyer und eine Aussegnungshalle mit Kapelle, wo etwa vierzig Leute saßen, während ein Priester vor dem Rosenkranzgebet ein paar Worte über ein verstorbenes Gemeindemitglied sprach.

Der Priester sagte: »Wie oft haben wir dem schönen Tenor von Denny O'Doul gelauscht, der in den glücklichen Ruhestandsjahren in unserer Gemeinde den Chor anführte.«

Ein Mann in einem glänzenden grauen Anzug sagte zu Lynn und Nelson: »Möchten Sie sich ins Kondolenzbuch eintragen?«

»Wir sind nicht wegen des Trauergottesdiensts hier«, sagte Lynn und zeigte dem Mann seine Marke. »Sind Sie Mr. Lieberman?«

»Nein, er ist in seinem Büro«, sagte der Mann. »Den Flur runter.«

Lynn und Nelson gingen den gefliesten Flur entlang und hörten einen Mann in einem kleinen Büro neben dem Einbalsamierungsraum telefonieren. Lynn stand mit gezückter Marke auf der Schwelle der offenen Tür und klopfte leise, als der Mann aufgelegt hatte.

Der Bestattungsunternehmer war kaum dazu fähig, sich aus dem hochlehnigen Managerstuhl zu erheben. Er war ein Dreizentnermann ohne Hals, aber mit einem pfeifenden Atem, der wie abgenutzte Bremsbeläge klang.

»Ich weiß, der Zeitpunkt ist ungünstig«, sagte Lynn, »aber es ist dringend. Wir müssen den nächsten Angehörigen von María Magdalena Lugo finden, die letzten September gestorben ist.«

»Stimmt was nicht?« fragte der Bestattungsunternehmer und zündete sich mit pfeifendem Atem die nächste Zigarette an.

»Es ist wichtig für ihn, daß wir mit ihm reden. Falls der nächste Angehörige ein Er ist, meine ich.«

»Mr. John Lugo«, sagte der Bestattungsunternehmer. »Den könnte ich unmöglich vergessen. Wollte nur das Allerbeste für seine liebe Mutter.«

»Und wo wohnt Mr. Lugo?« fragte Lynn, als Nelson erwartungsvoll näher kam.

Der Bestattungsunternehmer zog die Schreibtischschublade auf, nahm ein Adreßregister heraus und holte wieder rasselnd Luft. Er blätterte im Register und sagte: »Seinen ständigen Wohnsitz kenne ich nicht, aber er hat mir eine Adresse und eine Telefonnummer hier in der Stadt gegeben und außerdem eine Telefonnummer in L. A.« Er schob das Register über den Schreibtisch Lynn zu, der seine Halbbrille aus der Hemdtasche nahm, die Information auf einen Notizblock schrieb, den Zettel abriß und dann Nelson reichte.

»Hoffentlich hat er keinen Ärger«, sagte der Bestattungsunternehmer. »So ein nobler Gentleman. Kleine Beerdigung, aber so stilvoll. Und Orchideen. Ich hab noch nie so viele gesehen. Seine Mutter hat Orchideen gezüchtet.«

»Wir werden ihm Grüße von Ihnen ausrichten«, sagte Lynn. »Übrigens, wissen Sie, was er beruflich macht?«

»Nein«, sagte der Bestattungsunternehmer, »aber er muß sehr erfolgreich sein. Er hatte eine eigene Limousine mit Fahrer, nicht geleast, sie gehörte ihm.«

»Ein spanischer Gentleman?« fragte Nelson.

»Das weiß ich nicht«, sagte der Bestattungsunternehmer. »Lugo ist so ein Name, bei dem man das nicht recht weiß, nicht wahr? Mir kam er mehr wie ein Italo-Amerikaner als ein Hispanic vor, wenn Sie wissen, was ich meine. Aber er könnte auch ein Latino sein. Ich kann's einfach nicht sagen.«

Nelson, der nie mit Würde aufgeben konnte, fragte: »Könnte er ein Araber sein?«

»Oh, das glaube ich eigentlich nicht«, sagte der Bestattungsunternehmer. »Aber wer will das heutzutage schon wissen? Wenn ich ein arabischstämmiger Amerikaner wäre, würde ich meinen Namen in so was wie Lugo ändern, Sie nicht?«

»Ich vielleicht schon«, sagte Nelson Hareem.

»Danke für die Mühe«, sagte Lynn.

Als sie an der Tür waren, trat ein Mann in einem kastanienbraunen Blazer mit einem schmalkrempigen Hut höflich zurück, damit sie hinausgehen konnten.

Sie schenkten ihm keinerlei Beachtung, abgesehen davon, daß Nelson sagte: »Danke.«

Als sie zum Jeep kamen, sagte Lynn. »Verflucht, ich hab meine Lesebrille auf dem Schreibtisch liegenlassen. Bin gleich wieder da.« Lynn ging hinein, als in der Aussegnungshalle gerade das Ave Maria anfing. Die Kräftigeren unter den Gläubigen knieten auf dem Boden, aber die meisten saßen beim Beten. »Gegrüßet seist du, Maria, voll der Gnade. Der Herr ist mit dir. Du bist gebenedeit...«

Lynn dachte an den ersten Drink des Abends, während er auf das kleine Büro zuging und den Rücken des Kahlen in dem kastanienbraunen Blazer sah, der den Hut in der Hand hielt.

Mr. Lieberman sah auf und sagte: »Oh, Sie sind zurückgekommen! Ich habe dem Herrn eben gesagt, daß die Polizei ebenfalls auf der Suche nach ...«

Der Flüchtige machte plötzlich einen Satz auf das Register zu und riß die Seite heraus. Dann drückte er seinen Hut gegen das Gesicht von Lynn Cutter und versetzte seinem Solarplexus eine kurze Rechte, bei der Lynn sich krümmte und dem Bestattungsunternehmer, der »He!« rief, der pfeifende Atem verging.

Der Fettsack stand auf und walzte vorwärts, bekam den Kragen des kastanienbraunen Blazers gerade noch zu fassen, aber der Flüchtige duckte sich, schwang herum und versetzte dem Bestattungsunternehmer denselben Haken. Der Bestattungsunternehmer war mit soviel Speck gepanzert, daß er nur wankte, deshalb versetzte ihm der Flüchtige eine gerade Linke, die ihn an der Schläfe traf, und der Bestattungsunternehmer verlor das Gleichgewicht und sackte auf Lynn Cutter zusammen, der unter dem wie eine gigantische Forelle zappelnden Bestattungsunternehmer um Atem rang.

Der Flüchtige rannte auf den Flur, aber die neuen weißen Lederschuhe rutschten unter ihm weg. Er ging zu Boden, kam wieder hoch, kämpfte um Bodenhaftung und prallte dabei gegen den schlaksigen Mann im grauen Anzug, der in Richtung des Lärms den Flur entlanglief.

Der Flüchtige mußte ihn nicht niederschlagen und hatte es fast bis ins Foyer geschafft, als Lynn Cutter ihm in den Rücken sprang und sie den Tisch mit dem Kondolenzbuch umstießen. Ein riesiges Blumenarrangement krachte in einer Explosion von Gladiolen gegen die Wand.

Der Flüchtige, der besser in Form war, wollte Lynn abschütteln, aber Lynn klammerte sich an ihn, wirbelte herum und schleuderte den Flüchtigen durch die offene Tür. Und plötzlich lag der Flüchtige inmitten der knienden Leidtragenden. Dann: Pandämonium!

Alle brüllten und schrien und wollten hinaus, darunter auch zwei irische Nonnen, und Lynn Cutter pflügte durch die von Panik gepackte Menge, trampelte über einen Haufen alte Iren hinweg, die nicht schnell genug von den Knien hochkamen. Der Flüchtige stieß zwei Männer gegen den Priester, der zwei Kandelaber und ein weiteres Blumengebinde umriß. Alles schwamm in Wasser!

Der Flüchtige, dem Blut aus der Nase lief, ging in die Hocke und wartete, während alte Leute schrien und zischten und sich wie brüchige Holzstücke an der Tür stapelten.

Lynn ging vorsichtig auf den Flüchtigen zu, bis er den Kerl an der Bahre von Denny O'Doul, der wie eine geschminkte Mumie aussah, festgenagelt hatte.

Und dann, immer noch keuchend und mit hervorquellenden Augen, griff Lynn an! Der Flüchtige holte zu einem kurzen Boxhieb aus, der nicht traf. Aber er packte Lynn am lockigen Haar und riß ihn vorwärts, bis Lynn sich mit Kopf und Schultern im Sarg befand. Dann ließ der Flüchtige den Deckel auf Lynns Hals hinunterkrachen, und diejenigen unter den armen alten Trauergästen, die den Mut zum Hinsehen hatten, jammerten und klagten wie bei einer richtigen, altmodischen irischen Totenwache!

Denny O'Douls Rosenkranz schlang sich um Lynns Ohr, und die gefalteten Hände des alten Tenors lösten sich voneinander, lagen eiskalt und wie Pergament an Lynns Gesicht, und Lynn bekam wieder keine Luft! Aber als er den Kopf zum Einatmen zur Seite drehte, roch er Cornflakes!

Der Flüchtige legte sein Gewicht auf den Sargdeckel und versetzte Lynn Boxhiebe, einmal, zweimal, dreimal in die Rippen und die Nieren, prügelte noch mehr Luft aus ihm heraus, während Denny O'Douls fünfundachtzigjährige Witwe ohnmächtig wurde und aberwitzige Gedanken durch Lynns Schädel rasten, zum Beispiel: Himmel, Arsch und Zwirn, warum riecht Denny O'Doul nach Cornflakes?

Dann lockerte sich der grauenhafte Druck, und Lynn stieß sich mit aller Kraft nach hinten, knallte aus dem Sarg wie ein Korken und fiel auf den Rücken.

Als Lynn wieder einigermaßen klar sehen konnte, war der Flüchtige durch den Notausgang gegenüber dem Foyer gestürzt und verschwunden.

NELSON HAREEM HATTE SICH mit Kopfhörern im Jeep ausgestreckt und hörte Reba McEntire, die ›Rumor Has It‹ sang. Aber Nelson riß sich die Kopfhörer herunter, als er sah, daß ein Haufen Leute *schreiend* aus dem Vordereingang des Bestattungsunternehmens rannte. Dann sah er Lynn Cutter, der hinter ihnen herlief!

Als Lynn in das Licht der Laternen kam, sah Nelson, daß er humpelte und Blut im Gesicht hatte!

Nelson sprang vom Jeep, als Lynn noch zehn Meter entfernt war, aber Lynn schrie: »NICHTS WIE WEG HIER!«

Lynn ächzte vor Schmerz, als er in den Jeep sprang, packte mit einer Hand den Überrollbügel und hielt sich mit der anderen die Rippen, während Nelson den Jeep zurücksetzte und zwei Gummistreifen auf den Parkplatz zeichnete.

»Hast du ein Auto gesehen?« brüllte Lynn.

»Welches Auto?«

»Irgendein Auto! Hast du eins gesehen?«

»Eben hab ich Scheinwerfer gesehen!«

»Hol das Scheißauto ein! Und gib mir deine Pistole!«

Sie holten das Scheißauto nicht ein. Sie sahen nicht einmal mehr Rücklichter, als sie auf den Gene Autry Trail kamen. Nelson wußte nicht, ob er nach Süden oder nach Norden fahren sollte.

»Was soll ich denn machen, Lynn?« wollte Nelson wissen.

»Mir sind die Ideen ausgegangen«, stöhnte Lynn.

»Was war denn da drin los?«

»Er hat mich windelweich geprügelt! Er hat mich in einen Sarg gesteckt!«

»Wer?«

»Francisco V. Ibañez. Der war's!«

»Was?«

»Sag nicht *was*! Fahr zu!«

Nelson war so verblüfft, verwirrt, aufgeregt, daß er ausnahmsweise nicht Höchstgeschwindigkeit fuhr. »Wieso war der denn da drin? Wie hat er dich in einen Sarg stecken können?«

»Mit Samthandschuhen jedenfalls nicht! Gibst du jetzt Gas?«

»Wohin?«

»Zum Furnace Room. Wo sonst hab ich Ruhe vor diesem elenden, hirnrissigen, beknackten Fall?«

»Du blutest und hast einen Dachschaden!« sagte Nelson, trat aufs Gaspedal und überholte einen weißen Caddy.

»Das ist *sein* Blut! *Ich* habe innere Blutungen! Der Scheißkerl hat versucht, mir die Milz kaputtzuschlagen!«

»Wie hat dich denn jemand in einen Sarg stecken können, Lynn? Sag mir, was passiert ist!«

»Wir haben gekämpft! Er hat gewonnen!« schrie Lynn. »Ich hab einen Salto in den Sarg geschlagen! Dann hat er den gottverfluchten Deckel auf mich geknallt!«

»Gütiger Gott!« rief Nelson. »Das ist das Grausigste, was ich je gehört habe!«

Plötzlich sah Lynn Nelson Hareem resigniert an und sagte: »Jetzt weiß ich, was der arme alte Bela Lugosi und Christopher Lee jahrelang durchgemacht haben! Mein Schließmuskel klemmt!«

»Ich weiß, wie du dich fühlst!« rief Nelson. »Ich hab das Gefühl, als ob mir auch jemand das Arschloch zugeklebt hätte!«

DER FLÜCHTIGE BEREUTE NICHT zum ersten Mal, daß er sich nicht für ein billiges Motel entschieden hatte, wo er unbeobachteter gewesen wäre. Die Anlage dieses eleganten Hotels sorgte dafür, daß die Gäste beim Kommen und Gehen durch die ausgedehnte Halle deutlich gesehen werden konnten.

Als er den Buick auf dem Gästeparkplatz abstellte, zog er den kastanienbraunen Blazer aus und war froh über die Farbe. Er wischte sich damit das Blut vom Gesicht.

Der Flüchtige war nicht schwer verletzt, nur seine Nase blutete. Er bekam seit seiner Kindheit leicht Nasenbluten. Wenn er als Junge Fußball gespielt hatte, war sein Trikot am Ende des Spiels immer voller Blut gewesen, und seine Mutter hatte immer bei seinem Anblick geweint.

Er war ohne Hut, und sein Gesicht war leicht geschwollen, deshalb senkte er den Kopf und ging schnell durch die Halle zu den Aufzügen, den Blazer über der Schulter, so daß er das Hemd verdeckte. Eine Frau, die am Aufzug stand, sah ihn neugierig an, und er bemerkte, daß ihm wieder Blut aus dem linken Nasenloch lief. Zur Beruhigung klopfte er gegen seine Tasche, berührte die Registerseite und drückte den Aufzugknopf für den zweiten Stock.

Als er in sein Zimmer kam, nahm er die Registerseite aus der Tasche und schaltete die Lampe neben dem großen Bett ein. Er las den Namen John Lugo, die Adresse in Palm Springs und die Telefonnummer, die er als hiesige erkannte. Er sah eine zweite Telefonnummer, von der er vermutete, daß sie zum Ortsnetz von Los Angeles gehörte. Er würde das alles auswendig lernen, aber später.

Seinem schönen neuen Hemd fehlten drei Knöpfe, und eine Brusttasche war zerrissen und hing herunter. Er zog das

Hemd aus und stopfte es in den Abfallkorb. Der Flüchtige setzte sich aufs Bett, zog die weißen Halbschuhe aus und legte sich auf dem Kissen zurück, schnüffelte leicht und wartete darauf, daß die Blutung aufhörte.

Sein Selbstvertrauen hatte einen schweren Schlag bekommen. Er konnte sich nicht vorstellen, wie sie ihn gefunden hatten. Natürlich hätte er den mit dem lockigen Haar sofort als Polizisten erkannt, auch wenn der Bestattungsunternehmer nichts davon gesagt hätte. Der Mann sah genau wie ein Polizist aus. Aber wie hatten sie ihn aufgespürt? Vielleicht waren sie doch so tüchtig wie im Fernsehen!

Trotzdem ergab das alles keinen Sinn. Warum legten sie soviel Diensteifer an den Tag, nur um einen Mann aufzuspüren, der eine alte Frau umgestoßen und ein paar Akten gestohlen hatte? War es vorstellbar, daß sie Jagd auf ihn machten, seit er den Polizisten auf dem Flugplatz angegriffen hatte? Das war natürlich ein schwereres Verbrechen. Aber wie hatten sie ihn mit diesem Vorfall in Verbindung bringen können?

Dann erinnerte er sich an einen Zeitungsartikel über einen Kalifornier, der einen Teenager vergewaltigt, dem Mädchen beide Arme abgehackt und sie zum Sterben in der Wüste zurückgelassen hatte. Aber wie durch ein Wunder hatte sie überlebt. Der Mann hatte nur acht Jahre im Gefängnis gesessen und war jetzt auf Bewährung frei! Über den Fall war ausführlich berichtet worden, um seinen Landsleuten zu zeigen, wie es in den Vereinigten Staaten zuging. Die angedeutete Frage lautete: Wollt ihr wirklich in einem Land leben, in dem jemand ein so grauenhaftes Verbrechen begehen und nach nur acht Jahren wieder ein freier Mann sein kann?

Und doch ... und *doch*, wegen eines Bagatelldelikts, dem Umstoßen einer alten Frau und dem Diebstahl wertloser Akten, hatten sie ihn verfolgt und im Nullkommanichts aufgespürt. Und ihn um ein Haar gefaßt!

Falls er lebendig nach Hause kam, würde er sein Leben lang nie wieder einen Fuß in dieses verrückte Land setzen. Falls er lebendig nach Hause kam ...

LYNN HATTE SICH DAS BLUT des Flüchtigen vom Gesicht gewischt, aber er sah ziemlich grimmig aus, als er den Furnace Room betrat. Er schleppte sich vorwärts, ging an Wilfred Plimsoll vorbei, ohne ihm auch nur zuzuwinken, und peilte direkt einen Tisch hinten neben dem gähnenden Kamin an. Er war so glücklich, wie er es unter diesen Umständen nur sein konnte, als er sah, daß Breda schon da war und wartete.

Nelson sagte: »Ich hole die Drinks, Lynn.«

Als Lynn in den Stuhl gegenüber von Breda sackte, kam es ihm so vor, als fielen ihm gleich die Eingeweide heraus. Sein rechtes Auge war leicht geschwollen, und seine Knöchel waren abgeschürft und wund.

»Haben Sie sich geprügelt oder was?« fragte Breda. »Sie sehen grauenhaft aus!«

»Ehrlich gesagt, ich war im Bett. In Draculas Bett.«

»Was soll das heißen?«

»Ich war in einem Sarg.«

»Sie meinen, in einem winzigen Raum?«

»Winzig war's«, sagte Lynn. »Und wir waren zu zweit.«

»Wollen Sie das erklären?«

»Kann ich erst was trinken? Ich hab einen Geschmack nach Formaldehyd im Mund, den ich nicht loswerden kann. Und den Geruch von Cornflakes in der Nase!«

Lynn fing mit der Erklärung erst richtig an, als er seine zweite Dosis vierzigprozentiges Anästhetikum geschluckt hatte. Als er schließlich loslegte, hörte sich Breda die Vorfälle des Tages ungläubig an. Und Lynn verlor ein paarmal den Faden, weil er sich dabei ertappte, daß er dem Leberfleck an ihrer Lippe zuviel Aufmerksamkeit schenkte.

Als er fertig war, gab Breda Nelson ihr Glas und sagte: »Ich glaube, ich kann noch einen vertragen. Wären Sie so nett, Nelson?«

Als Nelson an der Bar war, um noch eine Runde zu holen, sagte Breda: »Haben Sie heute irgend jemandem Ihren Namen gesagt?«

Lynn schüttelte langsam den Kopf und sagte: »Soviel Verstand hatte ich wenigstens noch. Ich hab die Polizeimarke gezückt, das war alles. Es wird eine Menge Spekulationen über einen fetten Kerl in mittleren Jahren und einen rothaarigen Knallkopf in Cowboystiefeln aus rotem Schlangenleder geben, die sich als Polizisten ausgegeben haben.«

»Was wollen Sie unternehmen?«

»Was essen. Möchten Sie essen gehen? Ich zahl sogar, wenn's keiner von diesen Yuppieschuppen ist, wo's Radicchio und Tofu gibt. In diesen kahlen Läden geht der Geräuschpegel so nach oben, daß ich mir am liebsten ihre Engelshaarpasta in die Ohren stopfen würde. Die im allgemeinen sowieso nicht eßbar ist.«

»Das ist eine der ungewöhnlichsten Einladungen zum Essen, die ich je bekommen hab«, sagte Breda, als Nelson zurückkam.

»Hoffentlich hab ich nichts versäumt«, sagte Nelson.

»Ich hätte eigentlich gedacht, Sie sollten nicht unbedingt Bestattungsinstitute verwüsten, solange Sie Ihre Pension noch nicht in der Tasche haben«, meinte Breda zu Lynn.

»So was ähnliches hab ich gerade auch gedacht«, sagte Nelson. »Und vermutlich hilft mir das nicht gerade bei meiner Versetzung nach Palm Springs, oder?«

»Ich glaube, wir sind uns alle einig, daß wir über unser kleines Abenteuer Stillschweigen bewahren sollten«, sagte Lynn.

»Ich würd's dir bestimmt nicht verübeln, wenn du mich nie wieder sehen wolltest«, sagte Nelson. »Aber ich laß nicht locker. Morgen überprüfe ich die Autovermietungen, bis ich rauskriege, wo Francisco V. Ibañez wohnt.«

»Was ist denn mit Jack?« wollte Lynn wissen.

»Hat gesagt, er kommt nicht her, wenn er auf was Interessantes stößt«, sagte Breda. »Das könnte heißen, daß er Clive Devon zu einem Liebesnest gefolgt ist. Ich ruf ihn morgen früh an, falls ich keine Piepsernachricht kriege.«

»Ich glaub, ich sag's Ihnen lieber gleich, Breda«, sagte Nelson. »Ich hab vor, morgen mit Clive Devon zu reden.«

»Was?« sagten Breda und Lynn wie aus einem Munde.

»Sie können meinen Fall nicht verpfuschen!« sagte Breda.

»Das geht dich überhaupt nichts an!« sagte Lynn.

»Seht mal«, sagte Nelson, um Liebenswürdigkeit bemüht. »Francisco V. Ibañez und der Kerl auf dem Flugplatz und der Kerl in der Grabsteinfirma und der Kerl, den Clive Devon im Painted Canyon aufgegabelt hat, und der Kerl, der Lynn in den Sarg geschleudert hat, das ist ein und derselbe Kerl! Ein Kriminalist muß allem Rechnung tragen. Für einen Ermittler in einem Mordfall ist jeder verdächtig, das steht in den Lehrbüchern.«

»Das ist kein Mordfall«, sagte Lynn und funkelte Nelson böse an. »Noch nicht!«

»Aber was Ernstes muß es sein«, sagte Nelson, »und Clive Devon steckt mit drin, bis wir ... bis ich ihn eliminiere.«

Lynn sah, wie sich seine tausend Dollar auflösten, warf Nelson einen gefährlichen Blick zu und sagte: »Nelson, jemand könnte dich eliminieren. Das ist Erpressung!«

»Moment mal«, sagte Breda. »Seien wir doch alle vernünftig.«

»Okay«, sagte Nelson.

»Sie könnten doch morgen bei den Autovermietungen nachfragen und mit John Lugo reden, oder? Geben Sie uns die Chance, den Fall Clive Devon abzuschließen. Wenn wir damit fertig sind und ich mein Honorar habe, können Sie sich meinetwegen an einer Weinrebe in Clive Devons Schlafzimmer schwingen!«

»Auge um Auge«, sagte Nelson. »Was tun Sie, um mir bei meinem Fall zu helfen?«

»Okay, am Ende des Tresens findest du einen Kerl«, sagte Lynn. »Er gehört zu den jüngeren Gästen, muß um die Siebzig sein. Sie nennen ihn Zehn-vor-sechs. Sag ihm, Lynn will mit ihm sprechen. Aber spendier ihm vorher einen Whiskey.«

»Warum nennen sie ihn Zehn-vor-sechs?« fragte Nelson.

»Das wirst du schon sehen«, sagte Lynn.

»Was soll denn das?« fragte Breda, als Nelson wieder fort war.

»Ich will nicht, daß Nelson völlig überschnappt, aber seit einer Stunde hab ich ein gewisses Interesse an dem Fall. Ich nehm an, ich kann's einfach nicht leiden, wenn Typen meinen Kopf als Polstermaterial benutzen.« Lynn langte nach oben und berührte vorsichtig eine Schwellung an seinem Kopf.

»Wie fühlt sich das an?« fragte Breda.

»Werd 'ne Weile keinen Breakdance machen können. Die Nackenwirbel sind kaputt.«

Breda sah auf und erblickte einen alten Säufer, der auf sie zuschlurfte. Er trug einen Jogginganzug und braune Lederschuhe, und sie sagte: »Ich sehe, warum er Zehn-vor-sechs genannt wird.«

Es war offensichtlich. Er hatte von der Hüfte aufwärts Schlagseite nach Steuerbord.

»Noch ein paar Drinks, dann hängt er auf der anderen Seite durch«, sagte Lynn. »Dann nennen sie ihn Zehn-*nach*-sechs.«

»Hi, Lynn!« sagte er, als er an den Tisch kam.

»Hi«, sagte Lynn. »Nelson hast du schon kennengelernt. Breda, das ist Zehn-vor-sechs.«

»He, Hübsche«, sagte Zehn-vor-sechs. Er hatte eine Knollennase, überzogen von einem rosa Haarnetz aus Venen. Wie viele der anderen Romeos im Furnace Room trug Zehn-vor-sechs ein Echthaartoupet auf dem Kopf. Wegen der Schlagseite saß es jetzt etwas schief, und das untere Gebiß steckte in der Hemdtasche.

Lynn sagte: »Du kennst doch jeden hier in der Stadt. Was ist mit John Lugo? Wohnt oben in Southridge. Da sind nur acht bis zehn Häuser, müßte also einfach sein.«

»Immer langsam mit den jungen Pferden«, sagte Zehn-vor-sechs und zwinkerte Breda zu. »Wissen Sie, Breda, daß da oben Bob Hope wohnt, in diesem Riesenflugzeughangar mit dem krummen Dach? Sieht aus wie die Frauenhüte von neunzehnhundertzweiunddreißig. Kennen Sie das Haus? Hat einen Swimming-pool in der Form von Bobs Profil.«

»Schön, aber wer ist John Lugo?« wollte Nelson wissen.

»Jeder kennt John Lugo«, sagte Zehn-vor-sechs. »Dem hat mal die Barrel Cactus Lodge gehört. Zumindest war er der Strohmann. Kann sein, daß Geld aus Vegas drinsteckte, aber so genau weiß ich's auch nicht.«

»Klar!« sagte Lynn. »John Lugo. Der Name kam mir doch gleich bekannt vor.«

»Wer ist das?« fragte Breda.

»Ist vor etwa zwanzig Jahren in die Stadt gekommen«, sagte Zehn-vor-sechs. »Hat das Barrel Cactus gekauft und ein erstklassiges Hotel daraus gemacht. Jede Menge Typen aus Vegas steigen dort ab, wenn sie in die Stadt kommen. Und er hat eine Automatenfirma und anderes Zeug gekauft. Ich glaube, meistens wohnt er in Beverly Hills oder so.«

»Aber er hat immer noch ein Haus in Southridge?« fragte Nelson.

»Soweit ich weiß«, sagte Zehn-vor-sechs. Dann sagte er zu Breda: »William Holden hat auch dort oben gewohnt. Wirklich netter Kerl. Hat mehr getrunken, als gut für ihn war.« Zehn-vor-sechs schüttelte traurig den Kopf und trank den Whiskey aus.

»Ich geb einen aus«, sagte Breda. »Wie nehmen Sie Ihren Whiskey?«

»Am liebsten nackt und im Bett«, sagte Zehn-vor-sechs, zwinkerte Breda wieder zu und schmatzte zahnlos mit den Lippen.

Als er zurück zur Bar wankte, sahen sie, daß er jetzt zehn *nach* sechs anzeigte.

15

Für Jack Graves war der Tag alles andere als ereignislos gewesen. Nachdem er Clive Devon aus den Indianercanyons heraus gefolgt war, fuhr er dem Range Rover in nördlicher Richtung auf dem Palm Drive hinterher. Im Zwielicht überquerten sie die Autobahn und fuhren weiter in die Gemeinde Desert Hot Springs, bekannt für ihre heißen Quellen und den Wind. Es war ein hervorragender Ort zum Überwintern, sagten die Einheimischen, solange man sich nicht groß um seinen Hausanstrich scherte. Was Autos anging, konnten die Stürme den Lack innerhalb von zwei Stunden bis aufs Blech abschleifen; jedenfalls behaupteten das die Einwohner.

Aber nicht nur über das legendäre Land wurden jede Menge Geschichten erzählt. Ein weiteres Märchen bekam Jack Graves zu hören, als er das größte Risiko des Tages einging, indem er Clive Devon und dem großen braunen Hund in die Snakeweed Bar mit Grill folgte. Wie er schnell merkte, war Clive Devon im Snakeweed so gut bekannt, daß er einen Wurf Kojoten hätte mitbringen können, ohne daß sich jemand beschwert hätte.

Jack Graves hörte, wie mindestens fünf Einheimische »Hallo, Clive!« sagten, als sie zur Happy Hour auf einen Krug Bier hereinkamen.

Fast alle kannten auch den Namen des Hundes. Ein Lastwagenfahrer, der an der Bar saß, schnitt hundert Gramm Fleisch von seinem T-Bone-Steak ab und rief: »He, Clive! Ist's recht, wenn ich Malcolm einen Happen gebe?«

»Wenn's Malcolm recht ist!« rief Clive Devon grinsend zurück.

Natürlich rannte der große Mischlingshund durch den Saloon wie George Bush, sprang hoch, legte die Vorderbeine auf den Tresen und fraß das Fleisch direkt von der Gabel des Kerls.

Der Barkeeper, der so aussah, als sei er zur Hälfte ein Morongo-Indianer, brüllte: »Clive, falls hier mal ein Inspektor vom Gesundheitsamt reinkommt, stellen Sie sich blind und sagen ihm, Malcolm ist ein Blindenhund!«

Drei Leute schrien Varianten von: »Dein Schnaps macht jeden blind, Otis!«

Eine mit knorrigem Kiefernholz getäfelte Wand war Cowboyhüten vorbehalten, eine zweite einem mit der amerikanischen Flagge drapierten Wagenrad. Über der Bar hing ein Wimpel der US-Marineinfanterie mit einem selbstgemachten Schild, auf dem unter einer Karikatur von Saddam Hussein, den ein Marineinfanterist in den Hintern trat, WÜSTENWURM stand. Und natürlich klebte am Barspiegel ein Sticker mit der Aufschrift: ›Tod dem Yuppie-Abschaum!‹

Aus einer ziemlich mittelprächtigen Stereoanlage dröhnte Country-Musik, und ›Heroes‹ war, vielleicht des Golfkriegs wegen, besonders beliebt. Es war so laut, daß Malcolm gejault hätte, wenn er nicht so mit dem Steak beschäftigt gewesen wäre.

Das Dutzend Tische war mit karierten Tischtüchern eingedeckt, überzogen mit einer Plastikfolie, damit sie nicht so oft gewaschen werden mußten. Es war eine Country-Version des Furnace Room, aber außerdem ausgestattet mit Shuffleboard- und Billardtischen, an denen die jüngeren Gäste – die unter Fünfzigjährigen – zugange waren. Es war eines jener Lokale, in denen die Barhocker am Boden verschraubt sind, damit man sie nicht umwerfen kann, und fast erwartete man, klebrige, mit Fliegenleichen übersäte Papierrollen von der Decke herabhängen zu sehen.

Clive Devon saß mit dem Rücken zur Wand da, einen Bierkrug in der Hand, und strahlte alle Einheimischen an, die mit ihm und Malcolm sprachen, während sich Jack Graves vornahm, demnächst vielleicht einmal zum Abendessen hierher zu kommen. Die Steaks waren groß, der Duft von dem fettigen Küchengrill war herrlich, und die Preise waren niedriger als sonst irgendwo in der Wüste.

An einem Tisch am Ende der Theke, wo Jack Graves stand und sein Bier trank, saß ein Trio von Ökofreaks mit Designer-Cowboyhüten und in kniefreien Jeans, die wie abgelegte Lumpen von der Teufelsinsel wirkten.

Ein Stammgast im Snakeweed, eine alte Wüstenratte namens Luther mit der größten Ladung Schnupftabak auf der Lippe, die Jack Graves je gesehen hatte, tischte den Ökofreaks Märchen auf, und sie kauften ihm alles ab und versorgten den alten Knaben außerdem pausenlos mit Whiskey.

»Es sind die ganzen Leute aus der Stadt, denen wir unsere Probleme zu verdanken haben«, beklagte sich Luther bei den Leuten aus der Stadt, die düster nickten. »Die kommen mit ihren Allradfahrzeugen hierher und fahren damit in der Wüste herum wie Patton mit seinen Panzern, als er hier draußen Manöver abgehalten hat. Ihr glaubt wohl, das Dickhornschaf ist das einzige gefährdete Tier?«

Nachdem die Ökofreaks den Kopf geschüttelt hatten, sagte Luther: »Und was ist mit den armen alten Stockeidechsen?«

Was ein paar andere Wüstenratten am Tresen dazu brachte, zu kichern und sich gegenseitig anzustoßen.

»Das erstaunlichste Geschöpf in der ganzen Wüste ist die Stockeidechse«, erklärte er den Ökofreaks. »Trägt einen kleinen Stock im Maul herum, sobald die Temperatur auf über sechzig Grad steigt. Das einzige Wüstengeschöpf, das mittags auf Nahrungssuche gehen kann. Wißt ihr, wie es das macht?«

Die Pointe war eine theatralische Pause wert und einen weiteren Schuß Barwhiskey, den die Ökofreaks mit Freuden bezahlten. Dann sagte Luther: »Wenn der Sand der Stockeidechse die Füße verbrennt, gräbt sie ein Loch für den Stock, steckt ihn senkrecht in den Sand und klettert daran hoch. Sie bleibt daran hängen, bis die Füße abgekühlt sind.« Luther trank den Whiskey aus und sagte: »Gibt nicht mehr viele Stockeidechsen. Eindeutig gefährdet.«

In diesem Augenblick betrat ein alter Herr in schrillen olivgrünen und chromgelben Golfklamotten das Lokal und ging an die Bar.

»Hi, Doc«, sagte der Lastwagenfahrer, der Malcolm immer noch von seinem Teller fütterte.

Der Doc kraulte Malcolm, dann packte er ihn an der Schnauze. »Die Lefze ist ja ganz gut verheilt, stimmt's, Malcolm?« sagte er zu dem Hund. Dann wandte er sich dem Barkeeper zu und sagte: »Otis, wie wär's mit einem Gin Fizz mit Schlehdornschnaps?«

»Außerhalb von Schwarzweißfilmen sind Sie der einzige, der so was noch trinkt«, sagte Otis.

»Deshalb ist die Welt ja zum Teufel gegangen«, sagte der Doc. Er sah Malcolms Begleiter und rief: »Hallo, Clive!«

Clive Devon lächelte und hob den Bierkrug. Als der Doc seinen Drink bekommen hatte, ging er zu Clive Devons Tisch hinüber, gab ihm die Hand und setzte sich.

Jack Graves schob sich in Malcolms Richtung am Tresen entlang. Er nickte den Männern links und rechts von ihm einen Gruß zu und sagte zu dem Lastwagenfahrer: »Verdammt hübscher Hund, den Sie da haben.«

»Ist nicht meiner. Gehört Clive dort drüben.«

»Wer ist denn der andere?« fragte Jack Graves. »Ich glaub,

ich hab mal mit ihm Golf gespielt, kann mich aber nicht an seinen Namen erinnern.«

»Das ist Doc Morton. Gut möglich, daß Sie mit ihm gespielt haben. Jetzt, wo er im Ruhestand ist, spielt er jeden Tag.«

Das Snakeweed füllte sich mit Touristen aus Kanada, und der mexikanische Koch in der winzigen Küche konnte die Steaks gar nicht schnell genug liefern. Bald wurde der Rauch zuviel für die Klimaanlage, und die Sicht wurde trüber als an einem Samstagabend im Furnace Room. Es war die Art von Lokal, wo die Küche um acht dichtmachen konnte und der Rest des Abends den unentwegten Trinkern gehörte, vermutete Jack Graves.

Um halb sieben sah Clive Devon auf die Uhr und bestellte drei Steaks mit Fritten, zweimal Salat und zweimal Knoblauchtoast. Jack Graves bestellte ein Steaksandwich, blutig, und noch ein Bier.

Als das Essen an Clive Devons Tisch gebracht wurde, schnitt er ein Steak in mundgerechte Stücke und stellte einen Stuhl beiseite, damit Malcolm mit ihnen zu Abend essen konnte. Die Stammgäste kannten das schon. Der große braune Mischlingshund legte den Kopf auf den Teller und verschlang ein Zwölf-Dollar-Steak. Clive Devon sah Malcolm zu wie ein stolzer Vater, und sogar der Doc bot Malcolm mit Steaksaft getränkte Stücke vom Knoblauchtoast an.

Jack Graves traf eine impulsive Entscheidung. Er trug seinen Teller zu dem Tisch der beiden Männer hinüber und sagte: »Sieht so aus, als ob's sonst keinen Sitzplatz gäbe. Darf ich mich zu Ihnen setzen?«

ALS DIE DREI AN JENEM ABEND den Furnace Room verließen, kam es zu einem Handel mit Nelson Hareem.

Breda überraschte Nelson mit der Frage: »Was haben Sie zu Weihnachten bekommen?«

»Von wem?«

»Von wem auch immer, der Ihnen was zu Weihnachten schenkt.«

»Ich hab' einen Cowboyhut und eine Alarmanlage gekriegt«, sagte Nelson. »Der Stetson war von meinen Eltern und die Alarmanlage von meiner Schwester. So eine Alarmanlage zum Selbermontieren. Ich hab nichts, was sich zu klauen lohnt, aber meine Schwester macht sich Sorgen um mich.«

»Was kosten Cowboystiefel?« fragte Breda.

»Da gibt's jede Menge verschiedene. Wieso?«

»Gibt's ein Paar, das Sie in Ihr kleines Herz geschlossen haben?«

»Ich bin hin und weg von den erdnußbraunen Eidechsenstiefeln von Dan Post«, sagte Nelson. »Aber die kann ich mir nicht leisten.«

»Wieviel kosten die?«

»Hundertfünfzig.«

»Wenn Sie versprechen, mir den Devon-Fall nicht zu versauen, ehe ich mein verdammtes Honorar habe, kaufe ich Ihnen ein Paar erdnußbraune Cowboystiefel von Dan Post. Abgemacht?«

»Sie brauchen mir nichts zu kaufen«, sagte Nelson. »Ich hab mir sowieso vorgenommen, auf Sie zu hören.«

»Ich möchte es aber gern«, sagte Breda. »Und Sie lassen Clive Devon in Ruhe, bis ich sage, es ist okay. Okay?«

»Okay«, sagte Nelson.

»Nelson«, sagte Lynn, »ich hab mir's anders überlegt, ich glaube, einen Tag sollte ich noch dranhängen. Heute abend bin ich sozusagen persönlich in den Fall verwickelt worden. Ich kann's nicht leiden, wenn Typen mit meinem Kopf Basketball spielen. Hol mich morgen früh um neun ab.«

»Geriiiiitzt!« rief Nelson, und ehe einer von ihnen es sich anders überlegen konnte, rannte er los, joggte in den Cowboystiefeln aus rotem Schlangenleder zu seinem Wrangler und träumte von erdnußbraunem Eidechsenleder. »Punkt neun!« rief er Lynn zu.

Als er fort war, sagte Lynn: »Sie haben nicht gesagt, ob Sie was essen wollen.«

»Im Furnace Room?«

»Mir geht's zwar besser, aber so gut nun auch wieder nicht. Irgendwo, wo's nett ist?«

»Ich habe eigentlich keinen Hunger«, sagte sie.

»Wie wär's dann mit einem Drink? Waren Sie schon mal oben auf der Seilbahnstation?«

»Hatte noch nie Zeit dazu.«

»Dann lade ich Sie auf einen Drink in der Seilbahnstation ein«, sagte Lynn.

»Ich hatte schon zwei Drinks. Das ist mein Limit, wenn ich fahre.«

»Einer mehr kann nichts schaden«, sagte Lynn. »Und ich kann ja fahren. Ich bin immun gegen den Schnaps im Furnace Room. Die könnten mich drin einweichen und ein Streichholz dranhalten, ich würd nicht brennen.«

»Okay, aber nur auf einen Drink«, sagte sie.

Lynn bekam angesichts dessen, was er vorhatte, ein schlechtes Gewissen. Natürlich bezweifelte er, ob es funktionieren würde, aber ein schlechtes Gewissen bekam er trotzdem. Sie war keine Trinkerin, und selbst wenn sie eine gewesen wäre, sie wußte nicht, was passieren konnte, wenn man oben auf der Seilbahnstation ein paar Schnäpse kippte. Er hatte da oben während einer Pensionsfeier mal ein halbes Dutzend Drinks konsumiert, und die anderen Cops hatten ihn zum Auto tragen müssen. In dieser Höhe hatte er sich gefühlt, als hätte er die Taucherkrankheit.

Als er Bredas Datsun Z auf dem Palm Canyon Drive Richtung Norden zum Tram Way fuhr, sagte Lynn: »Wissen Sie, die obere Seilbahnstation fällt in den Zuständigkeitsbereich des Sheriffs, die untere dagegen in den der Polizei von Palm Springs.«

»Interessant«, sagte Breda schläfrig, und Lynn sah, daß der Schnaps aus dem Furnace Room seine Wirkung zeigte.

»Da oben hat mal einer einen Safe geklaut«, sagte Lynn. »Er hat versucht, den Safe aufzukriegen, und hat ihn dann den ganzen Weg nach unten geschleppt. Die Detectives haben zuerst mal alle Ambulanzen nach einem Typen mit Leistenbruch abgeklappert.«

»Interessant«, sagte Breda leicht undeutlich, und Lynn dachte, daß die Tour nach oben vielleicht gar nicht mehr nötig war.

Er glaubte, es sei an der Zeit, persönlich zu werden, deshalb sagte er: »Ich nehme an, Sie gehen mit 'ner Menge Typen aus, oder?«

»Ehrlich gesagt, so gut wie nie. Ich war zu beschäftigt damit, mein Geschäft aufzubauen, seit ich hergezogen bin.«

»Geschieden, stimmt's?«

»Ja.«

»Hab ich zweimal hinter mir«, sagte er.

»Feste Freundin?« fragte Breda.

»Jede Frau, die ich kenne, ist entweder so alt, daß sie im Kino Ermäßigung kriegt, oder so jung, daß sie nur auf diese wilden Typen mit Motorradhelmen steht.«

»Dazwischen läuft nichts?«

»Viele hab ich nicht gefunden«, sagte Lynn und warf ihr einen sondierenden Blick zu. »Kinder?«

»Eines, sie ist auf dem College.« Dann, nach einer Pause: »Sie?«

»Meine erste Frau war emotional ein Kind. Hat eine Zahnspange getragen, bis sie zweiunddreißig war. Hat sich bei jedem Gewitter unter dem Tisch versteckt. Meine zweite Frau war etwa so berechenbar wie der Irak. Jede Menge Frauen werfen die Kleider ihrer Männer aus dem Fenster, stimmt's?

Sie hat meine in Fetzen geschnitten, ehe sie mich damit beworfen hat. Einzige Frau mit soviel Phantasie, die ich je gekannt hab. Hab Glück gehabt, daß beide kein Kind von mir wollten.«

»Das Kind hat Glück gehabt«, sagte Breda.

»Ich hab immer gedacht, ich könnte ein Kind ganz ordentlich erziehen. Ich bin kein kleinlicher Typ. Das hat mir das Leben ausgetrieben.«

»Sie werden's wohl kein drittes Mal mit der Ehe probieren?«

»Der beste Plan geht in die Hose, wenn erst mal das Aufgebot bestellt ist.«

»Dann fällt den Frauen plötzlich ein, daß sie Sie nicht mögen, liegt's daran?«

»Warum hätten sie mich nicht mögen sollen? Sie haben mich ja nicht mal gekannt«, sagte er und zog die rechte Augenbraue hoch. »Alle beide nicht.«

Die Talstation der Drahtseilbahn von Palm Springs war fünf Kilometer vom Highway 111 entfernt und lag achthundert Meter über dem Meeresspiegel. Sie kamen gerade noch rechtzeitig für die letzte Kabine um 20.00 Uhr an.

Es gab einen Laden für Palm-Springs-Souvenirs und eine Bar in der Talstation. Lynn mußte eine Kreditkarte benutzen, um die Fahrkarten zu bezahlen, die je $ 13,95 kosteten. Breda beschloß endgültig, dort oben nichts zu essen, als sie hörte, daß man für nur vier Dollar mehr eine Fahrkarte inklusive Abendessen bekam. Sie sagte zu Lynn, sie habe sich bei ihrem Ausscheiden aus dem Polizeidienst geschworen, sich nie wieder auf ein Abendessen für vier Dollar einzulassen.

Zwei Dutzend weitere Passagiere nahmen die letzte Kabine, und die meisten sahen so aus, als hätten sie mindestens soviel getrunken wie Breda. Lynn erinnerte sich an die alten Zeiten, als man sich bloß auf dem Highway 111 herumzutreiben und auf die Herunterkommenden zu warten brauchte, wenn man auf eine Festnahme wegen Trunkenheit am Steuer aus war.

Die Fahrt war bei Tageslicht eindrucksvoller, aber bei Nacht ungeheuer aufregend. Lynn hatte darauf bestanden, daß Breda ihren Anorak aus dem Kofferraum nahm und ihn sich um die Schultern legte. Es war möglich, daß der Temperaturunterschied zwischen der Talstation und der oberen Station fünf Grad betrug.

»Ich hatte keine Ahnung, daß es so steil ist«, sagte Breda, als die Kabine am fünf Zentimeter dicken Drahlseil nach oben glitt. »Das geht ja senkrecht nach oben.«

»Fast«, sagte Lynn. »Anderthalb Kilometer lang.«

Die meisten Fahrgäste in der Kabine standen hinten, hielten sich am Geländer fest und sahen auf das Coachella-Tal hinunter. Die Lichter zeigten, daß in dem Wüstental mehr Menschen lebten, als die meisten Leute annahmen.

Die Kabine glitt fast ohne jeden Stoß über das Seil zwischen den fünf Pfeilern, die Anfang der sechziger Jahre mit Hubschraubern errichtet worden waren. Lynn spürte, daß Breda etwas unbehaglich zumute war. Ihr Körper drückte sich gegen seinen, vielleicht zur Beruhigung.

»Gott, schauen Sie sich nur von hier aus die Sterne an!« sagte sie, während sie fand, daß sich sein Körper auf beunruhigende Weise gut anfühlte.

»Der Wüstenhimmel«, stimmte Lynn ihr zu.

Er schaute hinauf zu Scheffeln von Diamanten, die sich über schwarzen Samt ergossen. Hinter ihnen flutete das Mondlicht über die Berge. Als sie durch die Felsen nach oben glitten, sah Breda Spiralen und Marmoradern in den Klippen und Gruppen aus Palmen, Yucca und Kakteen, die im pfeifenden, eisigen Wind schwankten.

Nach vierzehn Minuten erreichten sie die Bergstation in zweieinhalbtausend Meter Höhe, die aber immer noch siebenhundert Meter vom Gipfel des Mount San Jacinto entfernt war, mit einem Ausblick auf fünftausend Hektar Wildnis im Naturschutzgebiet. Als sie aus der Kabine traten, erwischte sie ein Windstoß, und Breda war froh, daß sie den Anorak mitgenommen hatte. Sie flüchteten mit den anderen kichernden Fahrgästen, die für die Fahrt allesamt unpassend gekleidet waren, in Richtung Bergstation.

Lynn wurde schon beim Ersteigen der Treppe zur Aussichtsplattform leicht schwindlig, und er konnte sich vorstellen, wir Breda sich fühlte, obwohl sie besser, sogar entschieden besser in Form war. Sie traten auf die Plattform hinaus, und der Mondschein nahm Breda den Atem. Tausende von Zuckerkiefern – mit den längsten Zapfen der Welt – erfüllten die Luft mit ihrem Duft. Hier oben gab es Bergahorn, Pyramidenpappeln, Erlen, Schwarzahorn. Auf dem Gipfel wuchs sogar wilder Wein. Der Wolkenschatten auf dem Schnee schien zu leuchten.

»Einer der Gründe, warum wir hier leben«, bemerkte Lynn.

»Magisch!« sagte Breda.

Und dann lehnte sie sich an ihn. Vielleicht war ihr nur schwindlig von der Höhe, dachte er.

Sie kämpfte gegen den Wunsch an, von ihm in die Arme genommen zu werden. Vielleicht lag es bloß an der Kälte und der Höhe, dachte sie.

»Drinnen gibt's Grog«, sagte Lynn. »Schon mal probiert?«

»Wie wär's mit Irish Coffee?«

»Gehen wir«, sagte er und führte sie zur Glastür.

In der Cocktaillounge war ein Dutzend Tische mit Trinkern besetzt, die von einer Cocktailkellnerin bedient wurden. Lynn überlegte, ob sie sich an die Bar setzen sollten, entschied sich dann aber dagegen, als er sich vorstellte, welche Auswirkung ein paar weitere Drinks auf Breda haben mochten. Nachher fiel sie noch vom Hocker.

»Ich muß aufs Klo«, sagte Breda. »Besorgen Sie uns einen Tisch mit Aussicht.«

Der Barbereich der Bergstation war nicht für Leute da, die die Aussicht genießen wollten; er war für Trinker gedacht. Die Ausstattung war pseudoalpin, mit einem Holzboden, und von der Wand hingen Flaggen der Alpenländer. Es gab Plakate von Luzern, Innsbruck, Grindelwald, Zermatt. Die klobigen Cocktailtische und die imitierten Kapitänsstühle waren dieselben, die man in ganz Kalifornien in Restaurants mittlerer Preisklasse mit hohem Alkoholumsatz zu sehen bekam. Als die Kellnerin an den Tisch trat, sagte Lynn: »Irish Coffee und Scotch mit Eis.«

»Baileys oder Jameson's für den Irish Coffee?«

»Jameson's«, sagte Lynn. »Ein doppelter, okay?«

»Okay«, sagte die Kellnerin.

Als Breda von der Toilette zurückkam, machte Lynn sogar einen schwachen Versuch, aufzustehen, was Breda zu der Bemerkung veranlaßte: »Übertreiben Sie's nicht. Bei zuviel Ritterlichkeit muß ich immer mit den Wimpern klappern, und heute abend trage ich sie nicht.«

»Sie brauchen sie nicht«, sagte Lynn und sah einen Moment lang in die elektrisierenden blauen Augen. »Ihre Wimpern sind fast so dicht wie die von Jack Graves.«

»Was er wohl gerade macht?« sinnierte Breda.

Als die Kellnerin die Drinks brachte, sagte Lynn zu ihr: »Na, dann Prost.«

Breda trank einen Schluck von dem heißen Irish Coffee. »Wow! Nach den Maßstäben der Umweltbehörde müßte das explodieren!«

»In der Höhe schmeckt man den Alkohol stärker raus«, log Lynn. »Es gibt einen Grund dafür, aber ich hab's vergessen.«

»Nelson ist doch hoffentlich nicht unterwegs, um einen Raketenwerfer zum Einsatz gegen Terroristen aufzutreiben, oder?« sagte Breda.

»Ich glaube, von dem Gedanken wird er sich trennen müssen«, sagte Lynn. »Arabische Terroristen terrorisieren im allgemeinen keine Grabsteinfirmen und Bestattungsunternehmen. Dabei muß es um was anderes gehen.«

»Irgendeine Ahnung?«

»*Nada*. Nichts. Null. Ich glaube, wir sollten mit John Lugo reden, um rauszukriegen, was er über Francisco V. Ibañez weiß. Ich bezweifle, daß das Herumfragen bei den Autovermietungen was bringt. Falls Ibañez ein Auto gemietet hat, möchte ich wetten, daß er im Mietvertrag nicht das richtige Hotel angegeben hat.«

»Er muß gute Papiere haben«, sagte Breda. »Und wenn er ein Auto mieten will, muß er eine gute Kreditkarte haben.«

»Ich habe überhaupt keinen Zweifel daran, daß der Kerl alles hat, was er braucht. Er weiß, wie man ein Auto kurzschließt. Er weiß, wie man sich Informationen besorgt, und er tut alles, was nötig ist, um sie auch zu kriegen. Und kämpfen wie der Teufel kann er auch. Bis jetzt hat er noch niemanden umgebracht, aber ich könnte drauf wetten, daß das auch kein Problem für ihn ist.«

»Sind Sie sicher, daß es derselbe Kerl ist, den Sie im Painted Canyon durchs Fernglas gesehen haben?«

»Bloß ohne die Tasche«, sagte Lynn und nickte. »Er war's.«

Lynn fiel auf, daß Breda dem Irish Coffee kräftig zusprach, nachdem er abgekühlt war.

»Das Zeug ist nicht übel«, sagte sie.

»Wärmt einen richtig auf«, sagte Lynn. »Ich glaube, ich trink einen mit, wenn Sie noch einen wollen.«

»Nur noch einen«, sagte sie, und er sah, daß ihr Blick nicht mehr ganz klar war. Die Drinks auf nüchternen Magen setzten auch ihm etwas zu. Ihr Leberfleck verschwamm ein bißchen vor seinen Augen.

Während Lynn und Breda damit beschäftigt waren, sich fast drei Kilometer über dem Meeresspiegel einen anzusaufen, saß Jack Graves immer noch bei seinem zweiten Bier und war völlig nüchtern. Er schaute einem jungen Cowboy und einer Frau in mittleren Jahren zu, die langsam zu ›Heroes and Friends‹ von Randy Travis tanzten.

Inzwischen hatte sich Jack Graves mit Malcolm, dem Doc und Clive Devon angefreundet, in dieser Reihenfolge. Das Steak war gut, und er hatte schon etwa dreiunddreißig Golfwitze von dem pensionierten Tierarzt gehört.

Urplötzlich sah Clive Devon auf die Uhr. »Meine Herren, für Malcolm und mich wird es Zeit, uns auf den Weg zu machen.«

»War schön, dich zu sehen, Clive«, sagte der Doc und langte über den Tisch, um ihm die Hand zu geben.

»Nett, Sie kennengelernt zu haben«, sagte Clive Devon und gab dem Mann, der ihn dreizehn Stunden lang unbemerkt beschattet hatte, die Hand.

»War mir ein Vergnügen«, sagte Jack Graves und meinte es ehrlich. Er mochte Clive Devon. »Tschüß, Malcolm«, sagte er zu dem großen Mischlingshund.

Jack Graves stand nicht auf, obwohl er bezahlt hatte. Er blieb bei dem Doc sitzen und sah dem Treiben zu, nachdem jetzt zwei weitere Paare zu ›Cowboy Logic‹ tanzten. Der Text gab Jack Graves zu denken.

Cowboylogik ... die hat jeder Cowboy drauf,
hat 'ne simple Lösung für so gut wie
aahalleees.

Es fiel ihm wie Schuppen von den Augen. Jack Graves hatte immer im Glauben, es gebe für so gut wie alles eine einfache Lösung, seinen Dienst getan. Mit denkwürdigen Ausnahmen. Er wußte alles über Ausnahmen und unlösbare Dilemmas.

Er wandte sich dem alten Tierarzt zu und sagte: »Wie wär's mit noch einem Drink, Doc? Ich möchte gern mehr über Ihren Golfplatz hier oben hören. Ich überlege mir, ob ich nicht Mitglied in Ihrem Club werden sollte.«

Breda war auf Lynns Vorschlag hin zu Scotch übergegangen. Sie verschüttete etwas, als sie den zweiten unsicher zum Mund führte, und sagte kein Wort, als Lynn ihr »als Ersatz für das Verschüttete« noch einen bestellte.

Er beschloß, nach diesem Drink Schluß mit dem Spiel zu machen. Ihr Leberfleck trieb haltlos über die Oberlippe! Sie waren beide voll und vertieft in Copgespräche, was bei diesem Suffpegel unvermeidlich war.

»Ich hatte mal...« Sie verlor den Faden, nahm ihn nach einem weiteren Schluck Scotch wieder auf. »O ja! Ich wollte sagen, ich hatte mal einen Partner, einen Alki, einen Detec... einen Detec...

»Detective«, half Lynn ihr.

»Ja. Jedenfalls, der war dreimal auf Entzug. Beim letzten Mal hat er seine Frau ein halbes Jahr lang reingelegt. Er war's auch, der mir erzählt hat, daß in einen sieben Meter langen Gartenschlauch ein halber Liter paßt. In einen fünfzehn Meter langen paßt ein Liter.«

»Traurig«, sagte Lynn traurig und kippte einen großen Schluck, während er beobachtete, wie der Leberfleck auftauchte und wieder unterging. »Ich hab mit einem Lieutenant zusammengearbeitet, der viermal ins Sanatorium mußte. Als Therapie mußte er Mokassins machen. Bei den ganzen Aufenthalten dort hätte er sogar einen Sattel machen können.«

»Wirklich traurig«, sagte Breda, und dieses Mal goß sie sich den Schnaps über die Seidenbluse, ohne es jedoch zu bemerken.

»Fehlt dir das, Breda? fragte er. »Der Job?« Er konzentrierte sich mit aller Kraft, damit der Leberfleck endlich mit der Hüpferei aufhörte.

»Manches fehlt mir«, sagte sie. »Als ich auf dem Revier in Hollywood gearbeitet hab, war da zum Beispiel so eine Kabine im Frauenklo. Haben sie die Hollywood Times genannt. Alle haben Sachen an die Wand geschrieben. Wenn man aus dem Urlaub zurückkam, mußte man sofort aufs Klo, um die neuesten Sprüche zu lesen. Wenn es in der Hollywood Times stand, dann konnte man sich darauf verlassen, daß es auch stimmte.«

»Das erinnert mich an was«, sagte Lynn kichernd. »Ich hab gehört, in deinem Revier gab's einen weiblichen Leutenant, der dauernd Diät hielt. Und die Kerle, die ihre Untergebenen waren, haben immer einen Zettel an ihre Uniform geheftet, wenn die in die Reinigung kam, auf dem stand, daß sie einen Zentimeter enger gemacht werden sollte.«

»Hm?«

»Hast du's nicht kapiert? Die Uniform war ihr immer zu eng, ganz gleich, wieviel sie abgenommen hatte!«

Lynn bekam einen Lachkrampf, bis Breda ihn böse anfunkelte, sich über den Tisch beugte und sagte: »Das ist die pubertäre Scheiße, die weibliche Polizisten seit der Erschaffung der gottverfluchten Welt ertragen müssen!«

Lynn hörte sofort mit dem Gewieher auf und sagte: »Na ja. Ich hab außerdem gehört, sie haben ihr Auto mit dem Wagenheber ein Stück angehoben, und als es nicht fuhr, hat sie nicht gemerkt, woran es lag!«

Die kobaltblauen Augen froren sein Kichern ein, deshalb sagte er: »Auch nicht komisch, oder?«

»Schwachsinnig!«

»Genau das hab ich auch gedacht«, sagte Lynn nuschelnd. »So war mir auch zumute, als sie ein Pornoplakat auf ihr Autodach geklebt haben und jeder Hubschrauber in der Stadt drüber weggeflogen ist, als sie einen Einsatz geleitet hat.«

Urplötzlich schrie Breda: »*Das* ist komisch!« Und die Kellnerin sah den Barkeeper kopfschüttelnd an, was hieß: »Für die beiden keinen Tropfen mehr.«

Daraufhin gab Lynn auf. Er wußte nicht mehr, was abstoßend, widerlich oder komisch war. Er hatte nicht vorgehabt, sich derart vollzudröhnen!

Er rief nach der Kellnerin und zahlte. Der nächste Schritt versprach hochinteressant zu werden. Breda versuchte aufzustehen.

Lynn versuchte es ebenfalls und war verblüfft über das Erdbeben unter seinen Füßen. Heiland, aufzustehen war keine gute Idee.

Schmeicheln und hätscheln war sinnlos. Er legte ihr nur den Arm um die Taille und sagte: »Gehen wir, Boß«, ohne daß Widerspruch von ihr kam.

»Was war denn in dem gottverfluchten K-K-K...«

»Kaffee«, sagte er und führte sie zur Station und zur letzten Kabine nach unten, die um 21.45 Uhr abfuhr.

»Ich hätte nicht...« sagte sie, brach aber mitten im Satz ab.

Sie wäre auf der Fahrt bergab fast im Stehen eingeschlafen.

In der letzten Kabine waren nur noch sieben weitere Fahrgäste: drei verliebte Paare und ein einzelner Mann, der zwischen den anderen einsam wirkte.

Lynn ließ den Arm um Bredas Taille liegen, um sie zu stützen, und sie wehrte sich nicht. Die Radfahrerei zahlte sich aus, dachte er. Ihre Muskeln waren viel härter als seine.

»Was für eine Kleidergröße hast du?« fragte er.

»Achtunddreißig«, sagte sie. »Und ich... hab vor... so zu bleiben.«

»Du bist eine kräftige Achtunddreißig!« sagte er und schaute auf ihre Radfahrerwaden hinunter. Dann sagte er: »Magst du Schnurrbärte?«

»Ich hasse Schnurrbärte!« sagte sie. »Die halbe Polizei von Los Angeles hat welche!«

»Auch die Frauen?«

»Machoscheiße!« sagte sie schroff. »Diese ganzen Arschlöcher in Blau, die herumstolzieren!«

»Ich hab mir überlegt, meinen abzurasieren«, sagte er.

Es erforderte Planung, die Treppe der Talstation hinunterzugehen. Schließlich hielt er sich mit der rechten Hand am Geländer fest und preßte Breda mit der linken an sich. Sie war zu voll, als daß sie gewußt hätte, wie voll sie war. Lynn wußte, daß ihr am Morgen sterbenselend sein würde.

Er hievte sie ins Auto, und als er auf der Fahrerseite einstieg und den Motor anließ, stellte er im Radio statt Weichspülhits den Country-Sender ein.

»Das ist Nelsons Einfluß«, sagte er. »Bevor er aufgetaucht ist, hab ich nie Country-Musik gehört, aber jetzt hab ich herausgefunden, daß Country-Musik ausschließlich von mir handelt!«

Und als wolle er ihm recht geben, sang Mark Chesnutt:

Bruder Jukebox, Schwester Wein,
Mutter Freiheit, Vater Zeit,
seit sie mich verlassen hat,
seid ihr alles, was ich hab.

»Hörst du, was ich meine?« sagte Lynn. »Geht um einen Mann, der in Bars herumhängt. Einen einsamen Mann.«

»Hm?«

»Laß nur, schlaf weiter.«

Er fuhr direkt zu seiner Villa. Die automatische Sicherheitsbeleuchtung war an, erhellte den einen halben Hektar großen Kakteengarten, als ob es mitten am Tag wäre. Die Nachbarn konnten sich nicht darüber beschweren, weil Lynns Auftraggeber sein Grundstück mit einer hohen Mauer und mit Oleander eingezäunt hatte.

Lynn mußte aussteigen, um das elektrische Tor aufzumachen. Um sechs Uhr morgens würde es sich automatisch für den Gärtner, den Poolreiniger und weiteres Personal öffnen.

»Wie gefällt dir meine Bude?« fragte er, und sie machte träge die Augen auf und sagte: »Mhm.«

Als er in die Garage fuhr, sang Patty Loveless:

Ein Mann mit Stetson hat die Nacht
vor meinem Fenster zugebracht,
ein Straßenkater, heulend.

»Mein Gott!« sagte Lynn. Sie wußten Bescheid! Sie wußten alles, was er tat! Er *war* ein Straßenkater!

Ein kleines bißchen Zärtlichkeit,
dann hab ich immer für dich Zeit...
Die Eintagsfliegen bin ich leid,
doch suchst du wahre Zärtlichkeit,
bin ich für dich bereit.

Plötzlich fühlte er sich beschissen! Da hieß es, ein schlechtes Gewissen sitze einem wie ein Affe im Nacken. Ihn hatte ein Orang-Utan am Wickel. Er sah die arme, hilflose Breda an. Es war zum Heulen. Es stieß ihn ab und beschämte ihn. Er verachtete sich. Er war kein Mann, er war ein Kotzbrocken. Er war schleimiger als ein Stück Gewebe aus den ekligen, schwarzen Lungen des minderwertigsten, verkommensten Crackrauchers im ganzen Land.

Das alles war er. Aber er war außerdem der Mann, der die dem Koma nahe Privatermittlerin über die teppichbelegte Treppe ins Schlafzimmer des Hausherrn führte, wo ein rundes Wasserbett stand, größer als Sinatras Hubschrauberlandeplatz.

Als sie ins Schlafzimmer kamen, ließ er sie in der Fünf-Uhr-Stellung auf der wassergefüllten Matratze sitzen, schaltete mit einiger Mühe das Radio ein und fand den Country-Sender.

Breda wußte eindeutig nicht, wo sie war, und sie war zu betrunken, als daß es sie interessiert hätte. Sie knöpfte ihre Bluse auf und streifte die Schuhe ab. Die Anstrengung warf sie auf das Wasserbett zurück, was eine Welle unter Lynn Cutter hindurchfließen ließ und eine gewaltige Erregung durch seine Lenden jagte!

Breda rollte vom Bett auf den Teppich und machte auf dem Boden sitzend den Reißverschluß ihres Rockes auf. Lynn stand auf, drehte ihr den Rücken zu und fing mit dem Ausziehen an. Er sagte laut: »Ich kann nichts dafür.« Aber da war niemand, der ihn hörte. Breda war jedenfalls nicht mehr in der Lage, ihn zu verstehen.

»Das tue ich nicht!« sagte er heiser zur Decke, aber dann fing Michelle Wright zu singen an, mit einer dieser tiefen Country-Stimmen voller Sex.

Glaube mir, glaube mir,
denn dann bin ich bei dir,
keinen Herzschlag entfernt.

Er konnte nichts dafür! Da war Breda, keinen Herzschlag entfernt, saß in der Sechs-Uhr-Stellung auf dem Wasserbett und kämpfte mit ihrem BH und dem Höschen. Ihre Unterwäsche war violett! Was sollte er tun? Er wußte nicht, was in einer solchen Situation das Richtige war! Er hatte nicht gewußt, daß sie Nippel wie reife Beeren hatte!

Als sie ganz nackt war, kroch sie einfach über das Wasserbett auf zwölf zu. Sie wußte vermutlich nicht einmal, wo sie war. Das arme Mädchen. Sie hatte so kräftige Waden!

Er gab sich große Mühe, etwas Nettes zu sagen, und brachte schließlich heraus: »Ich glaub, ich hab schon straffere Haut gesehen, aber nur an einer Pflaume!«

Ganz unvermittelt sah sie zu ihm auf und sagte: »Lynn?« Als

wolle sie sagen: »Lynn, was zum Teufel hast du denn hier verloren?«

Er kroch unter der Decke auf sie zu. Wie eine Klapperschlange. Wie ein Skorpion. Wie eine gottverfluchte Tarantel!

Sie sah so kläglich und hilflos aus. Ihr schimmerndes erdbraunes Haar hing herunter. Ihre Augen waren auf halbmast, waren wie nasse Türkise. Ihre Lippen waren feucht und halb geöffnet. Der verfluchte Leberfleck zitterte neben der Unterlippe!

Wenn Michelle Wright bloß keine so tiefe Stimme voller Sex gehabt hätte.

Glaube mir, glaube mir,
denn dann bin ich bei dir,
keinen Herzschlag entfernt.

Okay, ich werd bloß diesen Leberfleck ein paarmal küssen, schwor er sich. Vielleicht mit der Zunge berühren, das ist alles. Das mußte er einfach tun. Er konnte nichts dafür! Es lag an diesem gottverfluchten bittersüßen Schokoladenleberfleck.

16

Der Flüchtige klemmt Lynns Kopf in den Sarg! Der Flüchtige knirscht mit den Zähnen, heult und springt auf den Sarg, bricht Lynn mit dem Deckel den Hals! Der Flüchtige mit ihm und Denny O'Doul, dem irischen armen Schwein, im Sarg! Und ein schlampiger Bestattungsunternehmer hat Cornflakes im Sarg verstreut! Und aus einem riesigen Kofferradio dudelt Country-Musik, während Denny O'Douls Witwe ohnmächtig umkippt!

Lynn wachte auf, als sie ihn zum dritten Mal schlug. »Ooooooooooooh!« ächzte er.

Sie hatte den Rock an und seltsamerweise die Schuhe! Aber sie trug immer noch kein Oberteil, saß rittlings auf ihm und schlug ihn ins Gesicht!

Das Radio lief immer noch. Rob Crosby sang »Love Will Bring Her Around«, während sie ihn windelweich prügelte!

»Du dreckiges, hinterhältiges, verkommenes Arschloch!« kreischte sie.

»Ooooooooooh!« jammerte er, noch nicht wach genug, um sich gegen sie zu wehren.

Sein Gesicht brannte, und sein Kopf flog von einer Seite des Kissens auf die andere! Schließlich kam er soweit zu sich, daß er sich aufrichten und sie nach hinten werfen konnte, wo die Gezeiten des Wasserbetts sie auf den Boden spülten.

»Ich bring dich um, du widerliches, schmieriges Schwein!« schrie sie, und er dachte sofort: *der Revolver*! Er hatte ihn in ihrer Handtasche gesehen! Der Revolver!

Er sah sich verzweifelt um, aber die Handtasche war nirgends zu sehen! Dann ging ihm auf, daß sie noch im Auto sein mußte. Gott sei Dank!

Dann stand sie auf, versetzte ihm wieder einen Schlag auf das rechte Ohr, und ihm dröhnte der Kopf!

»Hör auf, mich zu schlagen!« schrie er und versuchte, sie abzuwehren.

Aber sie spuckte buchstäblich Gift und Galle! Er sah einen Speicheltropfen auf dem gottverfluchten Leberfleck! Die elektrisierenden blauen Augen hatten einen Kurzschluß! Sie sah sich nach etwas um, das sie ihm über den Schädel hauen konnte! Sie packte die Lampe, aber er entwand sie ihr und warf sie wieder aufs Bett, fiel über sie, und sie schaukelten und hüpften wie in einem Bottich Wackelpudding! Ihre Johannisbeerbrustwarzen tanzten in Augenhöhe!

»Hör auf!« schrie er, schaffte es schließlich, auf den Boden zu kriechen und sich wie ein nackter Skorpion ins Badezimmer zu schleppen. Drinnen warf er die Tür zu und schloß sie ab.

Im Schlafzimmer war es still, und er dachte: *Sie holt den Scheißrevolver*! Er sah hinter sich, entdeckte aber nur eine von diesen beschissenen kleinen Öffnungen hoch oben an der Wand, die der Lüftung dienten. Selbst zu schlankeren Zeiten hätte er sich nicht hindurchquetschen können. Er war geliefert!

Dann hörte er etwas. Es klang, als ob sie hingefallen wäre. Er rief: »Breda! Was immer los ist, ich bin mir sicher, wir können darüber reden!«

Keine Antwort.

»Breda!« brüllte er und griff nach dem Tennisschuhtelefon. »Zwing mich nicht zu einem Notruf!«

Keine Antwort.

Er schlang sich ein Handtuch um die Hüften und schloß die Tür auf. Ihm schoß durch den Kopf, daß er nicht nackt und tot aufgefunden werden wollte wie in einem verdammten Schundroman.

»Breda!«

Sie saß starr wie ein Stein auf einem Stuhl am Fenster. Sie war jetzt ganz angezogen, keuchte aber noch von der Tracht Prügel, die sie ihm verpaßt hatte.

»Breda«, sagte er leise, »ich glaube, ich kann verstehen, warum du sauer auf mich bist, aber ehrlich, ich hatte zuviel getrunken! Ich wußte nicht mehr, was ich tat!«

Sie drehte sich nicht einmal um, als sie sagte: »Du bist der fieseste, schlechteste, widerlichste Mensch, den ich je gekannt habe.«

»So schlimm bin ich nun auch wieder nicht.«

»Du hast mich vergewaltigt«, sagte sie ruhig.

»Was?«

»Vergewaltigung«, sagte sie. »Und ich werde dich verklagen, du dreckiger, perverser Widerling!«

»Vergewaltigung! Ich hab niemanden vergewaltigt! Ich hab dich bloß ins Bett gebracht, weil du betrunken warst! Zum Teufel, ich war auch betrunken! Wenn ich nicht besoffen gewesen wär, dann hätt ich gemerkt, daß ich dich ins falsche Bett gelegt hab, das ist alles! Vergewaltigung? Komm mir doch nicht so!«

Sie hatte sich immer noch nicht umgedreht, als sie sagte: »Ich zahle dir, was ich versprochen hab, aber dann will ich deine schmierige, verkommene Visage nie wieder sehen.«

Er sah auf die Uhr. Drei Uhr morgens. Trinkerstunde. Alles Leid, alle Qual der menschlichen Rasse spielte sich um drei Uhr morgens ab, wenn Alkohol den Blutzucker senkte.

»Breda«, sagte er, »wir haben beide noch einen sitzen. Wir sollten besser später miteinander reden.«

Schließlich drehte sie sich um, und er sah, daß ihr Gesicht weiß wie Porzellan und verheult war, und urplötzlich kam er sich wie ein Vergewaltiger vor!

Mit einem unterdrückten Schluchzer: »Wie konntest du mir das bloß antun?«

»Weißt du, was ich gemacht hab? Ich hab deinen Leberfleck geküßt. Das ist alles, was ich gemacht hab. Ich gebe ja zu, daß ich andere Ideen hatte, aber ich war zu besoffen. Ich hab bloß deinen Leberfleck geküßt, vielleicht dreimal. Dann war ich hinüber.«

»Du hast was geküßt?«

»Den Leberfleck an deiner Lippe«, sagte er. »Ich hatte ein unkontrollierbares Verlangen, diesen Leberfleck zu küssen, seit ich dich zum ersten Mal gesehen hab.« Dann wankte er zur Seite und mußte sich aufs Bett setzen. Es machte BLUBB!

»Himmel, ich hasse dieses gräßliche Bett!« sagte er. »Es macht mich seekrank.« Ihm war übel, und in seinem Kopf hämmerte es. »Breda, ich bin immer noch voll«, jaulte er. »Du mußt doch mindestens so besoffen sein wie ich.«

»Du hast mich besoffen gemacht, damit du mich vergewaltigen kannst«, sagte sie. Und das brachte ihn dazu, sich wieder verzweifelt im Zimmer umzusehen. War die Scheißtasche noch im Auto oder nicht?

»Schau, wir sind doch erwachsen«, bettelte er. »Herrgottsakrament, bald ist dein dreiundvierzigster Geburtstag!«

»Woher weißt du, wann ich Geburtstag habe?«

»Ich hab mir deine Daten besorgt. Zweiter April. Du bist fast so alt wie ich.«

»Du hast meine Daten überprüft? Du Schwein, wie kannst du das wagen!«

»Ich hab's gleich gemacht, nachdem wir uns kennengelernt hatten. So was mach ich nur, wenn ich eine Frau mag!«

»Wenn du sie vergewaltigen möchtest, meinst du! Du hast deinen Willen mit mir gehabt!«

»Meinen ... Heiland! Der Satz ist doch mit den wattierten Schulterpolstern aus der Mode gekommen! Meinen *Willen*? Wir sind doch nicht in *Amber, die große Kurtisane*! Schau, wir sind doch bloß zwei einsame Leute in mittleren Jahren, das ist alles! Das kann doch keine so große Sache sein!«

»Ich bin nicht einsam, du Scheißkerl! Und wenn ich's wär, das gäbe dir noch lange nicht das Recht, mich ... mich ...«

»Dich auf deinen Leberfleck zu küssen? Ich hab's dir doch gesagt, das ist alles, was ich gemacht hab. Willst du einen Alkoholtest bei mir machen? Ich werde dir beweisen, daß ich immer noch sternhagelvoll bin. Ich könnt nicht mal auf einer Linie gerade gehen, die mit einem Besen gezogen ist. Ehrlich!«

Jetzt wirkte sie unsicher, aber noch wütender. »Du ziehst also einfach einer Frau die Kleider aus, sabberst sie voll und ... und *erniedrigst* sie! Hältst du das für okay, du fiese, stinkende Ratte?«

»Du bist sauer, weil ich's getan haben könnte! Du bist sauer, weil ich's nicht getan hab! Und außerdem hab ich dich nicht ausgezogen. Aber du willst ja keine Vernunft annehmen. Erschieß mich doch einfach, dann hast du's hinter dir.«

Unvermittelt kam sie wackelig auf die Beine und sagte: »Das mache ich, du Arschloch!«

»MOMENT MAL!« schrie er. »WO IST DEINE TASCHE? WO IST DIE GOTTVERFLUCHTE TASCHE?«

Dann setzte sie sich wieder, und er sah, daß ihr übel war, kotzübel. Er kroch ein bißchen näher.

»Du bist weißer als Omas Unterhosen«, sagte er. »Ich glaube, du solltest ins Bad, und zwar schnell.«

Sie kam seinem Ratschlag nach. Zwei Sekunden, nachdem sie die Tür zugeworfen hatte, hörte er sie kotzen. Dann schlängelte er sich den Flur entlang zum Gästebad. Himmel, sein Kopf! Er nahm ein Glas Wasser und ein sauberes Handtuch, ging ins Schlafzimmer zurück und blieb vor der Badezimmertür stehen.

Drinnen war es still. Er ergriff die Gelegenheit, sich die Hose anzuziehen, aber er sah mit dem überhängenden Bauch grauenhaft aus. Er zog ein Pyjamaoberteil über und sagte: »Breda! Möchtest du ein Glas Wasser? Und ein Aspirin?«

Dann öffnete sich die Tür und Breda kam heraus, bleicher als Denny O'Doul, aber nüchterner als vorher. Sie stürmte an ihm vorbei und lief zur Treppe. Er folgte ihr und sagte: »Sei doch vernünftig. So schrecklich ist das alles doch gar nicht.«

Sie blieb auf der Treppe stehen und sagte: »Wenn du einer Menschenseele von dieser Nacht erzählst, verklage ich dich!«

»Mich verklagen?« krächzte er. »Das brauchst du nicht. Alles, was ich besitze, ist ein Tennisschläger mit kaputter Bespannung, den ich nicht mehr benutzt habe, seit meine erste Frau mich auf dem Platz rumgehetzt hat und mein Knie im Eimer war! Den kannst du haben! Und meine neuen Stoßdämpfer, die ich mir vom Schrottplatz hole!«

Selbst zittrig, weiß wie Salz, mit zerzaustem Haar und verschwollenen Augen sah sie seiner Meinung nach großartig aus. »Ich sag's niemand«, sagte er. »Schau, wir sind in der Ibañez-Sache ganz nah dran, und ich glaube, wir sollten das durchziehen. Nelson, ich *und* du.«

»Und weshalb glaubst du, daß ich mich einen Dreck drum schere?«

»Weshalb? Weil wir Cops sind. Gewissermaßen. Ich meine, wir waren mal Cops, und wir sind was auf der Spur, und das ist wichtig, und wir alle wissen es. Und den Fall Clive Devon lösen wir auch, das verspreche ich.«

»Ich hab gesagt, ich bezahl dich.«

»Brauchst du nicht«, sagte er wenig überzeugend. Himmel, er hatte nur noch zwanzig Dollar!

»Schon gut«, sagte sie. »Ich steh das durch, und dann will ich, daß sich unsere Wege nie wieder kreuzen.«

»Breda, eine solche Meise hab ich doch gar nicht!« rief er. »Ich meine, ich lauf nicht rum und steck Klapperschlangen in Briefkästen! Mein Vergnügen besteht darin, mit Gutscheinabschneiderinnen im Furnace Room rumzuhängen, von denen die meisten Laufstühle brauchen! Ich sag zu Frauen Sachen wie: ›Eieiei, Agatha, heute siehst du aber reizend aus!‹ Wie verkommen kann ich also sein?«

Als sie weiter die Treppe hinunterging und mit klappernden Absätzen das Marmorfoyer durchquerte, war er damit an der Reihe, ein bißchen wütend und entrüstet zu sein. Jetzt, wo er nicht totgeschossen werden sollte, waren auch seine Gefühle verletzt, gottverflucht noch mal!

Außerdem sang eben jemand im Schlafzimmer davon, mit bebenden Lippen zu sprechen.

Lynn beschloß, genau das zu tun, und schrie: »Ich hab doch gar nichts so Schreckliches getan! Was verlangst du denn von einem Mann, bevor er dich nach Hause bringt? Seine Handschellenschlüssel an einer Goldkette oder was?«

Sie schlug die Tür so heftig zu, daß ein Bild von der Wand fiel und die Treppe hinunterpolterte. Es war eine der beschissenen Boxszenen, auf die der Hausbesitzer so stolz war. Aber es war ein Original, kein Druck, deshalb hoffte Lynn, den häßlichen Rahmen kleben zu können.

Als er ins Bett zurückwankte, dachte er, daß sie alle gleich waren, alle miteinander! In den Schwachköpfen nichts als weiblicher Dreck! In Bredas Kopf steckte mehr Dreck und Unrat, als man vom Boden eines Studentinnenwohnheims wegschaufeln konnte! Sie war beknackt, bescheuert, plemplem!

Er fiel auf das Wasserbett und mußte kurz eine Rock'n-'Roll-Nummer ertragen, von der ihm übel wurde. Als das Bett sich beruhigte, wußte Lynn, daß er stundenlang nicht einschlafen können würde. Lynn starrte an die Decke, stocksauer auf die ganze Welt. Matraca Berg sang Country-Blues.

Mich hat's erwischt, ich komm nicht los...

Was glaubte Breda eigentlich, wie viele Jahre sie noch vor sich hatten, sie beide? Man sollte doch meinen, jemand in ihrem Alter würde sich wie eine sensible, einfühlsame Erwachsene benehmen!

O Gott, was wird denn bloß aus mir?
Ich sehn mich so nach dir.

Der Kopf tat ihm weh, und er versuchte, nicht zu kotzen. Ihm dröhnten immer noch die Ohren von ihren Schlägen. Nachher mußte er aufstehen und Nelson Hareem gegenübertreten. Und bei dem Country-Blues hätte er am liebsten geheult! Das Herz tat ihm weh!

O Gott, was wird denn bloß aus mir?
Ich sehn mich so nach dir.

Woher wußten sie das? Himmel, Arsch und Zwirn, woher wußten diese gottverfluchten Hinterwäldler von Country-Grölern immer, wie er sich fühlte?

Jack Graves war um drei Uhr morgens wach, aber das hatte nichts mit dem Trinken zu tun. Er war in der Snakeweed Bar geblieben und hatte sich zwei Stunden lang mit dem Tierarzt unterhalten, dabei aber nicht einmal das zweite Glas Bier ausgetrunken. Der Doc dagegen trank jede Menge Bier und drei weitere Gin Fizz mit Schlehdornschnaps, die Jack Graves ihm gern spendierte.

Der alte Tierarzt setzte einem derart bereitwilligen Zuhörer begeistert jede Golfgeschichte vor, die er kannte. Der Doc versprach, in seinem Country Club für Jack Graves zu bürgen, falls das mit dem Beitritt sein Ernst sei, aber er warnte

Jack vor den mit dem Golfspiel verbundenen Frustrationen: Golf konnte eine verdammt mühselige Sache sein.

Und während des Trinkens waren dem Doc die vielen subtilen Fragen, die Jack Graves mitten im Gespräch einfließen ließ, kein einziges Mal aufgefallen, Fragen nach Clive Devon, von denen der Doc die meisten umschweiflos beantwortete, allein darauf aus, zur nächsten Golfanekdote zu kommen.

Als Jack Graves sicher war, daß Doc mehr als genug intus hatte, stellte er die Fragen etwas direkter. Inzwischen war der Doc der beste Freund des neu bekehrten Golfers und gab nur allzu bereitwillig Auskunft, nach einer alkoholisierten Ermahnung, Clive Devons kleines Geheimnis nicht zu verraten, obwohl er es längst der halben Klientel im Snakeweed erzählt hatte.

Um Mitternacht war Jack Graves wieder zu Hause in Windy Point, stand vor seinem Wohnwagen und lauschte nach dem Kojotenrudel, enttäuscht darüber, daß es in dieser Nacht nicht in seiner Gegend jagte. Er hörte eine Eule und glaubte sogar, er höre im Gebüsch das Geräusch einer Klapperschlange. Im Winter war das äußerst unwahrscheinlich, aber dann ging er, einem irrationalen Impuls folgend, zu dem Gebüsch hinüber. Er trat dagegen und hörte ein Huschen. Es gab Wüstengeschöpfe, die Klapperschlangen nachahmen konnten, um Raubtiere zu verscheuchen, und vermutlich hatte es sich um eines von ihnen gehandelt. Trotz der Gefahren der Wüste hatte Jack Graves keine Angst, jedenfalls nicht diese Art von Angst.

Über das, was er herausbekommen hatte, hätte er glücklich sein müssen. Breda und Lynn würden begeistert sein, wenn er ihnen erzählte, was er über Clive Devon wußte. Es freute ihn, ihnen helfen zu können, aber er war trotzdem nicht glücklich. Im Gegenteil, er fühlte sich alles andere als wohl, und er merkte, daß seine Handflächen klamm waren. Er wischte sie an der Jacke ab, als er nach den Kojoten lauschte, die nicht kamen.

Er lag um dieselbe Zeit wach wie Lynn Cutter, aber Jack Graves hörte keinen Country-Blues. Er gab einem äußerst ungesunden Zwang nach. Ehe sie ihn wegen Streß pensioniert hatten, hatte ihn ein Psychiater gewarnt: Es sei eine Sache, wenn ihn ungerufene Bilder überkämen, aber er dürfe nicht in seinen Wunden herumstochern. Wenn man in Wunden herumstochere, hatte ihn der Psychiater gewarnt, könne man sich eine tödliche Infektion holen.

Und doch tat er es, beschwor Geister herauf. Er lauschte nach den Kojoten, nach allem, was ihn hätte ablenken können, aber da draußen war nur Wind, Wüstenwind, der über den Sand fegte, hoch oben auf dem Bergpaß seufzte. Manchmal tat der Wind das, er seufzte. Wenn nur die kleinen Wüstenwölfe gekommen wären...

Er war abgestellt worden, die Rückseite des Hauses zu bewachen. Wenn sich sein Partner nicht am Rücken verletzt hätte, wären sie in einer Sturmformation ins Haus eingedrungen, und er wäre nicht dort hinten gewesen, als der Junge herauslief...

DER FLÜCHTIGE TAT, WAS ER noch nie getan hatte, etwas, was er schon zu Hause hätte tun sollen: Er schrieb sein Testament. Er hätte es zu Hause getan, wenn er auch nur einen Augenblick daran gedacht hätte, wie gefährlich sein Auftrag werden konnte.

Es war nach drei Uhr morgens, und er hatte kein Auge zugetan. Wie hätte er schlafen können? Nach dem Terror im Bestattungsunternehmen und angesichts des Grauens, das noch vor ihm lag? Er fragte sich, ob der Polizist mit dem lockigen Haar John Lugo schon gefunden und dem Mann Fragen gestellt hatte. Einen Vorteil hatte der Flüchtige noch: John Lugo würde nicht die leiseste Ahnung haben, wovon der

Polizist sprach. Woher sollte Lugo wissen, daß jemand versuchte, ihn über die Beerdigung seiner Mutter aufzuspüren?

Der Polizist hatte Erstaunliches geleistet, indem er den Flüchtigen ausfindig gemacht hatte, aber weder er noch John Lugo ahnten, welche Bedeutung María Magdalena Lugos Grabstein hatte. Wenigstens hoffte er, daß es so war. Es erforderte viel Nachdenken und Herumfragen, um das herauszubekommen. Und bis dahin war es zu spät. Dann hatte der Flüchtige seine Arbeit abgeschlossen; darum betete er.

Dann legte er den Block weg, auf dem er sein Testament schrieb. Morgen würde er den Brief abschicken. Das Testament war einfach. Er hinterließ alles, was er besaß, seiner Frau und seinen Kindern: das Auto, die Möbel und das kleine Vierzimmerhaus, das noch nicht abgezahlt war, ein Haus, das auch dann, wenn er nicht zurückkam, zu klein für seine Familie war. Er war neununddreißig und hatte mit lebenslanger schwerer Arbeit kläglich wenig erreicht.

Um seiner Mission willen mußte er schlafen. Er wünschte sich, er hätte ein Schlafmittel. Zu Hause hätte er in eine Apotheke gehen und alles kaufen können, was er brauchte. In diesem Land zwangen sie einen, wegen jeder Kleinigkeit zum Arzt zu gehen.

Schließlich griff der Flüchtige wieder nach dem Block, schlug eine neue Seite auf und schrieb.

Meine geliebte Frau,
wenn Du diesen Brief erhältst, bin ich entweder wieder zu Hause bei Dir, oder Gott hat mich zu sich genommen. Wenn ich zu Gott heimgegangen bin, mußt Du um der Kinder willen stark

Aber der Flüchtige konnte nicht weiterschreiben. Er stand auf und ging ins Bad. Er trank einen Schluck Wasser und sah sich im Spiegel an, entschlossen, nicht zu weinen.

Breda Burrows hatte in den Kleidern geschlafen, zum ersten Mal in ihrem Leben. Sie hatte einen Weltklassekater, den ersten seit dreiundzwanzig Jahren. Sie fühlte sich, als würden sich Maden durch ihr Hirn fressen. Trotzdem hörte das Telefon nicht auf zu klingeln.

Sie versuchte nicht, sich aufzurichten, wälzte sich nur auf den Rücken und tastete nach dem Telefon, bis sie es schließlich auf dem Boden fand. Wann hatte sie das verfluchte Telefon auf den Boden gestellt?

»Hallo«, flüsterte sie in den Hörer.

»Tut mir leid, daß ich so früh anrufe«, sagte Jack Graves, »aber vielleicht kann ich Ihren Fall bis heute abend abschließen.«

»Wirklich?« sagte sie zu laut. Ein scharfes Messer bohrte sich durch ihre Stirn und drang hinter ihrem rechten Ohr wieder heraus.

»Heute beschatte ich ihn wieder«, sagte Jack Graves, »und ich glaube, ich weiß, wohin er fährt. Ich möchte, daß Sie Rhonda Devon anrufen, sie bitten, ihren Mann anzurufen und ihm zu sagen, daß sie heute abend um sechs nach Palm Springs kommt.«

»Ich bezweifle, daß sie kommt«, sagte Breda und zwang sich unter Schmerzen, sich aufzusetzen. »Sie kommt nur alle vierzehn Tage.«

»Es ist mir gleich, ob sie tatsächlich auftaucht«, sagte Jack Graves. »Er soll nur glauben, daß sie kommt. Außerdem sollten Sie und Lynn heute abend um sechs mit Clive Devon sprechen.«

»Worüber?«

»Über den Drogenschmuggler, den er im Canyon aufgegabelt hat.«

»Wie können wir das, ohne daß die ganze Geschichte platzt?«

»Lynn soll ihm erst mal seine Marke zeigen. Dann sagen

Sie ihm die halbe Wahrheit, daß ein Polizist aus dem Südzipfel die Nummern aller Autos aufgeschrieben hat, die er im Painted Canyon gesehen hat, auch die von dem Range Rover, in der Hoffnung, einen Zeugen für den Vorfall auf dem Flugplatz zu finden. Beschreiben Sie ihm den Schmuggler.«

Eine Pause entstand, dann sagte Breda: »Ich ... äh ... Ich kann Lynn in diesem Fall nicht mehr einsetzen, Jack.«

»Warum nicht?«

»Das ist zu kompliziert.«

»Sie können nicht hingehen und sich als Polizistin ausgeben, Breda«, sagte Jack Graves. »Sie müssen an Ihre Lizenz denken.«

»Ich glaube nicht, daß Lynn mir in diesem Fall eine große Hilfe ist«, sagte sie. »Außerdem ist er mit Nelson unterwegs.«

»Aber er ist immer noch Detective. Er kann seine Marke zeigen und Fragen stellen. Es ist wichtig für mich, daß Clive Devon glaubt, Sie ermitteln in einem Schwerverbrechen. Und zwar in einem, in das ein schwerer Junge verwickelt ist, den er im Canyon aufgegabelt hat. Okay?«

»Okay«, sagte sie. »Ich nehme ihn mit. Sechs, haben Sie gesagt?«

»Sechs. Danach würde ich mich gern mit Ihnen beiden treffen, vielleicht habe ich dann die Lösung.«

»Wo?«

»Bei mir, okay?«

»Wir kommen nach Windy Point, wenn wir mit Clive Devon gesprochen haben.«

Als sie auflegte, schmeckte sie Galle. Sie konnte den Schnaps immer noch riechen. Sie schlurfte unsicher ins Bad und ließ Wasser in die Wanne laufen, aber dann überlegte sie es sich anders und duschte erst heiß und dann kalt. Es war die reine Qual, aber sie genoß sie in dem Bewußtsein, daß der flennende, geile, verkommene, niederträchtige Eimer Hundekotze genauso litt wie sie.

Er litt, aber nicht ganz so wie Breda Burrows. Erstens hatte er hinsichtlich seiner Toleranzgrenze gar nicht mal soviel getrunken. Zweitens dachte er jedesmal, wenn eine Schmerzwelle über ihn hinwegbrandete, daran, wie sie ausgesehen hatte, nackt unter der Decke, die Augen verengt zu kornblumenblauen Schlitzen, mit bebendem Leberfleck.

Er duschte, rasierte sich und stutzte sich sogar den Schnurrbart, was mit derart zittrigen Fingern keine sonderlich leichte Aufgabe war. Er zwang sich, ein Rührei zu essen, und trank zur Aufstockung der Vitamine ein Glas Orangensaft. Er trank Kaffee, den letzten. Im ganzen gottverfluchten Haus gab es nichts mehr zu essen und zu trinken.

Lynn hatte noch genau zehn Tage, bis der Besitzer zurückkam, und er machte sich wenig Hoffnungen, den Einhütjob im Tamarisk Country Club zu bekommen. Demnächst würde er sich wohl den Reihen der Obdachlosen anschließen müssen.

Seine einzige Chance war, daß die Pension durchkam. Er hätte sie schon vor einem Monat bekommen müssen. Jedesmal, wenn er deswegen anrief, geriet er an einen rückgratlosen, doppelzüngigen Bürokraten, der zu inkompetent war, mit Hamburgern nach einem Kastenteufel zu werfen.

Er stand auf der Straße und las die Pressemeldungen, als Nelson um 8.55 Uhr die Straße entlanggerast kam und grinste, als wisse er, wie er Schatten zaubern könne.

»Du bist ja schon wach!« sagte Nelson, als er den Wrangler ein paar Zentimeter vor Lynns Körper riskant zum Stehen brachte.

»Das Spiel läuft«, sagte Lynn. »Ich hab's nicht erwarten können. Genauso, wie ich's nicht erwarten kann, Stützstrümpfe zu tragen und von Ballaststoffen zu leben. Hast du das gesehen?«

Er gab Nelson die dritte Seite der Lokalzeitung. Unter einer kleinen Schlagzeile, Schlägerei in Bestattungsinstitut, stand: *Eine heftige Schlägerei, die in den frühen Abendstunden während einer Rosenkranzandacht im Bestattungsinstitut der Brüder Lieberman stattfand, gibt der Polizei Rätsel auf. Beide Kontrahenten waren auf Informationen über einen nicht genannten Kunden der Brüder Lieberman aus. Einer der beiden Männer behauptete, er sei Polizist, aber der Sprecher der Polizei glaubt, die Dienstmarke sei falsch gewesen. Die Ermittlungen werden fortgesetzt.*

Nelson sagte: »Tja, ich werd mir wohl ein Pressealbum anlegen.« Dann: »Bist du gestern abend mit Breda zum Essen gewesen?« Und dazu zwinkerte er auch noch!

»Warum fragst du?«

»Weil du sie so angeglotzt hast.«

»Es hat sich ausgeglotzt. Die Braut ist reif fürs Irrenhaus.«

»Was ist denn passiert?«

»Nichts, was jemand in deinem Alter versteht.«

»Willst du meine neue Country-Cassette hören?«

»Nicht wenn's um einen Kerl geht, der von seiner Freundin windelweich geschlagen und mit einem Anwalt bedroht wird. Geht's vielleicht darum?«

»Nein.«

»Okay, dann laß hören. Vielleicht wissen die doch nicht über jeden Scheißdreck Bescheid, der bei mir läuft.«

»Wer?«

»Die in Nashville oder sonstwo, wo sie in den Köpfen der Leute herumschnüffeln und diese gottverfluchten Songs schreiben.«

Nelson sagte: »Ich glaube, ich will gar nicht wissen, was dir gestern nacht passiert ist.«

Die Cassette begann mit einem Song von Garth Brooks, ›If Tomorrow Never Comes‹.

»HERRGOTTSAKRAMENT!« brüllte Lynn, und seine Stimme explodierte in seinen Ohren wie eine Salve aus einem Magnumrevolver.

»Was hast du denn?«

»Was fällt dir eigentlich ein, diesen Song zu spielen? Ist dir klar, daß wir hinter einem Kerl her sind, der versucht hat, mich vor meiner Zeit in eine Kiste mit Messinggriffen zu verfrachten? Und der es wieder versuchen könnte, mit mehr Erfolg?«

›Wenn es kein Morgen gibt‹, sang Garth Brooks. Dieser Song war ein Omen.

Nelson sagte kein Wort. Er warf die Cassette aus, und zwar pronto.

ALS SIE AN DIE TÜR des rosa Hauses im mediterranen Stil oben in Southridge klopften, öffnete ihnen ein gutaussehender Mann Mitte Dreißig. Er trug ein geblümtes Hemd mit dazu passenden Shorts und Ledersandalen. Er war dunkelhäutig und hatte eine weiße Strähne im schwarzen Pferdeschwanz. Er stand da und versperrte den Eingang, zeigte aber ein leichtes Lächeln.

Lynn zückte seine Marke, aber mit diesem Typ lief es nicht so einfach. Er sagte: »Haben Sie einen Ausweis dabei?« Lynn hielt ihm widerstrebend seinen Polizeiausweis hin, und der Typ las ihn und sagte: »Ja, Mr. Cutter, was kann ich für Sie tun?«

»Sind Sie John Lugo?« fragte Lynn.

»Nein, das hier ist sein Haus, aber er ist nicht da. Kann ich Ihnen helfen, Sir?«

»Ist er in seinem Haus in L. A.?«

»Nein, er ist ein paar Tage zum Golfspielen in Hawaii. Sagen Sie mir doch, worum es sich handelt, Sir.«

In dem Stil würde es weitergehen, dachte Lynn. Dieser Typ ließ niemanden zu nahe heran.

»Dürfte ich Ihren Namen erfahren?« fragte Lynn.

»Aber sicher, Mr. Cutter. Bino Sierra.«

»Bino.«

Er berührte die schneeweiße Strähne in seinem Haar und sagte: »Kurz für Albino. Ich bin damit auf die Welt gekommen.«

Der Typ hatte nicht aufgehört zu lächeln, seit er die Tür geöffnet hatte. Er hatte leuchtend weiße Zähne, und alle zweiunddreißig waren zu sehen. Er trug Ringe an beiden Händen, und um seinen Hals hing eine Goldkette mit einem Kreuz daran, fast verborgen in einem Büschel Brusthaar. Bino Sierra war kein typischer Butler, und er mähte nicht den Rasen, soviel stand schon mal fest.

»Wann kommt er aus Hawaii zurück?«

Achselzuckend sagte Bino Sierra: »Mr. Lugo kommt und geht, wie es ihm beliebt. Aber Sie können mit seinem Anwalt sprechen.«

Das Lächeln wurde sogar noch breiter, als Lynn sagte: »Schläft sein Anwalt hier, oder hat er eine Kanzlei?«

»Eine Kanzlei in Palm Desert. Heißt Leo Grishman.«

»Und wo genau ist die Kanzlei?«

»In dem neuen Gebäude gegenüber dem College«, sagte Bino Sierra und berührte wieder die weiße Strähne. Dann sagte er: »Seltsam, heute morgen hat bereits ein Detective aus Palm Springs angerufen und sich erkundigt, ob Mr. Lugo bei der Aufklärung einer Schlägerei helfen kann, die sich gestern abend in einem Beerdigungsinstitut abgespielt hat. Daran waren zwei Männer beteiligt, die auf der Suche nach Mr. Lugo waren. Er hat nichts davon gesagt, daß er Detectives hierher schicken würde. Aber es ist okay, wir helfen gern.«

Bino Sierra lächelte immer noch, als er die Tür schloß.

Als sie wieder im Wrangler saßen, sagte Nelson Hareem: »Das wird nicht so einfach.«

»Das Lächeln war etwa so echt wie der Kuß einer Agentin«, sagte Lynn. »So würden es die alten Schauspieler im Furnace Room ausdrücken.«

17

Die Anwaltskanzlei befand sich in einem ziemlich neuen Bürogebäude am Fred Waring Drive in Palm Desert.

Als sie den Wrangler geparkt hatten und auf das Flachdachgebäude aus Backstein und Glas zugingen, sagte Nelson nervös: »Der Kerl ist doch bestimmt ein Mafiaanwalt, oder?«

»Aber klar«, sagte Lynn. »Wenn wir wieder rauskommen, mußt du den Jeep mit einer langen Stange anlassen, sonst wohnen wir plötzlich in drei Staaten.«

»Weißt du, was ich mir überlegt hab? Wenn die Cops aus Palm Springs den Hut des Kerls gefunden haben, den er dir ins Gesicht gedrückt hat, könnten sie von dem Schweiß am Hutband den genetischen Fingerabdruck nehmen. Ich hab von diesen raffinierten Methoden gelesen.«

»Ich hab doch gewußt, daß du in einem anderen Leben der Zimmergenosse von Doctor Watson warst«, sagte Lynn.

Als sie die Treppe zum ersten Stock hinaufstiegen, wankten ihnen drei Handwerker mit einer Teppichrolle entgegen.

»Lassen Sie uns durch!« sagte der vorderste.

»Ist da oben die Kanzlei von Leo Grishman?« fragte Lynn.

»Das kann man wohl sagen«, sagte der hinterste Handwerker keuchend. »Und ich gäb was drum, wenn sie im Erdgeschoß wär, das kann ich Ihnen flüstern.«

Die Tür zur Anwaltskanzlei stand weit offen, und eine riesige Teppichunterlage lag zusammengerollt auf dem Boden.

Ein kleiner Mann im Alter von Wilfred Plimsoll, der formlosen alten Tweed trug, schrie einen adretten jungen Mann in einem karamelfarbenen italienischen Anzug mit Weste an. Der junge Mann hatte die Hände voller Teppichboden- und Stoffmuster.

»Beschwere ich mich, Roger?« beschwerte sich der Alte bei dem Jungen.

»Nein, Mr. Grishman«, erwiderte Roger.

»Warum bekomme ich dann von Ihnen keine Struktur? Farbe für eine Frau, Struktur für einen Mann, so sollte es sein. Das ist alles, was ein Mann braucht, außer einem bequemen Sessel und einem Kamin aus altem Backstein. Ist das zuviel verlangt?«

»Nein, Mr. Grishman«, sagte Roger und sah auf den alten Anwalt herunter. »Bis auf den alten Backstein. Sie haben keinen Kamin hier drin.«

»Sollen meine Mandanten etwa zwei Wochen lang auf einer Teppichunterlage herumlaufen, bloß weil Sie mir nicht den Teppich gebracht haben, den ich bestellt habe? Ich sage Ihnen die Antwort. Die Antwort lautet nein. Ist das zu schwer zu verstehen, Roger?«

»Nein, Mr. Grishman«, sagte Roger.

»Finden Sie was mit Struktur für mich, Roger, bitte. Irgendwo muß doch so was verkauft werden. Ihr müßt beim Innenarchitekturstudium doch lernen, wo man so was kauft. Das muß doch käuflich zu erwerben sein! Struktur!«

»Ich kümmere mich sofort darum, Mr. Grishman«, sagte der Innenarchitekt. »Ich glaube, ich weiß, was Sie wollen.«

Rogers karamelfarbene Rockschöße flogen an Lynn und Nelson vorbei, ehe der kleine Anwalt seine Besucher auch nur bemerkte. Dann sah er sie und sagte: »Er glaubt, er weiß, was ich will, und das, obwohl er erst seit einem halben Jahr für mich arbeitet. Ich habe um Unaufdringlichkeit gebeten. Gegen seine Ideen ist ein Nobelpuff geradezu dezent. Kommen Sie herein, meine Herren. Mit wem möchten Sie sprechen?«

Lynn zeigte seine Marke und sagte: »Es geht um die Sache von gestern abend in dem Beerdigungsinstitut, Mr. Grishman. Ich nehme an, Mr. Lugos Diener hat bereits mit Ihnen gesprochen.«

»Ich habe eben erst mit Bino Sierra und mit Bob Lieberman vom Bestattungsinstitut telefoniert. Bino hat gesagt, Sie seien bei ihm gewesen. Kommen Sie herein. Das ist ja alles unglaublich.«

Lynn und Nelson stiegen über die Teppichunterlage und gingen um die Sekretärin herum, die an einem Schreibtisch, der in den Wandschrank gerückt worden war, zu arbeiten versuchte. Ihr schlaksiger Körper zog einen zweiten Blick von Nelson auf sich, ehe sie Leo Grishmans Büro betraten und die Tür hinter sich schlossen.

Roger hatte die Innenausstattung zweifellos unter der strengen Aufsicht von Leo Grishman entworfen. Es war das klassische Büro eines alten Anwalts. Regale über Regale mit juristischer Fachliteratur, nur gelegentlich unterbrochen von Urkunden der Auszeichnungen, die der Anwalt in seiner fünfzig Jahre umfassenden Laufbahn erhalten hatte. Die meisten hatte er für Pflichtverteidigungen in Beverly Hills und Los Angeles bekommen.

Sein Schreibtisch war aus traditionellem Nußbaumholz mit Messingbeschlägen an den Schubladen. Sein Schreibtischsessel war hochlehnig, ganz Leder und Mahagoni. Vor einem der Regale stand ein Japanlack-Empirestuhl, und überall war jede Menge Struktur zu erkennen.

»Ich bin erst seit neun Monaten in diesem Büro«, sagte Leo Grishman, »seit ich meine Kanzlei hier in die Wüste verlegt habe. Meine Frau hat ein leichtes Emphysem und fühlt sich in der Wüstenluft wohler. Was soll ich zu dem Vorfall von gestern abend sagen, außer daß ich vor einem Rätsel stehe.«

»So geht's uns auch«, sagte Lynn. »Ich möchte vertraulich mit Ihnen sprechen, Mr. Grishman.«

»Dafür sind Anwälte da«, sagte der alte Mann. »Möchten Sie einen Kaffee oder sonst etwas zu trinken?«

»Nichts für mich«, sagte Lynn.

»Ich nehme eine Tasse«, sagte Nelson, weil er glaubte, daß ihn die Schlanke mit den langen Beinen bringen würde.

Leo Grishman drückte auf einen Knopf seiner Telefonanlage und sagte: »Sally, einen Kaffee, und für mich bitte einen Tee.«

Lynn sagte: »Behandeln Sie bitte vertraulich, daß wir *sub rosa* in diesem Fall arbeiten, für eine Privatermittlerin namens Breda Burrows.«

»Und die Marke? Sie sind doch von der Polizei von Palm Springs, oder?«

»Kurz vor der Pensionierung«, sagte Lynn. »Ich war mit einem Auftrag befaßt, durch den ich in Kontakt mit dem Kahlkopf gekommen bin, der die Schlägerei im Bestattungsinstitut angefangen hat.«

Leo Grishman sah Lynns immer noch leicht geschwollenes Auge über seine Brille hinweg an und sagte: »Ich nehme an, der Geschlagene waren Sie.«

Lynn nickte und sagte: »Der Kahlkopf hatte den Namen des Bestattungsinstituts von dem Grabbildhauer, der …«

»Ich weiß, ich weiß«, sagte Leo Grishman. »Bob Lieberman vom Bestattungsinstitut hat die Sache zurückverfolgt und mich informiert. Haben Sie mit Ihren Kollegen über die Sache gesprochen?«

Lynn schüttelte den Kopf und sagte: »Sie wissen weit weniger als wir, und ich möchte sie lieber nicht informieren, solange es nicht wirklich nötig ist. Kann ich mich darauf verlassen, daß Sie Stillschweigen bewahren?«

»Junger Mann, ich habe keinen Grund, die Cops zu rufen«, sagte Leo Grishman. »Außerdem habe ich eine Schwäche für Privatermittler. Ich muß in den letzten fünfzig Jahren eine halbe Million Dollar Honorar an Privatermittler bezahlt haben. Vor allem damals, als Scheidungsfälle noch unser täglich Brot waren. Aber Sie werden verstehen, daß ich meinen Mandanten John Lugo schützen muß.«

»Klar«, sagte Lynn.

»Ist er schon lange Ihr Mandant?« fragte Nelson.

»Ich hab Ihren Namen nicht mitbekommen, junger Mann«, sagte Leo Grishman.

»Nelson Hareem. Ich bin Polizist, aber nicht bei der Polizei von Palm Springs. Noch nicht.«

»Sie machen also beide ein bißchen Schwarzarbeit für einen Privatermittler, ja?« sagte der Anwalt mit einem wissenden Grinsen. »Bewundernswert, Jungs. Ich weiß, wie schwer es ist, mit einem Polizistengehalt auszukommen. Um Ihre Frage zu beantworten: Ich war fünfundzwanzig Jahre lang John Lugos Anwalt in L. A. Ich vertrete ihn, seit er im Erschließungsgeschäft Geld verdient.«

»Was erschließt er?« fragte Lynn.

»Was er erschließt?«

»Ja.«

»Alles, was erschlossen werden muß«, sagte Leo Grishman.

»Aha«, sagte Lynn.

»Ziehen Sie keine falschen Schlüsse, junger Mann. Soweit ich weiß, ist er ein seriöser Geschäftsmann, und ich berate ihn lediglich bei Verträgen und bei Schadensersatzforderungen.«

»Zum Beispiel welchen?«

»Darüber spreche ich nicht«, sagte Leo Grishman, als die Tür geöffnet wurde.

Zu Nelsons Enttäuschung war es nicht die Schlaksige mit den langen Beinen. Die junge Frau, die die heißen Getränke und Plätzchen brachte, war so dick, daß er die Scheinwerfer hätte verstellen müssen, wenn sie auf den Rücksitz seines Jeeps gestiegen wäre.

Als sie fort war, sagte Lynn: »Wann kommt Ihr Mandant von Hawaii zurück?«

Der alte Anwalt lachte und sagte: »Er ist nicht in Hawaii. Er spielt beim Bob Hope Classic mit.«

»Aber Bino Sierra hat gesagt...«

»Das sagt Bino automatisch. Dann leitet er ungewöhnliche Nachfragen an mich weiter. Das ist eben Binos Art. Und um Ihnen die Mühe zu sparen, Bino hat ein kleines Vorstrafenregister, aber demzufolge, was ich weiß, stammt es aus seiner Jugend in East L. A. Ein paar Bandengeschichten. Er hat sich nichts mehr zuschulden kommen lassen, seit er vor fünf, sechs Jahren mit seinem Job für John Lugo angefangen hat.«

»Was macht er denn?«

»Er ist Chauffeur und kümmert sich um das Haus. So eine Art persönlicher Assistent.«

»Hmh«, sagte Lynn.

Nelson trank einen Schluck Kaffee und sah zu seiner Freude, daß Leo Grishman sein Plätzchen in den Tee tunkte, ehe er ein Stück abbiß. Und das war ein Anwalt.

»Ich nehme an, Sie, Bino und Mr. Lugo haben sich den Kopf über die Verbindung zu dem Bestattungsinstitut zerbrochen?«

»Bino hat geschworen, daß er keine Ahnung hat, was das Ganze sollte, und John weiß auch nichts. Bino hat John gleich heute morgen im Bermuda Dunes angerufen, das ist der Platz, wo John heute spielt. John war total aus dem Häuschen, weil er Arnold Palmer kennenlernen wird. Hat gesagt, er weiß überhaupt nichts über einen dunklen Kahlkopf, der ihn ausfindig zu machen versucht. Der einzige Kahlkopf, der ihn im Augenblick interessiert, ist Gerald Ford. Vielleicht lernt er ihn morgen kennen, wenn er in Indian Wells spielt.«

»Hat ein Kerl, auf den diese Beschreibung paßt, vielleicht eine Rolle in seiner Vergangenheit gespielt?« fragte Lynn. »Vielleicht einer, dem er was schuldet, oder der ihm was schuldet?«

Leo Grishman seufzte und sagte: »Schauen Sie, junger Mann, in John Lugos Vergangenheit gibt es vermutlich tausend dunkle Kerle mit und ohne Haar, die das Gefühl haben, daß irgend jemand irgendwem etwas schuldet. John ist siebenundsechzig und hat sich zur Ruhe gesetzt. Er spielt fünfmal in der Woche Golf. Er läuft den falschen Leuten nicht mehr über den Weg. Außerdem könnte jeder John Lugo finden, ohne Fragen nach der Beerdigung seiner Mutter zu stellen, um Himmels willen! Alle Welt weiß, daß er da oben in der Nachbarschaft von Bob Hope eine Villa hat.«

Lynn musterte den Anwalt und sagte: »Wirkliches Kopfzerbrechen macht mir, daß der Kerl nicht mal John Lugos Namen kannte. Er wußte nur etwas über einen Grabstein, einen Grabstein mit Orchideen darauf. Einen Grabstein, den John Lugo letzten September für die Beerdigung seiner Mutter bestellt hat. So ist er auf das Bestattungsinstitut gekommen. Haben Sie eine Erklärung dafür?«

»Da bin ich überfragt, junger Mann. Alles, was ich Ihnen sagen kann, ist, daß ich damals einen Teil der Vorbereitungen für die Beerdigung seiner Mutter getroffen habe. Der Stein mit den Orchideen darauf war ihr letzter Wunsch. Glauben Sie mir, ich bin zu alt, einen Polizisten anzulügen. Wenn es etwas gäbe, was ich Ihnen verheimlichen wollte, würde ich mich einfach weigern, mit Ihnen zu sprechen.«

Nelson stellte die halb geleerte Kaffeetasse ab und sagte: »Mr. Grishman, gibt es eine Verbindung zwischen Ihrem Mandanten und jemandem aus Spanien?«

Der alte Anwalt dachte darüber nach und sagte: »Spanien? Nein, das glaube ich nicht. Vielleicht Puerto Rico. Er hatte mal mit ein paar Leuten zu tun, die vor ein paar Jahren eine

Ferienanlage in der Nähe von San Juan gebaut haben. Spanien? Nein.«

»Hat er vielleicht Verbindungen in den Nahen Osten?« fragte Nelson.

»Ich weiß nichts von jemandem aus dem Nahen Osten, glauben Sie mir«, sagte Leo Grishman. »John hat ein Verkaufsautomatengeschäft mit einem Einheimischen gemacht, der aus Syrien stammt, falls Ihnen das weiterhilft.«

»Das könnte durchaus sein«, sagte Nelson. »Wie heißt er?«

»Schauen Sie, nicht jeder weiß Besuch von der Polizei zu schätzen«, sagte der Anwalt.

»Ich bin gestern abend schwer gebeutelt worden«, sagte Lynn Cutter. »Ich fühle mich, als wäre ich von einer Kamelherde niedergetrampelt worden, aber wenn Sie mit mir kooperieren, bin ich bereit, an der Sache dranzubleiben. Ihr Mandant könnte in Gefahr sein, und ich kann Ihnen versprechen, daß dieser Kahlkopf nicht der Typ ist, der bei Binos Schwulenversion einer sizilianischen Oper in Ohnmacht fällt.«

»Bino ist kein Sizilianer. Er ist ein Chicano aus L. A.«, sagte der Anwalt. »John auch. Sie hatten beide eine schwere Jugend in Boyle Heights. Genau wie ich damals, als Boyle Heights noch ein jüdisches Viertel mit nur wenigen Mexikanern war.«

»Der springende Punkt ist, daß wir versuchen, einen Kerl zu schnappen, der sein Leben aufs Spiel setzt, um an John Lugo heranzukommen. Sollten Sie da nicht alles tun, was Sie können, um uns zu helfen?«

Der Anwalt dachte darüber nach und sagte: »Es gibt ein neues Bauchtanzrestaurant in Cat City, das Fez. Der Syrer heißt George Tibbash. Er ist ein guter Freund von John. Ich rufe ihn an, sage ihm, daß Sie unterwegs sind, und rate ihm, mit Ihnen zu sprechen. Vielleicht fällt ihm eine Verbindung zum Nahen Osten oder sogar nach Spanien ein. Mir fällt keine ein.« Dann schrieb der Anwalt eine Telefonnummer auf eine Visitenkarte und sagte: »Das ist meine Privatnummer. Halten Sie mich auf dem laufenden, wenn Sie etwas erfahren, was wir wissen sollten. Ich will nicht, daß John Lugo etwas zustößt.«

»Was ist mit dem Namen Francisco V. Ibañez?« fragte Nelson. »Sagt er Ihnen was?«

»Überhaupt nichts«, sagte der Anwalt. »Der Name sagt mir überhaupt nichts.«

»Wir sagen Ihnen Bescheid, wenn wir auf etwas stoßen, was Ihren Mandanten betrifft«, sagte Lynn.

»Freut mich, daß ich Ihnen helfen konnte«, sagte der Anwalt, als sie sein Büro verließen. »Falls wir uns nicht wiedersehen, wünsche ich Ihnen alles Gute für den Ruhestand, und mögen Ihre Wucherungen allesamt gutartig sein.«

ALS SIE WIEDER IM JEEP SASSEN, sagte Lynn: »Ich hab gedacht, du hättest diese Zwangsvorstellung mit dem Terroristen aufgegeben.«

»Wir sind zu einem *Syrer* unterwegs!«

»Das macht daraus noch keinen Fall für die CIA. Ich neige jetzt zu der Ansicht, daß unser Kahlkopf mit einem Privatflugzeug aus... Ich weiß nicht, woher. Um sich von John Lugo seinen Anteil an einem Geschäft zu holen, das sie in...«

»In Puerto Rico gemacht haben.«

»Ja, in Puerto Rico.«

»In Puerto Rico bezahlt man nicht mit spanischen Pesetas.«

»Ich hab gedacht, das hätte ich erklärt. Auf jedem Flughafen in Mexiko, sogar in jeder Grenzstadt kann man jede Art von ausländischen Münzen als Wechselgeld kriegen. Heiland, die Grenze ist nur ein paar Stunden von hier entfernt, Nelson!«

»Du sagst, der Kerl ist von Puerto Rico nach Mexiko

gekommen, dort hat er irgendwo die Münzen aufgelesen, hat ein Flugzeug gemietet, um nach Palm Springs zu fliegen, und mußte dann wegen eines Motorschadens notlanden, ehe er am richtigen Flugplatz war. Stimmt's?«

»Ja«, sagte Lynn, »irgendwas in der Richtung.«

»In Puerto Rico gibt es keine Wüste«, sagte Nelson.

»Warum, oh, warum nur vergesse ich dauernd das mit dem Mann der Wüste?« sagte Lynn und verdrehte die Augen in Richtung des wolkenlosen Blaus über ihnen. »Du sagst es dauernd, aber ich hör's nicht. Meine beiden Frauen haben mir immer gesagt, ich hätte ein scharfes Ohr für alles außer ihren Stimmen. Muß bei dir so ähnlich sein, was?«

»Erklär mir mal eines an deiner Theorie.«

»Okay.«

»Wenn einer von John Lugos alten Geschäftspartnern vorhat, eine Bombe in sein Golfwägelchen zu legen oder so, warum muß der dann erst zu einem Bestattungsunternehmer gehen, der seine Mutter beerdigt hat, um seinen Namen rauszukriegen? Erklär mir das.«

Lynn Cutter starrte einen Augenblick durch die Windschutzscheibe und sagte: »Es ist erstaunlich, was mir so durch den Kopf schwirrt, seit ich dich kenne. Du hast recht. Meine Theorie ist etwa so treffsicher wie eine Scud-Rakete.«

»Mir fällt auch nichts Besseres ein. Ich hab meine Phantasie überstrapaziert. Wir wissen nur eines: Wenn Francisco V. Ibañez auf hundert Meter an John Lugo herankommt, ist Lugos Leben keine zehn Pesetas mehr wert.«

»Wenn der kahle Scheißkerl mich gestern abend nicht in die Kiste geklemmt hätte, wär mir das ziemlich egal«, sagte Lynn, »vor allem, seit ich diesen Bino kennengelernt habe. Vielleicht tut der Kahlkopf der Welt ja einen Gefallen.«

»Vielleicht bringen wir den Kerl ja erst zur Strecke, nachdem er Lugo abgemurkst hat. Hauptsache, wir kriegen ihn. Ob vorher oder nachher, ist mir egal.«

Nelson zeigte Lynn sein Bugs-Bunny-Grinsen. Mit einer Möhre hätte er genauso ausgesehen wie das Warner-Brothers-Kaninchen.

DAS FEZ WAR EINES DIESER pseudomarokkanischen Restaurants mit maurischen Bögen, blauen Fliesen und riesigen Couchtischen, wo man auf dicken Kissen am Boden sitzt und ohne Besteck ißt, wenn man es nicht extra verlangt, woraufhin einem widerwillig ein Löffel ausgehändigt wird, damit man wie ein Kleinkind aussieht, das Couscous mampft. Ein riesiges Transparent, das die Neueröffnung ankündigte, hing an der Fassade eines pleite gegangenen mexikanischen Restaurants. Die Speisekarte bot als Werbetrick ein Mittagessen zum halben Preis an.

Das Lokal war so dunkel, daß es einen Augenblick dauerte, bis sich ihre Pupillen erweiterten, als sie aus der harten Wüstensonne in die marokkanische Düsternis traten. Etwa zwanzig weitere Gäste waren da, und eine Bauchtänzerin wackelte für ein paar japanische Touristen, die ihr mit Freuden Dollarscheine ins Kostüm schoben. Nelson zählte sieben Einer und drei Fünfer, die zusammengefaltet aus ihrem paillettenbesetzten BH hervorlugten.

Die Kellner trugen mit Kapuzen versehene Dschellabas, und die meisten von ihnen sahen arabisch aus, obwohl vermutlich kein einziger echter Marokkaner im Lokal war. Die Hilfskellner waren Mexikaner und fühlten sich in den fremden Gewändern sichtlich unwohl. Der Barkeeper trug einen Tarbusch, dessen Quaste ihm ständig ins Gesicht fiel.

Der einzige Mann im Lokal, der einen Geschäftsanzug trug, kam auf sie zu und sagte: »Wünschen die Herren einen Tisch?« Er war groß und hatte eine Hakennase, die so schmal war wie eine Klinge. Er hatte große, durchdringende Augen, einen Teint wie Hirschleder, und das Silberhaar war glatt vom spitzen Haaransatz zurückgekämmt.

»Mr. Tibbash?« fragte Lynn.

»Ah, Sie müssen die beiden Polizisten sein«, sagte George Tibbash. »Natürlich kooperiere ich gern mit Ihnen. Mr. Grishman hat mich bereits über alles informiert.« Sein Akzent war kaum zu hören, so daß Lynn einen Augenblick lang glaubte, er sei in Amerika geboren.

»Wo können wir reden?« fragte Lynn.

»Weil wir eben erst eröffnet haben, werde ich ständig für Notfälle gebraucht«, sagte George Tibbash. »Macht es Ihnen etwas aus, wenn ich Sie kurz allein lasse? Ich bin sofort wieder da.«

»Ist von uns aus okay«, sagte Lynn.

»Sie sind selbstverständlich meine Gäste beim Mittagessen«, sagte er und führte sie zu einem niedrigen Tisch an der Tanzfläche, wo die Bauchtänzerin die Dollarscheine auflas, die ihr beim letzten Wackler aus dem Kostüm gefallen waren.

Sie stürzte von der Bühne, als die Musik vom Band ein paar Dezibel leiser wurde. Ein Bariton jaulte etwas, das wie eine arabische Version von ›I Love Paris‹ klang.

Als Lynn und Nelson sich auf die Bodenkissen gesetzt hatten, sagte George Tibbash: »Wenn Sie gestatten, bestelle ich für Sie. Oder sind Sie vertraut mit unserer Küche?«

»Ich nicht«, sagte Lynn. »Ich überlebe mit Hilfe von Donuts und Fritos. Sie wissen schon, was man so zu sich nimmt, wenn man nachts das Verbrechen bekämpft.«

»Ist bei mir genauso«, sagte Nelson. »Ich kann einfach nicht nein zu McDonald's sagen. Bin geradezu süchtig nach Fett.«

»Wir fangen mit Harira an, einer marokkanischen Suppe, und mit Bastella als Vorspeise«, sagte George Tibbash. »Das ist eine Pastete aus gehacktem Huhn mit Mandeln und Eiern. Danach Huhn Tagin, glaube ich. Das ist gewürzt mit Safran, eingelegten Zitronen und Ingwer. Und natürlich

Couscous. Das ist ein Lammeintopf mit gedämpftem Grieß. Wie sieht's mit den Getränken aus?«

»Doppelter Scotch mit Eis«, sagte Lynn.

»Eine Flasche Bier«, sagte Nelson. »Egal welches.«

»Kommt sofort, meine Herren«, sagte George Tibbash. »Und ich leiste Ihnen Gesellschaft, sobald ich kann. Unser Lieferant ist heute nicht gekommen, es handelt sich also um eine Krise. Inzwischen viel Vergnügen.«

Nelson sah sich mit einem breiten Grinsen um und sagte: »Siehst du? Kapierst du, warum ich bei der Polizei von Palm Springs arbeiten will?«

»Das ist nicht Palm Springs, das ist Cathedral City«, rief ihm Lynn ins Gedächtnis.

»Ich weiß, aber es ist auch nicht gerade die Rückseite von einem dieselverstunkenen Reisebus.«

Ein Schwarzer in einer Dschellaba brachte die Getränke auf einem Kupfertablett. Nelson nahm an, er hätte es mit einem Einheimischen aus dem Norden von Palm Springs zu tun, bis er mit einem Nahostakzent sagte: »Wer bitte bekommt den Scotch?«

Als er fort war, nahm Lynn einen kräftigen Schluck Scotch und sagte: »Ich kapiere einfach nicht, wie ich den Kerl gestern abend entkommen lassen konnte. Ich meine, ich hatte ihn doch schon am Wickel, und mit einem Schlag liege ich mit Denny O'Doul in der Kiste.«

»Du bist auch nicht mehr der Jüngste.«

»Wie reizend, daß du mich dran erinnerst.«

»Vielleicht bist du eine Spur langsamer geworden, seit du ein junger Streifencop warst. So was soll vorkommen.«

»Der Kerl weiß, was er tut, das ist alles, was ich glaube.«

»Warum hat er dich dann nicht weggepustet? Ein Terrorist mit Selbstachtung hätte das in seiner Lage tun müssen.«

Lynn sagte: »Ich war schon der zweite Cop, an den er geraten ist, und er hat nur getan, was er tun mußte.«

»Willst du damit sagen, er ist kein Killer? Was wird er denn mit John Lugo machen, ihm seinen miesen Golfschlag abgewöhnen?«

»Auf Dauer«, sagte Lynn, »aber vielleicht ist er nicht so wild darauf, jemand anderen abzumurksen.«

»Falls er's nicht muß.«

»Falls er's nicht muß.«

»Du erkennst ihn doch, wenn du ihn wiedersiehst, oder?«

»Im Taucheranzug mit Schnorchel«, sagte Lynn. »Und du?«

»Ich hab ihn nicht besonders beachtet, als wir im Bestattungsinstitut an ihm vorbeigegangen sind.«

Ein anderer Kellner brachte Pfefferminztee, ein Messingbecken mit Krug zum Händewaschen und außerdem eine zweite Runde Drinks.

Als das Essen kam, sagte der Kellner: »Die Harissa ist für das Couscous. Das ist eine rote Chilisauce.«

Nelson sah sich nach Besteck um und sagte: »Kriegen wir keine Stäbchen oder so was?«

Als sie beim Essen waren und vom Zimt und Puderzucker klebrige Finger hatten, kam die Bauchtänzerin zurück. Vom Alter her lag sie irgendwo zwischen Nelson und Lynn, erfahren, aber noch nicht über den Zenit hinweg, mit Bauchmuskeln, die einen Vierteldollar vom Nabel bis zu den Brüsten rollen konnten, ein Trick, den sie für die Japaner aufsparte.

Sie wackelte, rollte und stampfte ein bißchen vor Nelson herum, der grinste und rot wurde. Die hingerissenen Japaner steckten ihr weiter Geld in das Kostüm, während die Zils an ihren sich schlängelnden Händen in ihren erhitzten Ohren wie Glöckchen klangen.

George Tibbash kam erst zurück, als Lynn und Nelson die Finger in Schalen mit Zitronenwasser getaucht und an den Handtüchern, die ihnen die Kellner brachten, abgetrocknet hatten. Als er zurückkam, brachte er ein Täßchen Tee mit.

Nelson bewunderte, wie er die Tasse hielt, als er sich setzte. Der kleine Finger war leicht gekrümmt, und er hielt den Ellbogen unten. Nelson traute niemals Typen, die beim Trinken den Ellbogen oben hatten. Der kleine Cop fragte sich, ob George Tibbash ein Eintunker war.

Lynn rutschte in eine bequemere Haltung mit ausgestreckten Beinen. Vom Sitzen mit gekreuzten Beinen taten ihm die Knie weh.

»Man gewöhnt sich daran«, sagte George Tibbash und wies auf das Bodenkissen. »Die Touristen sind begeistert davon.«

»Ich nehme an, Leo Grishman hat erklärt, worum es geht?«

»Das ist einer der Gründe, warum ich Sie allein gelassen habe«, sagte George Tibbash mit hochgezogenen Augenbrauen. »Ich habe nachgedacht, nach irgendeinem Anhaltspunkt gesucht. Leo hat gesagt, Sie haben den Verdacht, es gebe eine Verbindung zwischen John Lugo und einem Mann aus Spanien oder dem Nahen Osten.«

»Vielleicht«, sagte Lynn mit einem Blick auf Nelson.

»Ich kann mir wirklich nicht vorstellen, daß jemand Jagd auf John Lugo macht. Zunächst einmal...«

»Weiß jeder in der Stadt, wer er ist und wo er ihn finden kann«, sagte Lynn.

»Das ist richtig. Und nicht nur in dieser Stadt. Er hat Geschäfte in Los Angeles und an vielen anderen Orten gemacht. Ich war nur an dem Ferienprojekt in Puerto Rico beteiligt, und eine Zeitlang war ich sein Partner bei dem Geschäft mit den Verkaufsautomaten. Soweit ich weiß, bin ich der einzige Mensch aus dem Nahen Osten, der je etwas mit seinen Projekten zu tun hatte.«

»Und was ist mit den Kanarischen Inseln?« fragte Nelson.

George Tibbash hielt kurz inne und sagte dann: »Jetzt, wo Sie die Kanarischen Inseln erwähnen, ich glaube, da war ein

Mann, der ein Konkurrenzkonsortium bei dem puertorikanischen Projekt geleitet hat... Ja, ich bin mir sicher. Wir haben die unterboten und den Zuschlag bekommen. Ja, von den Kanarischen Inseln.«

»Hieß er Francisco V. Ibañez?« fragte Nelson schnell.

»Ibañez«, sagte George Tibbash. »Vielleicht. Er hatte natürlich einen spanischen Namen, aber ich kann die Sprache nicht. Als wir in San Juan waren, hat John Lugo alle Gespräche auf spanisch geführt. Vielleicht erinnert er sich an den Namen des Mannes. Durchaus möglich, daß er Ibañez hieß.«

»Hatten Sie sonst noch etwas mit dem Mann zu tun?« fragte Lynn.

»Nein. Vielleicht John, aber ich nicht. Ich bin nach L. A. zurückgekehrt, und John ist noch etwa einen Monat dortgeblieben, wenn ich mich recht erinnere.«

»Ich glaube, wir sollten sofort mit John Lugo sprechen«, sagte Lynn zu Nelson.

»Diese Woche wird das schwierig«, sagte George Tibbash. »John ist ein fanatischer Golfer und spielt beim Bob Hope Classic.«

»Nach achtzehn Löchern muß er aufhören«, sagte Lynn.

»Aber das tut er nicht«, sagte George Tibbash und trank seinen Tee aus. »John bleibt vom Aufstehen bis zum Zubettgehen bei den Golfern. Wenn Sie mit ihm sprechen wollen, müssen Sie den Golfplatz aufsuchen, auf dem er gerade spielt. Am Samstag, dem letzten Tag für die Amateure, ist er in Indian Wells, glaube ich. Am Samstagabend gibt er in seinem Haus in Southridge eine Riesenparty für alle Profis, die kommen wollen, dazu für Hunderte seiner Freunde aus seinem Country Club und außerdem für die Amateurspieler bei dem Turnier. Das läßt er sich in keinem Jahr nehmen.«

»Können Sie sich vorstellen, daß jemand aus John Lugos Vergangenheit, jemand aus dem Ausland, versucht, Jagd auf ihn zu machen? Hat er Feinde?«

George Tibbash lächelte und sagte: »Ein Mann wie John Lugo hat immer Feinde. Er hat es aus dem Mexikanerviertel von Los Angeles nach Southridge geschafft, auf den Gipfel des Berges, von dem er ganz Palm Springs im Blick hat. Aber eigentlich glaube ich, daß er die meisten seiner Feinde überlebt hat. Wenn Sie mich jetzt bitte entschuldigen, ich muß wieder in die Küche. Ich hoffe, daß Ihnen das Essen geschmeckt hat, daß Sie uns weiterempfehlen und wiederkommen.«

Als sie sich bei George Tibbash bedankt hatten und zur Tür gingen, sagte Nelson zu Lynn: »Moment mal. Hast du zwei Scheinchen, die ich der Tänzerin in den BH stecken kann?«

Lynn griff unwillkürlich in seine Tasche, aber dann schüttelte er den Kopf und sagte: »Ich hab eine Rolle Zehncentstücke, aber die ist bei mir zu Hause. Ich hab eine Kreditkarte, aber die ist überzogener als die Kredite Polens.«

Der Körper der Tänzerin schimmerte ölig, als sie einen verschwitzten, lendenstimulierenden Tanz direkt vor der Nase des ältesten Japaners aufführte.

Nelson blieb gaffend stehen, aber Lynn packte ihn am Ärmel und sagte: »Komm schon, Kleiner. Die sind alle gleich. Sie bringen dich dazu, daß du darum bettelst, Zugang zu ihrem Ding zu bekommen, aber die Wahrheit ist, daß du genausogut versuchen kannst, in einen von Cousteaus Haifischkäfigen einzudringen.«

18

Was machen wir als nächstes?« wollte Nelson auf der Rückfahrt nach Palm Springs wissen.

»Ich würde sagen, wir erkundigen uns bei Autovermietungen und Hotels nach Francisco V. Ibañez«, sagte Lynn. »Sonst können wir nichts tun, bis wir uns mit John Lugo in Verbindung gesetzt haben.«

»Wenn wir bloß ein Büro hätten«, sagte Nelson.

»Wir haben eins«, sagte Lynn etwas zögerlich. »Das von Breda.«

»Dann laß uns diese Anrufe machen.«

»Wenn ich drüber nachdenke, halte ich es eigentlich für keine so gute Idee, Breda zu belästigen.«

»Die ist doch nett«, sagte Nelson. »Sie hat bestimmt nicht mal was gegen Ferngespräche.«

»Eins muß ich zugeben, bei angespannter Marktlage ist sie zwei Riesen über das Überziehungslimit hinaus wert«, sagte Lynn. »Okay, ich riskier's.«

Nelson sagte: »Ist die Polizeiarbeit nicht komisch? Wir haben die Macht, Leuten die Freiheit zu rauben. Wir haben die Macht, ein Menschenleben auszulöschen. Aber wir brauchen die Erlaubnis von unserem Sergeant, wenn wir ein Ferngespräch führen wollen!«

Breda trug einen Blazer in der Farbe eines Perückenstrauchs, eine Bluse in einer leicht kräftigeren Farbe und eine karierte Hose mit Aufschlag aus Rayon und Leinen. Das waren Sachen, die sie nach mühsamer Suche beim Schlußverkauf erworben hatte und die sie nach Belieben kombinieren konnte. Das ganze Ensemble hatte hundertfünfzehn Dollar gekostet, sah aber viel teurer aus.

Sie trug außerdem ihre Brille mit dem Erdbeergestell und saß gerade am Computer, als Lynn verlegen hinter Nelson ihr Büro betrat.

Ehe Lynn etwas zu ihr sagen konnte, sagte sie: »Ich hab versucht, dich zu erreichen. Jack Graves will, daß wir heute abend um sechs mit Clive Devon sprechen.«

Lynn konnte es kaum fassen, daß sie halbwegs normal mit ihm redete. Er bedachte sie mit dem glücklichsten Lächeln, zu dem er an diesem Tag fähig war, und fragte: »Worum geht's?«

»Jack sagt, er kann den Fall möglicherweise aufklären. Er will, daß wir Clive Devon nach dem Kerl aus dem Painted Canyon fragen. Ich hole dich Viertel vor sechs bei dir ab. Irgendwelche Probleme?«

»Überhaupt nicht«, sagte Lynn, immer noch strahlend. »Ich bin froh, dir behilflich sein zu können.«

»Das liegt nur daran, daß du deine Marke zücken mußt. Sonst hätte ich es allein gemacht«, sagte sie mit einem Blick, der ein 38er-Hohlgeschoß vom Ziel hätte abbringen können.

Schon wieder die Marke zücken! Als er mit diesem Job angefangen hatte, hatte sie ihm versprochen, das Ganze würde mit seiner dienstlichen Stellung nichts zu tun haben. Aber in den letzten achtundvierzig Stunden hatte er der halben Wählerschaft in Riverside County seine Marke gezeigt. Hoffentlich kam seine Pension schnell durch.

Als Nelson Breda von ihren Gesprächen mit Bino Sierra, Leo Grishman und George Tibbash erzählt hatte, sagte er:

»Jetzt sind wir auf Telefonate mit Autovermietungen und Hotels angewiesen, um den Kerl von den Kanarischen Inseln zu finden. Können wir Ihr Telefon benutzen?«

»Bedienen Sie sich«, sagte sie und wandte sich wieder dem Computer zu, ohne Lynn auch nur eines Blickes zu würdigen.

»Ich übernehme die Autovermietungen«, sagte Nelson und reichte Lynn ein Telefonbuch.

»Wie kommt's, daß ich immer so rangenommen werde wie eine Braut im Juni?« maulte Lynn. »Vermutlich gibt es zweihundert Hoteleinträge.«

»Ich helfe dir, wenn ich bei den Autovermietungen keinen Treffer lande«, sagte Nelson.

Es wurde ein langer Nachmittag, aber Nelsons Enthusiasmus ließ keinen Augenblick lang nach. Er griff zum Hörer und sagte: »Hallo, hier ist Officer Pacino von der Polizei. Wir glauben, wir haben hier ein abgeschlepptes Auto, das Ihnen gehört. Der Fahrer des Abschleppwagens hat versäumt, uns die Autonummer und das Fabrikat zu nennen, aber gemietet hat es ein gewisser Francisco V. Ibañez. Ist das ein neuer Kunde bei Ihnen? Kein Francisco V. Ibañez? Muß ein Irrtum sein. Trotzdem vielen Dank.«

Lynn tätigte seine Anrufe weit weniger lebhaft: »Hallo, hier ist Sergeant DeNiro von der Polizei. Wir haben eine Brieftasche gefunden, von der wir glauben, daß sie einem Touristen gehört, der bei Ihnen abgestiegen ist. Ein gewisser Francisco V. Ibañez von den Kanarischen Inseln. Nein? Danke.«

Und so ging es eine Stunde lang.

Einmal unternahm Lynn einen Versuch, ein Gespräch anzufangen. Er sagte zu Breda: »In einem Staat mit hundertvierzigtausend Anwälten, einem Staat, der die Weltspitze in Klagen wegen Körperverletzung hält, in der intergalaktischen Hauptstadt des Versicherungsbetrugs müßtest du doch mehr

Klienten aus der Versicherungsbranche finden. Ich werd dich jedem Anwalt, den ich kenne, empfehlen.«

Breda sah nicht einmal auf.

Dann, während Lynn den Mut für die Frage aufzubringen versuchte, ob sie Lust auf eine Diätcola habe, sprang Nelson von seinem Stuhl auf und schnippte mit den Fingern, um Lynn auf sich aufmerksam zu machen, während er in den Hörer sprach und einen Hotelnamen aufschrieb: »Ja! Ja! Nein, es geht nicht um den Wagen! Wir müssen nur wegen einer Brieftasche, die in dem Auto gefunden worden ist, mit ihm reden! Ja! Danke!«

Das lenkte Breda vom Computer ab. Sie fragte: »Eine Spur?«

»Wir *haben* ihn!« rief Nelson, legte auf und zeigte Lynn den Namen des Ferienhotels.

»*Vielleicht* haben wir ihn«, sagte Lynn. »Falls er die richtige Adresse angegeben hat, als er den Wagen gemietet hat. Das ist ein Riesenhotel. Ich hätte nicht damit gerechnet, daß er in so einem Schuppen absteigt.«

»Hat er denn je was gemacht, womit du gerechnet hast?« wollte Nelson wissen.

»Willst du erst anrufen oder gleich hinfahren?«

»Fahren wir hin. Das ist so etwa unsere letzte Chance, ehe wir nicht mit Lugo gesprochen haben.«

»Okay«, sagte Lynn, stand auf und massierte sich das rechte Knie.

Breda überraschte ihn, indem sie die Yuppiebrille abnahm und ihn direkt ansah. »Hast du eine Waffe?«

»Nein«, sagte er, »aber Nelson ist besser gerüstet als Israel.«

»Ich paß schon auf ihn auf, keine Sorge«, sagte Nelson zu Breda.

Durch ihre Sorge ermutigt, sagte Lynn zu ihr: »Ich weiß, ich hab auf Armenrecht plädiert, aber ich hab dir was verheimlicht. Wenn mir was zustößt, kannst du meine Scheckkarte nehmen und alles aus dem Geldautomaten holen, was ich besitze: dreiunddreißig Dollar. Du kannst auch die Rabattmarken von der Teppichreinigung haben, die ich ausgeschnitten hab. Nelson bekommt meinen Lenkradüberzug und meine Bowlingkugel. Falls er überlebt.«

Breda antwortete nicht. Sie setzte die erdbeerrote Brille auf und wandte sich wieder dem Computer zu, machte sich nicht einmal die Mühe, bösartig zu grinsen.

Von der Decke bis zum Hallenboden waren es dreißig Meter. Die etwa kleinstadtgroße Halle sah aus, als ob sie ein Mathematiker entworfen hätte. Geometrie dominierte. Es gab dreieckige Blumenkübel, die überquollen von Blumen, Farn und exotischen Pflanzen, und achteckige, spiegelnde Wasserbecken.

Darüber lag ein halbes Dutzend Stockwerke mit Zimmern, die auf der einen Seite einen Blick auf die kolossale Halle und auf der anderen auf das Wüstenpanorama boten. Schräge Rinnen voller Wasser ergossen sich in einen Kanal, in dem die Gäste mit einem Elektroboot zu ihrem Zimmer fahren konnten, gesteuert von einem Mädchen in einem weißen Matrosenanzug. Der einzige Nachteil dieser Konzeption war der etwas faulige Geruch des Wassers.

Lynn war erst zweimal in diesem Hotel gewesen, Nelson noch nie. Sie schlichen herum, bis Nelson schließlich eine junge Frau im Rezeptionsbereich ansprach. »Ich möchte eine Nachricht für Mr. Ibañez hinterlassen. Francisco V. Ibañez. Oder hat er vielleicht schon ausgecheckt?«

Sie ging zu einem Computer, drückte auf ein paar Tasten und sagte: »Nein, er bleibt bis Montag. Sie können das Haustelefon im Flur rechts von Ihnen benützen.«

Als sie zum Telefon kamen, sagte Lynn: »Wenn er da ist, bist du von der Autovermietung. Er soll das Auto zurückbringen, weil ein Fehler gemacht worden ist. Den Wagen sollte ein anderer Kunde bekommen.«

»Ja, ich sag ihm, er kriegt wegen der Verwechslung drei Tage gratis.«

»Übertreib's nicht«, sagte Lynn. »Ein Gratistag reicht.«

Nelson griff zum Haustelefon und sagte: »Mr. Ibañez, bitte.« Er ließ es zehnmal läuten, dann schüttelte er den Kopf und legte auf.

»Okay, machen wir einen Rundgang«, sagte Lynn. »Wenn ich ihn sehe, geb ich dir ein Zeichen und dreh ihm den Rücken zu, damit er mich nicht erkennt.«

»Was dann?« wollte Nelson wissen.

»Während du ihn im Auge behältst, geh ich zum Telefon, ruf die Sheriffs an und sag ihnen, sie sollen ihren Schmuggler abholen.«

Zu diesem Zeitpunkt erwartete Lynn von Nelson Hareem weder Vernunft noch gesunden Menschenverstand, doch Nelson sagte: »Einverstanden.«

»Ich könnte dich küssen, Kleiner«, sagte Lynn.

»Davor hast du mich schon gewarnt«, rief ihm Nelson ins Gedächtnis.

Während das zweiunddreißigste alljährliche Bob Hope Chrysler Classic stattfand, war das Hotel wie alle anderen Hotels in der Wüste ausgebucht. Lynn und Nelson gingen hinaus zum Pool und musterten alle dunklen kahlen Männer, außerdem alle dunklen Männer mit Kopfbedeckungen. Von beiden Sorten gab es eine Menge, kein Wunder bei soviel Sonnenbräune.

Sie wurden vorübergehend von einer Champagnerblondine aufgehalten, die in einem knallrosa geblümten Bikini und mit einem goldenen Sonnenhut aus Baumwollgewebe für Modeaufnahmen posierte. Erst posierte sie mit einem passenden Pareo, dann ohne, während ein Fotograf eine Aufnahme nach der anderen schoß.

Nelson bekam Stielaugen, dann schlenderte er weiter, trennte sich von Lynn und hielt weiter Ausschau. Er sah viele junge Frauen seines Alters mit alten Männern in Lynns Alter.

Eine leichte Brise wehte, aber die Poolverkleidung fing die Hitze ein und verstärkte sie, während das Wasser grelles, glühendes Licht widerspiegelte. Lynn war heiß, aber er widerstand der Versuchung, bei einer der in Sarongs gekleideten Cocktailkellnerinnen einen Drink zu kaufen. Der Geruch nach Kokosnußöl erinnerte ihn an viele seiner gescheiterten Poolromanzen während jener Zeit, zu der er noch geglaubt hatte, eine tiefe Bräune bringe ihm Liebe und nicht nur Hautkrebs ein.

Jetzt, wo er sich mit den einsamen mittleren Jahren abgefunden hatte, wich er der sengenden Sonne aus, so gut er konnte. Wilfred Plimsoll sagte, sein Saloon sei der sicherste Ort in der Stadt. Von der Düsternis im Furnace Room war jedenfalls keine einzige bösartige Hautwucherung verursacht worden.

Lynn sah mehrere dunkle, stämmige Männer mit Hüten, bei deren Anblick sein Adrenalinspiegel stieg, aber wenn er näher herankam, war es immer Fehlanzeige. *Sein* Kerl hatte kleine, ganz dunkle Augen und leicht geblähte Nasenflügel. Jedenfalls waren sie gebläht gewesen, als er mit geballten Fäusten auf Lynn Cutters Angriff gewartet hatte.

»Was meinst du, Lynn?« fragte Nelson, nachdem sie fast eine halbe Stunde am Pool verbracht hatten.

»Noch ein Anruf?«

Sie gingen zum Haustelefon zurück und versuchten es wieder. Nelson ließ es noch länger klingeln, ehe er den Kopf schüttelte und auflegte.

»Laß mich mal was versuchen«, sagte Lynn, und Nelson folgte ihm zurück zur Rezeption.

Diesmal stand ein junger Mann hinter dem Rezeptionstresen. Lynn sagte zu ihm: »Ich versuche schon den ganzen Tag,

Mr. Francisco Ibañez zu erreichen. Hat er in seinem Fach eine Nachricht für mich hinterlassen? Ich heiße Costner und bin von Desert Car Rentals.«

Der junge Mann verschwand einen Augenblick, kam dann wieder und sagte: »Mr. Ibañez ist bis morgen in L. A., aber da ist eine Notiz vom Concierge, daß heute nachmittag ein Clubabzeichen für Mr. Ibañez gebracht werden soll. Haben Sie es dabei?«

»Meinen Sie, für das Bob-Hope-Turnier?«

»Ja«, sagte der junge Mann. »Sind Sie der Mann mit dem Abzeichen?«

»Nein«, sagte Lynn. »Nicht mit diesem Abzeichen. Trotzdem vielen Dank.«

Als er und Nelson die monströse Halle verließen, sagte Lynn: »Nehm an, wir zwei gehen morgen zu einem Golfturnier. Zieh die Knickerbocker an.«

»Was sind Knickerbocker?« fragte Nelson.

»Kniebundhosen.«

»Was sind Kniebundhosen?«

Lynn sagte: »Ich glaube, die Alterskluft zwischen uns ist unüberbrückbar. Wetten, daß du noch nie Pflaumenkompott gegessen hast. Kennst du keine Knickerbocker? Wie Payne Stewart sie trägt?«

»Willst du erst noch zu John Lugos Haus in Southridge, ehe wir zu Breda zurückfahren?« fragte Nelson.

»Er ist bestimmt noch auf dem Golfplatz.«

»Okay, willst du erst in den Furnace Room und dann hierher zurückfahren und Ibañez auflauern?«

»Zuerst muß ich die andere Sache mit Breda erledigen.«

»Wie wär's danach?«

»Heute abend komme ich nicht mehr hierher«, sagte Lynn. »Ich will mich ausschlafen. Wir erledigen das morgen, schnappen Ibañez entweder hier oder bleiben dichter an John Lugo dran als sein Caddy.«

»Wie willst du das machen?«

Lynn sagte: »Ich schlage folgendes vor: Morgen früh komme ich zeitig und putzmunter ins Hotel, damit ich ihn erwische, wenn er aus L. A. zurückkommt, um sein Clubabzeichen abzuholen. Falls er direkt zum Turnier fährt, ohne hier Station zu machen, wartest du dort auf ihn.«

»Aber wie soll ich ihn erkennen? Ich hab ihn doch gar nicht richtig gesehen.«

»Du erkennst ihn«, sagte Lynn. »Nach dieser ganzen Geschichte erkennst du ihn, oder?«

Nelson sah Lynn ein paar Sekunden an und sagte: »Ja, glaub schon, wenn er in die Nähe von John Lugo kommt.«

»Okay, du mußt also bloß Lugo finden und an ihm dranbleiben. Falls unser Typ mit einer Perücke auftaucht, in einem Batman-Kostüm oder als Bette Midler verkleidet, bist du da.«

»Keine Bange, ich erkenn ihn schon. Glaub ich jedenfalls.«

»Wenn du mich abgesetzt hast, fährst du sofort zu einem Telefon, rufst Lugos Anwalt zu Hause an und sagst ihm, daß du morgen in der Nähe seines Mandanten bleibst. Grishman wird es Lugo ausrichten. Er will nicht, daß seinem Mandanten etwas zustößt; schließlich ist er seine Altersversicherung.«

»Was ist mit Breda?«

»Ich werde Breda bitten, nötigenfalls zwischen dem Golfturnier und dem Hotel hin und her zu pendeln oder telefonische Nachrichten von dir oder mir entgegenzunehmen.«

»Klingt okay«, sagte Nelson.

»Versuch morgen, wie ein Golffan auszusehen.«

»Tragen Golffans Cowboyhüte?«

»Nur einer. Glen Campbell.«

ALS NELSON IHN AN DER VILLA abgesetzt hatte, ging Lynn sofort zur Eismaschine in der Speisekammer und schaufelte Würfel in einen Gefrierbeutel, den er auf sein schmerzendes

Knie legte. Während er in der »Gourmetküche« saß und dachte, daß für die Hälfte der unbenutzten Kupfertöpfe in der Speisekammer tausend chilenische Bergarbeiter gestorben sein mußten, überkam ihn ein leichter Anfall von Depression. Ihm wurde klar, daß er nach diesem Einhütjob vermutlich in zwei Zimmern landen würde, die kleiner waren als diese Küche, in der dem Hausbesitzer zufolge noch nie für mehr als vier Leute auf einmal gekocht worden war.

Lynn würde diesem Haus keine Träne nachweinen. Die riesigen Ausmaße ließen ihn sich einsamer fühlen als je zuvor in seinem Leben. Und wenn er sich einsam fühlte, mußte er an Breda denken.

Er nahm den Eisbeutel mit und stieg die Treppe zum Schlafzimmer des Hausherrn hinauf. Er wollte sich mit dem Eis auf dem Knie in ein warmes Bad legen, bis es Zeit für ihre Sechs-Uhr-Verabredung bei Clive Devon war. Er schaltete den Country-Sender ein, und als er in die Wanne mit den Massagedüsen gestiegen war, sang Vince Gill für ihn.

Hab nicht gewußt, daß es Einsamkeit gibt,
hatte vor dir noch nie wirklich geliebt,
wußte nicht, daß es Einsamkeit gibt.

Es war Unsinn, daß ihm das immer noch gespenstisch vorkam. Die Hinterwäldler hatten seine Nummer, mehr war nicht dran. Aber was zum Teufel sie auch sangen, es ging dabei immer um Versager, vielleicht war das die logische Erklärung.

Er hätte wissen müssen, daß aus ihrer Beziehung nichts werden konnte. Was hatte er schon zu bieten? Aber Moment mal! Er hatte Verbindungen in dieser Stadt, weil er hier lange Cop gewesen war. Und er würde fünfzig Prozent seines Gehalts als Pension bekommen, steuerfrei, mehr als sie, selbst wenn sie in L. A. ein höheres Gehalt bekommen hatte. Vielleicht war also die Phantasie mit Zuckerguß, an die er in den letzten Tagen herumgeknabbert hatte, gar nicht so weit hergeholt, die Phantasie, in ihr Ermittlungsbüro einzusteigen. Vielleicht hätte es klappen können, wenn sie nicht beknackter gewesen wäre als die Göre in *Der Exorzist*.

Und die ganze Zeit ließ Vince Gill nicht locker, keinen Augenblick:

Hatte vor dir noch nie wirklich geliebt,
wußte nicht, daß es Einsamkeit gibt.

Sie holte ihn im Zwielicht vor dem Haus ab: gedämpftes, blaues und lila Zwielicht. Breda sagte nichts, als er in den Datsun Z stieg, deshalb sagte er: »Nelson und ich haben für heute Schluß gemacht.«

»Ich weiß. Nelson hat mich angerufen.«

»Ich hab mir gedacht, daß er dir Bescheid sagt, deshalb hab ich dich nicht angerufen«, sagte Lynn, was sie dazu veranlaßte, ihm ihr süffisantes Grinsen zu zeigen, was heißen sollte: Ist mir doch egal wie Frettchenscheiße, ob du mich je wieder anrufst, du Kotzbrocken!

»Wenn du nichts dagegen hast, übernehme ich es, mit Clive Devon zu reden«, sagte sie mit einer Stimme, die ziemlich weit oben auf ihrer Gereiztheitsskala war.

»Es ist dein Fall«, sagte er. »Ich bin nur dabei, meine Marke dem einzigen Menschen in dieser Hemisphäre zu zeigen, vor dem ich sie noch nicht gezückt habe, seit ich dich kenne.«

»Schau, ich weiß, daß sich die Dinge nicht ganz so entwikkelt haben, wie ich zu Anfang dachte.«

»Nicht ganz. Ich wäre fast umgebracht worden. Vermutlich werde ich morgen tatsächlich umgebracht, wenn unser Kahlkopf auf John Lugo oder mich losgeht, je nachdem, wen er zuerst sieht.«

»Dann erklär's mir«, sagte sie, ohne ihn anzusehen, während sie in Nelson Hareems Machofahrstil an einer roten Ampel vorbeiraste. »Warum riskierst du deinen Arsch?«

»Um dir die Wahrheit zu sagen«, sagte er, »ich hätte heute abend die Sheriffs angerufen und einfach ausgepackt. Glaub mir, wenn ich den Glatzkopf morgen früh zu sehen kriege, geh ich ans Telefon und mache einen Notruf. Ich zeige dem ersten Deputy, der sich blicken läßt, den Schmuggler, und dann sollen ihre Detectives rauskriegen, was es mit diesem Grabstein auf sich hat.«

»Ruf die Sheriffs jetzt an«, sagte sie. »Weih sie sofort ein.«

»Das würde ich ja, wenn ...«

»Wenn was?«

»Wenn ich mir sicherer wär, daß alles, was wir gemacht haben, überhaupt einen Sinn hat. Wir wissen nicht genau, ob Francisco Ibañez der Kerl ist, hinter dem wir her sind. Ich will nicht blöd aussehen, wenn wir gar nichts in der Hand haben.«

Breda schaltete die Scheinwerfer ein und rollte mit den Augen, wie sie es so oft Nelson Hareem gegenüber getan hatte.

»Männer!« sagte sie. »Typisches, beschissenes männliches Verhaltensmuster! Er hat dich letztes Mal ganz schön vermöbelt, trotzdem läßt du dich lieber noch mal übel von ihm zurichten, bis zum *äußersten*, als daß du blöd vor den anderen Jungs dastehst!«

»Wir haben alle unsere Idiosynkrasien«, sagte er. »Du bist auch nicht gerade ein wandelndes Werbeplakat für geistige Gesundheit.«

»Wenigstens bin ich meistens nüchtern! Wenigstens habe ich einen Job!«

»Ich werd auch bald einen haben, wenn meine Pension durchkommt.«

»Was, willst du an der Bar im Furnace Room bedienen, wenn du nüchtern genug dazu bist?«

Das reichte! Er kochte! »Vielleicht!« sagte er. »Aber wenigstens nennt mich im Furnace Room niemand einen Perversen, denn da machen wir nichts Dekadenteres, als rumzusitzen und uns Schwarzweißfilme aus den Fünfzigern anzusehen, mit schmalziger Musik und über Mädchen, die mit öligen Typen namens Nick an den falschen Orten nach Liebe suchen!«

Als er mit dieser Ansprache fertig war, fragte er sich, ob sie überhaupt irgendeinen Sinn ergeben hatte.

Der Streit hörte auf, als sie mit quietschenden Reifen links vom Palm Canyon Drive abbog und zu Clive Devons Haus fuhr. Der Himmel verdunkelte sich schnell, als Breda auf der Straße parkte. Sie gingen zum Tor und klingelten.

Das Mädchen, Blanca Soltero, meldete sich über die Sprechanlage. »Bitte, wer ist da?«

»Polizei«, sagte Lynn. »Wir möchten mit Mr. Devon sprechen.«

»Augenblick, bitte«, sagte sie.

Dann kam Clive Devons Stimme durch die Sprechanlage: »Hallo, kann ich Ihnen helfen?«

»Polizei, Mr. Devon«, sagte Lynn. »Wir müssen kurz mit Ihnen sprechen.«

»Können Sie mir sagen, worum es geht?«

»Wir ermitteln wegen eines Angriffs auf einen Polizeibeamten. Der Mann, den Sie vor drei Tagen im Painted Canyon mitgenommen haben, hat etwas damit zu tun.«

Ein paar Sekunden war es still, dann sagte Clive Devon: »Kommen Sie bitte herein.«

Ein elektronischer Summer ertönte, und Breda ging vor Lynn die Einfahrt hinauf.

Clive Devon stand auf der Schwelle, offensichtlich erleichtert über den Anblick einer Frau. Er warf nur einen flüchtigen

Blick auf Lynns Marke, ehe er zurücktrat, damit sie hineingehen konnten. Lynn sah, daß es sich um eines jener Häuser im spanischen Kolonialstil handelte, die er von jeher gemocht hatte, mit tief nach innen versetzten Fenstern mit Läden, mexikanischem Ziegeldach und dreißig Zentimeter dicken, verputzten Mauern. Aber es war nicht mit den massiven, maskulinen Möbeln eingerichtet, die man sonst in einem solchen Haus fand. Es war voll von angestrahlten Gemälden auf rosenfarbenen Tapeten. Die Vorhänge sollten natürliche Wüstenpastellfarben suggerieren, aber alles war zu feminin, Lynns Meinung nach ein eindeutiger Versuch, Rhonda Devon zufriedenzustellen.

Clive Devon war so groß wie Jack Graves, aber nicht annähernd so dünn. Sein Haar war spärlich und weiß, und er hatte regelmäßige, sonnenverbrannte Züge und ein vorstehendes Kinn. Er trug ein Trikothemd, Khakihosen und Hauspantoffeln.

»Woher wissen Sie, daß ich im Painted Canyon einen Mann mitgenommen habe?« fragte er, als sie sich in dem Wohnzimmer setzten, in dem Breda Rhonda Devon kennengelernt hatte.

»Ein Polizist, der an diesem Tag im Canyon Streife fuhr, hat Ihre Zulassungsnummer aufgeschrieben.«

»Aber warum hat er das gemacht?« Seine Augen war hellblau und nervös. Er senkte die Lider instinktiv jedesmal, wenn er den Mund aufmachte, und dann hob er sie, als müßte er dazu all seinen Willen aufbieten, sah Lynn und Breda unbehaglich an und sprach so leise, daß sie aufmerksam zuhören mußten.

»Haben Sie den Zeitungsartikel über den Deputy gelesen, der am Tag, bevor Sie zum Painted Canyon gefahren sind, auf dem Flugplatz angegriffen worden ist?« fragte Breda.

»Möglich«, sagte er. »Ich glaube, ich habe in den Nachrichten etwas darüber gehört.«

»Wir glauben, daß der Mann, den Sie mitgenommen haben, der Mann war, der den Deputy angegriffen hat.«

»Das kann ich nicht glauben!« sagte Clive Devon und lehnte sich auf dem Sofa zurück. Die echte Verblüffung führte dazu, daß er sich etwas entspannte.

»Was haben Sie denn dort gemacht?« fragte Lynn.

Darauf antwortete Clive Devon nicht. Er sagte: »Aber wie? Wie war es möglich, daß der Polizist gesehen hat, wie ich den Mann mitgenommen habe, uns aber nicht sofort Fragen gestellt hat, wenn das der Gesuchte war?«

»Er, äh, er war sich nicht ganz sicher«, sagte Lynn, »und außerdem hat er einen Notruf bekommen. Ein tödlicher Verkehrsunfall. Er mußte weg.«

»Ich verstehe«, sagte Clive Devon und trommelte mit den Fingern auf der Sofalehne.

Breda wiederholte die Frage. »Wie kam es, daß Sie dort waren?«

»Ich war mit einer Freundin dort«, sagte Clive Devon. »Wandern.«

»Vielleicht müssen wir der Freundin Fragen stellen«, sagte Lynn.

Clive Devon senkte wieder den Blick und hob ihn nicht, als er sagte: »Ich möchte nicht, daß Sie ihr angst machen. Esther ist ein sehr schüchternes junges Mädchen. Sie ist die Tochter unserer Haushälterin. Ich bin sicher, daß ich Ihnen alles sagen kann, was Sie wissen müssen.«

Als er aufsah, sagte Breda: »Wie kam es, daß Sie mit dem Mann zusammen waren?«

»Das war merkwürdig«, sagte Clive Devon. »Er tauchte einfach aus dem Nichts auf und sagte, sein Auto habe weiter oben im Canyon eine Panne gehabt. Er brauche eine Mitfahrgelegenheit.«

»Zu einem Telefon?«

»Ja«, sagte Clive Devon. »Zu einem Telefon.«

»Und haben Sie ihn zu einem Telefon gebracht?« fragte Lynn.

»Nein, das war noch seltsamer. Ich habe Esther dort abgesetzt, wo ihr Auto stand, und der Mann hat es sich anders überlegt. Er hat gefragt, wohin ich fahre, und als ich gesagt habe, nach Palm Springs, hat er gesagt, er wohnt dort, und ob ich ihn mitnehmen könnte.«

»Und was war mit seinem Auto?« fragte Lynn.

»Danach habe ich ihn auch gefragt«, sagte Clive Devon, »aber er hat gesagt, er wartet lieber, bis sein Bruder mit der Arbeit fertig ist, dann könnten sie zurückfahren und es selber abschleppen, um die Abschleppkosten zu sparen.«

»Haben Sie ihn nach Hause gefahren?« fragte Lynn.

»Nein, als ich ihn nach seiner Adresse gefragt habe, hat er gesagt, ich soll ihn einfach in der Innenstadt absetzen, sein Bruder würde dort in einem Restaurant arbeiten. Also hab ich's so gemacht.«

»Wo?« fragte Breda.

»An der Kreuzung Indian Street und Palm Canyon Drive.«

»Bei dem Alan-Ladd-Andenkenladen?«

»Ja.«

»Und das war alles?«

»Ja. Ich habe ihn seitdem nicht wiedergesehen.«

Lynn sagte: »Der Polizist, der Ihre Zulassungsnummer aufgeschrieben hat, hat gesagt, Sie hätten einen Hund dabeigehabt.«

»Ja«, sagte Clive Devon.

»Erst hat er gedacht, der Hund würde vielleicht dem Mann gehören, den Sie mitgenommen haben.«

»Nein«, sagte Clive Devon.

»Wie hat der Mann ausgesehen?« fragte Lynn.

»Er war Mexikaner. Jung. Na ja, jung in meinen Augen. In den Vierzigern, meine ich. Ein kräftiger Mann, etwa so groß wie Sie.«

»Kahl?«

»Wenn ich mich recht erinnere, trug er eine Baseballmütze«, sagte Clive Devon, »und er hatte eine rote Segeltuchtasche dabei.«

»Hat er gesagt, was da drin war?«

»Ja. Mittagessen und Kleidung. Aber er hat sie nicht aufgemacht. Er hat gesagt, er habe im Auto kampiert, und als er losfahren wollte, sei es nicht angesprungen.«

»War er Mexikaner oder ein mexikanischstämmiger Amerikaner?« fragte Breda.

»Ich würde sagen, er war aus Mexiko. Aber er sprach hervorragendes Englisch mit einem angenehmen Akzent. Korrekter als die meisten Amerikaner.«

»Können Sie noch etwas hinzufügen, was uns helfen könnte?« fragte Breda.

»Nein, außer daß ich nicht glauben kann, daß er ein Krimineller ist.«

Lynn sagte: »Ich wette drauf, daß sogar der Hund ihn mochte.«

»Ja, und Malcolm ist ein guter Menschenkenner«, sagte Clive Devon leise.

Breda erinnerte sich an das Gebell, als sie versucht hatte, sich an das Haus heranzuschleichen, und fragte: »Wo ist Malcolm jetzt?«

»Bei Esther zu Hause«, sagte Clive Devon.

»Bringt sie ihn manchmal hierher mit?« Breda dachte an die Schwimmparty, wo es geklungen hatte, als mache Malcolm Bauchplatscher in den Pool.

»O nein«, sagte Clive Devon. »Meine Frau ist allergisch gegen Tiere jeder Art.«

Breda wandte sich Lynn zu und fragte: »Sonst noch etwas?«

Lynn sagte: »Nur wenn Ihnen noch etwas einfällt, Mr. Devon.«

Clive Devon senkte bescheiden den Blick. »Ich möchte nur meine Meinung äußern. Ich frage mich, ob es sich nicht vielleicht um einen Irrtum handelt. Es ist ausgeschlossen, daß dieser Mann gewalttätig ist. Er hat viel über die Wüste gesprochen. Er hatte eine ausgesprochen sanfte Art.«

19

Dieses Viertel war mehr als frustrierend. Er fuhr die steile schmale Straße zum höchsten Wohngebiet von Palm Springs hinauf, aber als er halb oben war, sah er ein Häuschen mit einem Wächter darin. Er hielt an dem Häuschen, und der uniformierte Wachmann kam sofort mit einem Klemmbrett in der Hand heraus, begleitet von einem Wachhund.

»Entschuldigen Sie«, sagte der Flüchtige. »Darf ich nicht weiterfahren?«

»Von hier an ist das eine Privatstraße«, sagte der Wachmann. »Werden Sie von einem Anlieger erwartet?«

»Nein«, sagte er. »Ich bin Tourist. Kein Problem. Tut mir leid. Danke.«

Als er die Straße wieder hinunterfuhr, war er niedergeschlagen. Er konnte nicht ergründen, wie diese Leute lebten. Privatstraßen mit Wächtern und Hunden? Vielleicht mußten sie in einem solchen Land so leben. Erst heute hatte er einen Artikel über einen Serienmörder in Rochester, New York, gelesen, der wegen Mordes an elf Frauen zu zweihundertfünfzig Jahren Gefängnis verurteilt worden war. Was den Fall noch grauenhafter machte, war die Tatsache, daß der Mann zum Zeitpunkt der Morde auf Bewährung frei gewesen war, obwohl er vor fünfzehn Jahren schon zwei Morde begangen hatte. Er hatte zwei Kinder erwürgt. Der Flüchtige fragte sich immer wieder: Was für ein Land läßt einen Mann auf Bewährung frei, der zwei Kinder erwürgt hat?

Während er am Fuß von Southridge auf eine Verkehrslücke auf dem Highway 111 wartete, sah er im Rückspiegel hinter sich den Lieferwagen eines Gärtners. Er stieg aus, ziemlich sicher, daß es sich bei dem Gärtner um einen Mexikaner handelte, und so war es auch.

Der Flüchtige winkte dem Gärtner zu, und als der Mann neben ihm hielt, sagte der Flüchtige im Machoslang seines Landes: »*Qué pasa, 'mano?*« Was läuft so, Bruder?

Der Flüchtige sagte außerdem auf spanisch: »Ich bin eben von Tecate gekommen und wollte einen alten Freund der Familie besuchen, der dort oben auf dem Hügel wohnt, aber der Wächter hat mich nicht durchgelassen. Mein Freund ist weggefahren und hat vergessen, meinen Namen zu hinterlassen.«

Der Gärtner sprach ebenfalls den deftigen Slang seines Landes. Er sagte: »O nein, *'mano*, die lassen dich nicht durch, wenn dein Freund nicht sagt, du darfst rein. Scheiße, nein. Unmöglich.«

»Das Problem ist, daß er den ganzen Tag weg ist. Arbeitest du zufällig für ihn? John Lugo?«

»Nein«, sagte der Gärtner. «Ich arbeite auf der linken Seite, ziemlich weit oben. Weißt du, daß Bob Hope dort oben wohnt?«

»Ja, das hab ich gehört«, sagte der Flüchtige. »Da oben kann doch bestimmt nur ein *pocho* wohnen. Bist du sicher, daß du ihn nicht kennst? Oder vielleicht einen seiner Dienstboten?« Dann lächelte der Flüchtige und sagte: »Ich stelle mir vor, ein reicher *pocho* läßt sich seinen Rasen von *echten* Mexikanern mähen, stimmt's?«

Der Gärtner lachte darüber und sagte: »Scheiße, das ist wahr.« Dann sagte er: »Ich glaube, dein Freund könnte der in dem großen rosa Haus mit dem Ziegeldach sein. Da ist so ein alter Typ, der immer seinen Chauffeur dabei hat. Ja, der ist's vermutlich. Da oben wird eine Riesenparty gegeben. Den ganzen Tag lang sind dauernd Leute mit Lieferwagen gekommen.« Dann sah der Gärtner den Flüchtigen genauer an und sagte: »Mann, deine Familie hat ja ganz schön reiche Freunde.«

Der Flüchtige lachte und sagte: »Aber ich bin arm. Sag mal, sind die Partylieferanten noch dort?«

»Bestimmt«, sagte der Gärtner. »Ich sag dir doch, es ist eine riesige Scheißparty. Kaum sind die einen auf dem Weg nach unten, fahren schon die nächsten hoch.«

»Ich werd wohl warten müssen, bis der Freund meiner Familie nach Hause kommt«, sagte der Flüchtige und winkte zum Abschied. »Danke.«

Geduld, davon hatten sie eine Menge in seinem Land. Warten hatte er gelernt, aber diesmal mußte er nicht lange ausharren. Nach zwanzig Minuten kam ein roter Lieferwagen die steile Straße herunter. Auf der Seite stand HENRYS GOURMET-PARTYSERVICE.

Der Flüchtige folgte dem Lieferwagen zu einer Adresse am East Canyon Drive, in der Nähe von Smoke Tree Village. Von dort aus konnte der Flüchtige nicht nur das riesige Haus von Bob Hope sehen, sondern auch das von John Lugo. Es war weitläufig, aber nichts Besonderes, eines unter Zehntausenden von kalifornischen Häusern, die Bauunternehmer unter der Bezeichnung ›mediterran‹ zusammenschustern. Es mußte John Lugos Haus sein, es war das einzige, das orchideenrosa gestrichen war.

Der Lieferant machte an diesem Freitag wegen der Party in Southridge Überstunden. Aus dem Vordereingang kamen drei junge Mexikaner mit Klappstühlen und Weinkisten, und der Flüchtige sah einen großen blonden Gringo mit Haaren wie eine Frau, der offenbar der Chef der Mexikaner war.

Der junge Mexikaner, der den Lieferwagen gefahren hatte, sprach mit dem Gringo, als der Flüchtige eintrat. Er sagte: »Nicht genug Wein. Henry sagt, ich Ihnen sagen.«

Der große blonde Gringo trug ein lila T-Shirt mit dem goldenen Logo des Partyservice. Er sagte: »Gottverflucht noch mal, warum überlegt sich Henry denn nicht früher, wieviel Wein ich bestellen soll? Ich kann jetzt nicht noch mal in den Laden fahren!«

Der junge Mexikaner zeigte ihm lediglich ein verlegenes Lächeln.

Der große Blonde warf den Schreibblock auf den Tresen und sagte: »Okay, ich fahr noch mal, aber er hätte es sich wirklich früher überlegen können.«

Der Flüchtige näherte sich ihm und sagte: »Guten Tag, Sir. Können Sie vielleicht Hilfe gebrauchen? Ich habe sieben Jahre Erfahrung im Partyservice, in Tijuana und in San Diego. Ich brauche dringend Arbeit.«

Aber der große Blonde war außer sich, weil es im Moment so stressig zuging. Er sagte: »Schauen Sie, kommen Sie am Montag wieder. Dann können Sie sich bewerben, aber morgen habe ich eine große Party, deshalb habe ich jetzt keine Zeit.«

Ehe er zum Lieferwagen stürzen konnte, sagte der Flüchtige: »Sir, ich wäre froh, wenn ich Ihnen bei der Party helfen könnte. Ich würde für den Mindestlohn arbeiten, um Erfahrung bei Ihrem Service zu sammeln. Und um Ihnen zu zeigen, daß ich gute Arbeit leiste.«

»Tut mir leid, Mann«, sagte der blonde Gringo. »Wir können niemand einstellen, den wir nicht angelernt haben. Nicht bei so einer Party wie der morgen. Kommen Sie am Montag wieder.« Dann war er auf dem Weg zum Lieferwagen.

Der Flüchtige ging hinaus zu seinem Auto, aber sobald der blonde Gringo abgefahren war, ging er wieder hinein und näherte sich dem jungen Mexikaner, der den Lieferwagen von Southridge heruntergefahren hatte.

Der Flüchtige sagte auf spanisch: »Sie haben morgen eine große Party, hat Ihr Chef mir gesagt.«

»Riesig«, sagte der Junge. »Mindestens dreihundert Leute.« Dann grinste er stolz und sagte: »Berühmte Golfer und vielleicht sogar Filmstars!«

Der Flüchtige betrachtete die Schachteln, die zum Verladen gestapelt waren: Tischtücher, Servietten, Besteck und Geschirr. Jede Schachtel war mit Filzstift beschriftet: *Lugo.*

»Wenn ich hier bloß arbeiten könnte«, sagte der Flüchtige. »Ich muß schnell Geld verdienen, damit ich nach San Felipe fahren und meine kranke Mutter besuchen kann.«

»Ein Jammer«, sagte der Junge. »Ich hab gehört, wie Sie Phil gefragt haben. Er ist ein Schwein. Wenn Henry hier wär, würd er Sie vielleicht einstellen.«

»Wird euch für die Partys Kleidung gestellt?« fragte der Flüchtige. »Oder müßte ich mir die selber kaufen?«

»Man kriegt ein Hemd und eine Hose«, sagte der Junge. »Die Schuhe müssen wir selber zahlen. Wenn man keine schwarzen Lederschuhe hat, werden sie für einen gekauft, aber man muß sie vom ersten Lohn bezahlen.«

»Wo bekommt ihr die Kleidung her?«

»Ich hab bei einem Schlußverkauf bei May Company Glück gehabt«, sagte der Junge.

»Was würde ich kaufen müssen?«

»Ein weißes Hemd mit langen Ärmeln, eine schwarze Weste, eine schwarze Fliege und schwarze Hosen. Das ist alles«, sagte der Junge.

»Und schwarze Schuhe.«

»Ja.« Der Junge gluckste und sah auf die weißen Palm-Springs-Schuhe mit Quasten hinunter, die der Flüchtige trug. »Die sind unmöglich.«

»Ich könnte heute abend in ein Kaufhaus gehen und alles

Nötige kaufen«, sagte der Flüchtige. »Vielleicht auch noch morgen früh. Meinen Sie, daß Henry mich einstellt, wenn ich das mache?«

»Henry würde Ihnen niemals erlauben, auf so einer Party zu arbeiten, wenn Sie nicht richtig angelernt sind.«

»Wie viele von euch arbeiten morgen dort?« fragte der Flüchtige.

»Mindestens zwanzig, der Barkeeper und das Küchenpersonal nicht mitgezählt. Der Chef will, daß alle ständig einen frischen Drink in der Hand haben, das hat Henry gesagt.«

»Wenn ich nur auf dieser Party arbeiten könnte«, sagte der Flüchtige. »Aber vielleicht ist es ein Glück für mich, daß ich nicht mit etwas derart Anstrengenden anfangen muß. Das wird doch ein langer Tag, oder?«

»O ja«, sagte der Junge. »Das Servicepersonal muß um zwei dort sein. Die ersten Gäste werden zwischen fünf und sechs erwartet. Wir bleiben mindestens bis zwei Uhr morgens dort. Zwölf Stunden Arbeit.«

»Na ja, ich glaube, ich komm am Montag wieder«, sagte der Flüchtige. »Danke.«

»Sprechen Sie mit Henry, nicht mit Phil«, sagte der Junge. »Der ist nett. Phil ist ein Schwein.«

»Sind die meisten Ihrer Kollegen Mexikaner?« fragte der Flüchtige.

»Natürlich!« sagte der Junge und lachte. »Wenn die Einwanderungsbehörde alle Leute ohne Arbeitserlaubnis krallen würde, wäre Palm Springs völlig lahmgelegt.«

ALS SIE VOM HIGHWAY 111 nach Windy Point abbogen, peitschte eine Bö gegen die Windschutzscheibe.

»Nach den Maßstäben von Windy Point bloß eine milde Brise«, sagte Lynn, als die Sichtweite auf drei Meter zurückging.

Sie folgten der kleinen Straße zu Jack Graves' Behausung

bis zum Ende, wo sie sich in der offenen Wüste verlor. Der Wind schlug jetzt in ständiges Geheul um, pfiff durch den Bergpaß herunter.

Als sie aus Bredas Datsun Z stiegen, trieb sie der Wind ein paar Schritte zurück. Lynn glaubte, eine Silhouette zu sehen, die neben dem Kakteengarten über den Wüstenboden trieb, ein zerrauftes Gespenst, das der Wind durch die Dunkelheit schleuderte.

»Jack!« rief er, aber nur das Geistergeheul des Windes antwortete ihm, zwang ihn, der Gestalt den Rücken zuzudrehen.

Er und Breda stolperten zum Vordereingang, und Lynn klopfte, wartete kurz und öffnete dann die Tür.

Als sie drin waren, sagte Breda: »Gütiger Gott!« Dann sagte sie: »Was ist mit meinem Auto? Das wird abgeschliffen wie von einem Sandstrahlgebläse!«

»Vielleicht legt sich der Sturm so schnell, wie er angefangen hat«, sagte Lynn wenig überzeugend.

Als sich Breda Sand aus dem Haar schüttelte, ging die Tür auf, und Jack Graves humpelte von draußen herein, wischte sich mit dem Ärmel über die Augen. Das schwarze Haar hing ihm zerzaust in das kummervolle Gesicht. Er klopfte sich Sand von der Jacke und sagte: »In dieser Gegend nennen wir das einen sanften Zephir.«

Lynn sah einen häßlichen, dunkel werdenden Bluterguß auf Jacks Wangenknochen. »Was ist mit deinem Gesicht passiert?«

»Ach, gar nichts«, sagte Jack Graves. »Ein dummer kleiner Unfall, das ist alles.«

»Was für ein Unfall?« fragte Lynn mißtrauisch.

»Bin gestolpert und in den Graben gefallen, als ich heute nachmittag draußen war. Ungeschickt.«

»Und was zum Teufel hast du dann da draußen zu suchen? In einem Sturm?«

»Ich hab nach den Kojoten gehorcht«, sagte Jack Graves, »aber ich nehm an, die sind so schlau, daß sie ihren Bau nicht verlassen, wenn's so stürmt.«

»Schlauer als manche Menschen«, sagte Lynn. »Warst du beim Arzt?«

»Wegen so einer kleinen Schramme?« fragte Jack Graves und berührte vorsichtig seine Wange.

»Du hinkst«, sagte Lynn.

»Hab mir den Knöchel verstaucht, als ich hingefallen bin, aber mir geht's bestens. Überhaupt kein Problem.«

»Ich sollte einen Seelenklempner rufen«, sagte Lynn mit einem kurzen Blick auf Breda. »Vielleicht die Schrauben und Muttern in deinem Kopf nachziehen lassen.« Dann massierte er sich das schmerzende Knie und sagte: »Und meine Gelenke ölen lassen. Die haben ein Leck.«

Jack Graves sagte: »Wollen wir jetzt zur Sache kommen? Sagt mir erst mal, was mit dem Mann ist, den Clive Devon im Painted Canyon aufgegabelt hat.«

»Ich bin überzeugt, daß er überhaupt nichts über den Kerl weiß«, sagte Breda. »Der Schmuggler hat ihm ein Märchen über eine Autopanne aufgetischt, und Devon hat ihn schlicht und einfach mitgenommen.«

»Bis du auch Bredas Meinung, Lynn?« fragte Jack Graves.

»Ja«, sagte Lynn. »Clive Devon ist ungefähr so bedrohlich wie ein Heidelbeerpfannkuchen. Da gibt's keine Verbindung.«

»Ich mußte mich vergewissern«, sagte Jack Graves. »Das war auch mein Eindruck, als ich ihn kennengelernt habe.«

»Wie haben Sie ihn kennengelernt?« wollte Breda wissen.

»Wir haben in einer Kneipe oben in Desert Hot Springs miteinander zu Abend gegessen, in der Snakeweed Bar. Er treibt sich nicht in denselben Kreisen herum wie seine Frau. Obwohl er schon viel länger Geld hat, genau gesagt, sein Leben lang. Wußten Sie, daß er nie gearbeitet hat? Nie.«

»Hat *er* Ihnen das erzählt?« fragte Breda.

Jack Graves schüttelte den Kopf und sagte: »Nichts davon ist ein Geheimnis. Ich habe einen guten Freund von ihm kennengelernt, genau gesagt, den Mann, der die Samenprobe genommen hat.«

»Sie kennen sogar seinen Arzt?«

»Erst ein bißchen Vorgeschichte«, sagte Jack Graves. »Clive Devon war schon als Kind ziemlich kränklich. Er war nie beim Militär, war nie von zu Hause weg, wurde von einer liebevollen Mutter großgezogen. Er ist ein äußerst unsicherer, schüchterner Mann, aber der Typ, den man sofort mag. Die halbe Klientel im Snakeweed kennt die Lösung Ihres Rätsels. Sie wird nur Rhonda vorenthalten.«

Breda saß mit gekreuzten Beinen da. Ihr linker Fuß wippte ungeduldig, aber sie wollte Jack nicht drängen. Ihr war klar, daß man einen methodisch vorgehenden Mann wie Jack Graves nicht unter Druck setzen durfte.

»Oh!« sagte Jack Graves plötzlich. »Darf ich euch einen Kaffee bringen? Oder ein Bier? Oder...«

»Für mich nichts«, sagte Lynn.

»Nein, danke«, sagte Breda.

»Okay, wo war ich?«

»Alle im Snakeweed mögen ihn«, sagte Lynn.

»Und ob sie ihn mögen«, sagte Jack Graves. »Jedenfalls hat er nie geheiratet, bis er Rhonda kennenlernte. Er war ein Muttersöhnchen in mittleren Jahren. Sie war eine Immobilienmaklerin aus Pasadena, die dort das Haus der Familie verkaufte, als seine Mutter starb. Daraufhin beschloß er, hierher in die Wüste zu ziehen. Clive und Rhonda trafen sich von da an regelmäßig. Sie erholte sich von zwei miesen Ehen. Schließlich haben sie geheiratet.«

»Sie mochte die Wüste nicht, denke ich«, sagte Breda.

»Sie haßte sie«, sagte Jack Graves. »Nach einiger Zeit kaufte er außerdem ein Haus in Brentwood, so nahe am

Rodeo Drive, daß es ihren Ansprüchen genügte. Und so hat sich ihre Ehe entwickelt. Er fährt alle Jubeljahre mal zu einem kurzen Besuch nach Brentwood. Sie kommt jedes zweite Wochenende für ein paar Tage hierher. Das hat Vorteile für beide. Sie arbeitet auf Teilzeitbasis für einen Immobilienmakler in Beverly Hills, obwohl sie das Geld ganz bestimmt nicht braucht.«

»Das soll eine Ehe sein?« bemerkte Breda.

»So ist es beiden recht«, sagte Jack Graves.

»Und was hat *er* davon?« wollte Lynn wissen. »Eine Frau, mit der er alt werden kann?« Für Lynn war das nichts, worüber er sich lustig gemacht hätte.

»Er wird langsam alt«, sagte Jack Graves. »Laut seinem Freund Doc Morton liebt er Rhonda Devon auf seine Weise. Und Doc Morton meint, bei ihr ist es genauso. Er ist vermutlich der netteste Mann, den sie je kennengelernt hat, und natürlich gibt er ihr alles, was sie will.«

»Verrückt!« sagte Breda. »*Reiche* Leute!«

»Der Doc trifft sich ziemlich oft mit Clive Devon, aber nur, wenn Rhonda in L.A. ist.«

Schließlich konnte sich Breda nicht länger beherrschen. »Ich sterbe vor Neugier, Jack. Worum geht es? Geht es um die Tochter des Hausmädchens oder um was?«

»Es geht um die Unfähigkeit, loszulassen«, sagte Jack Graves.

»Was loszulassen?« fragte Breda.

»Bedingungslose Liebe«, sagte Jack Graves. »Es ist ein ganz einfacher Fall, so einfach, daß wir ihn automatisch kompliziert gemacht haben.«

»Das Sperma«, sagte Lynn. »Worum geht es dabei?«

»Clive Devon kann nicht loslassen«, sagte Jack Graves. »Wißt ihr, Malcolm hat ein erweitertes Herz, und Malcolm ist sein bester Freund. Der beste Freund, den er je hatte. Er glaubt, er kann seinen Hund klonen.«

»Malcolm ist *sein* Hund?« rief Breda. »Das Sperma gehört einem *Hund*?«

»Malcolm ist sein Hund. Fünf Jahre ist es her, daß Clive ihn halb verhungert in der Wüste gefunden hat.«

Lynn sagte: »Fünf Jahre?«

Jack Graves lächelte. »Fünf Jahre. Trotzdem weiß Rhonda Devon nicht einmal, daß Malcolm existiert. Der Doc sagt, Malcolm könne jederzeit sterben, aber Clive kann sich mit diesem Gedanken einfach nicht abfinden. Deshalb ist er entschlossen, Malcolm zu klonen.«

»Einen Hund zu klonen?«

»Es gibt keine richtige Samenbank für Tiere«, erklärte Jack Graves. »Tiersperma wird nicht über lange Zeiträume hinweg gelagert, deshalb hat der Doc auf Clives Bitte hin die Samenprobe genommen, sie eingefroren und per Kurier zu einer richtigen Samenbank in Beverly Hills geschickt, natürlich gekennzeichnet als menschliches Sperma. Sie wird dort unter dem Namen Malcolm Devonson gelagert, mit Clive Devons Sozialversicherungsnummer. Versteht ihr, diese Samenprobe ist eine Million Dollar oder mehr wert. Jedenfalls für Clive Devon.«

»Aber wie kommt es, daß seine Frau nichts davon weiß?«

»Laut Doc Morton liegt das an ihrer Art zu leben. Sie ist schwer allergisch oder bildet es sich wenigstens ein. Und sie macht ein Riesentheater, wenn ein Tier auch nur auf drei Meter an sie herankommt. Wenn sie in die Wüste kommt, wird Malcolm immer zu Esther, der Tochter des Hausmädchens, nach Indio gebracht. Deshalb geht Clive immer wandern, wenn seine Frau da ist. Er ist mit Malcolm zusammen. Und wenn sie nach L.A. zurückfährt, wohnt Malcolm bei ihm und schläft auf seinem Bett. Blanca Soltero veranstaltet jedesmal einen großen Hausputz, ehe Rhonda kommt.«

Breda kam nicht darüber hinweg. »Und so leben sie seit fünf Jahren?«

»Ja.«

»*Reiche* Leute!« war alles, was sie herausbrachte.

»Wie lange macht es der Hund denn noch?« fragte Lynn.

»Nicht mehr lange, aber der Doc weiß es nicht genau. Er hat den Auftrag, sich mit jedem Tierarzt in der Wüste in Verbindung zu setzen, um die passende Hündin zu finden – eine große braune Hündin, teils Schäferhund, teils Dogge, teils Retriever. Eine Hündin mit den tausend wunderbaren, herrlichen, unersetzlichen Eigenschaften, die Clive Devon in Malcolm sieht. Sie haben sie noch nicht gefunden. Jedesmal, wenn der Doc eine auftreibt, meint Clive, sie sei nicht ganz die Richtige. Das wird auch so weitergehen, wenn Malcolm nicht mehr da ist. Clive ist entschlossen, den Hund zu klonen.«

»Ein armer kleiner Reicher«, sagte Breda. »Durchforstet die Wüste nach einer Mischlingshündin. Jämmerlich!«

»Das mach ich seit Jahren«, sagte Lynn, aber Breda ließ es durchgehen.

»Im Snakeweed ist das eine Art trauriger Witz«, sagte Jack Graves. »Die Leute lächeln und schütteln den Kopf, vor allem wegen der Samenbank.«

»Identische DNS kann man nicht herstellen«, sagte Breda. »Der Kerl ist verrückt. Und der Tierarzt auch.«

»Der Tierarzt ist ein alter Freund. Manchmal tut man für einen Freund etwas Verrücktes«, sagte Jack Graves. »Er weiß, daß Clive sich in jeden Welpen verlieben wird, der schließlich dabei herauskommt.«

»Nie wieder Ehefälle«, sagte Breda. »Ich suche mir nette saubere Arbeit für Versicherungen, und wenn die Anwälte in diesen Fällen noch so große Halunken sind. Diese Ehefälle sind einfach zu kompliziert für mich.«

»Jedenfalls ist das die Lösung«, sagte Jack Graves. »Was wollen Sie damit anfangen?«

»Ich nehme an, ich bitte Rhonda Devon, sich zu setzen, und sage ihr, daß sie im Leben ihres Mannes die zweite Geige spielt und sich einen Jahresvorrat Antihistamin kaufen soll, damit sie mit Hundehaaren leben kann.« Jack Graves machte daraufhin ein sehr ernstes Gesicht. Er sagte: »Es wäre mir lieber, wenn Sie das nicht täten.«

»Was? Es ihr nicht sagen? Sie ist meine Klientin. Sie bezahlt mich. Uns.«

»Sie schulden mir nichts«, sagte Jack Graves. »Ich hätte sowieso kein Geld von Ihnen genommen. Schauen Sie, Clive Devon ist ein dreiundsechzigjähriger Mann, dem es sehr schwer fällt, mit anderen Menschen in Kontakt zu treten. Zu ihr hat er eine gewisse Beziehung. Sie respektieren beide die Privatsphäre des anderen. Demütigen Sie ihn nicht.«

Breda sagte: »Jack, ich kriege in diesem Fall ein hohes Honorar, wenn ich Ergebnisse vorweisen kann! Sie wird glücklich sein, wenn sie hört, daß sie keine Konkurrenz hat. Jedenfalls nicht die Art von Konkurrenz, die sie sich vorgestellt hat.«

»Nach dem, was der Doc mir erzählt hat, haut das so nicht hin«, sagte Jack Graves. »Wenn sie auch nur glauben würde, in ihrem Haus sei ein Hund gewesen, würde sie einen Asthmaanfall bekommen. Erwarten Sie nicht von ihr, daß sie das alles versteht.«

»Daß sie das alles versteht? Ich versteh das alles auch nicht!« sagte Breda.

»Bitte, demütigen Sie ihn nicht, Breda«, war alles, was Jack Graves sagen konnte.

Breda sah Lynn hilfesuchend an. Er blickte von ihr zu Jack Graves.

Dann sagte sie: »Wer ist denn hier verrückt? Etwa ich? Was soll ich Rhonda Devon denn sagen?«

»Ich habe darüber nachgedacht«, sagte Jack Graves. »Sie könnten ihr sagen, Sie haben in der Praxis seines Urologen erfahren, daß sie mit den Proben Mist gebaut haben. Daß seine routinemäßige Biopsie an die Samenbank gegangen ist und Spermaproben zur Biopsie ins Labor geschickt worden sind. Und daß die Rechnung ein paar Monate lang an die falsche Adresse gegangen ist, bis sich alles aufgeklärt hat. Sie könnten mit Rhonda Devon herzlich über Ihr kleines Geheimnis lachen. Ich verspreche Ihnen, sie wird so erleichtert sein, daß sie nicht genauer nachfragt. Sie wird es glauben wollen, damit sie aufhören kann, sich Sorgen darüber zu machen.«

»Und was ist mit der jungen Frau mit dem Hund?«

»Sagen Sie Mrs. Devon die Wahrheit, einen Teil davon. Sie ist Blancas Tochter. Er hat mit Esther und ihrem Hund einen Ausflug in den Painted Canyon gemacht. Mehr nicht.«

Breda sagte: »Einer Klientin ein Märchen erzählen und dafür Geld nehmen? Ich könnte meine Lizenz verlieren! Sie könnte mich verklagen! Mit Erfolg!«

»Dann nimm das Geld nicht«, sagte Lynn. »Wenn jemand je erfährt, daß du ihr Lügen erzählt hast, kriegst du mildernde Umstände, weil du kein Geld genommen hast. Das würde zeigen, daß du ein gutes Herz hast, obwohl's für manche Leute etwas schwierig ist, dir das abzukaufen.«

»Du hast nicht gesagt, ob du bereit bist, auf deinen Anteil zu verzichten«, sagte Breda zu Lynn. »Oder hab ich das überhört?«

»Ja, ich nehm an, ich bin dazu bereit«, sagte Lynn mit einem Seufzer. »Ich hab ohnehin schon zuviel Sorgen: Steueroasen, Kapitalerträge, Gewinnaktien. Ich und Sinèad O'Connor, wir haben den Materialismus sowieso satt.«

Alle saßen eine Weile schweigend da, dann sah Lynn, daß Bredas Grinsen erstarrt war. Und sie sagte: »Bin *ich* verrückt? Sag's mir.«

Das letzte, was Jack Graves zu ihr sagte, war: »Bedingungslose Liebe. Wenn Sie vor einem solchen Verlust stünden, würden *Sie* dann nicht auch auf verrückte Ideen kommen? Haben nicht viele Menschen darum gebetet, daß die

Toten zurückkommen, es sich gewünscht und Phantasien darüber gehabt? Auch wenn sie in einem anderen Leib zurückkämen? Ich habe gelesen, bei Eltern, die Kinder verloren haben, ist diese Phantasie besonders häufig. Das ist doch nicht schwer zu verstehen, nicht wahr? Er kann sich mit dem Gedanken nicht abfinden, mit dem Gedanken, daß Malcolm für immer fort sein wird. Daß Malcolm *nie* wieder zu ihm zurückkommt.«

Die Fahrt zu Lynns Haus verlief sehr ruhig. Lynn sprach als erster.

»Ich möchte, daß du uns morgen hilfst«, sagte er. »Ich glaube, das bist du uns schuldig. Jetzt stecken wir tief in der Sache drin. Ich kann Jack nicht bitten, uns zu helfen. Es könnte ein bißchen riskant werden, und Jack geht es nicht gut.«

Sie sagte nur: »Okay.«

Nach ein paar Augenblicken sagte sie: »Kannst du nicht irgendwas tun, um Jack dazu zu überreden, daß er... zu jemandem geht? Einem Arzt?«

»Dazu kenne ich ihn nicht gut genug«, sagte Lynn. »Ich kenne ihn von früher, aber wir sind nie enge Freunde geworden. Nachdem er den Jungen erschossen hat, ist er ein Einsiedler geworden. Außerdem weiß ich nicht, wie man mit dem fertig wird, womit er fertig werden muß. Weißt du's?«

»Nein«, sagte sie. »Ich hab's nie gewußt. Vielleicht könnte ich ihn mal zum Essen einladen.«

»Du kannst's versuchen. Ich habe ihn zigmal eingeladen, aber er hat immer eine Ausrede.«

»Vielleicht werd ich's nach diesem Fall mal versuchen.«

Lynn sagte: »Breda, ich möchte, daß du dich morgen beim Bob Hope Classic mit Nelson triffst. Ich möchte, daß du Nelson im Auge behältst, während er John Lugo im Auge behält.«

»Wieso Nelson?«

»Wenn Nelson unseren Kerl sieht oder jemanden, der aller Wahrscheinlichkeit nach unser Kerl ist, möchte ich sichergehen, daß der erste Deputy Sheriff, den du siehst, eingreift und die Sache in die Hand nimmt. Bei diesem Turnier sind jede Menge Deputies im Einsatz. Ich will, daß Nelson sich zurückhält und es denen überläßt, den Kerl zu stellen.«

»Willst du Nelson adoptieren oder was?«

»Er hat Hummeln im Hintern, ist eindeutig eine Gefahr für seine eigene Gesundheit und Sicherheit. Aber er ist ein netter Junge.«

»Ja, ich weiß«, sagte sie. »Genau wie Clive Devon. Ein netter *Junge*. Ich bin umgeben von Männern, die einfach nicht erwachsen werden können.«

»Menschen sind immer auf der Suche nach Unsterblichkeit«, sagte Lynn. »Das ist alles, was Clive Devon tut. Und noch nicht mal für sich selbst.«

Sie schwiegen wieder, dachten beide an das Geld, auf das sie verzichteten. Der Schlagersender, den sie eingestellt hatte, ging ihm auf die Nerven. Er sagte: »Was dagegen, wenn ich was anderes einschalte?«

»Bedien dich«, sagte sie.

Er schaltete den Country-Sender ein, und natürlich überwachten sie immer noch jeden Schritt, den er machte. Es war eine Nummer von Chet Atkins: ›Poor Boy Blues‹.

Breda sagte gar nichts mehr, bis sie Lynn zu Hause absetzte. Dann seufzte sie und sagte: »Okay, ich mach den Babysitter für Nelson. Ich kauf ihm ein Buch für den Fall, daß die Observierung langweilig wird. Und Buntstifte zum Ausmalen.«

20

Lynn hatte keine Waffe mehr angerührt, seit er Krankenurlaub hatte. Seine Privatwaffe hatte er sogar seit mehreren Jahren nicht mehr angerührt. Er hoffte, daß die Munition noch in Ordnung war, als er den 38er Colt an seinen Gürtel schnallte. Er hatte so zugenommen, daß die leichte Wölbung sogar unter seinem grünen, geblümten Hawaiihemd auffiel.

Er hatte nicht vor, Francisco V. Ibañez zu stellen; der Colt war nur für den Fall, daß Ibañez ihn zuerst sah. Der Colt war das letzte Mittel.

Lynn überraschte es, wie nervös er an diesem Samstagmorgen war. Er schnitt sich zweimal beim Rasieren. Es war nichts zu essen im Haus, aber das war ihm egal, da sein Magen sowieso schon flatterte. Er nahm an, daß das Benzin im Rambler gerade für die Fahrt zum Hotel und zurück reichen würde. Ein Schauder überlief ihn, als ihm einfiel, daß er vielleicht gar kein Benzin für die Rückfahrt brauchte!

Lynn kam kurz vor acht vor dem Ferienhotel an. Er ging sofort zum Haustelefon und läutete im Zimmer von Francisco V. Ibañez an. Es meldete sich immer noch niemand, deshalb ging er in eine öffentliche Telefonzelle und rief die Rezeption an.

Mit einem halbwegs überzeugenden spanischen Akzent

sagte Lynn: »Hallo? Hier ist Francisco Ibañez. Ich bin auf dem Rückweg zum Hotel und werde in zwanzig Minuten da sein. Lassen Sie bitte ein kleines Frühstück auf mein Zimmer bringen. Außerdem brauche ich mein Clubabzeichen. Es ist in einem Umschlag in meinem Fach. Haben Sie verstanden?«

Der junge Mann sagte: »Mr. . . Ibañez? Moment. Ein Abzeichen, sagen Sie?«

»Junger Mann, es ist in meinem Fach an der Rezeption! Ein Abzeichen für das Golfturnier. Bitte, ich habe es eilig. Muß ich mich wiederholen?«

»Nein, nein, Sir, ich habe verstanden«, sagte der junge Mann.

Als Lynn aufgelegt hatte, schlenderte er an der Rezeption vorbei und tat, als lese er Zeitung. Er hörte, wie der junge Mann zu der Assistentin neben ihm sagte: »Sag Tony, er soll diesen Umschlag auf Zimmer fünfzwoneun bringen. Diese Ausländer spielen sich ganz schön auf, wenn sie ein paar Kröten haben!«

Lynn verbrachte den Rest des Morgens im fünften Stock, auf dem Treppenabsatz gegenüber von Zimmer 529. Es war eine verdammt lange Zeit, wenn man sie mit den Ellbogen auf einem Geländer verbrachte und auf die monströse Halle hinuntersah. Zweimal hätte ihn fast die Höhenangst gepackt.

·

»Das Dattelfest in Indio ist entschieden aufregender«, sagte Nelson zu Breda, nachdem sie aus dem Pendelbus gestiegen waren und von Scharen von Golffans in den Indian Wells Country Club geschoben wurden. »Ich war letztes Jahr auf dem Dattelfest. Schon mal dort gewesen?«

Breda kaufte zwei Karten und sagte dann: »Nein, vielleicht geh ich dieses Jahr hin.«

Sie trug ein rosa Trikothemd, weiße Shorts, weiße Reeboks. Es hatte schon jetzt vierundzwanzig Grad in Indian

Wells, und die Temperatur sollte auf dreißig Grad ansteigen. Mit der rosa Schirmmütze, der Sonnenbrille und der sportlichen Figur sah sie wie eine professionelle Golfspielerin aus, dachte Nelson. Natürlich der Seniorenklasse.

»Beim Dattelfest bekommt man Pantomimen und Zauberer und Stelzenläufer zu sehen«, sagte Nelson. »Und es gibt Straußen- und Kamelrennen. Ich hab gehört, manchmal läuft ein Kamel oder ein Strauß weg, und dann müssen die Cops beim Einfangen helfen. Ich glaub nicht, daß ich so einen Überstundenjob möchte. Die Deputies, die hier beim Golfturnier eingesetzt werden, kriegen auch gutes Überstundengeld.«

»Gewöhnen Sie sich lieber dran, umsonst zu arbeiten«, sagte Breda, »genau das tun Sie nämlich im Augenblick. Sie und Lynn haben die ganze Woche nichts anderes gemacht.«

»Komisch«, sagte Nelson und zeigte sein Kaninchengrinsen, »da haben Sie wohl recht. Aber ich krieg meine Belohnung.«

»In der nächsten Welt?«

»Ja, meine nächste Welt ist die Polizei von Palm Springs, wenn ich den Gangster geschnappt hab. Dann bin ich überall allererste Wahl. Alle werden mich haben wollen!«

Nelson hatte zu Breda gesagt, er trage seine »golfmäßigsten« Sachen, ein gestreiftes Trikothemd, Bundfaltenjeans von Levi's und Nike Airs, letztere, um mit seinen hochhackigen Stiefeln nicht den Platz zu zertrampeln. Breda musterte den kleinen Cop einen Augenblick lang. Klar, warum Lynn wollte, daß sie auf ihn aufpaßte. Aber sie konnten doch nicht alle kleine Jungen sein, oder? Auch wenn sie in fast dreiundvierzig Jahren immer nur solche Männer kennengelernt hatte!

Sie fanden John Lugos Namen auf einer Tafel, auf der er zusammen mit zwei weiteren Amateuren und einem Profi als Vierergruppe eingetragen war. Der Profi war irgend jemand namens Jim, von dem Nelson noch nie etwas gehört hatte. Er war enttäuscht, daß es nicht jemand wie Arnold Palmer war, dem eine riesige Anhängerschaft folgte.

»Waren Sie schon mal bei so einem Turnier?« fragte er Breda, als sie hinter der Menge an den mit Seilen abgesperrten Fairways entlanggingen.

»Nur beim Dinah-Shore-Turnier«, sagte sie und sah auf die Abschlagzeiten. »Ich glaube, wir könnten Lugo am siebzehnten Loch einholen. Er hat am zehnten angefangen.«

»Ich frag mich, ob wir nicht früher hätten herkommen sollen. Was ist, wenn sich der Kerl gleich am ersten Loch auf ihn gestürzt hat?«

»Größere Menschenmengen sind immer hilfreich bei einem Anschlag.«

»Ja, muß wohl stimmen«, sagte Nelson. »Und inzwischen sind ja auch genug Leute da.«

Die für die Jahreszeit ungewöhnliche Hitze, die schon seit einer Woche herrschte, hatte mehr Golffans angelockt als erwartet. Sie strömten herein, und am Ende des Tages würden es Tausende sein. Selbst auf der anderen Seite des Clubhauses konnten sie am Abschlag Nummer eins ein lautstarkes Publikum hören, das zwei Amateure anfeuerte, die vergeblich versuchten, am Bing-Phil-See vorbeizuschlagen, benannt nach Crosby und Phil Harris, der mit seiner Frau, dem früheren Filmstar Alice Faye, immer noch im Tal wohnte.

Indian Wells hatte einen knapp bemessenen Golfplatz, der aber schön gelegen war, in einer Mulde neben den Bergen. Der Platz war mit Kiefern, Pfefferbäumen, Oliven, etlichen Eukalyptusbäumen und endlos vielen Palmen bepflanzt. Weiße und gelbe Pyramidenzelte waren um das Clubhaus herum aufgebaut, mit Nischen für Erfrischungen und Andenken.

Als sie an die Seite des Clubhauses kamen, hörte Nelson jemanden sagen: »Der arme Teufel geht gleich schnorcheln, wartet's nur ab!«

Vor dem sechzehnten Green befand sich ein Tümpel; in der Wüste wurde so etwas See genannt. Nelson hörte das Stöhnen der Menge und dann einen Platscher! Er beobachtete, wie der Kerl, der das Unglück vorhergesagt hatte, allen Umstehenden ein Jimmy-Carter-Grinsen zeigte, für das er ihm am liebsten eine Backpfeife verabreicht hätte.

»Muß unbedingt Golf spielen lernen, wenn ich hier im Tal Erfolg haben will«, sagte Nelson.

»Das würde nicht genug von Ihrer nervösen Energie verbrennen. Ich glaube, Sie sollten an Marathonlauf denken. Übrigens, ich seh gar nichts von einer Waffe. Sie haben doch bestimmt eine dabei.«

»Wo die ist, wollen Sie bestimmt nicht so genau wissen«, sagte er. »Deshalb hab ich ja diese Hosen an. Die sind im Schritt ziemlich weit.«

»Versuchen Sie, sich nicht zu setzen«, sagte Breda. »Und falls doch, kann ich bloß hoffen, es kommt nicht zu einer vorzeitigen Entladung der ungewöhnlichen Art.«

Das siebzehnte Loch war ein 400-Meter-Par vier mit einer scharfen Linkskurve. Fast alle Löcher in Indian Wells hatten schmale Fairways, und die Amateure, die sie bis jetzt gesehen hatten, gerieten meistens auf die falsche Bahn. Zwischen dem sechzehnten Grün und dem siebzehnten Abschlag bekamen sie eine Menge zu sehen, einschließlich der überfüllten Clubhausveranda.

Breda, die größer als Nelson war, stellte sich auf die Zehenspitzen, um über das Publikum hinwegzuschauen. Sie sagte: »Ich glaube, seine Vierergruppe ist am sechzehnten Abschlag. Ich möchte wirklich gern Johnny Mathis oder John Denver vorbeikommen sehen.«

»Ich warte auf Glen Campbell«, sagte Nelson. »Wetten, daß er Cowboystiefel trägt?«

Eine Viertelstunde später stand John Lugo neben seinem Golfwägelchen auf dem sechzehnten Fairway und wartete darauf, daß die Gruppe vor ihm das Grün räumte. Es gab keinen Zweifel daran, welcher der Golfer John Lugo war. Die anderen drei sahen auf verschiedene Weise etwa so mexikanisch aus wie Tip O'Neill, ehemaliger Sprecher des Repräsentantenhauses, der ausnahmsweise nicht spielte.

John Lugo sah nicht aus wie siebenundsechzig, und er hätte noch jünger ausgesehen, wenn er sich nicht Haar und Schnurrbart schwarz gefärbt hätte, eine Idee, die ins Auge gegangen war. Er hatte eine breite Brust und kräftige Schultern, war aber fünf Zentimeter kleiner als Nelson Hareem. Lugo trug eine lavendelblaue Ben-Hogan-Golfmütze, einen grauen Pullunder, der jetzt schon schweißfeucht war, ein graues Golfhemd und lavendelblaue Knickerbocker. Er hatte Handicap achtzehn und war ein fürchterlicher Stümper, was er aber mit seinen Machoallüren wieder ausglich. Als er bei seinem zweiten Schlag mit einem Fünfereisen auf den Ball eindrosch, kostete ihn das einen Weg in den Bunker und brachte alle Sadisten im Publikum dazu, zu kichern und Dinge zu sagen wie: »Das erinnert mich an *deinen* Schlag, Norman!«

»Wir sollten 'ne Gelegenheit finden, Lugo ein paar Fragen zu stellen«, sagte Nelson zu Breda.

»Wozu? Ich bin mir sicher, daß sein Anwalt ein offenes Wort mit ihm geredet hat. Wenn dabei was herausgekommen wäre, hätte der Anwalt uns angerufen.«

»Vielleicht hat Leo Grishman vergessen, das mit den Kanarischen Inseln zu erwähnen. Sie wissen doch, Lugo hatte einen Konkurrenten in Puerto Rico, der von den Kanarischen Inseln kam, genau wie Francisco V. Ibañez.«

»Vielleicht können wir uns ihm vorstellen, wenn alles vorbei ist.«

»Ich hoffe, Lynn kommt allein zurecht«, sagte Nelson, als John Lugo eben das Publikum in Hysterie versetzte, indem er eine Ladung Sand auf das sechzehnte Grün schaufelte und den Ball im Bunker liegenließ.

»Wollen Sie, daß ich ins Hotel fahre und auf *ihn* aufpasse?«

»Ich mach mir irgendwie Sorgen, er könnte versuchen, Ibañez allein hochzunehmen. Würde mir auch schwerfallen, kühl zu bleiben, wenn mich jemand in einen Sarg gesteckt hätte.«

»Leistet ihr eigentlich *alle* einen geheimen Freimaurereid oder was?« fragte Breda.

»Wer?«

»Männer«, sagte sie. »Ihr Männer. Clive Devon macht sich Sorgen um den Schmuggler, weil der ein so sanfter Mann ist. Jack Graves macht sich Sorgen um Clive Devon, weil der so gebrechlich und schüchtern ist. Lynn macht sich Sorgen um Sie, Sie machen sich Sorgen um ihn, und niemand auf der ganzen Welt macht sich Sorgen um mich!«

»Wissen Sie denn nicht, warum, Breda?« fragte Nelson Hareem, als John Lugo aus dem Bunker kam, aber den Ball in die allgemeine Richtung von Arizona schickte, ganz zum Entzücken des mit schadenfrohen Schenkelklopfern durchsetzten Publikums.

Sie zeigte ihm ihr defensives Grinsen und sagte: »Können Sie's mir sagen, Nelson?«

»Klar«, sagte er. »Weil Sie so tüchtig sind. Sie sind so ein unabhängiger Mensch, um Leute wie Sie muß sich niemand Sorgen machen. Wir anderen, wir brauchen alle irgendwen. Wir sind alle...«

»Wenn Sie *verletzlicher* sagen, kriegen Sie eins aufs Maul«, warnte ihn Breda.

»Okay, ich sag's nicht.«

»Halten wir in der Menge mal Ausschau nach einem dunklen, kahlen, stämmigen, etwa vierzigjährigen Kerl, der so tüchtig und unabhängig ist wie ich«, schlug Breda vor. »Statt ihn festnehmen zu lassen, sollte ich ihn heiraten.«

Um 11.10 Uhr sehnte sich Lynn nach einer Tasse Kaffee und beschloß, nach unten zu gehen und sie sich zu holen. Vorher jedoch horchte er kurz an der Tür von Zimmer 529, für den Fall, daß Francisco V. Ibañez während seiner Pinkelpause vor einer Stunde zurückgekommen war – ein Gedanke, den er aber sofort wieder verwerfen konnte.

Er trat in dem Augenblick in den ersten Aufzug, als der zweite im fünften Stock ankam. Während Lynns Tür zuglitt, hörte er das Kichern einer Frau. Ein Mann mit starkem spanischen Akzent sagte: »Die Aussicht aus meinem Zimmer wird dir gefallen, Jennie.«

Lynn drückte den Türöffner, aber zu spät! Dann drückte er auf den Knopf für den vierten Stock, und als der Aufzug hielt, rannte er hinaus, den Flur entlang zur Treppe, dann drei Stufen auf einmal nehmend in den fünften Stock hinauf. Er schlich mit der Hand unter dem Hawaiihemd den leeren Flur entlang.

Lynn horchte an der Tür, hörte aber nur weiteres weibliches Gekicher. Er dachte an alle vernünftigen Dinge, die er hätte tun können. Statt dessen gab er einem Impuls nach. Er klopfte und sagte: »Zimmerservice.«

Die Tür wurde von einer schon halb entkleideten Frau geöffnet. Lynn hatte nicht damit gerechnet, daß sie öffnen würde, und weil er nicht wie ein Zimmerkellner aussah, drückte er einfach die Tür auf und ging mit der Hand unter dem Hemd hinein.

»Schätzchen!« rief die Frau.

Francisco V. Ibañez kam aus dem Bad gerannt; er trug nichts weiter als ein Hemd und seine Schuhe und hatte eine halbe Erektion. Er war nicht kahl, er war nicht dunkel, er war nicht stämmig. Aber er *war* verängstigt.

Lynn sah von Ibañez zu der Frau, der die Nutte überdeutlich anzusehen war.

Er sagte: »Ich bin vom Sicherheitsdienst des Hotels. Man

hat uns gesagt, eine Prostituierte und ein Freier würden dieses Zimmer benutzen. Hab mich geirrt. Tut mir leid.« Niemand sagte etwas, als Lynn die Tür schloß und sagte: »Genießen Sie das Frühstück, geht auf Kosten des Hauses.«

Fünf Minuten später saß er im Rambler und war auf dem Weg zu dem Golfturnier, wo er hoffte, Nelson, Breda und John Lugo anzutreffen, alle noch mit heiler Haut.

EHE LYNN IM INDIAN WELLS COUNTRY CLUB ankam, brach die Hölle los. Das passierte, nachdem Breda zu einem Erfrischungsstand gegangen war, um zwei Limonaden und einen Hot Dog für Nelson zu kaufen. Sie dachte, sie könne ihn allein lassen, während Lugos Vierergruppe sich am siebzehnten Abschlag versammelte.

Breda trug die Erfrischungen auf einem Papptablett, als sie hörte, wie das Publikum am achtzehnten Grün zu schreien anfing. Sie glaubte, jemand habe das Loch zwei Schläge unter Par gespielt. Aber sie schrien nicht wegen der Taten der Vierergruppe, sondern wegen der Taten von Nelson Hareem.

Nelson war erhitzt, müde und verdrossen. Die Waffe an seinem Schenkel rieb ihn im Schritt, deshalb griff er verstohlen in die Hose, um die Waffe umzudrehen. Er war nur der zweitunglücklichste Mann bei diesem Turnier; der erste war John Lugo, der drei Löcher hintereinander über Par gespielt hatte. Lugo hatte bei jedem Schlag wilder und härter draufgehauen. Er hatte den Pullunder ausgezogen, und das Hemd hing ihm aus der Hose. Er zerkaute seinen Zigarrenstummel zu Fetzen. Seit Loch elf hatte er kein Par mehr geschafft.

Der Mann erregte Nelsons Neugier erst, als er sich durch das Publikum auf John Lugos Gruppe zubewegte. Es lag an der Art, wie er sich durchboxte, überhaupt nicht wie ein Golffan, mehr wie ein Fan der Los Angeles Raiders. Er war in mittleren Jahren, kräftig, dunkel, und trug eine rote Golfmütze. Es war eine Mütze des Bob Hope Chrysler Classic, die er offensichtlich eben erst gekauft hatte. Nelson sah ihn genau an, und ja, er hätte ein Mexikaner sein können, aber mit der semitischen krummen Nase sah er eher wie Nelsons Großvater aus. Er wirkte eher wie ein Araber!

Nelson kam noch näher heran und beobachtete, wie der Kerl mit einem Fan im Publikum zusammenstieß. Der Kerl lächelte und sagte: »Entschuldigung.« Er schien keinen Akzent zu haben, aber der kleine Cop konnte ihn bestens heraushören.

Nelson sah sich nach den uniformierten Deputies oder nach einem Wachmann um, aber keiner war zu sehen. Und Nelson wollte es etwas genauer wissen. Nelson wollte den Kerl zum Sprechen bringen, deshalb schob er sich durch das Publikum, erhaschte einen Blick auf das Gesicht des Kerls und sagte: »Entschuldigen Sie, Sir, aber ...«

Eben da löste sich das Halfter, das er sich um den Schenkel gebunden hatte, rutschte an seinem Bein entlang und polterte direkt vor dem Verdächtigen zu Boden.

Der Kerl sah auf die Waffe in dem Halfter hinunter, dann Nelson ins Gesicht. Dann drehte er sich um und rannte durch das Publikum, rempelte die Leute an, und nach ein paar Sekunden lief er hinter dem Clubhaus vorbei, klapperte dann einen gelben Metallsteg hinauf, der vom Clubhaus zu einem von Menschenhand geschaffenen Felsvorsprung mit Blick auf das achtzehnte Green führte!

Nelson schob die Waffe in die Tasche seiner weiten Hose und setzte ihm nach, aber als er oben auf dem Steg war, konnte er den Kerl nirgendwo sehen. Er war weg! Nelson war verzweifelt, bis er sich umsah und bemerkte, wie der Kerl die Felsen hinunterkletterte, am achtzehnten Grün entlang, vor den laufenden Fernsehkameras, voll zu sehen von den Tribünen, dem Fuji-Flugzeug am Himmel und von jeder Menge Menschen auf den überdachten VIP-Plätzen.

Und Nelson Hareem mußte sein Kampfgesicht aufsetzen und losrennen! Er sprintete hinter dem Kerl her, im Zickzack, Trab und Galopp, stürzte durch erschrockene Turnieraufseher in weißen Hüten und gestreiften Hemden und durch schockierte Turnierteilnehmer, die am achtzehnten Loch zu Ende spielten!

Und dann raste er den Wagenpfad unter den Tribünen entlang, vorbei an drei Wachmännern (kanadischen Rentnern, die jedes Jahr zu diesem Ereignis herkamen), und stürzte auf die Menschenmenge zu, die sich am Abschlag des ersten Lochs versammelt hatte.

Aber er machte dem Kerl gegenüber keinen Boden gut. Das alte Schwein hängte ihn ab!

Er stieß, rempelte, schleuderte durch ein Kaleidoskop aus Golfhemden, die Fuzzys tollen Drehschlag begafften, Curtis' Eisenschwung und Paynes verwegenes Putten. Niemand schenkte Nelson Hareems verzweifelter Verfolgungsjagd Aufmerksamkeit! Nelson spuckte Adrenalin, stürzte mit berstenden Lungen hinter seiner Beute her, und allen war das scheißegal! Jemand versuchte sogar, ihn anzuhalten, um ihn zu fragen, ob Desi Drive nach Lucys Mann benannt sei!

Sie liefen mit weit offenen Mündern zurück in die Bergmulde von Fairway Nummer drei, und dort war Nelsons Mann endlich eine gewisse Erschöpfung anzumerken. Der Mann sprang in ein perlgraues Rolls-Royce-Golfwägelchen, das zwei Amateuren gehörte, die am Abhang nach einem verschlagenen Ball suchten. Als nächstes wurde den Amateuren bewußt, daß ihr Golfwägelchen den Fairway entlangraste!

Einer dieser Grandseigneurs der amerikanischen Wirtschaft lief dreißig Meter weit hinter dem Wägelchen her, bis ihm die Kalbskoteletts, Nudeln und Baguettes hochkamen. Er blieb stehen, hielt sich die Brust und schrie: »Das ist eine Golftasche aus echtem Krokodilleder, die ich beim Bing-

Crosby-Wohltätigkeitsball gewonnen habe, du Saftsack von einem Dieb!«

Aber der Schock brachte ihn zum Schweigen, als ein zweites Golfwägelchen, das seinen Spielpartnern gehörte, von einem zweiten Dieb geklaut wurde, der hinter dem ersten herraste! Der zweite Dieb war ein kleiner Rotschopf mit schwachsinniger Miene, der allen, die ihm im Weg waren, zurief: »Durchlassen! Durchlassen!«

Die Verfolgungsjagd im Golfwagen war eröffnet! Nelsons Mann fuhr schreiend durch das Wasser von Loch neun über den Fairway, wo er fast von dem pfeifenden Holzschläger eines Spitzenmanagers aus New York getroffen worden wäre, der im Jahr einen Bonus von fünf Millionen verdiente, über den er sich nur mäßig freute, der sich jetzt aber wie im Himmel fühlte, weil er eben einen Treibschlag über zweihundertfünfzig Meter gelandet hatte, was die zehn Riesen rechtfertigte, die ihn das alles gekostet hatte.

Aber als der Spitzenmanager mit seinem Wägelchen auf diesen Traumball zufuhr, raste ein Golfwagen über den Fairway und rammte seinen Weltklasseschlag in den Boden! Was ihn veranlaßte, entsetzt zu rufen: »Platzrichter! Treffen Sie eine Entscheidung, gottverflucht noch mal! Platzrichter!«

Die Jagd endete bei Loch neun, wo eine Vierergruppe auf dem Fairway beim Einlochen war. Nelsons Mann schien darauf zu setzen, daß er in der Menschenmenge am Clubhaus verschwinden könne. Er scheuchte die Sumpfhühner im See auf, als er vorbeiraste, aber nicht die unerschrockenen Zuschauer. Er konnte das Lenkrad nicht rechtzeitig herumreißen und fuhr in denselben See, in dem drei Minuten vorher ein Stümperball gelandet war.

Der Kerl kam humpelnd und triefend heraus und rannte mit gesenktem Kopf gegen einen Golffan aus Billings, Montana, was einen Bierschauer und einen Popcornhagel auslöste. Aber dann griff ihn Nelson Hareem an, der seinen Golfwagen verwegen neben den Läufer manövrierte und sprang, wie ein Cowboy, der einen Stier bei den Hörnern packen will.

Als schließlich Deputies, Wachmänner und Turnieraufseher den Schauplatz der Wasserlandung und des Zusammenstoßes erreichten, umringten fünfzig Golffans die Gegner und genossen den Kampf. Nelson hatte den Kerl im Schwitzkasten und umklammerte mit seinen Stummelbeinen die üppige Hüfte des Kerls. Die Mütze des Umklammerten war heruntergefallen, und Nelson sah zu seiner Begeisterung, daß er eine Glatze hatte! Nelson hatte ein Veilchen unter dem Auge, und sein Hemd war zerfetzt. Seine Hosentasche war ausgerissen, aber er hatte die Waffe noch und war kein bißchen eingeschüchtert.

Nelson sah zu einem uniformierten Deputy auf, der eben angekommen war und herauszufinden versuchte, wer zum Teufel hier der Gute sein mochte, falls es überhaupt einen gab. »Das ist der Kerl, den Sie gesucht haben!« rief Nelson und meinte den Flüchtigen vom Flugplatz.

Aber zu Nelsons großer Überraschung krächzte der Verdächtige in amerikanischem Englisch ohne Akzent: »Befreit mich von diesem rothaarigen Känguruh! Ich mach keinen Ärger!«

Der Deputy half dem Verdächtigen auf die Beine, klopfte ihn ab und fand in seinen Shorts drei Brieftaschen, allesamt Eigentum sadistischer Golffans, die John Lugos Elend genossen hatten.

Nelson war erschöpft und verwirrt und beschloß, ihnen nicht viel zu sagen, bis auf seinen Namen und daß er ein Polizist außer Dienst war.

Der Deputy legte dem Taschendieb Handschellen an und sagte zu Nelson: »Wir nehmen Ihre Aussage so schnell wie möglich auf, dann können Sie zum Turnier zurück. Das war ein tolles Stück Arbeit. Der Kerl hat die Leute erleichtert wie Dünnschiß.«

Als ein zweiter Deputy Nelson auf die Beine half, kam ein uniformierter Polizist aus Palm Springs angerannt. Er tat am heutigen Tag als Fahrer und Leibwächter von Bob Hope Dienst.

Der Cop aus Palm Springs sagte: »Das hat Ihnen das Turnier ja ganz schön vermasselt, was?«

»Cop ist man nun mal vierundzwanzig Stunden am Tag«, mümmelte Nelson.

»Wir könnten in unserer Abteilung mehr Jungs wie Sie brauchen«, sagte der Cop aus Palm Springs. »Wie heißen Sie, Officer? Möchten Sie vielleicht Mr. Hope kennenlernen? Wie ich ihn kenne, sagt er was in der Richtung wie: ›Dieser Taschendieb war ja in einer hervorragenden Position zum Einlochen!‹«

In den Nachrichten wurde gemeldet, ein Turnierteilnehmer und Augenzeuge, der ehemalige Astronaut Alan Shepard, sei gefragt worden, ob er in seiner ganzen Laufbahn als Golfer je etwas Erstaunlicheres gesehen habe.

Er sagte: »Nicht mehr seit meinem Golfschlag auf dem Mond.«

ALS ER AM SAMSTAG MORGEN aufwachte, hatte er eigentlich vor, zur Messe zu gehen, aber dann kam es ihm wie ein Sakrileg vor, das an dem Tag zu tun, an dem er seine Mission zum Ende bringen wollte. Er dachte lange darüber nach. Hing Gottes Mitleid davon ab, ob er zur Messe ging? Hätte Gott ein Gebet um Schutz unter diesen Umständen überhaupt gnädig aufgenommen?

Schließlich beschloß er, nicht zur Messe zu gehen. Er hatte sich angezogen, rasiert und war zum Kaffeetrinken in den Frühstücksraum des Hotels gegangen. Er kaufte die *Los Angeles Times* und suchte nach Artikeln über Verbrechen in den USA, um sich noch einmal von der Richtigkeit seines Tuns zu überzeugen. Sie hätten sie bloß ausgelacht, wenn sie mit ihren spärlichen Informationen zu den US-Behörden gegangen wären und gesagt hätten: »Hier, klärt den Mord an einem guten Polizisten auf, an unserem Freund Javier Rosas. Und was noch wichtiger ist, übt für seine Familie und seine Freunde *Vergeltung.*« Was er vorhatte, war ihre einzige Hoffnung auf Gerechtigkeit in einem Land, das Männer, die Kinder verstümmelt oder ermordet hatten, auf Bewährung freiließ.

Die Polizei in seinem Land wußte, wie sie solche Männer behandeln mußte. In seinem Land konnten sie sogar einen Bürger für ein Verbrechen in den Vereinigten Staaten strafrechtlich verfolgen, aber wie viele Gringoverbrecher waren je nach Mexiko ausgeliefert worden, damit ihnen der Prozeß gemacht werden konnte? Und doch wußte jeder, daß die US-Justiz die *judiciales* ständig um Hilfe bat, die nur zu oft gesuchte Mexikaner festnahmen und an der Grenze den US-Behörden übergaben. Natürlich würden sich die Gringos nie für solche Gefälligkeiten revanchieren, weil ihre Gesetze das nicht zuließen, weil sie moralisch *überlegen* waren.

Doch der Flüchtige konnte den Gringos nicht die ganze Schuld anlasten. Nein, die Korruption im eigenen System traf fast genausoviel Schuld daran.

Er war stolz darauf, daß er zur *Judicial del Estado*, der Landeskriminalpolizei, gehörte. Er war seit achtzehn Jahren Polizist, aber er hätte sich geschämt, wenn er zur Bundespolizei gehört hätte. Die Bundespolizei dachte nicht daran, der Landespolizei zu helfen. Im Gegenteil, es war klar, daß sie die Landespolizei sogar bespitzelt hätte, wenn das möglich gewesen wäre. Alles, um weiterhin die Hand aufhalten zu können. Es ging um die Mauscheleien, aufgrund derer sie überlebten, alle, auch die Bundespolizei, und nicht zuletzt auch er.

Gringopolizisten würden das nie verstehen. Sie brauchten sich die Waffen und die Munition nicht selbst zu kaufen, ihre Funkgeräte nicht selbst zu bezahlen, die Reparaturen ihrer Streifenwagen nicht aus der eigenen Tasche zu finanzieren.

Sie brauchten die Filme für Tatortfotos und das Entwickeln nicht zu bezahlen, mußten Laborangestellten kein Geld für ihre Dienste zustecken. Und sie mußten ihre Stenotypistinnen nicht selbst bezahlen! Die Gringos konnten in ihre großen neuen amerikanischen Streifenwagen steigen und tun, was sie tun mußten, ohne sich Sorgen darüber zu machen, ob einer oder zwei Bezugsscheine pro Monat für das Benzin reichten.

O ja, sie konnten sich über die Polizei von Mexiko lustig machen, weil sie nicht von umgerechnet fünfhundertfünfzig Dollar im Monat leben und in einem Land, in dem Nahrungsmittel teurer waren als in den Staaten, ihre Kinder ernähren mußten. Wo alles bis auf Wohnungen teurer war als in den Staaten, mit einer Wirtschaft, die seit Jahren in der Rezession steckte. Es war einfach für sie, ihn und seine Kameraden für Banditen mit Polizeimarke zu halten, weil sie manchmal Geld nahmen, Geld, das sie dazu benutzten, ihre Arbeit zu tun und ihre Kinder zu ernähren.

Der Flüchtige hatte seine neue blaue Ledertasche ständig bei sich. Die Waffen waren darin, eine nicht identifizierbare 9-mm-Beretta, die im Norden gestohlen worden, aber im Süden Mexikos gelandet war, als die Landespolizei den Dieb bei einem gescheiterten Raubüberfall erschossen hatte. Auch das Messer war darin, ein Killermesser. Es stammte aus der Schweiz oder aus Deutschland und war angeblich eine Lieblingswaffe bei militärischen Geheimaktionen. Der Flüchtige konnte sich nicht vorstellen, daß er mit diesem grausigen Werkzeug auf einen Menschen einstach, aber sie hatten darauf bestanden, daß er es mitnahm. Einer seiner Kameraden hatte außerdem gewollt, daß er einen AR-15 mit dreißigschüssigem Magazin dabeihatte, den sie *cuerno de chivo* nannten, Bockshorn. Er hatte seinem Freund gesagt, das sei lächerlich. Wenn er den Auftrag nicht mit vernünftigen Waffen erledigen konnte, lasse er sich überhaupt nicht erledigen.

Es war ein angenehmer Gedanke, er sei geschickt worden,

weil er ein so zäher Menschenjäger war, ein Polizist, der nie aufgab, aber natürlich war einer der Hauptgründe gewesen, daß er eine natürliche Sprachbegabung hatte und besser englisch sprach als jeder andere auf seinem Revier in Mexicali.

Es war nicht mehr annähernd so viel US-Geld in der Tasche wie bei seiner Ankunft, das war sicher. Es war überwiegend schmutziges Geld, konfisziert bei Drogenhändlern und Autodieben. Ein Teil war etwas sauberer, stammte von US-Versicherungsgesellschaften. Die Landespolizei erhielt eine ›Belohnung‹ von Versicherungsgesellschaften, wenn sie die Autos in einem ordentlichen Zustand zurückbrachte, etwa fünfhundert Dollar pro Auto. Ja, dieses Geld war etwas sauberer. Das Geld war aufgebracht und ihm anvertraut worden, weil seine Kameraden Gerechtigkeit für Javier Rosas wollten, der ein guter Polizist gewesen war, einer der besten, und ein guter Mensch.

Der Flüchtige dachte an den Fall, an dem er mit Javier Rosas im *segundo sector* von Tijuana gearbeitet hatte. Sie hatten ein Team amerikanischer Gangster verhaftet, das versucht hatte, einen Diamantenhändler aus Tijuana auszurauben. Sie hatten einen Gangster erschossen und die beiden anderen festgenommen. Als Javier Rosas die Gangster mit den Waffen in den Händen für die Fotografen posieren ließ, hatte sich die US-Polizei über ihn lustig gemacht. Der Flüchtige hatte versucht, Javier Rosas zu erklären, daß die Gringos ihre Methoden nicht verstanden und daß er nicht beleidigt sein sollte. Jetzt, nachdem er Artikel über Leute gelesen hatte, die auf Bewährung frei waren, nachdem sie Kinder erwürgt hatten, frei waren, um wieder und wieder zu morden, dachte er, vielleicht würden sie sich nie verstehen, die Völker der benachbarten Länder.

Andererseits konnte die Landespolizei nicht einmal der eigenen Bundespolizei trauen. Ein Spitzel hatte ihnen verraten, daß die Drogenkuriere, die für Javier Rosas' Tod verantwortlich gewesen waren, eigens für die Bundespolizei deren Lieblingsautomarke, einen Chevrolet Suburban mit Vierradantrieb, gestohlen und ihr als *mordida* angeboten hätten. Die Schmuggler ließen jedesmal mindestens ein Auto für die Bundespolizei zurück, wenn sie eine große Ladung Drogen von Mexicali nach Los Angeles brachten.

Der Flüchtige fragte sich, was die Gringos an seiner Stelle tun würden. Sie hatten gezeigt, wozu sie fähig waren, nachdem 1985 ein Agent der Drogenfahndung von einer Drogenhändlerbande aus Guadalajara gekidnappt und tagelang unbarmherzig gefoltert worden war, während die Verbrecher seine Schreie auf Band aufgenommen hatten. Das Band wurde gefunden und später bei der Beweisaufnahme gegen einen mexikanischen Arzt, der sich an der Folterung beteiligt haben sollte, einer US-Jury vorgespielt.

Die amerikanische Drogenfahndung hatte diesen Arzt von der mexikanischen Landespolizei entführen und über die Grenze bringen lassen, wo ihn die US-Polizei festgenommen hatte. Was wäre passiert, wenn die mexikanische Polizei einen US-Bürger entführt und in Mexiko vor Gericht gestellt hätte? Vermutlich wäre es zu einem zweiten Mexikanischen Krieg gekommen, nur hätten sie sich dieses Mal alles, was südlich von Mexiko City lag, als zweiundfünfzigsten Bundesstaat einverleibt. Das glaubte der Flüchtige, und deshalb hatte er im gegenwärtigen Fall keine andere Wahl.

Javier Rosas war gleichgültig gewesen, *wer* die Bundespolizei mit Autos oder Geld versorgte. Javier Rosas war ein ehrlicher Mann, der sein Leben lang Polizist bleiben wollte, es bei seiner Ermordung aber erst sechs Jahre lang gewesen war. Einmal hatten der Flüchtige und Javier Rosas über eine Konfrontation in Tijuana gesprochen, wo es fast zu einer Schießerei zwischen der Bundespolizei und der städtischen Polizei gekommen wäre, nachdem die städtische Polizei während einer Auseinandersetzung das Präsidium der Bundespolizei umstellt hatte. Javier Rosas sagte, der Bundespolizei sei nie zu trauen. Sie war ihm suspekt, und er war überzeugt davon, daß sie die Drogenkuriere beschützte, hinter denen er her war.

Zehn Kilo Kokain aus Peru sollten von Mexicali aus nach L. A. geliefert werden. Javier Rosas' Informant wußte so gut wie nichts über den Mann in L. A., der bei der Transaktion als Mittelsmann agierte. Zehn Kilo waren eine so gewaltige Menge, daß der Spitzel zum Haus von Javier Rosas ging, ihn aus dem Bett holte und ihm sagte, daß er vielleicht wisse, wo das Kokain sei.

Unglücklicherweise konnte Javier Rosas in jener Nacht seine Kameraden nicht erreichen. Er beschloß, der Sache selbst nachzugehen und herauszufinden, ob die Information stichhaltig war. Der Spitzel sagte ihm, es seien nur zwei Kuriere, aber als Javier Rosas in ihr Hotelzimmer eindrang und sie mit gezogener Waffe stellte, entdeckte er, daß ein *dritter* da war, der mit einer Schußwaffe hinter ihm stand.

Das alles erfuhr die Landespolizei später von diesem dritten Kurier, nachdem sie die Drogenschieber in der Warteschlange an der Grenze gefaßt hatte. Die beiden anderen kamen ums Leben, als die Polizei das Auto stürmte. Der dritte starb später während des Verhörs an Herzversagen.

Der Flüchtige hatte diesen Teil des Verhörs – die Pepsibehandlung – immer gehaßt. Dabei wurde dem Verdächtigen das kohlensäurehaltige Getränk in die Nase gepumpt, bis er glaubte, sein Gehirn würde explodieren. Aber beim Mörder von Javier Rosas ließen sie es nicht dabei bewenden; ihm schlossen sie elektrische Drähte an die Genitalien an. Sie alle wußten, daß er nach dieser Behandlung keine Lügen mehr erzählen würde.

So gut wie alles, was er sagen konnte, war, daß einer seiner Begleiter von einer Telefonzelle aus eine unbekannte Nummer in Palm Springs angerufen habe. Und der Mann am anderen Ende der Leitung habe ihnen auf *pocho*-spanisch gesagt, wie sie das unerwartete Dilemma lösen sollten, vor dem sie standen. Wie sie mit dem Beamten der Landeskriminalpolizei verfahren sollten, der ihnen, in Handschellen und mit einem Knebel im Mund, völlig ausgeliefert war.

Der namenlose Mittelsmann in Palm Springs sagte dem Drogenkurier, sie sollten das Kokain wie geplant abholen und in dem Auto über die Grenze bringen. Der Mittelsmann in Palm Springs sagte außerdem, sie müßten Javier Rosas umbringen, um eine Chance zu haben.

Er hatte einen häßlichen Witz darüber gemacht, einen Witz, der zum einzigen Anhaltspunkt für seine Identität wurde. Bei dem Witz ging es um einen Grabstein und Orchideen.

21

An jenem Samstag nachmittag ging es im Furnace Room sportlich zu. Das Bob Hope Classic lief im Fernsehen, deshalb hatten die Säufer einen Grund, sich zeitig vollaufen zu lassen, unter dem Vorwand, sich ein sportliches Spitzenereignis anzusehen.

Lange bevor die Fernsehübertragung vorüber war, hatten alle männlichen Rentner jeder Frau gegenüber, die jünger als die Tabascosauce in ihrem Kühlschrank war, so gut wie jede Golfwitzelei vom Stapel gelassen, die je geäußert worden war (»Ein kurzer Drive reicht auch, wenn man den Putter geradehalten kann.«).

Um 16.00 Uhr saßen Lynn, Breda und Nelson an Lynns Lieblingstisch neben dem unbenutzten Kamin, und die alte Schachtel am Nebentisch versuchte, wie Dinah Shore zu klingen, als sie ›Something to Remember You By‹ trällerte.

Nelson trug einen übergroßen weißen Tennispullover aus Baumwolle, den Lynn ihm bei einem kurzen Halt in der Villa geliehen hatte. Er hatte ein Heftpflaster über dem Auge, wo Breda die Wunde versorgt hatte, aber er stand immer noch unter Strom, weil er laut Bob Hopes Cop-Fahrer allen Grund hatte zu glauben, seine Heldentaten würden ihm eine Audienz beim Polizeichef von Palm Springs verschaffen.

Lynn zeigte Wilfred Plimsoll drei erhobene Finger, damit er

die nächste Runde einschenkte. Dann sagte er: »Hab ich den Intelligenzquotienten eines Rodeoclowns oder was? Unsere ganze Arbeit war nutzloser als ein Emmy und unsere Botschafterin Betty in Bagdad. Nutzloser als der Schneebesen und Jimmy Carter.«

Dann versuchten alle, sich gegenseitig mit Beispielen von Nutzlosigkeit zu überbieten. Das nahm ein Ende, als Nelson das Sicherheitsaufgebot zur Bewachung von Gerald Ford anführte. Das konnte niemand überbieten.

»Wenigstens sieht es danach aus, als ob Nelson belohnt wird«, sagte Breda, »weil er das getan hat, weshalb sie ihn sonst immer gefeuert haben. Den falschen Kerl windelweich geprügelt.«

»Ich kann's nicht erwarten, bis meine Leute mich mit Bob Hope sehen«, sagte Nelson. »Der Reporter hat versprochen, daß er mir einen Zwanzig-auf-fünfundzwanzig-Abzug schickt!«

Lynn kam nicht darüber hinweg. Er sagte: »Ist dir klar, daß wir nicht die blasseste Ahnung haben, wo der echte Kerl steckt und was er mit John Lugo vorhat? Nicht mal einen winzigen Anhaltspunkt!«

»Ich will ihn immer noch kriegen«, sagte Nelson, rot angelaufen vom Kitzel des Sieges. »Vielleicht schlägt er auf der Party heute abend zu. Da sind Hunderte von Leuten.«

»Wir fangen diesen Kerl, wenn kalifornische Kondoreier für zwei Dollar pro Dutzend im Supermarkt zu haben sind«, sagte Lynn.

»Ich glaube, wir sollten auf jeden Fall zu Lugos Party gehen«, sagte Nelson. »Sein Anwalt hat gesagt, wir brauchen dem Kerl am Pendelbus bloß unsere Namen zu sagen.«

»Wo fährt der Bus ab?« fragte Breda.

»Am Einkaufszentrum in Smoke Tree. Wegen der Grabsteingeschichte hat Lugo zwei uniformierte Wachmänner eingestellt, die am Bus die Einladungen überprüfen.«

»Ich hätte nichts dagegen, auf eine solche Party zu gehen«, sagte Breda.

Das erregte natürlich Lynns Interesse. »Schön, ich nehme an, einen letzten Versuch können wir in unserem Fall noch machen«, sagte er. »Nelson kann heute abend seine Nummer abziehen und auf jeden Glatzkopf losgehen. Am Schluß schnappt er zwei Juwelendiebe und Sean Connery.«

»Alle kommen erst, wenn es dunkel wird, deshalb können wir es uns gemütlich machen und noch etwas trinken«, schlug Nelson vor.

»Da oben gibt's die Drinks umsonst«, bemerkte Breda. »Jetzt, wo ich einen Termin mit Rhonda Devon habe, um ihr zu sagen, daß eine blöde kleine Verwechslung im Labor der Grund für ihre Probleme war und sie mir keinen Dollar mehr schuldet, kann ich eure Drinks nicht mehr bezahlen.«

»Oh, ich geb eine Runde aus«, sagte Nelson.

»Für mich nichts mehr, Nelson«, sagte Lynn, »aber schön, wenn du drauf bestehst, okay.«

Als Nelson zur Bar ging, um die Runde zu holen, sagte Lynn zu Breda: »Durch ihn merke ich erst richtig, wie alt ich bin. In seiner Nähe fühle ich mich so auf der Höhe der Zeit wie Polyester. In zwei Wochen werde ich fünfundvierzig!«

»Du verstehst es bestimmt, wenn ich nicht zu deiner Party komme«, sagte Breda. »Ich bin schon mal auf einer deiner Partys gewesen.«

»Es ist nicht leicht«, sagte Lynn ernst, »wenn man in unserem Alter in den Tunnel hineinschaut, nicht wahr?«

»Du brauchst dir keine Sorgen zu machen. Bei deiner Sauferei wirst du nicht viel älter.«

Als Nelson zurückkam, schwenkte er ein Bier und sagte: »Auf den Erfolg! Noch ist er uns nicht entwischt!«

Lynn sagte: »Wenn wir den Kerl heute abend nicht finden, fangen wir mit der Suche nach Amelia Earhart an. Das ist viel einfacher.«

Er zahlte die Rechnung und checkte aus dem Hotel aus, für immer. Heute abend würde er Erfolg haben oder scheitern. Eine bessere Gelegenheit würde sich nie ergeben, mit dreihundert Menschen und Dutzenden von Dienstboten, die sich in dem rosa Haus hoch oben auf dem Berg bewegten. Er hatte sich immer vorgestellt, er müsse es irgendwo auf einem Parkplatz tun, vielleicht nachdem er seinem Mann zu einem Supermarkt, einem Kino oder einem Restaurant gefolgt war. Das war gewesen, bevor er die Privatstraße mit Wächter und Hund gesehen hatte. Und ein Millionärshaus auf einem Felsen, in der Nähe weiterer geschützter, privilegierter Leute. Nein, diese Party, dieser Abend – eine bessere Chance würde er nie bekommen.

Es gab drei Möglichkeiten: Er konnte zu dem Partyservice fahren und hoffen, daß beide Gringochefs in Lugos Haus waren. Dann konnte er versuchen, einen der mexikanischen Fahrer dazu zu überreden, daß er ihn im Lieferwagen mit nach oben nahm. Schließlich war er korrekt gekleidet in dem neuen weißen Hemd, mit der Fliege, der schwarzen Weste, der schwarzen Hose und den schwarzen Lederschuhen. Sie hätten keinen Grund gehabt, es zu bezweifeln, wenn er ihnen gesagt hätte, Henry oder Phil habe ihn eingestellt. Aber wenn sie nach oben kamen, war es möglich, daß der mexikanische Fahrer etwas über den Neuen zu Henry oder Phil sagte. Das hätte ein Grund zur Sorge sein können, denn auf dieser Party würden wichtige Leute sein, und es wurde immer noch über Terroristen geredet. Nein, vor dieser Aussicht hatte er Angst.

Eine zweite Möglichkeit war, zum Pendelbus zu gehen und den Fahrer davon zu überzeugen, daß er die Fahrt mit den anderen Kellnern zur Party hinauf verpaßt hatte. Aber sie hatten vermutlich ein tragbares Telefon dabei und konnten oben anrufen, um es sich bestätigen zu lassen. Diese Aussicht gefiel ihm auch nicht.

Er kam zu einem Entschluß, während er mit seinem Buick

am Straßenrand des Highway nach Southridge parkte. Er sah, daß nicht alle Gäste den Pendelbus von Smoke Tree aus benutzten. Etliche Partygäste fuhren den Berg hinauf und übergaben ihre Autos den Parkwächtern, die sie wieder hinunter fuhren. Er sah sich das fünfunddreißig Minuten lang an, ehe er eine Entscheidung traf. Falls es nicht funktionierte, konnte er immer noch auf eine der riskanteren Möglichkeiten zurückgreifen.

Der Flüchtige ließ den Buick gegenüber vom Highway 111 am Desert Lakes Drive stehen, nahe genug für eine Flucht, aber nicht so nahe, daß es die Polizei für verdächtig halten würde. Er hatte allen Grund zu der Hoffnung, daß das Durcheinander nach dem Abschluß seiner Mission ihm erlauben würde, den Berg herunter und an dem Wächter im Häuschen vorbeizukommen, dessen Aufgabe darin bestand, Leute am Hinein-, aber nicht am Herauskommen zu hindern.

Wenn es nötig war, würde er zu seinem Auto laufen, wo er nur zehn Minuten vom Gene Autry Trail entfernt war, der zum Highway 10 führte, der ihn wiederum nach Mexiko bringen würde. Nach Hause.

In seinen Eingeweiden bebte es, und ein Schauer lief über sein Rückgrat. In den letzten drei Stunden hatte sein Herz immer schneller geschlagen. Er hatte einen Kloß im Hals. So ging es ihm jedesmal, wenn er daran dachte, daß er noch heute nacht wieder zu Hause bei seiner Familie sein konnte! Oder nie wieder.

Er trug seine neue Ledertasche und sah genauso aus wie einer von Henrys Angestellten, als er am Fuß von Southridge am Highway 111 stand und auf Autos mit besonderen Partygästen wartete, meistens älteren, die den Parkservice brauchten.

Ein von einem Mann gefahrener Wagen bog aus der Richtung von Indian Wells vom Highway ab, aber der Flüchtige drehte den Scheinwerfern den Rücken zu. Ein Mann ohne

Begleitung? Er konnte nicht sicher sein, daß der Mann ein Partygast war. Dann bog ein weißer Cadillac mit Männern in bunten Golfhemden ab, und der Flüchtige unternahm einen Versuch.

Er tat, als ginge er eilig die steile Straße hinauf, winkte aber schüchtern, als die Scheinwerfer ihn erfaßten. Er zeigte ihnen sein servilstes Lächeln.

Der Cadillac hielt, und das elektrische Fenster auf der Beifahrerseite glitt nach unten. Ein Mann mit einem roten Gesicht, einer Knollennase und einer dicken Zigarre sagte: »Was gibt's, *amigo?*«

Der Flüchtige sprach mit einem stärkeren Akzent als sonst. »Entschuldigung, Sir. Können Sie mir helfen? Ich soll auf Mr. Lugos Party arbeiten, und mein Auto, das hat eine Panne, und...«

Die Hintertür ging auf, und ein alter Mann auf dem Rücksitz sagte: »Rein mit Ihnen, mein Junge. Wir bringen Sie rauf, ehe Ihr Chef auch nur gemerkt hat, daß Sie zu spät kommen.«

Es funktionierte! Der Fahrer sagte zu dem Wächter im Häuschen: »Harry Milford. Wir wollen zu Lugos Party.«

Der Wächter warf nur einen flüchtigen Blick auf das Klemmbrett, als er sie durchwinkte.

Als sie zu dem großen rosa Haus kamen, waren mindestens fünfzig Menschen da – manche in Golfkleidung, manche in Abendgarderobe –, die sich auf der Auffahrt drängten und darauf warteten, zur Eingangstür vorzudringen, die weit offen stand, aber verstopft war von der Busladung, die kurz zuvor angekommen war.

Schwitzende Parkhelfer rannten in alle Richtungen, und eine Helferin, ein junges Mädchen in einem blauen T-Shirt und Shorts, öffnete Harry Milford die Wagentür, der daraufhin sagte: »Passen Sie gut darauf auf, Schätzchen. Das ist Mamis Auto.«

»Wird gemacht, Sir!« sagte sie.

»Vielen, vielen Dank«, sagte der Flüchtige zu Harry Milford, der ihm zuzwinkerte und sagte: »Wenn Ihr Chef Ärger macht, schicken Sie ihn zu mir.«

»Ja, Sir, vielen Dank, Sir«, sagte der Flüchtige so unterwürfig, wie er es für klug hielt.

Statt den Versuch zu machen, sich durch den Eingang zu drängeln, ging er über den Rasen und um das Haus herum zur Rückseite. Der Patio bestand aus erleuchteten Steinplattenterrassen. Ein Pool mit schwarzen Fliesen und Massagedüsen war da und ein Brunnen, der das Wasser drei Meter hoch in die Luft spuckte. Es gab ein Grün zum Golfen mit einer der spektakulärsten Aussichten in Kalifornien. Dreihundert Meter tiefer erstreckte sich ganz Palm Springs mit unbehindertem Ausblick auf den Mount San Jacinto und den Mount San Gorgonio, beide drei Kilometer hoch und schneebedeckt, selbst während dieser brütenden Hitzewelle.

Angesichts der unverhüllten Zurschaustellung von Wohlstand und Reichtum erstarrte er eine Weile, aber dann sammelte er sich für das, was er zu tun hatte. Er sah vier Mexikaner, die auf seiner Seite des Patios, wo zwei Bars aufgebaut waren, den Gästen Cocktails servierten. Er sah weder den großen blonden Partyservicechef noch den jungen mexikanischen Fahrer, die ihn beide hätten erkennen können. Er hatte das Gefühl, eine Chance zu haben, solange er keinen von beiden sah. Die anderen Leute vom Partyservice hielten ihn möglicherweise für einen Hausangestellten von John Lugo.

Der Patio war nur trüb beleuchtet; die Gesichter der Menschen, die über die Terrassen gingen, waren nicht leicht zu erkennen. Die Ledertasche war ein Problem. Er sah einen riesigen Pflanzkübel an der Backsteinwand, die das Grundstück von dem des Nachbarn trennte. Er ging über den Rasen und legte die Tasche hinter ein Gewucher aus Palmen und Bananen, und sobald seine Hände zu zittern aufgehört hatten, ging er hinunter auf die erste Ebene des Plattenpatios.

Er erschrak, als eine Mariachikapelle anstimmte, was in Kalifornien zur Erkennungsmelodie für Mariachimusik geworden war: ›La Bamba‹. Die Musiker waren auf der nächsten unterhalb gelegenen Garten- und Terrassenebene nicht zu sehen, spielten in der Nähe eines beleuchteten Pools, in den Stufen hineinführten. Die Gitarren und Trompeten Mexikos! Es wirkte wie ein weiteres Omen, aber er wußte nicht, ob es ein gutes oder böses war.

Der Flüchtige nahm in jede Hand drei leere Cocktailgläser und schritt schnell aus, als würde er sich genau auskennen. Als er das Haus erreichte, sah er durch die Fenster und erblickte eine offene Tür, die vom Eßzimmer in den Küchenbereich führte. Der große blonde Gringo arbeitete an einem Hackblock. Auf dieser Seite des Hauses würde er nicht viel Zeit verbringen.

Immer noch mit den leeren Gläsern in den Händen ging er den erleuchteten Plattenweg entlang, der hinunter zur zweiten Terrasse führte. Sie war mit einem Geländer versehen, das die Gäste vor einem Sturz bewahren sollte, wenn sie zuviel getrunken hatten. Hier waren alle Möbel vom oberen Patio gestapelt, um oben für die Menge Platz zu schaffen. Aber auch auf dieser Ebene war eine Bar aufgebaut, direkt neben der sechsköpfigen Mariachikapelle, die jetzt eine passable Version eines der Lieblingslieder seiner Mutter spielte, ›El Reloj‹. Er sah sofort, daß eine Flucht den kahlen, steilen Abhang hinunter unmöglich war.

Der Flüchtige hatte ein paar weitere Gläser eingesammelt, als eine elegante Frau in einer kürbisfarbenen Smokingjacke, dazu passenden Shorts und einem kokosnußbraunen Seidentop zu ihm sagte: »Ich möchte bitte noch eine Margarita. Und bitten Sie Mr. Lugo, herunterzukommen und Maggie und George zu begrüßen. Können Sie sich die Namen merken?«

»Ja, *señora*«, sagte er, verbeugte sich leicht und fragte sich, ob das wohl übertrieben wirkte.

Als er auf die obere Terrasse kam, betrat er den Hauptteil des Hauses, wo die Ausdünstung von hundert Menschenleibern, die gerade von einem Golfturnier kamen, schwer in der Luft hing. Der Lärm übertönte den Klavierspieler, der am anderen Ende des Raums versuchte, Lieder auf Wunsch vorzutragen.

Leute plauderten, lachten, tranken, drängten sich von den weit offenen Schiebetüren bis zu dem Marmorfoyer am Eingang. Kleine Gruppen saßen auf jeder Stufe einer offenen, teppichbelegten Wendeltreppe, die in den ersten Stock des auf verschiedenen Ebenen gebauten Hauses führte.

Selbst wenn er gewußt hätte, wie John Lugo aussah und wo er sich befand, wäre es fraglich gewesen, ob er nahe genug herangekommen wäre, um ihm die Nachricht von Maggie und George auszurichten.

Sie trennten sich am Pendelbus. Es war nur noch ein Platz frei, deshalb sagte Lynn zu Breda: »Fahr du voraus. Wir nehmen den nächsten.«

Als sie fort war, schaute Lynn zum schwarzen Wüstenhimmel auf und sagte zu Nelson: »Hoffentlich hat diese Hitze nicht zu bedeuten, daß wir einen frühen Sommer kriegen.«

»Mir macht das dieses Jahr vielleicht nicht soviel aus«, sagte Nelson, »falls ich in Palm Springs arbeite, wo's Schatten gibt!«

»Wie auch immer, ich kauf dir ein Stirnband mit einem Schirmchen dran«, sagte Lynn. »Zur Erinnerung an mich.«

»Ich hoffe, ich krieg dich und Breda hin und wieder mal zu sehen«, sagte Nelson, als der zweite Pendelbus über den Parkplatz auf sie zurollte.

»Mich und Breda? Zusammen?«

»Na klar«, sagte Nelson. »Wie ich das seh, sind deine Gefühle für sie geradezu lebensgefährlich.«

»Du meinst, ich bin in Breda verliebt, ja? Clive Devon, der

ist in Malcolm verliebt. Malcolm ist vermutlich in eine Airedalehündin verliebt. Niemand hat Glück in der Liebe, nicht in dieser beschissenen Stadt.«

In ihrem Bus saßen etwa dreißig Fahrgäste. Als sie oben in Southridge ankamen, schätzte Lynn, daß weitere dreißig noch auf der Straße standen und versuchten, sich durch das Tor auf das Grundstück zu quetschen.

»Ich weiß nicht, ob ich diesem Mob gewachsen bin«, sagte Lynn. »Vielleicht sollte ich den nächsten Bus nach unten nehmen.«

»Wir können Breda doch nicht hier allein lassen, wo sie keinen kennt«, sagte Nelson. »Komm jetzt mit.«

Nelson tat, was der Flüchtige getan hatte. Statt sich mit der Masse in das Foyer zu drängeln, führte er Lynn auf dem Rasen zur Rückseite des Gebäudes. Eigentlich war er nur der Musik der Mariachis gefolgt, die ›Guantanamera‹ spielten.

Als die Nummer anfing, hüpften etwa sechs Paare in ihrer haarsträubenden Version eines mexikanischen Volkstanzes herum, während fünfzig weitere klatschten und pfiffen. Lynn stellte sich auf einen Pflanzenkübel, um nach einer Bar Ausschau zu halten. Er sah zwei Barkeeper, die so schnell Margaritas eingossen, wie die Mixbecher aus dem Servicebereich neben der Küche geliefert werden konnten.

»Spätestens in einer halben Stunde fällt irgend jemand in diesen Pool«, prophezeite Nelson.

Lynn zeigte auf eine der Tänzerinnen, eine vollbusige Braut mit Beinen, die länger waren als die Liste der Dinge, die er bereute, und sagte: »Ich hoffe, daß sie es ist. Dann gibt es eine Prügelei um ein nasses T-Shirt.«

Mehrere Männer machten Breda Platz, als sie versuchte, sich ins Haus zu quetschen. Zwei boten ihr sogar ihre Drinks an, weil es für die Kellner unmöglich war, den Bestellungen nachzukommen.

Breda lehnte höflich ab und schlüpfte an dem Klavierspieler vorbei, der dazu übergegangen war, Gershwin-Melodien zu brüllen, die niemand hören konnte.

Breda setzte sich auf die Wendeltreppe und sah John Lugo, der, noch in seinen Golfklamotten, von Leuten umringt im Marmorfoyer stand. Sein Kopf bewegte sich hin und her, und er küßte Frauen auf die Wange und schüttelte Männern die Hände, versuchte, alle auf die Terrassen zu drängen. Breda sah einen attraktiven jüngeren Mann mit einer weißen Strähne im schwarzen, welligen Pferdeschwanz, der sich zu John Lugo durchboxte und ihm etwas ins Ohr flüsterte.

Dann legte eine umwerfend aussehende junge Frau in einem gestreiften Baumwollhäkelpullover mit einer knalligen Tennisschlägerapplikation und weißen Reiterhosen, die nur an Models gut aussahen, die Hände vor den Mund und rief: »Alle hinaus auf den Patio! ESSEN!«

Und so viele Leute hörten sie, daß eine Flut in diese allgemeine Richtung einsetzte und für einen Luftstrom sorgte, der Breda abkühlte. Sie hatte sich gefühlt, als sei sie mit halb Brasilien in der Sauna.

Der Flüchtige hatte sich schließlich unter die Neuankömmlinge im Foyer gemischt. Und obwohl er geschubst, gestoßen und angerempelt wurde und fast seine Requisiten – die leeren Cocktailgläser – verloren hätte, gelang es ihm, bis hinter den Mann vorzustoßen, der die Gäste begrüßte und die Aufmerksamkeit aller auf sich zog.

Er hörte einen Neuankömmling sagen: »John! Tolle Party!«

Trotzdem wollte er ganz sicher gehen, deshalb wartete er. Ein großer Dicker in den häßlichsten neongelben Hosen, die er je gesehen hatte, sagte zu ihm: »Mann, stehen Sie nicht rum! Holen Sie uns drei Margaritas! Das ist ein Notfall!«

Der Flüchtige verbeugte sich leicht und sagte: »Ja, *señor*, sofort.« Aber er blieb noch, obwohl ihn der Mann ungeduldig anfunkelte, bis er hörte, wie eine Frau sagte, was er hören wollte.

Die Frau sagte: »Sheila, das ist John Lugo, unser Gastgeber!«

Dann ging der Flüchtige, aber er wußte, daß er nicht ins Foyer zurück konnte, ehe der Mann in den häßlichen Hosen fort war oder er die Margaritas organisiert hatte. Er ging auf eine der Bars zu, wo statt der Gäste die Kellner Bestellungen aufgaben. Dann hatte er eine Idee, und er dachte: Warum nicht? Also wandte er sich um und ging nicht den erleuchteten Weg entlang, auf dem sich die Menschen drängten, sondern über den Rasen gefährlich nahe an dem Küchenfenster vorbei, wo er den großen blonden Gringo vom Partyservice gesehen hatte.

Einer der Barkeeper, die in diesem Bereich pausenlos Margaritas mixten, war Mexikaner. Er näherte sich dem Mann und sagte: *»Tres margaritas, por favor.«*

Der Mann nickte nur, hielt einen Augenblick inne und wischte sich die Stirn mit einem weißen Handtuch ab.

Der Flüchtige sagte auf spanisch: »Was für eine Party, *'mano.*«

Der Barkeeper nickte wieder, und der Flüchtige sagte: »Mr. Lugo sucht Mr. Sierra. Kennen Sie ihn?«

Der Barkeeper sagte auf spanisch: »Mann, ich kenne niemand! Ich hab diesen Job nur angenommen, weil mein Freund krank geworden ist. Und wenn ich gewußt hätte, was hier los ist, hätte ich pro Stunde zwei Dollar mehr verlangt.«

Der Flüchtige bedankte sich, als er die drei Margaritas bekam, und wagte es, sich dem Küchenfenster zu nähern. Fünf Mexikaner in weißen Servierjacken arbeiteten wild in der Küche. Das Fenster war offen, deshalb legte der Flüchtige das Gesicht an die Jalousie und rief auf spanisch: »Sagen Sie Señor Sierra, daß Señor Lugo ihn sofort sprechen möchte.«

Dann kehrte der Flüchtige ins Foyer zurück. Als er ankam, war der Mann in den neongelben Hosen verschwunden, genauso wie die meisten anderen Gäste, die draußen an den vier Büfettischen Schlange standen.

John Lugo war schließlich nur noch von etwa zehn Leuten umringt, als Breda sah, daß der attraktive Kerl mit der weißen Strähne im Haar zurückgekommen war. Er flüsterte John Lugo etwas ins Ohr, der daraufhin den Kopf schüttelte und mit den Achseln zuckte. Dann ging der attraktive Kerl weg, während John Lugo eine weitere schöne Frau küßte und alle drängte, zum Essen nach draußen zu gehen.

Der Flüchtige hatte John Lugo und den anderen Mann beobachtet. Dann sah er eine gut aussehende Frau in rosa Bluse und weißen Shorts, die allein auf der Treppe saß. Er ging zu ihr hinüber und fragte: »Margarita, *señora*?«

Und Breda Burrows sagte: »Gern. Danke.«

Der Flüchtige war auf dem Weg nach draußen, als er ihn sah – und fast die restlichen beiden Margaritas fallen gelassen hätte. Der Polizist aus dem Bestattungsunternehmen!

Der Flüchtige wandte sich abrupt um, ging zwei Stufen auf einmal die Treppe hinauf und hätte Breda dabei fast ihren Drink aus der Hand gestoßen. Ein Klümpchen kaltes Eis klatschte auf ihren nackten Schenkel, und sie hob es auf und leckte es von den Fingern, als Lynn und Nelson näherkamen.

Lynn sah von ihrem Schenkel zu ihrem Mund, und ihre Blicke trafen sich. Ihrer sagte: Wag nicht mal, das zu *denken*!

»Sag mal, altes Mädchen, mußt du so höhnisch grinsen?« sagte Lynn zu ihr.

»Haben Sie Lugo schon begrüßt?« fragte Nelson.

»Er ist zu beschäftigt«, sagte Breda. »Und wozu soll ich ihn überhaupt kennenlernen?«

»Sie sind in dieser Stadt im Geschäft. Wär vielleicht keine

schlechte Idee«, sagte Nelson. »Auch wenn wir nicht rauskriegen können, warum jemand nach ihm sucht.«

»Vielleicht versuch ich's später«, sagte Breda. »Wollt ihr was essen? Das Büfett ist eben eröffnet worden.«

»Ich will einen Drink«, sagte Lynn.

»Die sind auch draußen«, sagte Breda. »Der Kellner, der mir den hier gegeben hat, ist eben mit zwei anderen nach oben gerannt. Vielleicht kannst du ihn finden.«

»Ich glaub, ich hol mir einen großen kühlen Scotch«, sagte Lynn. »Wetten, daß Lugos Scotch den von Wilfred um Längen schlägt?«

Als sie hinausgingen und die Lichter von Palm Springs sich unter ihnen ausbreiteten, sah Nelson träumerisch drein und sagte: »Ich frag mich, was er jetzt sagen würde.«

»Wer?« wollte Breda wissen.

»Der Indianer, der den ersten weißen Bauunternehmer angesehen und gesagt hat: ›Was, ein Golfplatz in der *Wüste*?‹«

22

Er hatte noch nie im Leben solche Angst gehabt! Sein Kinn zitterte, und er konnte nicht verhindern, daß die Drinks über die Ränder der Cocktailgläser schwappten.

Alle Zimmer im Haus standen weit offen, damit die Gäste nach Belieben hindurchgehen konnten. Wertvolle präkolumbianische Stücke waren im oberen Flur ausgestellt, und der Flüchtige tat, als betrachte er sie, während die Gäste vorbeischlenderten, sich von Zimmer zu Zimmer schlängelten.

Sobald er hörte, daß die letzten wieder auf dem Weg nach unten waren, trat er in ein Gästezimmer, stellte die Drinks ab und zog sein Hosenbein hoch, griff nach den Waffen, die er an seinen Waden festgeklebt hatte. Das Pflaster riß ihm die Haare von den Beinen, aber er spürte es nicht.

Wenn nur seine Hände zu zittern aufgehört hätten! Normalerweise zitterte er nicht, nicht einmal in gefährlichen Situationen im Polizeidienst, aber das hier war etwas anderes. Hier war er kein Polizist. Der Mann unten war Polizist. Und wer wußte, wie viele andere Polizisten in diesem Haus waren!

Er legte seine Waffen unter ein Satinkissen auf einer Bank in einem Erkerfenster. Er wußte nicht, ob er sich ohne die Waffen sicherer oder bedrohter fühlte. Er schlich den Flur entlang zur Treppe und sah hinunter. Der Polizist mit dem lockigen Haar war verschwunden. Auf der Treppe war niemand mehr. Er ging zurück zum Gästezimmer, überlegte es sich aber anders. So war es besser, falls seine Idee funktionierte. *Falls.*

Der Flüchtige lief schnell nach unten und entschloß sich zu einer verwegenen Aktion. Er hielt den ersten mexikanischen Kellner an, den er sah, und sagte auf spanisch: »Sagen Sie Señor Sierra, er soll nach oben kommen. Es gibt ein kleines Problem.«

»Señor Sierra?« sagte der Kellner.

»Ja, Señor Sierra! Er arbeitet für Señor Lugo. Bitten Sie ihn, nach oben zu kommen. Da ist eine Dame, die zuviel getrunken hat.«

Der Kellner nickte und eilte in die Küche, während der Flüchtige die Treppe hinaufging und wartete.

LYNN, BREDA UND NELSON STANDEN inzwischen mitten in der Schlange auf dem schwach erleuchteten Patio. Die Mariachis spielten ›La Paloma‹.

»Ich hoffe bloß, daß noch was übrig ist«, sagte Nelson.

»Darüber würde ich mir keine Sorgen machen«, sagte Breda. »Was John Lugo auch sonst sein mag, knauserig ist er nicht.«

Lynn sah Bino Sierra, der mit einem der Barkeeper am Tresen vor der Küche sprach. Ein mexikanischer Kellner lief zu Sierra und sagte etwas. Dann folgte der Kellner Sierra über die Terrassenplatten und ins Haus.

»Das ist Lugos Faktotum«, sagte Lynn zu Breda.

»Der mit der weißen Strähne im Pferdeschwanz?«

»Mhm.«

»Sieht gut aus«, sagte sie. »Tolles Haar.«

»Klar«, sagte Lynn. »Wenn man Tangotänzer mit Haaren wie ein Stinktier mag. Ich hab in *April entdeckt Hawaii* hübschere Pferdeschwänze gesehen.«

»Ich glaub, ich mag glattrasierte, schlanke Typen«, sagte Breda mit einem Blick auf Lynns Bauch. »Ob wohl noch Schweinebraten da ist?«

IHN VERLIESS DER MUT. Er hatte nicht damit gerechnet, daß der Kellner mit Sierra zurückkommen würde. Klappte denn überhaupt nichts? Der Flüchtige griff schnell nach dem Tablett mit den beiden Margaritas. Er wußte nicht, ob er Englisch oder Spanisch sprechen sollte. Sierra war eine Kokosnuß, außen braun, innen weiß. Er würde mit dieser Kokosnuß englisch sprechen. Er verabscheute ihr *pocho*-Spanisch.

Der Flüchtige sagte zu ihm: »Entschuldigen Sie, Sir. Die Dame ist weg.«

»Was haben Sie denn hier oben verloren?« Bino Sierra war wütend. »Ich habe Henry doch gesagt, ich will nicht, daß oben Drinks serviert werden!«

Der Kellner, der die Nachricht überbracht hatte, wollte nichts von dem Rüffel abbekommen und ging hinaus. Und plötzlich paßte alles. Jetzt wußte der Flüchtige, daß es klappen würde, allen Hindernissen zum Trotz.

Der Flüchtige musterte das hochmütige, faltenlose, hübsche Gesicht und sagte: »Es tut mir leid, Sir, aber die Dame bestand darauf, die Drinks hier oben zu nehmen. Sie war dort drin.« Er zeigte auf den angrenzenden Ankleideraum. »Ist sie vielleicht noch da?«

Bino Sierra kehrte ihm den Rücken zu und stolzierte durch das Zimmer zum Ankleideraum. Der Flüchtige machte die Gästezimmertür zu und schloß sie ab. Als Bino Sierra aus dem Ankleideraum kam, beugte sich der Flüchtige über die Fensterbank, eingerahmt von einer der spektakulärsten Aussichten in ganz Kalifornien, den Lichtern von Palm Springs bei Nacht und den Silhouetten der Berge.

»Was zum Teufel machen Sie da drüben?« fragte Bino Sierra, und dann sah er es.

Der Flüchtige richtete die Beretta mit der linken Hand auf ihn, während er die rechte hinter seinem Bein hielt. Er sagte auf englisch: »Wenn Sie schreien oder versuchen, wegzulaufen, erschieße ich Sie. Kommen Sie her.«

Bino Sierra hob mechanisch die Hände auf Schulterhöhe und sagte: »Hey, Mann, was soll der Scheiß? WAS SOLL DER SCHEISS?«

»Sprechen Sie leise«, sagte der Flüchtige, »und setzen Sie sich hierher. Setzen Sie sich und genießen Sie die Aussicht.«

Er trat zurück, um Bino Sierra vorbeizulassen, bemerkte das tintenblaue Seidenhemd, wie ein *guayabera*-Hemd mit Epauletten, aber schöner als jedes *guayabera*, das der Flüchtige je gesehen hatte. Und Sierra trug eine makellos geschnittene graue Hose mit einer messerscharfen Bügelfalte, vermutlich Leinen. Aber die Schuhe waren häßliche weiße Palm-Springs-Schuhe wie diejenigen, die der Flüchtige für sich gekauft hatte. »Sind *Sie* der Kerl?« fragte Bino Sierra und berührte nervös die weiße Strähne in seinem Haar.«

»Lassen Sie Ihre Finger von den Haaren«, sagte der Flüchtige. »Fassen Sie überhaupt nichts an. Hände weg vom Körper, und schauen Sie auf Ihre Stadt hinunter.«

»Sind Sie der Kerl, der das Bestattungsunternehmen verwüstet hat?« fragte Bino Sierra. »Worum geht es? Um den Grabstein für Lugos Mutter? Scheiße, Mann, worum geht es?«

»Sie sind der Mann, der am dreizehnten September letzten Jahres veranlaßt hat, daß zehn Kilo Kokain nach Los Angeles gebracht werden«, sagte der Flüchtige.

»Ich weiß nicht, wovon Sie reden!« sagte Bino Sierra.

»Ihre Kuriere wurden alle drei von der mexikanischen Polizei getötet, und Sie haben die Lieferung nie bekommen. Ein Kurier hat Sie identifiziert.«

»Mann, Sie sind ja verrückt! Wollen Sie damit sagen, jemand hat Ihnen meinen Namen genannt?«

Der Flüchtige dachte, daß er etwas zu nah bei Bino Sierra stand, deshalb trat er einen Schritt zurück. Ja, so war es besser.

»Nein, er kannte Ihren Namen nicht. Sie haben einen Anruf bekommen. Der Mann hat Ihnen von einem unvorhergesehenen Problem berichtet. Ein mexikanischer Polizist hatte Ihre Pläne durchkreuzt. Sie haben ihnen gesagt, was sie mit diesem Polizisten machen sollten. Erwürgen ist eine grausame Todesart.«

»Moment mal!« sagte Bino Sierra.

Und jetzt sah der Flüchtige, daß der Hemdrücken des Mannes schon feucht wurde. Die wunderschöne Seide würde bald an seinem Körper kleben, dachte der Flüchtige.

Bino Sierra sagte: »Wenn die Cops diese Kuriere umgebracht haben, wer hat dann meinen Namen erwähnt?«

»Einer starb später, während des Verhörs. Er hat nicht gelogen. Das konnte er nicht.«

»Wer sind Sie?« wollte Bino Sierra wissen. »Sind Sie ein Cop? Sind Sie von der amerikanischen Drogenfahndung? Falls ja, was wollen Sie hören? Ich sag's. Ich sag, was Sie wollen! Nehmen Sie mich fest!«

»Ich bin nicht von der amerikanischen Drogenfahndung«, sagte der Flüchtige. »Ich bin mexikanischer Staatsbürger.«

»Und was wollen Sie von mir?«

»Javier Rosas war ein guter Polizist und ein guter Mensch«, sagte der Flüchtige.

»Moment... Scheiße, Moment mal!« sagte Bruno Sierra, und der Flüchtige sah, daß sich unter dem schwarzen Haar Schweißperlen bildeten. »Sie können mir nicht erzählen, daß irgend jemand behauptet, ich hätte einen Drogentransport organisiert und befohlen, einen mexikanischen Cop umzubringen!«

»Der Mann, der mit Ihnen telefoniert hat, hat uns gesagt, was Sie in jener Nacht, am dreizehnten September, zu ihm gesagt haben. Sie haben gesagt: ›Ich hab eben einen Grabstein für eine tote Alte bestellt, in den Orchideen gemeißelt werden sollen. Ich kann auch einen für den Cop bestellen. Was ist seine Lieblingsblume?‹ Sehen Sie, Sie haben sich bei diesem kleinen Scherz nichts gedacht. Sie haben ihn vergessen. Oder vielleicht hatten Sie ja auch zuviel Kokain genascht, als Sie das gesagt haben. Manchmal macht Kokain einen Mann vergeßlich.«

Bino Sierras Stimme zitterte, als er sagte: »Das ist ein *Irrtum*!«

»Das war alles, was wir hatten«, sagte der Flüchtige. »Ein Grabstein mit Orchideen. Aber wir in Mexiko erwarten nicht viel. Wir lernen in vielerlei Hinsicht, mit wenig auszukommen.«

Bino Sierra sah aus, als würde er gleich losheulen, als er sagte: »Vielleicht war es mein Chef! Vielleicht hat John Lugo mit dem Kerl gesprochen! Er hat nicht sein ganzes Geld mit Verkaufsautomaten verdient!«

»Er hätte seine Mutter keine tote Alte genannt. Außerdem haben die Unterlagen der Grabsteinfirma gezeigt, daß der Stein zwar vom Beerdigungsinstitut Lieberman bestellt worden ist, daß jedoch für die Zahlung Mr. Sierra gebürgt hat, Privatsekretär von Mr. Lugo. Und wissen Sie, was auf der Rechnung notiert war? ›Mr. S. wünscht Orchideen, auf jeder Seite des Namens eine.‹«

»Schauen Sie, Mann, das ist doch unvernünftig. Setzen Sie sich und lassen Sie uns *reden*!«

»Sehen Sie, Sir, wäre Ihre Adresse auf der Rechnung angegeben gewesen, hätte ich nicht in das Bestattungsinstitut gehen müssen. Und wenn die Komplikationen im Bestattungsinstitut nicht gewesen wären, hätte ich nicht so früh herkommen müssen, weil ich mich dann nicht so vor dem Polizisten mit dem lockigen Haar gefürchtet hätte.«

»Welcher Polizist mit lockigem Haar? Mann, Sie spinnen

doch total! Wollen Sie Geld? Ich gebe Ihnen mehr Geld, als Sie je gesehen haben!«

»Ich habe nicht die Absicht, Sie zu quälen, Mr. Sierra«, sagte der Flüchtige. »Aber ich mußte mir einfach sicher sein, was Ihre Person angeht. Und jetzt bin ich es.«

Die Beretta bewegte sich auf die linke Seite des Kopfes von Bino Sierra zu, der sich umdrehte und das Stahlrohr sah.

Und als er es sah, schnellte die rechte Hand des Flüchtigen nach oben und schnitt ihm die Kehle durch.

Es war ein sägender, scharfer Schnitt, erst links, dann rechts. Beim zweiten Schnitt kratzte das Messer über Knorpel, aber der Flüchtige zog mit aller Kraft durch.

Dann stürzte der Flüchtige zur Tür, steckte das blutige Messer und die Pistole in den Gürtel seiner Weste. Als er die Tür öffnete, hörte er ein Geräusch. Er drehte sich um und sah Bino Sierra mit *zwei* klaffenden Mündern, einer über dem anderen. Er kam auf ihn zu!

Der Flüchtige rannte voller Panik weg, stolperte aber und fiel im Flur hin. Bino Sierra stürzte an ihm vorbei, zum Treppenabsatz, fiel die Treppe hinunter und landete unten. Blut beschmierte die Wand und den Teppich, und Bino Sierra sah aus, als wäre ein Schwein auf seiner Brust geschlachtet worden. Und trotzdem stand Bino Sierra auf und lief weiter, mit rudernden Armen und im Glauben, er schreie und atme, was aber nicht der Fall war. Draußen stürzte er in den schwarzgekachelten Swimmingpool, und in der Beleuchtung trieb sein Blut schwarz herauf. Und mit einer unglaublichen letzten Anstrengung zog er sich auf die Poolstufen und blieb dort auf dem Rücken liegen, während die ersten Leute zu schreien anfingen.

BREDA HATTE SICH SCHWEINEBRATEN auf den Teller gehäuft und zu Nelson gesagt: »Zum Teufel mit den Kalorien«, als das Geschrei anfing. Und dann ging es richtig los!

Teller flogen, Glas ging zu Bruch, als Wärmeplatten auf den Steinboden krachten. Die panischen Horden warfen einen Büfettisch um. Manche rannten auf die Leiche zu, begriffen dann, was sie taten, und stürzten weg von ihr, stießen mit anderen zusammen. Schmerzenslaute mischten sich mit den Panikschreien.

Nelson bahnte sich einen Weg durch die Menge, Breda im Schlepptau. Sie blieben am Pool stehen, neben der Leiche von Bino Sierra, die, immer noch blutend, zu einem der schönsten Himmel der Welt hinaufsah. Jeder Stern im Großen Bär glitzerte.

DER FLÜCHTIGE RANNTE DURCH den Eingang, stieß mit den Leuten zusammen, die ihm entgegenkamen, und wäre fast umgeworfen worden. Selbst die Parkhelfer stürmten mit den Wachmännern durch das Haus zum rückwärtigen Patio. Schließlich schaffte es der Flüchtige nach draußen und lief über den Rasen zu dem Bananengestrüpp. Er warf sich hinein, tastete nach der Tasche und schnitt sich leicht am blutigen Messer, als er es in die Tasche stopfte. Dann, die Beretta immer noch im Gürtel, rannte er auf die Straße zu. Bis er den Polizisten mit dem lockigen Haar sah.

ALS DAS GESCHREI ANFING, stellte Lynn sofort seinen Drink ab und lief nicht mit Nelson und Breda auf die Schreie zu, sondern um die Küche herum, über den Rasen, direkt zur Vorderseite des Hauses, dem einzigen plausiblen Fluchtweg. Er kam an einem Bananengestrüpp vorbei, dann blieb er im Schatten der Bäume stehen, um zu beobachten, wer auf die Straße stürzte.

Lynn glaubte, er sei dem Licht aus dem Eingang zu nahe, und zog sich noch tiefer in die Dunkelheit zurück. Mit der rechten Hand am Colt unter seinem Hemd ging er rückwärts auf die Bananenbäume zu und konnte deshalb nicht sehen, wie sich ein länglicher Schatten hinter ihm bewegte. Es war noch nicht dunkel genug, deshalb ging er weiter rückwärts.

Bis eine Stimme sagte: »Nein.«

Das war alles, was die Stimme sagte. Dann spürte Lynn, wie sich ein Stahllauf in seinen Nacken bohrte und eine kräftige Hand die seine packte, die Hand, die er unter dem Hemd hatte.

Der Flüchtige übte an beiden Stellen Druck aus, aber es war der Druck gegen den Nacken, den Lynn spürte. Lynn entspannte die rechte Hand und spürte, wie der Flüchtige den Colt aus dem Halfter zog. Die Waffe blitzte im Licht der Wandlampen und flog in die Bananenblätter.

Dann schob der Flüchtige Lynn mit Gewalt vor sich her, drückte den Stahllauf gegen Lynns Rücken und schleuderte ihn vorwärts, während er ihn am Kragen des Hawaiihemds gepackt hielt.

Der Flüchtige sagte kein einziges Wort mehr, und Lynn wartete auf einen Knall, darauf, daß sein Kopf explodierte. Er wußte, daß er den Schuß nicht hören würde. Das Haus war ein Crescendo aus Lärm, Rufen und Schreien. Das Gebäude stand kurz davor, zu bersten wie der Bauch eines toten Pferdes. Wenn es soweit war, würde sich ein ineinander verschlungener Menschenschwarm in voller Panik aus dem Eingang ergießen. *Niemand würde den Schuß hören!*

Er wartete eine Ewigkeit, vielleicht zehn Sekunden lang. Dann drehte er sich langsam um, um dem Tod ins Gesicht zu sehen. Er war allein.

EIN ÄLTERES PAAR, dem die Party zu anstrengend geworden war, befand sich an der Tür seines Lincoln, als das Geschrei anfing. Sie waren mit allen anderen auf den Patio zugegangen, hatten es sich aber anders überlegt, als ihnen aufgegangen war, daß es nichts Gutes sein konnte, was immer es auch sein mochte. Sie wollten in ihr Auto steigen, als der Flüchtige die Parkhelferin packte und auf die Straße schleuderte. Dann schob er den Mann beiseite, und die beiden alten Leute, die sich größere Sorgen um ihre Hüftgelenke machten als um den Lincoln, schrien entsetzt auf und wichen dem Autodieb aus.

ALS LYNN SEINEN COLT wiedergefunden hatte und auf die Straße lief, konnte er nichts mehr tun, nur noch hilflos den Rücklichtern hinterhersehen. Der Wächter hätte sein Häuschen mit Sicherheit nicht verlassen, selbst wenn ihm klar gewesen wäre, was geschehen war.

DER FLÜCHTIGE TROMMELTE entnervt auf das Lenkrad, als er am Highway 122 vom Verkehr aufgehalten wurde. Der Samstagabendverkehr war grauenhaft, wegen des Bob-Hope-Turniers und des für die Jahreszeit zu heißen Wetters.

Er rechnete ständig mit Scheinwerfern hinter ihm. Er wußte, daß er den Polizisten mit dem lockigen Haar hätte erschießen müssen, um seine Flucht nicht weiter zu gefährden. Aber er brachte es nicht fertig, einen Polizisten zu erschießen. Als er eine Lücke im Verkehrsstrom entdeckte, trat er aufs Gas, überquerte den Highway schneller, als er wollte. Was, wenn er angehalten wurde, weil er gegen die Verkehrsregeln verstoßen hatte? dachte er. Nach all dem!

Sein Buick war, wo er ihn abgestellt hatte. Er parkte den Lincoln dahinter, und als er ausstieg, zog er die Weste aus und wischte das Lenkrad und alles ab, was er möglicherweise angefaßt hatte. Dann ging ihm auf, daß in diesem Land keine Akte mit seinen Fingerabdrücken existierte. Was also machte er da? Nur die Reflexhandlung eines Polizisten, dachte er. Ganz gleich, was er getan hatte, er war immer noch Polizist.

LEO GRISHMAN WAR DER ERSTE auf der Party, der begriff, was angesichts dieses grauenhaften Vorfalls getan werden mußte. Er machte seinen völlig erschütterten Mandanten ausfindig und führte ihn ins Arbeitszimmer im Untergeschoß. Er hielt vergeblich Ausschau nach Lynn, stieß aber auf Nelson und Breda und brachte sie ebenfalls ins Arbeitszimmer.

»Okay, jetzt wissen wir es«, sagte der Anwalt zu ihnen allen. »Bino hatte ein Nebengeschäft. Einmal Drogen, immer Drogen. Ich hab dir gleich gesagt, daß du ihn nicht einstellen sollst, John!«

»Ich hab ihm vertraut. Er war wie ein Neffe.« John Lugo war gebaut wie ein Betonblock, hatte aber eine piepsige Stimme.

»Du hättest ihm aber nicht vertrauen dürfen. Er hat nebenbei Geschäfte mit Dealern gemacht.« Der Anwalt zeigte auf Breda und Nelson und sagte: »Das sind die Leute, von denen ich dir erzählt habe. Es ist offensichtlich, daß einer von Binos Partnern im Drogengeschäft etwas über die Beerdigung deiner Mutter wußte, aber sonst nichts weiter über ihn. Und das war die Information, die sie benutzt haben, um ihn zu finden. Jetzt kann man nichts mehr tun, John. Bino hat ein paar Dealer beschissen, und sie haben ihn heute abend dafür bezahlen lassen. Punkt.«

»Was sagen wir den Cops?« wollte John Lugo wissen.

»Was *kannst* du ihnen sagen?«

»Nichts. Ich weiß nichts«, sagte John Lugo. »Außer daß Bino ein Nebengeschäft hatte. Ich hab nichts mit Drogen zu tun, hab nie was damit zu tun gehabt. Das kommt dabei heraus, wenn man sich auf das Drogengeschäft einläßt. So ein Scheißdreck!«

Die Tür ging auf, und Lynn Cutter kam herein. Er sah irgendwie verändert aus, aber Nelson war sich nicht sicher, warum. Er zog eine finstere Miene und schwieg, als Leo Grishman zu John Lugo sagte: »Das ist der Polizist, der den Kerl im Bestattungsinstitut fast erwischt hätte.«

Leo Grishman wandte sich Lynn zu und fragte: »Haben

Sie irgendeine Idee, wer der Kerl war oder wie man ihn finden könnte?«

»Nicht den geringsten Anhaltspunkt«, sagte Lynn ernst.

»Es muß ein Drogenschmuggler gewesen sein, der hergekommen ist, um eine Rechnung zu begleichen.«

»Warum dann weiter im Trüben fischen?« sagte Leo Grishman. »Es ist unnötig, Ihre Rolle bei der Geschichte im Bestattungsunternehmen zu erwähnen. Halten wir doch Mrs. Lugos Beerdigung aus dem allen heraus. Warum nicht? Wem könnte das etwas nützen? Laßt die Toten die Toten begraben, wie es heißt.«

Lynn wandte sich Breda und Nelson zu und sagte: »Fahren wir in den Furnace Room. Ich hab meinen Scotch nicht mal angerührt.«

»Sagen Sie Bescheid, falls ich je was für Sie tun kann!« sagte John Lugo zu ihnen, als sie gingen.

SIE FANDEN SICH IN EINEM Menschengedrängel wieder, das sich die steile Straße hinunterschob, weil die Pendelbusse überfüllt waren. Drei Streifenwagenteams der Polizei von Palm Springs versuchten durchzukommen, aber Fußgänger verstopften die Straße.

Nelson sagte zu Breda: »Meinen Sie, daß mir die braune Uniform von Palm Springs stehen würde?«

Lynn sagte zu beiden: »Warum? Warum hat er mich nicht erschossen? Warum hat er mir nicht die Kehle durchgeschnitten?«

DER FLÜCHTIGE STELLTE die automatische Geschwindigkeitskontrolle während der Fahrt auf dem Highway 10 auf neunzig Stundenkilometer. Eine halbe Stunde später war er wieder auf dem Highway 111, diesmal aber auf einem ganz anderen Stück des Tal-Highway. Er fuhr Richtung Südosten, am Salton Sea vorbei, vorbei an der Stelle, wo er versteckt in einer Tamariskengruppe in einem gestohlenen Auto geschlafen hatte. Es kam ihm vor, als ob es einen Monat her wäre. Er dachte an die armen *campesinos*, die das gestohlene Auto genommen hatten, die armen Jungen. Er fand einen guten Platz, wo er anhalten und die Pistole, das Messer und die Tasche vergraben konnte. Es war nicht das erste Mal, daß die Wüste half, eine Bluttat zu verheimlichen. Als das erledigt war, hörte er endlich zu zittern auf.

Er wollte nicht mehr darüber nachdenken, ehe er nach Hause kam. Dann konnte er mit seiner Frau, seinen Kameraden, seinem Priester darüber sprechen. Statt dessen dachte er an das, was sich im Kofferraum befand, wo die blutbefleckte Tasche gewesen war. Für seinen Jüngsten war ein Partylieferwagen der Ninja Turtles darin. Der Wagen hatte Räder wie kleine Pizzen. Sein Baby wünschte sich sehnlichst so einen. Sie nannten ihn immer noch ein Baby, obwohl er schon fünf Jahre alt war. Außerdem war ein kleiner Computer für seine Tochter im Kofferraum. Er hatte vierhundert Dollar gekostet, aber das ganze schmutzige Geld mußte sauber verwendet werden. Und er hatte eine Armbanduhr für seinen älteren Sohn, eine japanische Uhr aus rostfreiem Stahl mit Tauchanzeige.

Schließlich hatte er noch eine grüne Lederjacke mit passendem Rock dabei, aus dem gleichen Kaufhaus, wo er seine Kellnerkleidung gekauft hatte. Sie war zweireihig mit Goldknöpfen, und der Rock war ganz schmal. Er hatte die Größe an einer Verkäuferin ausprobiert, so klein und schlank wie seine Frau, deren Lieblingsfarbe Grün war. Das Kostüm hatte fünfhundert Dollar gekostet, aber das war ihm gleich. Sie würde nie wieder ein solches Geschenk bekommen, ihr Leben lang nicht.

Seine Kameraden würden nicht viel von dem Geld zurückerhalten, das sie Drogenschmugglern und amerikanischen Versicherungen abgenommen hatten, aber das war in Ordnung. Er war sich sicher, daß die Familie von Javier Rosas sagen würde, es sei in Ordnung.

ALS SIE SCHLIESSLICH DEN PARKPLATZ von Smoke Tree erreicht hatten, sagte Lynn: »Meine Knie betteln um einen Drink.«

»Ich brauche keinen Drink«, sagte Breda und ging auf ihren Datsun Z zu.

Nelson hielt das für einen guten Zeitpunkt, in seinen Wrangler zu springen, damit sich Lynn und Breda sagen konnten, was sie sich zu sagen hatten. Der kleine Cop legte eine Cassette ein, setzte die Kopfhörer auf, hörte Country-Blues und beobachtete, ob sich ihre Silhouetten näher kamen oder voneinander getrennt blieben.

»Ich hab gedacht, wir könnten ... das Ende unserer Partnerschaft feiern«, sagte Lynn zu Breda, während sie mit den Schlüsseln in der Hand neben ihrem Auto stand.

»Ich hab Spaß daran gehabt, jedenfalls meistens«, sagte sie.

»Wirst du diese Nacht denn nie vergessen?«

»Ich hab sie vergessen.«

»Wir arbeiten doch gut zusammen, oder? Ich meine, wir haben deinen Fall aufgeklärt und hätten den Glatzkopf fast erwischt. Ich bin ein ziemlich guter Detective, stimmt's?«

»Ja, bist du«, sagte sie.

»Ich hab gedacht, wenn ich meine Pension kriege, dann könnt ich dir vielleicht mal wieder helfen, wenn du zuviel zu tun hast.«

»Das glaub ich nicht, Lynn.«

»Du hast doch gesagt, daß du jemand brauchst!«

»Stimmt.«

»Liegt's an meiner Persönlichkeit? Ist es so schwer, mit mir auszukommen?«

»Ehrlich gesagt, du bist witzig und schlau. Manchmal macht's sogar richtig Spaß, mit dir zusammenzusein.«

»Und warum hab ich dann das Gefühl, das ist ein Abschied? Warum können wir nicht einen Drink nehmen und darüber sprechen?«

»Ich brauche keinen Drink.«

»Dann trink eine Diätcola!«

»Trink du doch eine für mich«, sagte Breda. »Und eine für dich. Es geht mich nichts an, aber ein Mann wie du muß nicht im Furnace Room enden. Oder wie Jack Graves.«

Breda schloß den Datsun Z auf, aber ehe sie einsteigen konnte, sagte Lynn: »Ist das alles? Sind wir am Ende? Als Team, meine ich?«

Breda nickte und öffnete die Autotür. Aber sie drehte sich aus einem Impuls heraus um und sagte: »Eines hab ich dir nie gesagt: Du hast einen ziemlich hübschen Hintern.«

Dann versuchte sie zu grinsen, sprang in den Z, ließ ihn an und fuhr in die Nacht.

Nelson saß lange da und beobachtete Lynns reglose Silhouette. Sie sah unter dem samtigen Wüstenhimmel so einsam aus.

Als der Flüchtige zwanzig Minuten von Calexico entfernt war, sah er auf die Uhr und begriff, daß seine Frau und sein ältester Sohn vielleicht noch wach waren. Schließlich war Samstagnacht, und es gab ein gutes Fernsehprogramm. Die Aufregung wurde unerträglich. Plötzlich schwoll seine Kehle an, und die Tränen flossen.

Er nahm sich zusammen, als er an die Grenze kam, bis er durchgewinkt wurde. Aber als er in seine kleine Straße in Mexicali kam, fing er zu schluchzen an und konnte nicht mehr aufhören.

Er fuhr an den Straßenrand, bis er sich wieder im Griff hatte. Es gelang ihm, indem er daran dachte, was das Baby morgen sagen würde, wenn es die Ninja Turtles sah.

Epilog

Es freute Jack Graves, daß er Lynn und Breda im Fall Clive Devon hatte helfen können. Es war ein gutes Gefühl gewesen, wieder mit Ermittlungsarbeit beschäftigt zu sein; auch wenn es keine richtige Polizeiarbeit gewesen war, eine Ermittlung war es gewesen. Er hatte gehofft, dadurch wieder auf den Geschmack zu kommen, aber das Gefühl war ausgeblieben.

Er fühlte sich überhaupt nicht wohl. Er hatte Probleme mit Herzflattern und Migräneanfällen. In letzter Zeit fühlte er sich nur noch gut, wenn er wie Clive Devon Wanderungen in der Wüste unternahm. Und er hatte einen weiteren Unfall gehabt. Er hatte den Arm in die Gasflamme gehalten, als er Speck braten wollte. Der Schmerz war eine Qual. Die Kojoten kamen in jener Nacht, aber mit so starken Schmerzen konnte er trotzdem nicht schlafen.

Jack Graves hatte beschlossen, am nächsten Morgen wandern zu gehen. Er trug einen Pullover, weil die Hitzewelle vorbei war, und seinen Schlapphut, aber er machte sich nicht die Mühe, das Gesicht mit Sonnenschutzcreme einzureiben. Und er machte sich nicht die Mühe, das Mittagessen mitzunehmen, nicht einmal eine Flasche Wasser.

Jack Graves entschied sich für eine bestimmte Route, die er seit dem Beginn der Dürre vor fünf Jahren nicht mehr genommen hatte. Er wußte, daß es ein Jammer war, die Upper Palm Canyon Falls zu sehen, wenn es so wenig Wasser gab, aber er mußte sie unbedingt einmal wiedersehen. Für ihn gab es einfach keinen schöneren Ort. Es war die Art von Ort, wo er am liebsten den Rest seines Lebens verbracht hätte.

Er parkte seinen Wagen am Handelsposten der Indianer. Es standen noch weitere Autos dort, aber niemand wollte zu den Wasserfällen hinaufwandern. Er sagte der Indianerin im Handelsposten, wohin er ging, und sie warnte ihn, er solle vorsichtig sein.

Als er an den Fuß der Wasserfälle kam, versuchte er, sie nicht so trostlos zu sehen, wie sie waren, sondern so, wie sie gewesen waren, vor der Dürre. Er sah weißes Wasser, das nicht da war, die gewundenen Schnellen herunterstürzen, von Jahrtausenden eingeschnitten in den grauen, kristallinen Granit. Die Fächerpalmen drängten sich in Büscheln zusammen, waren hoch und beugten sich über das Wasser, als wollten sie trinken, obwohl es nicht viel für sie gab.

Der Aufstieg zum Gipfel war fast senkrecht, und obwohl es früher Morgen war, schwitzte Jack Graves heftig und fragte sich, warum er seine Feldflasche nicht mitgebracht hatte. Er wußte, daß da etwas nicht stimmte.

Als er in die Nähe der Wasserfälle kam, sah er nach oben und erblickte einen einzelnen Falken, der wie ein winziger Drache am hohen Wüstenhimmel schwebte. Er legte den Kopf zurück und schaute dem Falken zu, wie er im brütenden Wind trieb, während Wolkenfetzen das Licht auf dem glitzernden Granit darunter trübten.

Dann Stille. Schweigen. Der Wind … seufzte.

Fast ein Jahr nach dem Tag, an dem Lynn Cutter sich das heile Knie verletzt hatte, als er bei seiner historischen Begegnung mit Präsident Bush und Ministerpräsident Kaifu dem Bürgermeister von Palm Springs nachgesetzt hatte, kam

Lynns erster Pensionsscheck. Darüber hinaus war es ihm gelungen, den Einhütjob auf Zeit im Tamarisk Country Club zu bekommen. Der Hausbesitzer hatte beschlossen, den Frühling jetzt, wo Maui so phantastische Golfplätze hatte, in Hawaii zu verbringen. Es sah so aus, als würde Lynns Pechsträhne langsam abreißen.

Es war der Tag, an dem er einen Anruf von Officer Nelson Hareem bekam, dem neuesten Mitglied der Polizei von Palm Springs. Nelson rief an, um ihm zu sagen, daß Jack Graves beim Wandern in den Indianercanyons einen schrecklichen Unfall gehabt habe. Als er nicht zu seinem Auto zurückgekommen war, hatten die Indianer nach ihm gesucht und seine Leiche auf dem Felsen am Fuß der Upper Palm Canyon Falls gefunden.

Nelson versuchte, Lynn zu versichern, Jack Graves könne nicht sehr gelitten haben, bei einem Sturz aus dieser Höhe, und Lynn sagte, nein, ganz bestimmt habe er nicht sehr gelitten.

Als er auflegte, konnte Lynn nicht aufhören, an Jack Graves zu denken, allein in dem kleinen Wohnwagen. Allein auf den Granitfelsen in dem einsamen Canyon. Allein.

Und Lynn Cutter fing an zu überlegen, welche Möglichkeiten es in seinem Leben gab.

NACH DER BEERDIGUNG, BEI DER er Breda nur kurz sah, beschloß Lynn, ein Experiment durchzuführen: Er wollte einen Monat überleben, ohne einen Tropfen Alkohol zu trinken, bloß um zu beweisen, daß er es konnte. Am sechsten nüchternen Tag geschah etwas Verblüffendes, Unglaubliches, Wunderbares: Er wachte auf und stellte fest, daß er eine Erektion hatte! Wie früher, als er ein nüchterner junger Mann gewesen war!

An seinem neunundzwanzigsten Tag nach seinem fünfzehnten AA-Treffen gab er seinen ersten Pensionsscheck in einem Fahrradladen aus. Drei Stunden später, an einem Samstag nachmittag, klingelte es an Bredas Haus in Cathedral City. Sie ging zur Tür und sah hinaus, aber es war niemand da. Dann ging sie zum Fenster und sah ihn in der Einfahrt auf seinem mandarinengelben Fahrrad sitzen.

Als sie die Tür aufmachte, bedachte er sie mit einem befangenen, albernen Lächeln. Er trug einen rotweißen Fahrradhelm, ein rotes Hemd und schwarze Radlerhosen mit dem gelben Streifen von Day-Glo. Er saß auf einem Fahrrad, von dem sie wußte, daß es fünfhundert Dollar gekostet haben mußte, für ihn eine beträchtliche Investition. Er war tropfnaß, weil er den ganzen Weg von Tamarisk Country Club hergeradelt war, für sie eine Kurzstrecke, für ihn aber eine mörderische Fahrt.

»Was meinst du?« fragte er.

»Kein schlechtes Rad«, sagte sie.

»Ja, der Arzt hat gesagt, es schadet meinen Knien nichts, wenn ich in den Bergen herumradle. Ich hab nur eines ändern lassen, ich hab diese Rasierklinge, die sie einen Sitz nennen, abmontieren und einen bequemeren für üppigere Hinterteile draufmachen lassen.«

»Es ist wirklich ein gutes Rad«, sagte sie.

»Fällt dir an mir nichts auf?«

»Doch«, sagte sie. »Du hast knochige Beine gekriegt.«

»Sonst nichts?«

»Du hast dir den Bart abrasiert.«

»Ja!« sagte er. »Was hältst du davon?«

»Du erinnerst mich nicht mehr ganz so sehr an Saddam Hussein«, sagte sie.

»Siehst du, wie nett du sein kannst, wenn du willst?«

»Was ist das für ein Gefühl?« fragte sie. »Wenn man mit dem Trinken aufhört?«

»Das ist einfach. Man muß nur Ersatzaktivitäten finden, um sich abzulenken. Ich hab lebende Eidechsen gegessen.

Keine Sorge, nicht die bedrohten Fransenfingereidechsen, bloß das gewöhnliche Ungeziefer vor der Haustür. Hast du Eidechsen unter dem Haus? Hast du Lust, eine Radtour zu machen?«

»Glaub nicht«, sagte sie. »Ich bin heute morgen gefahren.«

»Ich bin den ganzen Weg hierher gefahren«, sagte er. »Und ich hab immer noch Mumm in den Knochen.«

»Trotzdem vielen Dank«, sagte sie.

»Das liegt an deinem Alter«, sagte er mitfühlend. »Du kannst nicht morgens und nachmittags Sport treiben. Und es liegt an der Körperchemie. Hat irgend etwas mit der weiblichen Anatomie zu tun, ich weiß es nicht genau. Ihr dürft euch nicht überanstrengen. Ich verstehe.«

Dann sah er es. Ihr bösartiges kleines Killergrinsen. Sie sagte: »So? Gib mir fünf Minuten.«

»Klar«, sagte er. »Ich hör ein bißchen Musik.«

Er nahm ein Transistorradio aus der Satteltasche, band es mit einem Stück Plastikschnur an den Lenker und stellte den Country-Sender ein.

Sie kam mit ihrem leichtgewichtigen Rennrad aus dem Haus und trug ihr schwarzes Coolmax-Hemd und Lycrahosen. Das glänzende erdbraune Haar wehte unter dem schwarzweißen Helm hervor. Heiland, sah sie in Schwarz drahtig aus!

»Du willst beim Radfahren Radio hören?«

»Klar«, sagte er. »Kaum zu glauben, aber ich gehör zu den Leuten, die zwei Dinge auf einmal tun können. Manchmal schneid ich mir sogar die Fußnägel, während ich mir die Nachrichten anschaue.«

»Wir lassen es langsam angehen«, sagte sie. »Vielleicht Dinah Shore hinauf, rüber zu Bob Hope, zurück über Gerald Ford. Und ganz hinauf zu Frank Sinatra, falls du dem gewachsen bist.«

»Mach es nicht zu schwer für dich«, sagte er, damit es ihr mehr Spaß machte, ihn bis an seine Schmerzgrenze zu treiben.

Als sie aus dem Verkehr heraus und auf den Dinah Shore Drive kamen, fragte er sich, ob sich auf der Country-Szene etwas Unheimliches tun würde. Und so kam es. Don Williams sang für ihn.

Ich möcht deinen Herzschlag hören,
in der Dunkelheit,
je-he-de Nacht
meines Lebens.

Er war von der Fahrt zu ihrem Haus so erschöpft, daß er schnaufte und keuchte. Er fuhr in einem Tempo, das für sie langsam war, zwei Fahrradlängen hinterher. Dann, als der Verkehr dünner wurde, kämpfte er sich neben sie, versuchte, durch die Nase zu atmen, damit ihm nicht die Zunge heraushing. Er drehte die Lautstärke auf, damit sie mithören konnte.

Ich möcht deinen Herzschlag hören,
in der Dunkelheit,
je-he-de Nacht
meines Lebens.

»O Mann!« rief er.

Breda sah zu ihm herüber und sagte: »Was ist denn los?«

»Der Kerl, der da singt!« sagte Lynn. »Der ist mindestens in unserem Alter! Und er hat unsere Nummer!«

Ich möcht deinen Herzschlag hören,
in der Dunkelheit,
neben miiiiir.

»Nacht für Nacht«, sagte Lynn. »Allein wie Jack Graves.«

»Hm?«

»So allein wie... wie ein Flüchtiger«, sagte Lynn.

»Wovon sprichst du eigentlich?« Sie fuhr näher an den sandigen Randstreifen, als ein Sun Bus vorbeisauste und Lynns Rad in ihre Richtung trieb.

»Ich will dir mal was sagen!« rief Lynn und fiel ein paar Meter zurück, während sie weiter nach vorn sah.

Über ihr zeigte der Wüstenhimmel kirschrote Streifen über schimmerndem Zwielichtblau. Er roch Salbei. Die Wüste reagierte aufs Stichwort.

»Du willst mir *was* sagen?« Es reizte sie, daß er von irgendeinem Cowboy babbelte, während sie die Radfahrt genießen wollte.

Er sagte: »Ich will dir sagen, daß fünfzig Prozent von einem Gehalt, *steuerfrei*, und vierzig Prozent von einem zweiten Gehalt, das höher liegt als das erste, hundert Prozent ergeben, egal, wie du's drehst und wendest.«

»Was zum Teufel brabbelst du da?« Sie schaltete einen Gang herunter, setzte sich aufrecht, fuhr freihändig und sah ihn an.

»Bloß daß du vermutlich dein Gästezimmer mit Bad vermieten und ein ganz schönes Stück Geld dafür kriegen könntest. Was nichts schaden könnte, mit einem Kind auf dem College und so.«

»Hast du total den Verstand verloren? Vielleicht solltest du wieder mit dem Trinken anfangen!«

»Ich bestimmt nicht. Ich mag keine Partys, bei denen ich der einzige Gast bin, der zusagt. Ich bleib bei Diätcola und Reptilien. Also, was hältst du davon?«

»Soll das heißen, du willst in *meinem* Haus wohnen?«

Das bewog ihn dazu, weiter zurückzufallen, weil er ihr nicht in die Augen sehen wollte. »Ich möchte nur ein Zimmer mit Bad. Den Rest des Hauses würd ich nicht benutzen, bis du ein bißchen weicher geworden bist, sagen wir mal, in zehn Jahren oder so. Warum denkst du nicht darüber nach? Wir könnten damit beginnen, daß wir Polaroidfotos von uns in unseren Radleranzügen austauschen. Ich befestige deins mit so einem Magneten mit Palmen drauf an meinem Kühlschrank. Sobald ich mir einen Kühlschrank leisten kann. Noch besser wär, ich würd dir einen großen Teil meiner Pension abgeben und deinen Kühlschrank zum Lagern von ein paar Orangen benutzen, damit ich nicht noch Skorbut kriege, okay?«

Breda verdrehte die Augen, murmelte etwas und trat in die Pedale. Aber sie hatte nicht nein gesagt!

Er sah ihr Wogen in den schwarzen Lycrahosen, während er sich abstrampelte, um mitzuhalten. Es war schwer, so etwas laut zu rufen. Seine Stimme war ziemlich zittrig, aber er brüllte: »Wir haben eine Menge gemeinsam. Wir sind beide begeistert von Schmerzen, solange es *meine* sind. Wir könnten uns dabei abwechseln, mich zusammenzuschlagen. Im Moment leide ich ehrlich gesagt so fürchterlich, daß ich das Gefühl habe, wir sind beide überglücklich!«

Sie ließ noch einmal das bösartige kleine Grinsen aufblitzen, als könne er ausnahmsweise einmal recht haben.

Er spürte, daß seine Bestechung ihre Wirkung tat. Lynn senkte den Kopf und trat mit aller Kraft in die Pedale. Er dachte weiter an Herzschläge in der Dunkelheit, daran, wie schrecklich es ohne sie war. Und dann sah er es!

»GROSSER GOTT!« rief er.

»Was ist denn jetzt?«

»Kann ich dir noch nicht sagen. Vielleicht später!«

Ich möcht deinen Herzschlag hören,
in der Dunkelheit,
neben miiiiiir.

Vielleicht war doch eine Art Schicksal am Werk. Es konnte kein Zufall sein, nicht nach allem, was er durchgemacht hatte. Ihre Radlerhosen waren hochgerutscht. Da war es: unausweichlich, unbestreitbar, unvermeidlich. Noch einer von diesen gottverfluchten bittersüßen Schokoladenleberflecken. Er war genau über ihrem linken Schenkel!

Die Rechte für die Original-Songtexte, die im Roman in übersetzter Form wiedergegeben sind, liegen bei folgenden Trägern: